W0297248

TOTEM

David Heska Wanbli Weiden est un membre de la Nation Lakota Sicangu. Il est diplômé de l'Institute of American Indian Arts et a reçu un doctorat de l'Université du Texas à Austin. *Justice indienne* est son premier roman. *Justice indienne* a reçu l'Anthony Award du meilleur premier roman et a été nominé à l'Edgar Award.

JUSTICE INDIENNE

C'est ce mélange entre une plongée dans la vie d'une réserve et une intrigue pleine de suspense qui fait de *Justice indienne* un polar insolite et passionnant.

Le Figaro Magazine

L'histoire est belle, rugueuse, tendue par une ligne morale claire et comme arrachée au chaos, sauvage et captivante.

Le Point

Une histoire haletante, rondement menée avec une multitude de rebondissements, et des personnages attachants et complexes.

La Croix

Cette fiction policière remarquable et poignante est aussi réaliste qu'une enquête sociologique. Nous voilà plongés dans la vie quotidienne d'une réserve.

Télé Z

La fiction, riche en rebondissements, se teinte ainsi d'un tableau sans concessions de la violence héritée d'un territoire privé de justice.

Le Télégramme

Un roman réussi qui témoigne de la réalité difficile – pauvreté, violence… – à laquelle de nombreux Amérindiens restent confrontés au XXIe siècle et que connaît parfaitement l'auteur.

La Voix du Nord

David Heska Wanbli Weiden

JUSTICE INDIENNE

Roman

Traduit de l'américain
par Sophie Aslanides

TOTEM

TOTEM n°211

Titre original: WINTER COUNTS

Publié aux États-Unis par Ecco Press, New York

ISBN 978-2-35178-840-0
ISSN 2105-4681

Illustration de couverture © Sam Ward
Conception graphique de la couverture : Valérie Renaud

Au peuple lakota sicangu, et à mes fils,
David (Tatanka Ohitika) et Sasha (Tatanka Ta Oyate)

Il n'est pas nécessaire que les aigles soient des corbeaux.

TATANKA IYOTAKE / SITTING BULL

I

Je m'installai confortablement dans le siège de ma vieille Ford Pinto, écoutant les bruits provenant du Depot, le seul bar de la réserve. Un flot ininterrompu d'Indiens et de ranchers blancs y entrait. Je savais que Guv Yellowhawk s'y trouvait avec ses potes, en train de descendre des bières et des shots. Guv était le professeur de sport de l'école – il enseignait le football américain, le basket, le foot. Mais d'après la rumeur, il avait tendance à se rapprocher un peu trop de ses élèves, tant des filles que des garçons. J'allais le laisser se saouler copieusement, et ensuite la fête pourrait commencer pour de bon. J'avais un coup de poing américain et une batte de base-ball dans mon coffre, mais ils ne seraient pas nécessaires. Cette ordure était un gros lard, avec un bide plein de gras de la taille d'un cul de bison.

J'avais été embauché par le père d'une petite fille de l'école pour mettre une raclée à Guv. Ce salopard était allé retrouver la gamine dans les toilettes, l'avait plaquée au sol et l'avait violée. Ses parents s'étaient adressés au principal de l'école, mais Guv appartenait à une des familles les plus puissantes de la réserve, et l'école avait refusé de prendre la moindre mesure. Le principal avait même menacé les parents de leur faire un procès pour dénonciation calomnieuse. La police tribale ne pouvait rien faire. Les fédéraux étaient normalement chargés de tous les crimes commis sur la réserve, mais tant qu'il ne s'agissait pas d'un meurtre, ils ne s'en mêlaient pas. Maintenant, la gamine avait trop peur pour retourner en classe et Guv avait tout loisir de violer d'autres enfants.

J'avais renoncé à ma rémunération pour cette mission. D'habitude je facturais cent dollars pour chaque dent que je faisais sauter et chaque os que je cassais, mais j'avais décidé de tabasser Guv gratuitement. Je le détestais depuis des années – même quand il était adolescent, c'était un salopard cruel qui terrorisait les autres, surtout les *iyeskas** comme moi. Bien sûr, Guv était toujours accompagné de sa bande ; je n'avais pas souvenir de l'avoir jamais vu se battre seul. Mais ce soir, ce serait sa fête.

Les notes de la chanson des Stones *Gimme Shelter* me parvenaient jusque sur le parking, des clapotis mélodiques qui flottaient dans ma tête comme des fantômes. J'allumai une cigarette et attendis Guv. Il finirait par arriver, à un moment ou à un autre.

Une heure plus tard, je l'aperçus. Il chantonnait comme une casserole et vacillait sur ses jambes. Je sortis sans bruit de la Pinto et m'accroupis derrière son beau pick-up tout neuf. Il l'avait garé au fond du parking pour que personne ne risque de cabosser son joli carrosse. Ça m'allait parfaitement – je pourrais rendre la justice à la manière indienne, loin des copains de beuveries de Guv.

J'émergeai de l'ombre. Guv portait un jean délavé et un T-shirt avec le logo des Fighting Sioux. Il avait le regard

* Sang mêlé. (Toutes les notes dont de la traductrice.)

embrumé et puait la bière. Sur son front, je vis la tache de naissance qui ressemblait à un petit tomahawk.

— Hé, Guv.

— Putain…

Il scruta la nuit en plissant les yeux sans pouvoir identifier qui lui parlait.

— C'est Virgil.

— Qui ?

— Virgil Wounded Horse.

— Oh. Tu picoles, là, ou quoi ? Le bar vient de fermer.

— Ouais, je sais. Je t'attendais.

— Pourquoi ?

— À cause de Grace Little Thunder.

Le visage de Guv s'assombrit.

— J'l'ai pas vue.

— C'est pas ce que j'ai entendu dire.

— Je m'occupe des *wakanyeja**. J'leur apprends à être de vrais Lakotas. Parfois les parents n'apprécient pas.

— Ainsi va le monde, hein ?

Je me glissai entre Guv et le pick-up.

— Je fais cours aux gamins, j'aide les familles. Des fois, ils veulent plus que ce que je peux donner.

— Saint Guv.

— Pas un saint, juste un mec.

— Un gars qui aime bien enculer les garçons et doigter les filles.

— Tu sais comment sont les gosses, ils ont besoin d'attention. Ils inventent des trucs, et les gens en font toute une histoire.

* Jeunes.

— Les autres aussi ont inventé des trucs ? J'ai entendu parler du petit Joey Dupree et toi.

Guv essaya de me contourner.

— J'ai pas envie de supporter tes conneries. Je t'ai pas vu, toi, en train d'aider les *oyates**. D'après ce que je sais, tu fais que dalle. Si t'as des trucs à dire, tu vas voir le principal Smith. Moi, je me casse.

— Je crois pas, non.

— Écoute, connard, la famille de Grace Little Thunder, c'est de la racaille. Sa mère picole et son père a pas bossé depuis dix ans.

— Cette gamine n'a que neuf ans.

— Va chier. En quoi ça te regarde…

Mon poing fusa et s'enfonça dans le ventre de Guv. Le coup aurait mis au tapis la plupart des adversaires, mais son énorme bide absorba l'essentiel du choc.

— Enculé d'*iyeska* ! gronda Guv avant de se jeter sur moi.

Je vis venir l'attaque, l'évitai et lui envoyai une droite dans la mâchoire.

Guv secoua la tête comme un chien mouillé. Comment pouvait-il être encore debout, bordel ? J'envisageai d'attraper ma batte de base-ball, mais à ce moment précis, je ressentis une douleur terrible dans le côté. Un coup dans le rein, puis un autre, plus violent que le précédent. Des ondes électriques. Qui remontent le long de mes nerfs. Faut pas que tu t'écroules, flanche pas, sinon, c'est fichu. Chancelant, étourdi, j'essayai d'échafauder une stratégie, mais mon esprit était comme un iceberg, il flottait lentement sur l'eau.

— Sale bâtard ! rugit-il.

* Gens.

Je sentis les postillons de Guv sur mon visage, et je me retrouvai par terre. Merde. Il me mit un coup de pied dans le dos, et un autre, encore un autre, comme un marteau-piqueur. Je luttai pour disperser le nuage qui m'envahissait le cerveau. Guv haletait, à bout de souffle, à court d'énergie. Attrape ses pieds, me dis-je.

Je tendis le bras et tirai sa jambe. Il tomba avec un bruit sourd et je vis une ouverture. Je me mis debout, attrapai son bras droit, et le lui retournai dans le dos jusqu'à sentir une certaine résistance. Puis je poussai encore.

— Tu aimes ça, espèce de fils de pute ?

Guv leva les yeux vers moi et siffla entre ses dents :

— Je t'emmerde, sale bâtard.

Il fallait que je lui reconnaisse ça, il avait des couilles. Je me remémorai l'époque du lycée, quand j'étais bien plus petit, pas le grand costaud de maintenant. Je me rappelai toutes les fois où je m'étais fait tabasser par Guv et ses copains cent pour cent indiens, mes larmes de rage, l'humiliation encore vive.

Je me demandai si je devais lâcher Guv, faire preuve de la compassion qu'on ne m'avait jamais témoignée. C'était bien ça la manière lakota, n'est-ce pas ? *Wacantognaka*, une des sept valeurs lakotas – qui signifiait la compassion, la générosité, la gentillesse, le pardon. Je me rappelai les leçons de mes professeurs, autrefois. Ils m'avaient appris que le plus grand honneur, la plus grande bravoure se manifestaient lorsqu'un guerrier choisissait de laisser partir son ennemi, le touchant avec le bâton de coups. D'après la légende, même Crazy Horse avait fait la démonstration de son courage un jour, en comptant coup* sur un guerrier

* Dans certaines tribus amérindiennes, compter coup est un acte de courage accompli par le guerrier, qui touche le corps de l'ennemi sans le blesser.

pawnee qu'il avait chassé jusqu'à l'autre berge de la rivière. Il avait décidé de ne pas le tuer, de reconnaître sa bravoure et de lui accorder la liberté. Je savais que la façon d'agir honorablement, à la manière lakota, était de rendre à Guv sa liberté sans le punir davantage.

Qu'ils aillent se faire foutre.

Je lui retournai le bras jusqu'à ce que son épaule se déboîte avec un craquement écœurant. Puis je reculai d'un pas et lui balançai de toutes mes forces un coup de pied dans la joue ; sa tête fut violemment propulsée vers l'arrière. Je lui fichai le talon de ma botte dans la figure et ses dents se brisèrent comme des chips rances. Je le saisis par les cheveux.

— Écoute-moi, espèce d'ordure. Si jamais tu touches à nouveau à un gamin dans cette école, je te coupe la bite et je te l'enfonce dans la gorge. Tu m'entends, sac à merde ?

Il ne dit rien. Son œil gauche était gonflé et plein de sang, et on avait l'impression qu'il n'avait plus de nez, tellement il était écrasé dans son visage. Le sang coulait du trou béant qui était autrefois sa bouche.

— Comment tu trouves ma manière de compter coup, connard ?

Je me penchai pour voir s'il respirait toujours. Un souffle ténu. Je vis des dents éparpillées sur le béton. On aurait dit de petites pierres tombales jaunes. Je les ramassai et les fourrai dans ma poche.

2

J'OUVRIS LA PORTE du préfabriqué qui, dans la terminologie gouvernementale, s'appelle une maison. Un rap assourdissant résonnait à l'intérieur et l'odeur de viande grillée avait tout empuanti. Mon neveu, Nathan, avait fait cuire un steak haché bon marché et trempait un vieux morceau de pain dans la graisse. Ses cheveux noirs étaient courts et dressés en l'air, formant un contraste net avec sa peau claire et ses yeux noisette. Il portait son sweat-shirt à capuche préféré, le bleu un peu crasseux orné de l'emblème du lycée – les Falcons – sur le devant. Le volume de la musique était tellement élevé qu'il ne m'entendit pas rentrer ; il fallut que je lui enfonce mon index dans les côtes.

Il vivait avec moi depuis trois ans, depuis que sa mère, ma sœur Sybil, était décédée dans un accident de voiture. Son père était parti depuis longtemps, et il n'était pas question qu'il aille dans un orphelinat ou un internat. Sybil se rendait à son travail lorsque quelqu'un l'avait percutée de face. Ce fut à moi que revint la tâche d'annoncer à Nathan que sa maman était partie rejoindre les Esprits. L'expression de son visage ce jour-là restait gravée dans ma mémoire.

Nathan avait quatorze ans aujourd'hui et il avait fini par se stabiliser un peu. Juste après la mort de sa mère, il avait commencé à sécher les cours et casser des vitres de voitures avec ses amis. Il disait qu'il n'avait pas besoin d'aller à l'école parce qu'il allait devenir un rappeur indien célèbre – le Tupac peau-rouge. Je lui avais répondu que très bien, mais si je me retrouvais à devoir payer pour une autre vitre cassée, je revendrais sa console de jeux vidéo. Ces derniers temps, il avait changé de discours et parlait de poursuivre des études après le lycée. Quelqu'un de l'université locale était venu dans sa classe et son intervention l'avait galvanisé. Je ne savais pas si cette motivation allait tenir dans la durée, mais je cachais la moitié de l'argent que j'avais gagné avec mes derniers contrats dans une boîte à chaussures Red Wing au fond du placard. Autrefois, je buvais presque tout ce que je gagnais, mais cela n'arriverait plus. J'avais cessé de boire pour de bon. L'argent que je mettais de côté servirait à financer les études de Nathan. Il serait le premier de la famille à aller aussi loin.

— Salut vieux, dit-il.

Lorsqu'il sortit son bout de pain de la poêle grasse, une goutte d'huile chaude tomba sur mon bras. J'eus la même sensation que si c'était la pointe d'un couteau.

— Tu peux baisser cette merde ?

Je désignai le gros radiocassette posé sur le comptoir.

— C'est pas de la merde ! (Il eut un petit sourire narquois.) C'est Biggie, de la vieille école.

— Ouais, bon, si tu veux, mais coupe quand même.

J'attrapai un morceau de pain rassis et cherchai quelque chose à manger avec.

— On a encore du fromage ?

— Nan, mais tu peux prendre de ça.

La livre de viande hachée bien grasse que j'avais achetée la semaine précédente avait tellement réduit à la cuisson qu'il ne restait presque plus rien. J'en attrapai un morceau avec du pain, et la graisse laissa des traînées sur l'assiette comme une nappe de pétrole sur la mer.

— Qu'est-ce qui t'est arrivé ? demanda-t-il.

Vu la tête qu'il faisait, je devais être abîmé. Je ne voulais pas me regarder dans la glace.

— Je me suis pris une gamelle à moto.

— Heu… OK.

Il retourna à son pain.

— Est-ce qu'on a de l'aspirine ?

Je sentais la douleur dans mon dos et mes flancs commencer à monter. Demain, ce serait dur.

— Je ne crois pas.

Nous avions à peine de quoi acheter du papier toilette parfois, alors des antidouleurs…

— Qu'est-ce que tu as fait à l'école aujourd'hui ?

— Rien.

Je ne m'attendais pas à apprendre quoi que ce soit. Il avait toujours été discret, mais depuis à peu près un an, il ne me disait quasiment plus rien. Si je voulais savoir quelque chose, il fallait que j'interroge son meilleur ami Jimmy, quand il passait à la maison. Pour une raison inconnue, Jimmy aimait bien me parler. Peut-être Nathan s'ouvrait-il à la *ina*[*] de Jimmy quand il allait chez lui. Malgré tout, j'essayais de soutirer des informations à mon neveu chaque fois que je pouvais.

— Vous étudiez toujours ce bouquin, *Zuma*, en cours ?

— *Zuya*, corrigea-t-il. Non, on a fini.

— Ah oui, *Zuya*.

* Mère

L'école avait exigé la lecture d'un livre sur les traditions lakotas – un des rares sur le sujet écrit par un Lakota, un vrai, et pas un homme blanc. Nathan le détestait, disait qu'il était ringard et idiot. Mais je l'avais vu bouquiner allongé sur son lit le soir, plutôt que de jouer à la console ou de regarder un film d'horreur pour la vingtième fois, comme il en avait l'habitude.

— Et maintenant, qu'est-ce que tu lis ?

— Un truc de Shakespeare. Je comprends rien.

Je n'avais rien compris non plus, autrefois, mais il fallait qu'il s'accroche.

— Peut-être que tu peux trouver le film ? Ça t'aiderait à suivre l'histoire.

— Ouais, peut-être.

Je haussai les épaules et partis à la recherche de Tylenol.

— Hé, au fait, dit Nathan. Est-ce que je peux t'emprunter la voiture demain soir ? S'il te plaît ?

Apparemment, il voulait vraiment ma Pinto déglinguée, parce que d'habitude il l'appelait la "rez bomb". En plus, il mettait les formes, ce qui était rare. Je lui avais appris à conduire il y a quelques années, mais je refusais de le laisser piloter ma vieille Kawasaki. Dans le Dakota du Sud, les jeunes pouvaient prendre le volant à partir de quatorze ans, mais les flics de la police tribale ne se donnaient pas la peine de faire appliquer la loi. Plein de gamins plus jeunes conduisaient dans la réserve.

— Tu vas draguer avec Jimmy ? Vous courez après les filles ?

Il baissa les yeux, gêné.

— Nan. Il y a une soirée au foyer demain. Je vais retrouver des mecs que je connais.

— D'accord, mais tu vas peut-être devoir mettre de l'essence. Il reste à peine de quoi faire l'aller-retour en ville.

Son visage s'éclaira comme une machine à sous crachant le jackpot.

— Et tu ne bois pas une seule bière, sinon je te botte le cul, ajoutai-je.

Il se dirigeait vers sa petite chambre à coucher quand il s'arrêta brusquement et se tourna vers moi.

— Hé, j'ai oublié. Ton ami Tommy est venu, il a dit qu'il avait besoin de te parler. Il a dit que tu répondais pas au téléphone, qu'il serait au foyer jusqu'à tard, tu devrais aller le voir si tu peux.

Et merde ; qu'est-ce qui se passait ?

Je jetai un coup d'œil à mon portable et vis que Tommy avait appelé trois fois. Je rappelai, sans succès. Ce n'était pas surprenant. Le réseau sur la réserve était capricieux. Je fus tenté de laisser filer, mais j'avais vraiment envie de fumer, alors je décidai de faire un saut en ville. Peut-être que quelqu'un aurait un cachet d'aspirine à me donner.

Je pris la moto pour laisser l'essence de la Pinto à Nathan. En roulant, je n'arrêtais pas de penser à ma sœur Sybil. Elle avait eu une vie difficile. Sa pourriture de mari l'avait quittée à la naissance de Nathan et il était parti en Californie. Elle travaillait pour la tribu en tant qu'assistante administrative, rapportant à la maison à peine assez d'argent pour se nourrir, mais elle fabriquait des colliers et des boucles d'oreilles en perles dont la vente arrondissait ses fins de mois. Elle avait même pris des cours pour finir ses études secondaires. Je ne l'avais pas autant aidée que j'aurais dû, mais à l'époque j'avais mes propres problèmes. Après une soirée particulièrement difficile, j'avais coutume d'aller passer du temps avec Sybil et Nathan. Elle me disait qu'il fallait que je mange, me préparait une soupe à la viande et du café. Je jouais avec le bébé pendant qu'elle révisait ses cours. Ces soirs-là, il était facile d'imaginer que j'avais une vraie famille. Je repensai à une conversation que nous avions eue juste avant sa mort.

"Hé, frangin, tu te souviens, quand on était gamins on dessinait des *winter counts**, comme ils faisaient autrefois..."

"Ouais, je me rappelle."

Les *winter counts*, le système de calendrier utilisé par les Lakotas, n'étaient pas comme les calendriers modernes. J'adorais les petites images, chacune montrant l'événement le plus important de l'année écoulée. Sybil et moi, on fabriquait le nôtre avec du papier et des crayons de cire, quand on était petits.

"Tu te souviens de quel symbole on a utilisé pour l'année où Maman est morte ?"

"Pourquoi tu poses cette question ?"

"Parce qu'il est important de s'en souvenir."

"Pas si important que ça."

"Si ! J'ai l'impression que j'oublie Maman."

"Tu vieillis, c'est tout. C'est difficile de se rappeler des choses si anciennes."

"Autrefois, je me souvenais de tout. Maintenant, j'ai l'impression que tout s'en va, tout s'embrouille dans ma tête. Tu sais, j'ai fait un rêve la semaine dernière ; je quittais la réserve pour ne jamais revenir."

"Ouais, et tu allais où ? À Paris, en France ?"

"Je ne sais pas, gros malin, je ne me rappelle plus... Mais ce rêve était tellement vrai. Un aigle est entré en volant dans la maison et s'est mis à parler, et je comprenais ce qu'il disait

* Les *winter counts*, littéralement comptes (rendus) d'hiver, sont des sortes d'archives utilisées par les Lakotas et plusieurs autres tribus amérindiennes. Chaque année était représentée sur une peau par le symbole de l'événement le plus important qui avait eu lieu.

alors que son bec ne bougeait pas. L'aigle m'a dit de me préparer, parce que j'allais partir bientôt, pour un long voyage. Je lui ai demandé combien de temps je serais partie, mais il a refusé de me répondre, il s'est contenté de me regarder avec ses yeux étranges. J'ai demandé si Nathan venait avec moi, mais il est parti."

"Tu sais, ces conneries vont finir par te retourner la tête."

J'avais ri et essayé de lui remonter le moral, mais elle avait détourné le regard sans un mot.

Je garai ma moto près de l'entrée et rangeai la clé dans ma poche. Le foyer était un bunker gris de plain-pied, dont les fenêtres en plastique bon marché étaient brouillées comme les cristallins opaques d'un petit vieux. Il servait de lieu de rencontres improvisé. Il y avait une table de billard pour les jeunes, et des tables et des chaises pour les anciens. Pendant la journée, on voyait toujours au moins une douzaine d'adolescents qui traînaient là, discutaient et flirtaient. Les anciens se plaignaient des jeunes et parlaient du passé.

Je me dirigeai vers le terrain de basket, où se trouvaient une vingtaine de jeunes et une dizaine d'adultes. Je me frayai un chemin au milieu des petits groupes de gens qui bavardaient. Deux gamins s'essayaient à improviser du rap, mais leur tentative paraissait assez nulle à mes oreilles plutôt branchées rock and roll. Je restai vigilant – cherchant des yeux d'éventuelles personnes avec qui j'aurais été en conflit autrefois, et qui pourraient encore m'en vouloir. Je n'avais pas besoin de problèmes supplémentaires ce soir.

J'aperçus Tommy, parfois appelé Ik-Tommy d'après Iktomi, l'esprit farceur incarné en araignée des histoires pour enfants. Lui et moi étions amis depuis le lycée, mais nous nous étions perdus de vue pendant les deux ans où il avait purgé sa peine pour coups et blessures aggravés dans la prison de Sioux Falls. Quatre ans auparavant, à Rapid City, un groupe de trois étudiants avait repéré Tommy en train de boire une bière dans un parc et s'étaient dit qu'ils allaient s'amuser un peu avec un Indien ivre, mais Tommy n'était pas saoul et il ne s'était pas laissé faire. Il avait beau être blagueur, il valait mieux ne pas lui chercher querelle. Alors que les étudiants commençaient à le malmener, il avait attrapé la bombe de déodorant Axe que l'un d'eux avait dans sa poche et cogné le gamin en plein visage. Bien que Tommy ait plaidé la légitime défense, le procureur avait maintenu que la bombe était une arme dangereuse et Tommy prit deux ans. Durant sa détention, il s'acoquina avec des prisonniers amérindiens radicaux et se mit à lire les livres de Vine Deloria et d'autres écrivains indiens. Il était sorti il y avait un an, et depuis, il essayait de me convaincre de rejoindre un groupe d'activistes ; mais il n'en était pas question.

— Hé, mon frère ! lança-t-il en s'approchant de moi.

Ses longs cheveux noirs tombaient sur son corps frêle et sa veste en jean, qui avait tellement d'accrocs et de déchirures qu'elle ne devait pas le protéger beaucoup contre le froid. Ses chaussures étaient de vieilles baskets en toile à carreaux noirs et blancs sans lacets. Dans la gauche il y avait un trou, par lequel sortait son gros orteil.

— Salut Tommy.

— J'ai de la liqueur de malt, si tu veux, on va derrière.

À son haleine, j'aurais dit qu'il avait déjà descendu une bouteille tout entière, peut-être même deux.

— Non, ça va.

J'attrapai une vieille chaise en plastique et m'assis. Je tâtai mes poches par habitude, à la recherche de cigarettes. Tommy ne fumait pas, pas la peine d'essayer de le taper.

— J't'ai parlé du bouquin que je suis en train de lire ? *For Indigenous Eyes Only* ? Ça me fait vachement réfléchir. En fait, on s'est tous fait coloniser comme des bêtes. Avant l'arrivée des Blancs, on avait pas de lois. Pas besoin. Pas besoin de boulots non plus, parce qu'on chassait notre nourriture ! J'ai pas raison ?

— Mec, t'as pas de boulot depuis des années, dis-je en parcourant la foule des yeux à la recherche de quelqu'un à qui je pourrais demander une clope.

— On s'en fout, de ça ! Les boulots, c'est pour les pigeons. Je dis qu'on voit pas le monde de la même manière que les colonisateurs. Eux, tout ce qui les branche, c'est se procurer des trucs, acheter des trucs. Qu'est-ce qui se passe quand un gamin blanc fait une fête d'anniversaire ?

Il me regarda, les sourcils arqués.

— Il mange du gâteau ?

— Non, mec ! Il reçoit des cadeaux ! Des tonnes de cadeaux !

— Nous aussi, on donne des cadeaux d'anniversaire à nos gamins.

— Parce qu'on est colonisés. Exactement ce que je dis. Qu'est-ce qu'ils font, les Indiens, lors de la cérémonie du nom ?

— Ils donnent un nom lakota au gamin ?

— Ouais, mais c'est pas ça que je veux dire. Les cadeaux ! Les cadeaux, mec, avant que le nom indien soit annoncé. Voilà de quoi je parle. Les gamins indiens, ils distribuent des cadeaux à tout le monde, ils ne reçoivent pas des trucs pour eux. Ça se passe comme ça, chez les Indiens.

— Tous les Indiens ne reçoivent pas un nom, dis-je. Moi, j'en ai jamais eu un.

— Eh bien, il est temps ! Il est temps que tu deviennes un vrai Peau-Rouge. Tu devrais venir avec moi à la prochaine réunion de l'AIM*, rencontrer des gars.

— Je vais y réfléchir.

Je vis que les gens commençaient à quitter le gymnase.

— Ou peut-être que tu devrais venir avec moi à la Danse du Soleil cet été. Pour te remettre les idées en place. T'es d'accord ? *Hoka he !***

— Tu sais ce que je pense de ces conneries. Ça va pas me faire de bien, de danser autour d'un arbre.

Tommy me dévisagea avec tristesse.

— Mon frère, un jour tu entendras le Grand Esprit. Pour de vrai.

J'en avais assez écouté. Il était temps de m'en aller, de dégoter un peu de monnaie pour m'acheter un paquet de cigarettes.

— Nathan m'a dit que tu voulais me parler de quelque chose. Qu'est-ce qui se passe ?

— Ouais, j'ai croisé Ben Short Bear l'autre jour. Il veut te voir, c'est urgent. Il dit qu'il te cherche partout.

— Qu'est-ce qu'il veut ?

— Sais pas. Il paraît que c'est important – apparemment, il aurait un boulot pour toi, un truc comme ça.

Bizarre. Ben Short Bear était un membre du conseil tribal et, généralement, il gardait ses distances avec moi. Sans compter que la dernière fois où je lui avais parlé, il m'avait

* Americain Indian Movement, mouvement pour la défense des droits civiques des Amérindiens aux États-Unis.

** C'est parti.

fichu à la porte de son bureau, juste après que sa fille Marie avait rompu avec moi. Elle avait dit que j'étais un connard et qu'elle méritait mieux.

Elle n'avait pas tort.

En quittant le foyer, je vis un homme qui aidait un petit garçon à remettre son T-shirt et le visage de mon père me revint à l'esprit. Mes souvenirs de lui s'étaient un peu effacés avec le temps, mais certaines images le ramenaient toujours. Je me souvenais de lui m'apprenant, tout petit, à faire mes lacets. M'apprenant à lancer une balle de base-ball, à me servir d'un marteau et d'un tournevis, à lire une carte. Je me rappelle comme je me sentais en sécurité la nuit, sachant qu'il était endormi près de moi.

Je me souvenais de la mauvaise année aussi. À l'époque, personne ne m'avait dit qu'il avait un cancer, mais je savais qu'il était malade. Plus tard, j'ai appris qu'il avait eu un cancer du pancréas. Le pire, celui qui peut se développer en quelques mois à peine. Il avait perdu beaucoup de poids en peu de temps, il était méconnaissable. Je me rappelle qu'il vomissait beaucoup, et parce que je ne savais pas à quel point c'était grave, je me demandais s'il buvait. Quand je fus plus grand, ma mère me dit que les médecins du coin étaient tellement mauvais que lorsqu'ils avaient diagnostiqué sa maladie, il était trop tard. Des années après, j'ai cherché des informations sur le cancer du pancréas sur internet et, apparemment, il n'y avait pas grand-chose à faire. Mais ma mère en a toujours voulu aux médecins.

Les derniers mois, il était trop fatigué pour sortir de son lit et il souffrait terriblement, au point qu'il était difficile de se trouver près de lui. Je me sentais faible et inutile, parce que je ne pouvais rien faire pour l'aider. J'avais peur aussi, peur d'envisager la possibilité qu'il meure, et peur d'en parler à qui que ce soit.

Je finis par rassembler mon courage et demander à l'homme-médecine ce que je pouvais faire pour aider mon père. L'homme sacré était respecté par notre peuple, et je savais qu'il aurait la réponse. Il me dit d'aller dans le bois prier, passer là-bas une journée et une nuit entières, mais que je pouvais rester plus longtemps si j'en avais besoin. Il me dit que je ne devrais ni manger ni boire pendant que je prierais. Qu'un animal pourrait apparaître et me délivrer un message, peut-être un message de guérison, et que dans ce cas je pourrais cesser de prier et rentrer à la maison. Il me dit que je devais essayer de ne pas dormir, écouter les oiseaux et les animaux, et ne pas cesser de prier.

Je me sentis héroïque avant même d'avoir commencé à prier. J'imaginai ce que diraient ma mère et ma sœur quand je reviendrais et qu'elles comprendraient que je l'avais sauvé. Je rentrai en courant me préparer pour ma veillée. J'avais un peu peur de partir là-bas tout seul, mais cela en valait la peine. Je dis à maman que j'allais camper avec mon meilleur ami. Elle était si folle d'inquiétude devant l'état de papa qu'elle ne posa pas la moindre question.

Je n'ai pas beaucoup de souvenirs du premier jour, si ce n'est de m'être épouvantablement ennuyé, même si j'essayais de me concentrer sur mes prières. C'était difficile d'être seul sans personne à qui parler, sans télé à regarder, sans musique à écouter. J'avais si faim et si soif que j'avais du mal à me concentrer sur autre chose que mon estomac. Je rêvais de hamburgers, de frites, de *frybread**, de glaces. Je voulais rester

* "Pain frit", emblématique de la cuisine amérindienne.

éveillé, mais je finis par m'endormir et me réveillai à l'aube le lendemain matin. Je passai l'essentiel du deuxième jour recroquevillé sur moi-même, les bras serrés sur mon ventre, en retenant mes sanglots.

Le troisième jour, je ne pensais plus à la nourriture. Je priais et m'interrogeais sur mon père, sur la manière dont je pouvais contribuer à sa guérison. Le soir, je m'enfonçai dans une espèce d'état second, tout en restant éveillé. À un moment je m'assoupis, et mes songes furent vraiment étranges. Je rêvai qu'un cerf s'approchait de mon campement, mais l'animal avait deux visages. J'avais tellement peur que je me détournai de la créature. Plus tard, je rêvai qu'un faucon blanc arrivait du nord et se mettait à me parler de mon père et de sa vie. J'avais l'impression que l'oiseau me disait de ne pas m'inquiéter, de rentrer à la maison.

Lorsque je m'éveillai, je décidai que ma retraite avait duré assez longtemps. Je savais que je devais aller voir l'homme-médecine dès que possible – après avoir mangé – pour l'interroger sur mes rêves. Il pourrait me dire ce qu'ils signifiaient et comment je pouvais sauver mon papa. Mais en arrivant à la maison, je compris qu'il se passait quelque chose. Il y avait des voitures inconnues garées devant chez nous, et nos chiens n'étaient plus là. Quand j'entrai, maman me dit que papa était mort pendant mon absence. Elle me prit dans ses bras et m'assura que ce n'était pas grave. Mais c'était grave. Je n'étais pas là quand il était mort et je n'avais même pas eu la possibilité de lui dire adieu.

Je regardai fixement mes mains tout en retenant mes larmes. J'essayai de dire quelque chose à ma mère, mais les mots ne venaient pas. J'avais cru pouvoir invoquer les Esprits pour sauver mon père, mais tout ce que j'avais fait, c'était manquer l'occasion de le réconforter alors qu'il partait pour son grand voyage.

Je sus alors que ces traditions indiennes – les cérémonies, les prières, les enseignements – étaient des conneries. En pensant être le sauveur de la famille, je m'étais finalement ridiculisé. Je jurai que je ne me laisserais plus jamais tromper par ces rituels vides. À partir de ce moment-là, je ne compterais plus que sur moi-même.

Ma sœur me tendit un brin de sauge fumant, le visage triste. Je le pris et le piétinai. Longtemps après que la flamme s'était éteinte, je tapai sur cette sauge avec mes pieds. Ma mère me regarda la réduire en poussière. Je ne m'arrêtai que lorsque la plante eut complètement disparu, ne laissant qu'une tache verte sur le sol et un parfum aigre-doux dans l'air.

3

Le lendemain, j'attendais Ben Short Bear en regardant un match de basket universitaire sur la télévision accrochée au-dessus du bar. J'avais entendu dire qu'il prévoyait de se porter candidat à la présidence du conseil, et je n'étais guère surpris. Ben était ambitieux, ce qui expliquait pourquoi il ne m'appréciait pas lorsque je sortais avec sa fille. Bien qu'il n'ait jamais rien dit, je savais qu'il voulait que Marie se case avec un médecin ou un avocat, ou au moins quelqu'un qui avait un vrai boulot.

— Bonjour, Virgil.

J'avalai le fond de mon Coca et me retournai. Il avait l'air de sortir d'une réunion du conseil, avec son blazer marron et une cravatte bolo fermée par une agrafe en argent. Je vis qu'il s'était laissé pousser une petite moustache, de la même couleur que le trou de balle des chiens.

— Monsieur le conseiller.

Il fronça les sourcils et s'assit à côté de moi.

— Appelle-moi Ben. Pas besoin d'être si formel.

Il commanda une bière et posa un billet de vingt dollars sur le comptoir.

— Merci d'être venu me voir.

— Tommy m'a dit que vous aviez un boulot pour moi.

L'air renfrogné, il but une gorgée de bière.

— Tu as entendu parler de ce lycéen qui est mort il y a quelques semaines, Paul Ghost Horse ?

— Ouais, je crois.

— Eh bien, d'après l'histoire qui circule, ce serait un nouveau suicide. C'est triste, n'est-ce pas ? Mais c'est faux. Il se trouve que je sais qu'il a fait une overdose. D'héroïne.

Il leva les sourcils, attendant que je dise quelque chose.

— OK. Quel est le rapport avec un boulot pour moi ?

J'attrapai un glaçon et le glissai dans ma bouche.

— Tu connais Rick Crow ?

Je le connaissais. C'était un sale con – un ivrogne de première, un voleur et un menteur. Il avait toujours une arnaque sur le feu. Sans parler du fait qu'il était le leader de la bande de gamins qui m'avaient tourmenté quand j'étais à l'école, le roi des brutes, celui qui était toujours sur le dos des faibles. J'étais le plus faible, en ce temps-là. Mais ce n'était plus le cas.

— Je veux que tu le trouves et que tu lui donnes une bonne leçon. C'est cette ordure qui apporte cette saloperie ici. De la forte, qui vient du Mexique.

— Vous êtes sûr ? Je n'en ai pas du tout entendu parler. De l'herbe, d'accord. Mais pas de l'héroïne.

Quelque chose ne collait pas. Rick Crow était un trafiquant d'alcool, pas un dealer de blanche. Il achetait des cartons de Bud Light dans le Nebraska puis les revendait à la bouteille aux ivrognes du coin. De temps en temps, il descendait à Denver chercher de l'herbe, et la refourguait ici. Mais pour ce que j'en savais, il n'avait jamais donné dans quoi que ce soit de plus fort.

— Ça commence tout juste, dit Ben. C'est pour ça qu'il nous faut l'arrêter tout de suite.

— Pourquoi vous n'allez pas voir la police tribale ?

— Tu le sais bien. Même si elle arrive à lui mettre la main dessus, la cour tribale ne peut pas prononcer de condamnation supérieure à un an d'emprisonnement. Aucun intérêt.

C'était vrai.

— Pourquoi ne pas aller voir les fédéraux ?

Il ricana.

— Ils refusent de s'occuper d'autre chose que des affaires de meurtre. D'autre part, il n'y a pas de preuve solide qui le relie à la drogue.

— Alors comment vous savez qu'il l'importe chez nous ?

— J'ai mes sources.

Il termina sa bière et fit signe au barman qu'il en voulait une autre.

— Même si c'est vrai, pourquoi ça vous touche ? On trouve plein d'autres drogues par ici, si vous avez envie de commencer à sévir. On peut acheter de l'herbe à tous les coins de rue.

Il fronça les sourcils.

— Tu sais, certains d'entre nous ne se fichent pas complètement de cet endroit. Et de ce gamin décédé. C'est la grande différence entre l'herbe et l'héroïne. Sans parler du fait que mes électeurs ne seront pas contents que des drogues dures circulent.

La prochaine élection tribale. Voilà pourquoi Ben voulait se débarrasser des dealers de blanche. Mais il y avait une chose que je ne pigeais pas.

— Si vous voulez ramasser les lauriers pour avoir débarrassé la réserve de ces gars-là, pourquoi vous faites appel à moi ? Si j'obtiens de lui qu'il arrête, personne ne saura que c'est à vous qu'on le doit.

Ben recommença à gesticuler pour avoir une autre bière, sans succès.

— Je veux juste qu'on soit débarrassés de cette merde, peu importe à qui on le doit. (Puis il leva le bras et claqua des doigts.) Je vais être honnête avec toi. Si d'autres jeunes font des overdoses, je perds mon boulot. Mais le plus important, c'est de garantir la sécurité de notre peuple.

Le barman demeurait invisible, alors Ben se pencha par-dessus le comptoir, attrapa deux bouteilles de bière dans la glacière et en posa une devant moi. Elle provenait d'une brasserie chic, St. Pauli Girl, le genre de breuvage qui devait coûter dans les six dollars pièce. Je n'y touchai pas.

— Je ne bois plus.

Il m'ignora.

— Il y a cinq mille dollars pour toi si tu l'empêches d'amener cette merde ici, dit-il. Débrouille-toi comme tu veux, tous les moyens sont bons.

Cinq mille dollars. Plus que ce que je gagnais en un an.

— On m'a dit qu'il se trouvait à Denver en ce moment, c'est là qu'il se la procure. Je ne sais pas exactement où à Denver, ça, c'est à toi de le découvrir. Je te donne une avance de mille dollars tout de suite pour tes frais si tu pars immédiatement.

J'examinai l'étiquette de la St. Pauli Girl. On y voyait le dessin d'une fille *wasicu** blonde tenant six chopes mousseuses. Elle souriait, mais il y avait quelque chose de cruel dans son regard. Elle me rappelait les maîtresses qui me

* Blanc(he).

giflaient tout le temps quand j'étais petit parce que je ne me comportais pas comme il fallait.

— Non merci. Pas mon genre de boulot.

Ben eut tout à coup l'air d'un chien qui venait d'entendre un bruit bizarre. Il pencha même la tête un peu sur le côté comme un crétin de caniche.

— Quoi, tu veux plus de fric ?

— L'argent n'a rien à voir. Cette histoire, elle pue.

— Ce salopard vend de l'héroïne qui a tué un gamin. Tu ne veux pas arrêter ça ?

— C'est pas mon problème.

— Sacré Virgil, tu n'as pas changé, dit-il. Rien à foutre de personne d'autre que lui-même. Si tu changes d'avis, dis-le-moi. Mais je ne te laisse pas beaucoup de temps.

Je lançai un dernier regard noir à la St. Pauli Girl et m'en allai.

De l'héroïne ? Je n'arrivais toujours pas à comprendre. Je m'étais retourné dans mon lit toute la nuit en y réfléchissant, sans résultat. Il y avait plein de pilules qui circulaient dans la réserve depuis des années, des opioïdes puissants, et le marché n'avait jamais connu de pénurie. On pouvait se procurer de l'herbe facilement, et de la methamphétamine aussi, mais plus généralement du crank artisanal, en petites quantités. Les cuisiniers du coin trouvaient des gus pour acheter des boîtes de Sudafed dans toutes les pharmacies sur un rayon de cent cinquante kilomètres, puis les payaient en nature.

Mais je n'avais jamais entendu parler de blanche. Et Rick Crow était un escroc de petite envergure – pas du genre à se fourrer dans le business des drogues dures. Il était trop paresseux pour monter des gros coups. Cependant, j'avais entendu dire qu'il passait beaucoup de temps à Denver, alors pourquoi pas. Peut-être que le tuyau que Ben m'avait donné sur Rick était exact, mais j'en doutais. Comment Ben saurait-il quoi que ce soit sur l'héroïne ? Il évoluait dans un monde différent de celui des racailles et autres voyous d'ici.

Je devais en apprendre davantage avant de voir si j'acceptais la mission, si l'offre était toujours valable. Hier, quelque chose m'avait paru bizarre. Mon instinct me disait de décliner la proposition, mais mon instinct s'était parfois trompé dans le passé. Et cinq mille dollars, c'était tentant. Normalement, je ne me faisais que quelques centaines de dollars par contrat. Je décidai d'aller jeter un coup d'œil dans le mobile home de Rick. Glaner des informations supplémentaires, découvrir ce qu'il faisait vraiment.

Je partis à moto, choisissant la grande route, et me concentrai uniquement sur ma conduite. Je pris à gauche une fois, une deuxième fois, et passai la Little White River près de Crow Dog's Camp. Le ciel immense s'ouvrait devant moi tandis que je parcourais les prairies vallonnées et les étroits canyons ; la beauté de notre terre me remplit de joie. Puis je revins en ville, au milieu des gens, et je passai devant les petites maisons, généralement pas plus de cinquante mètres carrés, mais où logeaient des familles entières, avec des enfants. Certaines d'entre elles étaient en piteux état, entourées d'ordures et d'épaves de voitures. D'autres étaient bien entretenues, avec de petits carrés d'herbe et des décorations sur le gazon. Quelques-unes étaient à l'abandon, barricadées avec des planches, condamnées parce qu'un connard y avait installé son labo de crack. Je vis des enfants en train de jouer dans la rue, sous le regard vigilant de leurs parents assis sur des chaises en plastique, des jeunes se promenant en groupes, quelques anciens marchant lentement au bord de la route.

Je dépassai le bâtiment en forme de tipi de l'université tribale, puis descendis Main Street avec sa petite collection de devantures : le dollar store, le prêteur sur gages, le magasin d'alcools et spiritueux. Le petit motel où à une époque ils servaient des tacos indiens. Toutes les églises fondées autrefois par des missionnaires pour convertir les sauvages. L'atelier de mécanique où mon oncle avait passé l'essentiel de sa vie avant de mourir du diabète. Le café où ma mère avait pris son dernier repas.

Je m'arrêtai à côté du mobile home de Rick, faisant crisser le gravier sous mes pneus. D'après Ben, Rick était à Denver, mais mieux valait quand même faire attention. On ne pouvait pas savoir qui pouvait être là, en train de fouiner. En m'approchant, j'essayai de ralentir ma respiration, qui me paraissait trop bruyante dans ma tête.

Le logement avait l'air abandonné. Pas de voitures autour, mais cela ne signifiait pas pour autant qu'il était désert. C'était un de ces modèles en métal ondulé, avec des flancs gris striés comme un vieux cuirassé. La porte d'entrée était fermée ; des rideaux d'un beige passé m'empêchaient de voir quoi que ce soit par les minuscules fenêtres.

Sans en être certain, je crus entendre un bruit métallique provenant de l'intérieur. Je sortis mon arme – un Glock 19 avec chargeur standard – et m'accroupis derrière un buisson. Si quelqu'un apparaissait, je serais en bonne position pour tirer au cas où. Qui donc pouvait se trouver là-dedans ? Des gamins cherchant de la drogue ?

Un autre bruit provenant du mobile home. Je regrettai de n'avoir pas laissé ma moto en bas de la route, hors de vue, mais il était trop tard. Les secondes s'écoulèrent lentement ;

j'attendis que quelqu'un se montre. Puis un nouveau bruit, comme si quelque chose tombait, à l'intérieur.

Ça suffisait comme ça, les conneries. Je brandis mon pistolet et avançai lentement jusqu'à la porte. Je laissai passer cinq secondes, reculai d'un pas et flanquai mon pied dedans. La porte craqua et céda, et je faillis m'étaler de tout mon long.

— Qui est là ? Montrez-vous !

Mes yeux s'accoutumèrent à la pénombre et je vis qu'une fenêtre était ouverte ; le vent s'engouffrait à l'intérieur. Des ordures jonchaient le sol, et il y avait un grand trou dans un coin du plancher. Le bois avait pourri, laissant apparaître l'isolant rose. On aurait dit de la barbe à papa sale. Me sentant un peu bête, j'avançai lentement jusqu'à la salle de bains exiguë. Personne, juste une cuvette crasseuse et encore des ordures. Il restait une pièce.

La porte était entrouverte, et je la poussai du bout du pied, tout en restant en retrait au cas où quelqu'un tirerait. J'attendis quelques secondes, essayant de me tenir aussi immobile que possible.

Pas de coup de feu, alors j'avançai lentement. Personne, là non plus ; il n'y avait qu'un petit lit, une commode et encore des détritus. Je me détendis un peu.

Je poussai du pied un tas d'emballages de nourriture et de canettes de bière vides. Je ne vis rien qui ressemblait à de l'héroïne. Je commençai à fouiller les tiroirs. Rien, juste un vieil annuaire, des allumettes, des stylos à bille et quelques lames de rasoir.

C'est là que je les vis. Fils de pute.

Les ballons de baudruche dans lesquels on conditionne l'héroïne en doses individuelles. Bien sûr, il ne s'agissait que de ballons, mais Rick Crow ne devait pas organiser beaucoup de fêtes d'enfants dans ce trou à rats. Je sentis la colère monter le long de mon échine comme une vague incandescente.

Cependant la présence des ballons ne prouvait rien. Ben ne possédait pas de preuve solide reliant Rick à l'héroïne, et je n'avais pas vu d'indice clair que cette saloperie était vendue sur la réserve. J'aurais eu bien besoin de l'argent, mais quelque chose dans ce contrat continuait à sonner faux. Il était difficile de croire qu'un petit escroc à la noix comme Rick avait le réseau pour dealer des drogues dures. Peut-être que quelqu'un avait donné à Ben une fausse information – quelqu'un qui voulait piéger Rick. Ils étaient nombreux, ceux qui seraient contents de le voir dégager, et j'en faisais partie. Mais je devais quand même m'assurer que ce contrat était réglo.

Je continuai à fouiller les tas de détritus du bout du pied, cherchant autre chose qui pourrait me donner plus d'informations. Je ramassai un carnet sur un comptoir et le parcourus. Quelques lignes avaient été écrites sur la première page. Des nombres, et un nom : Martin Angel. Il m'était inconnu, mais je pourrais me renseigner. Je fouinai encore un peu. Rien. Sans réfléchir, je soulevai le petit matelas crasseux.

Une boîte de cartouches de.38 Super.

Mais pas d'arme.

La réserve n'avait que trois restaurants. Un marchand de sandwichs, qui vendait de la charcuterie perpétuellement gorgée d'eau et des légumes défraîchis, le grill au Depot, et JR's Pizza, un préfabriqué où l'on servait des plats ressemblant vaguement à des spécialités italiennes. Il me restait quelques dollars, après avoir acheté des clopes, et je voulais sortir Nathan, alors je l'emmenai au truc à pizzas, son préféré. Une affichette était collée à l'extérieur avec la photo d'une jeune femme souriante : DONNA FLYING HAWK, DISPARUE. L'AVEZ-VOUS VUE ? Un chien crasseux installé sur le trottoir devant le restaurant mangeait un oiseau crevé.

La salle était minuscule, juste assez de place pour un petit comptoir et quelques tables et chaises pourries. Une feuille manuscrite, scotchée à la porte du frigo à boissons, était intitulée "Mur de la honte", on y trouvait la liste des gens qui avaient fait des chèques en bois et la somme qu'ils devaient : Yolanda White, 9,27 $; Stephanie Turning Heart, 19,48 $; Owen Bear Runner, 47,77 $. La seule chose que j'aimais chez JR, c'était qu'ils avaient du Shasta Cola, l'alternative bas de gamme du Coca-Cola que je buvais quand j'étais gosse. Ma mère en rapportait des paquets de six et je n'avais pas cessé de l'aimer. Il vous balançait dans la tête une décharge de sucre aussi puissante qu'une ruade. Nous prîmes deux canettes avant d'aller nous asseoir.

— Qu'est-ce que tu veux, une grande pepperoni ? demandai-je.

Il sourit.

— Ouais, si tu as les sous.

— C'est bon, c'est pour moi.

— En quel honneur ?

— Aucun. J'avais envie de sortir. Tu t'es bien amusé hier soir ?

— Ça va. J'ai passé la soirée avec Jimmy. J'irai probablement chez lui demain.

Je savais qu'il ne voulait pas me raconter sa vie sociale, mais j'avais compris comment le faire parler. Jimmy et lui étaient devenus obsédés par les ovnis, la vie sur d'autres planètes, et la question de savoir pourquoi les humains n'avaient pas encore été contactés par ces créatures de l'espace. Ils parlaient pendant des heures sur leur portable, confrontant les différentes théories et se demandant si c'était une bonne idée que les humains envoient un message vers les étoiles, à l'intention de civilisations extraterrestres. Étant donné les conditions de vie dans la réserve, il n'était pas difficile de comprendre pourquoi les garçons étaient si fascinés par les mondes lointains.

— Quelles sont les dernières nouvelles des Martiens ? demandai-je.

Il me regarda en plissant les yeux, essayant de savoir si je me moquais de lui.

— Eh bien, Jimmy continue à argumenter en faveur de la distance, mais je lui ai répondu qu'avec une sonde de Bracewell on bousille sa théorie. Tu te souviens, je t'en ai parlé.

Je ne me rappelais pas, mais j'acquiesçai.

Il poursuivit.

— C'est parfaitement sensé, mais il refuse de céder. Ouais, la société intelligente la plus proche se trouve peut-être à des millions d'années-lumière de nous, mais ils ont forcément une sonde dans l'espace ! Pourquoi ne voudraient-ils pas découvrir d'autres mondes ? Des mondes avec des formes de vie intelligentes. Sans parler du fait que leur civilisation s'est développée des millions d'années avant la nôtre, alors il y a forcément des milliers, peut-être même des millions de sondes là-haut, mais on n'en a pas vu une seule ! Pourquoi ?

Il me regarda, plein d'espoir.

— Heu… Parce qu'ils se sont retrouvés à court de carburant ?

Il leva les yeux au ciel puis but une gorgée de soda.

— Mais non. Les sondes sont propulsées par la fusion nucléaire, évidemment. Elles ne peuvent pas se retrouver à court de carburant.

— D'accord, alors pourquoi est-ce qu'aucun vaisseau spatial extraterrestre ne nous a encore trouvés ?

— Sonde, pas vaisseau ! Les vaisseaux contiennent des créatures vivantes, qui ne peuvent pas survivre des milliers d'années pendant qu'ils voyagent. Les sondes sont comme de l'intelligence artificielle, comme des robots ; elles peuvent voyager pendant des millions d'années parce que ce sont des machines.

— D'accord, alors pourquoi est-ce qu'aucune sonde extraterrestre n'a encore découvert la Terre ?

— Parce qu'il n'y a pas de sondes ! Elles nous auraient trouvés, depuis le temps. C'est logique. S'il y avait des sondes extraterrestres, elles auraient détecté nos transmissions radio et télé, forcément ! Alors, par élimination, la seule réponse possible est l'hypothèse de simulation.

Il me regarda avec un sourire triomphant.

Je m'amusais bien.

— C'est quoi, l'hypothèse de simulation ?

— C'est la théorie qui dit que notre monde n'est qu'une simulation par ordinateur créée par des créatures avancées pour nous étudier, et nous ne savons même pas que nous en faisons partie.

— Comme dans *Matrix* ?

— Oui, exactement ! Sauf que les rebelles dans le film réussissent à s'échapper de la matrice. Nous, on ne peut pas. Pas encore, en tout cas.

— Alors, qui contrôle cette matrice ? Est-ce qu'on est comme les gens dans ce film, seulement des réservoirs d'énergie qui alimentent leur civilisation ? Qu'est-ce qu'ils veulent de nous ?

Il finit son Shasta et en prit un autre dans le réfrigérateur.

— Eh bien, c'est la partie que j'ai pas encore réussi à comprendre. J'ai réfléchi ; si quelqu'un pouvait apprendre à modifier la simulation, alors peut-être qu'il pourrait la reprogrammer, remonter dans le temps et faire un truc.

— Comme changer quelque chose qui s'est déjà passé ?

— Ouais, je crois.

Il détourna le regard.

Je voyais bien ce qu'il avait en tête. Il avait beau les avoir cachés, je savais qu'il gardait des dessins au crayons de sa mère enfouis dans ses tiroirs. Des dessins de sa mère en train de danser lors d'un pow-wow, d'elle le portant quand il était bébé, d'elle le jour de son diplôme de fin d'études. Des dessins de ce à quoi elle aurait ressemblé si elle avait vécu. Certains étaient très élaborés, d'autres, de simples pictogrammes comme ceux que nous utilisions dans nos *winter counts*. Il ne me les avait jamais montrés, mais je les avais vus.

On nous servit notre pizza et Nathan se mit à manger comme si c'était son dernier repas. Je pris une bouchée. Du carton recouvert de soupe à la tomate et de fromage reconstitué. Dégoûtant. J'avais mangé de la vraie pizza, autrefois. Je le laissai s'empiffrer pendant que je sirotais mon Shasta.

Une fois le repas terminé, le silence s'installa. Il se mit à tripoter son portable et je décidai de tenter ma chance. Nathan avait touché à l'herbe deux ou trois fois, mais je ne lui avais jamais pris la tête avec ça. Peut-être qu'il savait quelque chose sur les autres substances.

— Dis-moi, est-ce que tu aurais entendu dire qu'il y a de l'héroïne par ici ?

Il leva la tête.

— Non. Pourquoi tu me poses cette question ?

— Quelqu'un m'a dit que Rick Crow en fait circuler dans la réserve. Tu lui as déjà parlé ?

— Je sais qui c'est, c'est tout.

— Allez, arrête tes conneries. Je sais qu'il vend de l'herbe, des bières aussi. Tu as déjà vu des trucs plus durs ?

— J'ai entendu des jeunes parler de cachetons, mais jamais d'héroïne, dit-il. Peut-être de la chasse au dragon, je ne sais pas. Je crois qu'ils font ces trucs-là plutôt à Pine Ridge.

— OK. Mais dis-moi si tu entends parler de quelque chose.

J'avalai la dernière gorgée de mon Shasta.

— Hé, tu veux bien faire une recherche sur ton téléphone pour moi ?

Mon portable était un ancien modèle à clapet, sans fioritures. Nous avions tous les deux des portables bon marché achetés au Walmart de l'autre côté de la frontière, dans le Nebraska, mais son forfait comprenait les SMS et internet.

— Ouais, c'est quoi ?

— Martin Angel, dis-je en l'épelant. Peut-être dans le Colorado.

J'allai demander la clé des toilettes au comptoir, puis y entrai. Il y avait un antique distributeur automatique de station-service accroché au mur, qui proposait trois produits différents pour le prix imbattable de soixante-quinze cents chacun. De la véritable Fleur des elfes, qui promettait d'augmenter le désir et améliorer les performances ; le certificat de capacité matrimoniale instantané, apparemment un faux certificat pour ceux qui étaient pressés de consacrer leur union sacrée autour d'une pizza ; et des capotes parfumées aux couleurs fluo. Le cercle de la vie.

Lorsque je revins, Nathan me tendit son portable et je regardai l'écran. MARTIN ANGEL, CENTRE DE TRAITEMENT ET DE BIEN-ÊTRE, 1280 S. FEDERAL, DENVER.

Centre de traitement et de bien-être ? Qu'est-ce que c'était, un salon de massage ? Puis je descendis plus bas sur la page. LE MEILLEUR CANNABIS DU COLORADO.

4

Le lendemain, je tentai une dernière fois d'en apprendre davantage sur les activités de Rick Crow, quelles qu'elles soient. Il n'était pas surprenant que Rick Crow ait des relations dans la marijuana à Denver. Mais cela ne signifiait pas pour autant qu'il trafiquait de l'héroïne. D'un autre côté, j'avais besoin d'argent, et j'aimais bien l'idée de faire souffrir Rick. Il me fallait juste vérifier que je ne me fourrais pas dans le merdier d'un autre. Si quelqu'un en savait un peu plus long sur cette histoire, c'était Jerome Iron Shell. Jerome était homme-médecine et il savait tout sur tout le monde en ville. Il organisait une cérémonie de sudation chez lui presque tous les samedis. Ce serait une bonne occasion pour aller lui parler.

Il ne parut pas surpris de me voir. Ses longs cheveux gris tombaient sur sa veste bleu cobalt en tissu genre Pendleton, ces modèles qu'on peut acheter aux pow-wows pour une quarantaine de dollars.

— Besoin d'aide ? lui demandai-je.

— Bien sûr. Donne-moi un coup de main pour transporter les pierres.

J'attrapai la fourche et la glissai sous l'une des pierres qui chauffaient dans le trou. Jerome et moi transportâmes une à une les pierres qui représentaient nos ancêtres vers le foyer.

— Tu veux venir dans la hutte ? demanda-t-il.

Je fus surpris par sa question – il savait que je ne participais pas aux cérémonies. Mais peut-être que si j'acceptais, il me donnerait plus volontiers des informations. Ou peut-être que j'entendrais un des autres participants dire quelque chose d'intéressant. Et après tout, ça ne pouvait pas me faire de mal.

— Ouais, OK. Mais il faut que je rentre tout de suite après.

J'attrapai une autre pierre avec la fourche.

— Hé, je peux te poser une question ?

Il hocha la tête.

— Est-ce que tu aurais entendu dire que Rick Crow dealait de l'héroïne ?

— De l'héroïne ? (Il secoua la tête.) Non, c'est pas son truc. Il fume de l'herbe, il en vend un peu. Pourquoi ? T'as l'intention de t'en prendre à lui ?

— Non, je pose juste la question. Tu veux bien ne pas en parler, s'il te plaît ?

Je remarquai que le petit-fils de Jerome, Rocky, et environ quinze autres personnes se tenaient devant la hutte de sudation. Jerome pointa un index vers le groupe et Rocky apporta trois seaux d'eau à l'intérieur. Jerome hocha la tête ; tout le monde enleva ses chaussures et les hommes enlevèrent leur T-shirt. Certains portaient un short de sport, d'autres juste une serviette autour des reins. Ceux qui avaient des lunettes les rangèrent dans leurs chaussures, à l'extérieur. Je me demandai brièvement si je portais un caleçon propre, puis j'enlevai mon jean et mon T-shirt avant d'entrer avec les autres dans la hutte. Je m'assis à côté des joueurs de tambour. Cela faisait longtemps que je n'avais pas participé à ce rite de purification, et je m'interrogeai – allais-je me rappeler ce qu'il fallait faire ?

Quelques minutes plus tard, les tambours se mirent à battre et quelqu'un commença à chanter. Ensuite, Jerome énonça une prière en lakota. J'écoutai ce qu'il disait, sans comprendre la plupart des mots, même si j'arrivais à saisir le sens général. Puis Jerome versa un seau d'eau sur les pierres. J'entendis un sifflement comme celui d'un grand serpent furieux et un énorme nuage de vapeur remplit la hutte. Puis il ajusta les peaux sur les branchages, et nous fûmes enveloppés dans les ténèbres. J'essayai de m'installer à mon aise, mais mes jambes ne cessaient de cogner dans celles de quelqu'un d'autre. J'avais du mal à respirer et je sentais la sueur dégouliner sur ma poitrine. La chaleur était atroce, au-delà des mots, et je perdis la notion du temps. J'avais l'impression que mes poumons brûlaient à l'intérieur et je m'efforçai de ne pas penser à la température extrême en me concentrant sur le son de ma propre respiration et celui des tambours, qui avaient repris.

J'essayai de me focaliser sur les percussions mais je fus soudain distrait par quelqu'un qui sanglotait sur ma gauche. J'aurais dit que c'était une des femmes, mais c'était difficile de savoir. Les pleurs et les gémissements continuèrent pendant ce qui me parut durer des heures, et se mirent à varier en hauteur, pour se transformer en une sorte de chant. Puis j'eus le sentiment que les pleurs étaient en fait la voix de quelqu'un qui parlait ou chuchotait très doucement. Comme il paraissait important que je comprenne ce qui était dit, j'essayai de faire taire toutes mes pensées jusqu'à être parfaitement immobile.

À un moment donné, je dus m'endormir malgré la chaleur, parce que je rêvai que ma sœur Sybil était à côté de moi. Elle chuchotait des choses que je ne compris pas, au début, et je me sentis triste, je lui demandai de partir. Mais elle ne cessait de me répéter, encore et encore, qu'il fallait que je n'oublie pas les oiseaux. Et que je me dépêche. N'oublie pas les oiseaux. L'oiseau perdu. Qu'est-ce que ça signifie ? demandai-je, mais elle refusa d'en dire davantage.

Nous avions dû accomplir les quatre phases, pour les quatre points cardinaux, mais j'étais incapable de m'en souvenir. La cérémonie prit fin lorsque Jerome cria : *Mitakuye oyasin !* et je sortis de la hutte à quatre pattes pour retrouver la lumière. En buvant de l'eau fraîche, je réfléchis à mon rêve. Puis ça me revint.

L'année où notre maman était décédée, Sybil et moi avions dessiné des oiseaux morts sur nos *winter counts*. Cet hiver-là, non seulement notre mère était partie, mais il avait fait tellement froid dans la réserve que de nombreux oiseaux avaient gelé. Pour nous, c'était l'année où notre mère et les oiseaux nous avaient quittés.

Quand j'arrivai à la maison après la cérémonie, il était tard. Les lumières étaient allumées, Nathan était donc là, probablement endormi, ou en train de jouer à des jeux vidéo. Il avait passé la journée seul, mais il savait très bien se débrouiller. J'étais épuisé et j'avais faim. Il ne restait rien de frais dans le réfrigérateur, mais je découvris une vieille pizza couverte de givre au fond du congélateur. Je la réchauffai dans notre antique four à micro-ondes, auquel il fallait toujours cinq minutes supplémentaires pour cuire quoi que ce soit.

Je m'installai avec ma pizza toute molle et réfléchis à l'histoire de Rick Crow. Je ne saisissais toujours pas pourquoi Ben m'offrait cinq mille dollars pour m'occuper de Rick au lieu d'aller voir les fédéraux. Je comprenais qu'il ne veuille pas s'adresser à la police de la réserve, qui était impuissante selon les dispositions de la loi entrée en vigueur à la suite du meurtre de Chief Spotted Tail, dans les années 1880. À l'époque, le meurtrier avait été banni, mais pas jeté en prison. Les *Wasicu* furent tellement scandalisés par la justice à l'indienne qu'ils firent passer une loi nous retirant notre droit à punir les gens de notre peuple. Les cours tribales n'étaient compétentes que pour les délits mineurs, les petits trucs, comme les vols à l'étalage ou le tapage. La police tribale devait rapporter tous les crimes aux enquêteurs fédéraux, qui allaient rarement jusqu'aux poursuites. Seules les affaires médiatisées ou les crimes violents méritaient qu'ils engagent une action en justice. Mais les agressions sexuelles classiques, les vols, les voies de fait étaient le plus souvent ignorés. Et les ordures le savaient. Les violeurs pouvaient s'en prendre aux Indiennes tant qu'ils le voulaient, du moment qu'ils opéraient en terre indienne.

Quand le système judiciaire leur faisait ainsi défaut, les gens s'adressaient à moi. Pour quelques centaines de dollars, ils étaient un peu vengés. C'était ma contribution à la justice.

Mais l'héroïne, c'était autre chose. Rien à voir avec les violences domestiques ou les vols de voitures dont les fédéraux se fichaient toujours. Démanteler un trafic d'héroïne ferait les gros titres des journaux et la carrière d'un procureur fédéral. Ben devait le savoir, alors pourquoi ne transmettait-il pas ses informations au FBI ? Peut-être qu'il me disait la vérité, et qu'il n'y avait pas assez de preuves reliant Rick à la came.

J'en avais assez fait pour ce soir. J'allai voir ce que devenait Nathan. Il avait dû oublier d'éteindre ses lumières. J'ouvris la porte et le trouvai endormi, encore tout habillé, un bras pendant hors du lit.

— Hé, mec, pourquoi tu ne te mets pas en caleçon et sous la couette ?

Il ne réagit pas.

— Nathan, allez, on se met au lit, je suis fatigué.

Toujours pas de réaction.

— Nathan ?

Je le regardai de plus près. Son visage et ses lèvres étaient gris, presque bleus. J'aperçus un ballon de baudruche vide, un briquet et un morceau de papier alu froissé et brûlé par terre. Une âcre odeur de vinaigre flottait dans l'air.

Oh non.

— Nathan, réveille-toi ! Debout !

J'essayai de le relever, mais il était trop lourd et il retomba sur le lit. Je soulevai ses paupières. Ses pupilles étaient minuscules, comme des trous noirs miniatures, et sa peau était froide et moite. Je lui donnai une gifle. Une vraie.

— Nathan. Ouvre les yeux ! Réveille-toi !

Pas de réponse, mais je vis son menton bouger, un tout petit peu. Je courus chercher mon portable dans le salon. L'hôpital se trouvait à quatre-vingts kilomètres, et le bureau de la police tribale, à environ trente-cinq. Les flics étaient mon seul espoir.

Les mains tremblantes, je composai le numéro.

— J'écoute.

— Ici Virgil Wounded Horse. Mon neveu… il fait une overdose ! Il ne se réveille pas. Envoyez-moi…

— Quelle est votre adresse ?

— S'il vous plaît, dépêchez-vous, il est inconscient…
— Il me faut votre adresse, monsieur.
Il avait l'air énervé, comme si je l'empêchais de rentrer chez lui après une longue journée de travail.
— On est à l'angle de la 83 et Spidergrass Road… c'est la seule maison dans le coin.
— Restez en ligne avec moi, OK ? Est-ce qu'il respire ?
— Je crois oui, mais pas beaucoup…
— Restez en ligne, ne raccrochez pas, d'accord ?
— Dépêchez-vous.
— Quel âge a-t-il ?
— Euh, je… il a quatorze ans ! Seulement quatorze.
Je revis tout à coup Nathan quand il était tout petit, en train de jouer avec des petites voitures que je lui avais apportées. Qu'est-ce qu'on en avait à faire, de son âge !
— Ça fait combien de temps qu'il est inconscient ?
— Je ne sais pas, je viens de le trouver. Vous avez une voiture disponible ?
Le standardiste parut fâché à nouveau.
— Nous sommes en route. Vous avez dit que c'était une overdose ?
— À l'héroïne, je crois. J'ai trouvé un ballon de baudruche et du papier alu par terre.
— Est-ce que vous savez combien de drogue il a pris ?
— Putain, mais comment je saurais ? Je savais pas qu'il prenait cette merde !
— J'essaye juste de vous aider. Combien pèse-t-il ?
— Je ne… Peut-être un peu plus de soixante kilos ?
— On sera bientôt là, restez en ligne, OK ? Ne coupez pas ! Monsieur ?
Je lâchai mon portable. Des nuages noirs entraient dans la maison, avalaient tout l'oxygène, tout l'air. Je n'arrivais pas à

respirer, alors je laissai les ténèbres envelopper mes poumons, ma peau, mon corps tout entier.

— Monsieur ? Monsieur ?

J'entendis la voix dans le téléphone, lointaine.

— Vous êtes toujours là ?

Je ramassai le portable.

— Ouais, je suis là. Ils sont encore loin ?

— Est-ce que vous savez pratiquer la réanimation cardio-pulmonaire ? demanda-t-il.

— Euh, un peu… Faire du bouche-à-bouche ?

— Pas exactement. Il faut que vous commenciez les compressions thoraciques tout de suite. Vous vous rappelez le film *La Fièvre du samedi soir* ?

— Un film ? Mais qu'est-ce que vous racontez ?

— Vous allez mettre vos deux mains sur son torse – juste au-dessus de son cœur – et vous appuyez fort ; cent fois par minute. Pensez au rythme disco de la chanson *Stayin'Alive*. La chanson du film. Appliquez les compressions à ce rythme. Posez le portable et allez-y ! Tout de suite ! Et ne vous arrêtez pas tant que la voiture n'est pas arrivée.

Je remontai le sweat-shirt de Nathan. Sa peau n'était plus brune – elle avait pris une étrange nuance grise, et elle était bizarrement froide et moite. Je joignis les mains comme si je priais et les posai juste au-dessus de son cœur. J'avais toujours détesté le disco, mais ma mère écoutait tout le temps ce vieil album des Bee Gees quand j'étais gosse. J'avais oublié les paroles, mais le rythme du morceau me revint instantanément. J'appuyai régulièrement sur la poitrine de Nathan comme si je dansais au pow-wow. Est-ce que j'appuyais trop fort ? Fallait-il que j'appuie plus fort ? Je me concentrai sur le rythme de la chanson pour forcer son cœur à envoyer du sang dans ses veines. *Stayin'alive, stayin'alive…*

Tout en appliquant les pressions, j'essayai de me souvenir des prières indiennes que ma mère me répétait. Je les avais entendues si souvent quand j'étais enfant, il me paraissait urgent de me rappeler au moins un vers, mais rien ne me revenait. Comment se faisait-il que j'arrivais à raviver le refrain d'un morceau disco merdique que j'avais entendu il y avait des années mais que j'étais incapable de retrouver les paroles de ma mère ? Le poids de mes échecs – de tous mes échecs – m'enveloppa comme un linceul.

Tandis que mon neveu agonisait dans la petite maison, j'envoyai un message au Grand Esprit.

Je vous en prie, ne laissez pas mourir cet enfant. Je ferai n'importe quoi, épargnez-le.

Épargnez-le.

5

LE BRUIT de la machine et l'odeur piquante des produits de nettoyage utilisés par l'hôpital me donnaient mal à la tête. Je contemplai Nathan, toujours inconscient et relié à un respirateur. Sa poitrine se soulevait lentement ; l'appareil fixé sur son visage ressemblait à une cruelle imitation des masques que portaient les *heyokas** dans les cérémonies. Je le reconnaissais à peine, avec sa peau très pâle et ses yeux gonflés. Qu'était-il arrivé au garçon avec qui j'avais partagé une pizza à peine quelques jours avant ?

La nuit précédente, Nathan avait fait un arrêt cardiaque mais avait réussi à revenir. Ses poumons n'avaient pas supporté le choc et on m'avait dit qu'il aurait besoin d'aide pour respirer pendant un moment. Le médecin ne savait pas encore s'il avait des lésions cérébrales suite au manque d'oxygène. Il va y arriver, il vivra, ne cessais-je de me répéter pour faire taire mon angoisse. Le Grand Esprit, ou quelqu'un, avait accédé à mes prières.

Le médecin m'avait expliqué que Nathan avait peut-être pris de l'héroïne mélangée à du fentanyl, une combinaison

* Clowns.

mortelle. Elle avait vu beaucoup de ce genre d'overdoses, ces derniers temps, les gamins ne savaient probablement même pas qu'ils prenaient un mélange des deux drogues. Elle m'expliqua que le fentanyl était cinquante fois plus puissant que l'héroïne et multipliait les chances d'overdose. Je ne comprenais pas pourquoi ces salopards de dealers vendaient une drogue qui pouvait tuer leurs clients, mais elle me répondit que c'était un argument de vente. Elle précisa que dans la rue l'héroïne coupée avec le fentanyl était surnommée "pawnee".

Bon sang. Les Pawnees étaient la tribu ennemie du peuple lakota. Nous les avions combattus pendant cent ans, en particulier après que de nombreux Pawnees s'étaient rangés du côté des hommes blancs dans les années 1800. L'idée que le poison qui tuait nos enfants porte leur nom m'était insupportable.

À ce moment-là, j'eus une vision de Rick Crow. Ma haine était tellement intense que je sentis les acides commencer à remonter de mon estomac et me brûler l'œsophage et la gorge. C'est là que mon téléphone vibra et je sursautai. Peu de gens avaient mon numéro, et je préférais qu'il en soit ainsi.

— Virgil ?

— Ouais ?

— C'est Marie.

Je marquai une pause. Je n'avais pas parlé à Marie Short Bear depuis longtemps. Depuis le jour où elle avait fait ses valises et quitté ma maison.

— Virgil, t'es là ?

— Ouais, je suis là.

— J'ai entendu dire que Nathan était malade.

Malade. Façon de parler.

— Il a fait une overdose hier soir.

— Je sais. J'ai rencontré Ty Bad Hand à Turtle Creek ce matin et il m'a raconté.

— Qui ça ?

— Il travaille pour la police tribale. Comment va Nathan ?

Je réfléchis à la manière dont j'allais répondre à sa question.

— Il survivra, mais ils ne savent pas s'il aura des… des lésions cérébrales. Il est inconscient – relié à une machine qui l'aide à respirer. Il ne se réveillera pas avant quelques jours.

— Je suis vraiment désolée. Est-ce que je peux faire quelque chose ?

Je me rendis compte que j'étais affamé, mais je ne voulais rien demander à Marie. Je lui avais causé assez de soucis.

— Non, ça va. Il faut juste que j'attende et que je le laisse guérir.

— Bien sûr. Je brûlerai de la sauge ce soir.

— Euh… merci.

— C'est si triste ; je sais à quel point tu aimes Nathan. C'est un bon gamin.

Je sentis mon cœur se serrer, et ma voix se mit à trembler.

— Oui, c'est vrai. Il a eu des problèmes mais…

— Tiens bon, OK ? Le Grand Esprit va prendre soin de lui. Il va s'en sortir, je le sens. Sois fort et que ton cœur soit brave, *kiksuyapi**.

J'avais la gorge tellement nouée que je ne dis rien.

— T'es toujours là ? dit-elle.

— Ouais, je suis là. Je réfléchis.

— Nathan est au lycée, c'est bien ça ?

* Souviens-toi.

— Ouais. Dans le comté de Todd.

— Il aime bien ?

— Je crois. Il a des notes correctes, sans plus.

— Il fait du sport ? Il est membre de clubs ?

— Non, c'est pas trop son truc. Il est plutôt branché jeux vidéo et il écoute beaucoup de musique.

— Hé, dit-elle. Je ne veux pas me montrer indiscrète, ce ne sont pas mes affaires, mais est-ce qu'il ne traînerait pas par hasard avec des… tu vois ce que je veux dire, des gamins peu recommandables ?

Je réfléchis quelques instants.

— Pas vraiment. Il a fait des conneries, il y a quelque temps. Son meilleur ami, c'est Jimmy Two Elk. Ils jouent à leurs jeux, se baladent ensemble.

— Tu sais ce qu'il lui faudrait ?

— Quoi ?

— Un *yuwipi*. Pour le guérir, avoir des réponses des Esprits. Je pourrais demander à Jerome Iron Shell ou Pete Ictinike d'organiser la cérémonie quand il sortira de l'hôpital.

Oh non, ça n'allait pas recommencer. La dernière chose dont Nathan avait besoin, c'était un rituel à la noix comme un *yuwipi*. Je n'y avais jamais pris part, mais j'en avais entendu parler. L'homme-médecine se rend chez le malade, et la famille obture toutes les fenêtres et toutes les portes, jusqu'à ce qu'il n'y ait plus un rai de lumière. Puis l'homme-médecine est attaché avec des cordes et enroulé dans une couverture étoilée. Ensuite, on fait une cérémonie censée interpeller les Esprits, qui guériront la personne malade et libéreront l'homme-médecine des cordes qui le retiennent. Non merci. Dans l'immédiat, ce dont Nathan avait besoin, c'était de repos et d'oxygène pour que ses poumons puissent récupérer. Et son cerveau aussi.

— Tu travailles avec Jerome maintenant? Tu étudies pour devenir femme-médecine? lui demandai-je, essayant de changer de sujet.

Du temps où nous étions ensemble, Marie était convaincue qu'elle avait eu une vision, que les Esprits étaient venus lui rendre visite pour lui demander de devenir femme-médecine. Marie avait raconté sa vision à Jerome, mais il lui avait répondu qu'elle n'était pas prête.

— Pas vraiment, dit-elle. Il m'a enseigné quelques petites choses, mais il a dit qu'il vaudrait mieux attendre que mes cycles lunaires soient terminés.

— Oh.

Je ne sus que dire.

— J'ignore si tu l'as appris, mais je suis retournée à l'université pendant un an. À Black Hills State. Il fallait que j'étudie la biochimie et certains travaux pratiques que Sinte ne propose pas. C'était bizarre d'être là-bas, mais j'en avais besoin. Pour entrer en médecine.

— En médecine? Je ne savais pas que tu l'envisageais.

— Ouais, j'ai fini par céder et j'ai passé le test MCAT. Maman et papa m'ont convaincue. Et je commence vraiment à me lasser de mon travail. Ça fait trop longtemps que j'y suis.

Les parents de Marie la poussaient à faire des études de médecine depuis des années, des dizaines d'années, même. Dans mon souvenir, ils voulaient qu'elle soit comme sa sœur, qui occupait un poste élevé dans la finance en Californie.

— Hé, c'est super, fis-je. De devenir médecin. De guérir les malades, tout ça. Alors, dans quelle fac de médecine tu vas aller?

— Je ne sais pas encore. C'est assez difficile d'être acceptée de nos jours. Il faut avoir de bonnes notes toute l'année et de bons résultats aux examens. Les miens sont bons, mais on ne sait jamais. C'est pas grave si je ne suis pas prise. Je viens juste d'envoyer ma candidature à l'université du Dakota du Sud, l'USD.

— À Vermillion ?

— Pour les deux premières années seulement, ensuite on va à Rapid City pour les internats.

— C'est quoi ?

— Là où on apprend les spécialités, comme la pédiatrie ou la médecine interne.

— Ça a l'air sérieux. Tu vas vraiment le faire ?

— Il est trop tôt pour le dire. Je suis encore loin d'être admise. D'après ce qu'on raconte, l'USD a le plus grand mépris pour les établissements tribaux. J'ai aussi envoyé une candidature à la fac de médecine du Nouveau-Mexique.

— Bonne chance. Sincèrement.

— Merci.

Je l'entendis prendre une grande inspiration.

— Alors, qu'est-ce que tu dirais d'un *yuwipi* pour Nathan ? Je pourrais l'organiser sans problème.

Je restai silencieux quelques instants en réfléchissant à la manière de répondre gentiment.

— Tu sais ce que je pense de tout ça. C'est bien pour certaines personnes, mais j'ai mes façons de faire.

— Virgil, ça suffit. Arrête, avec ton numéro de justicier qui roule des mécaniques. Nathan a besoin de toi – tu es sa seule famille. Qu'est-ce qui se passera si tu t'en prends à quelqu'un de plus fort que toi ?

Nous n'avions pas parlé depuis très longtemps, et déjà elle se sentait en droit de me dire ce que je devais faire.

— Personne ne sera plus fort que moi. Et merde, si je ne fais rien pour aider les gens, les salopards gagnent. Les gangs, les dealers. C'est comme ça que j'aide Nathan.

Elle soupira.

— La meilleure manière d'arrêter les drogues et les gangs, c'est d'apprendre aux enfants la culture lakota. Nos valeurs, nos traditions.

— D'accord. Et comment est-ce que je suis censé empêcher Rick Crow d'introduire de l'héroïne dans la réserve avec une cérémonie indienne ?

Le silence se fit brutalement, puis elle dit :

— Rick Crow ? Tu es sûr ?

Je fermai les yeux quelques instants. Après notre séparation, j'avais entendu dire qu'elle s'était acoquinée avec Rick pendant un moment, mais je ne l'avais pas cru. Jusqu'à maintenant. Merde.

— Je crois. J'ai trouvé du matos dans son mobile home. Et j'ai entendu dire que c'était lui qui importait la drogue chez nous.

Pas besoin de préciser à Marie que son propre père avait dénoncé Rick.

— Il paraît qu'il se trouve à Denver en ce moment, en train de se fournir en came. Dès que Nathan est rétabli, je descends dans le Colorado pour mettre fin à tout ça.

Apparemment, ma décision était prise.

Elle s'éclaircit la voix. Je me préparai à une nouvelle leçon sur les méfaits de la violence.

— Si tu te lances à la poursuite de Rick Crow, je viens avec toi.

6

Les heures passaient et j'attendais que Nathan se réveille. J'avais voulu empêcher mon esprit d'aller dans des contrées de ténèbres, mais les images de mon neveu avec des lésions cérébrales m'envahissaient. J'étais fier de lui, de son intelligence, sa curiosité et sa façon de défendre bec et ongles une musique que je haïssais ; imaginer que ces qualités risquaient d'avoir disparu pour toujours me brisait le cœur et l'âme. Puis je commençai à réfléchir de manière obsessionnelle aux comportements de Nathan qui auraient pu éveiller mes soupçons. Avait-il agi d'une façon étrange ? Peut-être que j'aurais dû fouiller son sac à dos et son portable. Je renonçai à essayer d'interrompre ce défilé d'images et restai là avec ma peur et ma culpabilité.

La vitre de la chambre d'hôpital était opaque, comme si elle n'avait pas été lavée depuis des années, mais je parvenais malgré tout à apercevoir les collines rousses et les prairies ondoyantes de la réserve dans la lumière du couchant. Autrefois, avant Christophe Colomb, il n'y avait que des Indiens ici, pas de gratte-ciel, d'automobiles, de rues. Bien entendu, on n'utilisait pas les mots "indien" ou “amérindien”, à l’époque ; nous étions seulement des gens. Nous ne savions pas que nous étions soi-disant des ivrognes, des paresseux ou des sauvages. Je me demandai comment ce serait, de vivre sans ce poids sur ses épaules, sans le poids des ancêtres assassinés, de la terre volée, des enfants maltraités, le fardeau qui pesait sur tous les Amérindiens.

On nous disait dans les films et les livres que les Indiens avaient une relation sacrée avec la Terre, que nous la vénérions et la soignions. Mais assis là, à regarder Nathan, je ne ressentais aucun lien mystique avec la réserve. Je détestais nos routes de terre et nos maisons décrépites et les meutes de chiens qui arpentaient librement les rues et les chemins en grognant. Mais surtout, je détestais le fait que des gamins comme Nathan – de gentils gamins, des garçons bien – se retrouvent embarqués dans la drogue, le crime et les gangs parce qu’il n’y avait rien à faire ici. Pas de petits boulots, pas de clubs, pas de cours de tennis. Chaque mois, dans le journal *Lakota Times*, on pouvait lire l’annonce du suicide d’un autre jeune, une autre famille du clan des Brûlés qui avait eu le cœur arraché. Autrefois, on avait l’*eyapaha*, le crieur public. Il allait à la rencontre des guerriers qui revenaient de la bataille et leur demandait ce qui s’était passé pour qu’ils n’aient pas à parler de leurs propres gloires, puis il transmettait les nouvelles au peuple. Maintenant l’*eyapaha*, notre journal local, annonçait trop de mauvaises nouvelles et trop peu de bonnes.

Pourquoi ne partais-je pas ? Les gens ici parlaient toujours de s’en aller à Rapid City ou Sioux Falls ou Denver, de trouver un boulot et de faire une coupure. De mettre de côté le mode de vie amérindien et de s’assimiler, de s’adapter à la vie de l’Américain moyen. Mais je repensai au son des tambours dans les pow-wows, à l’odeur de la sauge, aux splendides costumes que les petits Indiens portaient pour leur première cérémonie, l'éclair du soleil montant au-dessus des collines. Je me demandai si je pourrais un jour vraiment quitter la réserve, car elle se trouvait dans mon esprit, une réserve virtuelle, dans laquelle j'étais apparemment indéfectiblement coincé. Puis je m'enfonçai dans un demi-sommeil, plongeai dans des rêves saccadés et des pensées fugaces, avec des images d'enfants indiens qui dansaient dans ma tête.

Au matin, je crus voir Nathan commencer à bouger ; sa tête remua un peu, et ses paupières frémirent. Je me dépêchai de me mettre debout pour m'approcher du lit, le dévisager, espérant qu'il ouvrirait grand les yeux. Ses paupières tressaillirent à nouveau. C'était bon signe, n'est-ce pas ? Puis il bougea la tête sur le côté et me regarda droit dans les yeux.

— Nathan, tu es réveillé ? Mec, comment tu vas ?

Le soulagement me submergea comme une pluie d'orage. J'avais envie de le serrer dans mes bras, mais je risquais de débrancher la perfusion.

— Nathan, tu m'entends ?

Ses yeux étaient ouverts, mais il ne dit rien. Il avait l'air abasourdi, comme s'il se trouvait dans un pays étranger dont il ne parlait pas la langue. Je sentis la peur me serrer la gorge – il fallait qu'il parle, il fallait que je sache qu'il était toujours Nathan. L'infirmière entra.

— Il est réveillé, lui dis-je. Il vient d'ouvrir les yeux.

À ce moment-là, je fus prié de quitter la chambre. Je glissai un dollar dans la machine pour avoir un gobelet de café lavasse, que je bus avec reconnaissance. J'essayai de faire le tri dans ce que je ressentais tandis que j'observais les autres personnes assises avec moi dans la salle d'attente. Un couple d'Indiens, le visage crispé, anxieux. Mon corps commença à se détendre et je mesurai soudain toute la tension que j'avais retenue pendant que Nathan était dans le coma. Était-ce bien un coma ? Cela paraissait plus grave que je ne voulais le reconnaître. Il était vivant et réveillé – c'était tout ce qui comptait.

Au bout d'une heure d'attente, mon angoisse revint. Pourquoi ne m'informaient-ils pas de ce qui se passait ? Était-ce mauvais signe ? Mon corps recommença à se tendre, et je demandai à la dame assise à l'accueil s'il y avait des nouvelles de Nathan Wounded Horse. Elle me dit que quelqu'un viendrait bientôt me parler. Puis elle ajouta que j'avais de la chance, car les urgences de l'hôpital étaient restées fermées pendant six mois et venaient tout juste de rouvrir. Apparemment, le gouvernement fédéral avait décrété d'importantes coupes dans le budget de l'Indian Health Service. Mais, ditelle, le gouvernement avait récemment confié la gestion de l'hôpital à une entreprise privée ; elle leva les yeux au ciel pour me faire savoir ce qu'elle pensait de ses nouveaux patrons.

Trois gobelets de café plus tard, un autre médecin – un Blanc – vint me trouver dans la salle d'attente. Il ne ressemblait pas à un médecin, vous voyez ce que je veux dire, rigoureux, professionnel et compétent. Il avait l'air négligé et fatigué, comme s'il n'avait pas dessaoulé depuis dix jours. Je me demandai pourquoi ce type se trouvait sur une réserve. Peut-être qu'il avait perdu son droit d'exercer ailleurs, et cet hôpital était le seul qui voulait bien de lui.

— Il s'agissait bien d'héroïne, mais nous ne savons pas s'il y avait aussi du fentanyl parce que l'analyse toxicologique ne le détecte pas. Nous venons de l'extuber et de le sortir des soins intensifs. Nous lui avons administré un sédatif léger, ce qui peut paraître étrange vu que les opioïdes sont des calmants puissants, mais il est important que nous gardions le contrôle sur les voies aériennes du patient après un épisode de ce genre. Autrefois on utilisait le lorazépam, mais il s'avère que la durée d'hospitalisation aux soins intensifs est beaucoup plus longue avec cette molécule.

Je n'avais aucune idée de ce qu'il racontait.

— Euh… est-ce qu'on peut penser qu'il va s'en sortir ? Enfin, est-ce qu'il y a des lésions cérébrales ?

— C'est trop tôt pour le dire. Son réflexe cornéen est bon et l'électroencéphalogramme et les potentiels somatosensitifs ont l'air correct. Nous allons probablement le garder encore un jour ou deux sous surveillance. Je voudrais bien le garder plus longtemps, mais nous n'avons que trente-cinq lits ici, alors il pourrait même rentrer dès demain. Il sera faible et nauséeux pendant quelques jours, il faut qu'il reste couché. Il aura un épouvantable mal de tête une fois que la naxolone sera évacuée de son système. Si le mal de tête empire, ramenez-le.

J'essayai de tout enregistrer.

— Et après ? Est-ce que je l'inscris pour un traitement de sevrage ici ? Un suivi psychologique ?

Le médecin me sourit, mais le sourire n'alla pas jusqu'à ses yeux.

— J'aurais bien aimé que nous ayons quelque chose, mais nous ne recevons pas de fonds pour traiter les troubles du comportement dans cet établissement. Je crois qu'il y a un programme à Rapid City.

— L'IHS n'a pas de programme de lutte anti-drogue ? Vous plaisantez ?

Je le regardai, mais il détourna les yeux.

— Je vous rappelle que les soins qui vous ont été prodigués ici sont gratuits, financés par le gouvernement américain. Si j'étais vous, je serais reconnaissant qu'il ait survécu et de ne rien avoir à payer. Maintenant, si vous voulez bien m'excuser.

Il tourna les talons et s'éloigna.

L'envie de lui mettre un coup de poing dans la tête me submergea. Bon sang, les Américains nous avaient volé notre terre, et tout ce que nous avions en retour, c'étaient des services de santé merdiques et de la bouffe en boîte dégueulasse. J'avais envie de dire à ce sale type que nous serions ravis de reprendre nos terres et de renoncer aux services de santé et à leur nourriture infâme. Mais c'était inutile. Il fallait que je me concentre sur Nathan et que je ne contrarie personne ici.

Il y avait une chose que je pouvais faire. Je sortis mon téléphone portable et allai dans la cour, où j'aurais du réseau. Je composai le numéro et attendis.

— Ben ?

— Ouais, qui est à l'appareil ?

— Virgil Wounded Horse.

Un silence.

— Comment va Nathan ? Marie m'a dit ce qui s'était passé.

— Il va s'en sortir.

C'était la première fois que je le formulais à haute voix. Jusque-là, je n'avais pas voulu l'énoncer par peur de porter la poisse à Nathan. Mais en parlant, je ressentis de la colère, colère que Nathan se soit fait ça, qu'il m'ait mis dans cette position, colère que des Indiens comme Rick Crow vendent de la came à des gamins sur la réserve, initiant un nouveau cycle de malheurs.

— Tant mieux, dit-il. Je suis heureux de l'apprendre. Pas question qu'il y ait d'autres overdoses. Pas pendant mon mandat.

J'attendis qu'il dise autre chose, des mots plus chaleureux, mais je compris que la compassion de Ben n'irait pas plus loin.

— Je suis prêt à partir à Denver, dis-je. Prêt pour ce dont nous avons parlé. Rick Crow.

— Tu es sûr ? Avec Nathan en convalescence ?

Je n'avais pas réfléchi jusque-là.

— Je vais m'occuper de lui. Dès qu'il sera remis sur pied, je partirai.

— OK.

Ben s'éclaircit la voix.

— Mieux vaut gérer cette affaire loin de la réserve. C'est plus simple. Tu partirais dans combien de temps ?

— Je pourrais probablement m'en aller à la fin de la semaine.

— D'accord. Tu as besoin d'argent en plus ?

— Non.

Au pire, je taperais dans les économies pour ses études, même s'il n'y avait pas grand-chose.

— Tu as besoin d'aide ? J'ai deux ou trois gars avec qui je peux peut-être te mettre en relation là-bas.

— Non.

— Tu es sûr ? Rick a d'assez mauvaises fréquentations. Il faut que tu me promettes que tu vas régler ça. Résoudre ce problème. Pour notre peuple.

J'avais oublié depuis si longtemps ce que signifiait être indien. Je croyais que cela voulait dire aller à des pow-wows, parler la langue, porter des T-shirts Leonard Peltier. Peut-être. Mais une chose était sûre maintenant. Rick Crow avait peut-être l'air indien, mais il n'en était pas un. C'était un cancer, et il était temps d'effectuer l'ablation de la tumeur.

— Je me fiche de ses fréquentations. Quand je lui mettrai la main dessus, je lui enfoncerai tous les sachets de drogue que je trouverai dans le cul. Je lui cramerai tous les doigts l'un après l'autre. Ce salopard va souffrir. Ça, je vous le promets.

7

Nathan s'était rendormi, sa poitrine montait et descendait lentement. Il aurait l'autorisation de quitter l'hôpital bientôt, je n'avais pas beaucoup de temps pour décider comment j'allais m'organiser pour veiller sur lui. Si Rick se trouvait en ce moment à Denver pour acheter de la drogue, alors il n'y avait pas une minute à perdre. Sans parler du fait que j'étais impatient de trouver ce salopard et de lui faire une démonstration de mes talents avec mes poings et ma batte de base-ball.

Le problème, c'était Nathan. Impossible de partir tant qu'il n'était pas remis, et sans être parfaitement sûr qu'il n'irait pas à nouveau s'amuser avec de la drogue. Il fallait que je découvre où il s'était procuré ce qu'il avait inhalé et pourquoi il avait fait cette connerie colossale. Quand il serait prêt, je lui parlerais.

La seule solution était de l'installer chez ma tante. Elle avait quatre-vingts ans et vivait dans une petite maison à environ trente kilomètres de la ville. S'il y allait, il serait loin de l'école le temps de récupérer. L'endroit était petit et équipé juste d'un poêle ; Nathan pourrait l'aider à ramasser du bois une fois qu'il aurait retrouvé des forces. Envoyer Nathan là-bas était la meilleure option.

Je me sentais mal de partir, mais qu'est-ce que je connaissais des soins à apporter aux jeunes malades ? Ma tante était plus au courant que moi, ayant élevé trois enfants et travaillé à l'hôpital. Je contemplai le fond de mon gobelet de café. En vérité, j'avais peur de foirer avec Nathan. Même si j'avais bataillé avec l'alcool, je ne savais que dalle sur le traitement des addictions. Ma seule compétence, c'était tabasser les salauds.

— Je tombe mal ?

Je levai la tête et croisai le regard de Marie Short Bear, debout sur le seuil de la chambre d'hôpital. Ses cheveux noirs étaient plus longs que la dernière fois où je l'avais vue, ils lui descendaient dans le dos. Elle portait un chemisier blanc sans manches qui mettait en valeur ses épaules et son corps longiligne, et une jupe foncée qui semblait ornée de motifs inspirés du *ledger art**. Son visage était triste et beau, dans ses yeux bruns brillaient des éclats cuivrés.

— J'aime bien ta jupe.

Elle eut l'air gêné.

— C'est une Bethany Yellowtail. Ma mère me l'a donnée.

— Elle est jolie.

— Je peux entrer ?

— Allons dans la salle d'attente, répondis-je. Il dort encore.

Marie lança un regard du côté de Nathan.

* Littéralement, "art du grand livre comptable", dessins (ou peintures) narratifs exécutés sur papier ou sur tissu par les Indiens des Plaines à partir des années 1860.

— Pauvre petit.

La salle d'attente miteuse était heureusement déserte. J'essayai de ne pas dévisager Marie, tandis qu'elle approchait une chaise. Je ne l'avais pas vue depuis une éternité et les souvenirs inondaient mon cerveau comme une crue subite. Des images du temps que nous avions passé ensemble, d'elle quand elle était écolière.

Marie était une enfant bizarre, à l'école primaire. Vraiment bizarre. À neuf ans, elle avait porté en classe des oreilles et une queue de loup pendant toute l'année scolaire, poussant régulièrement des hurlements d'animaux, ce qui rendait les professeurs fous de rage. Elle prétendait qu'elle était à moitié loup et qu'elle ne pouvait s'empêcher de gémir et de hurler. Heureusement, elle finit par dépasser le stade animal, mais les dégâts étaient irrémédiables. Tout au long de sa scolarité, les gamins avaient aboyé dans son dos, la surnommant "Dogbreath", haleine de chien. J'étais trop petit pour l'aider quand les persécutions commencèrent, et de toute manière, j'étais plus préoccupé par mon propre statut social. À l'école de la réserve, la hiérarchie était aussi clairement définie que dans une école privée très chère de la côte Est. Marie se trouvait à l'échelon le plus bas, et je n'étais pas loin.

Au lycée, elle avait essayé de se faire une place parmi les super-Indiens, les jeunes traditionalistes qui décrétaient qui était suffisamment indigène et qui ne l'était pas. Les filles l'exclurent, ce qui la blessa profondément. J'imagine qu'elles lui reprochaient d'avoir une mère osage, et pas lakota, ou le fait que sa famille avait de l'argent, ou peut-être qu'elles ne l'aimaient pas, voilà tout. Elle devint amie avec une Navajo, qui avait atterri dans le Dakota du Sud. Velma était une grande fille au rire tonitruant et à la personnalité forte, du genre viens-pas-m'emmerder. Elles descendaient en voiture à Denver faire du shopping dans les friperies, passaient par le magasin de disques punk, et allaient à des concerts sans restriction d'âge. Leurs casiers étaient décorés de plein d'autocollants : Wax Trax Records, Misfits, Black Flag. Rien de tout ceci ne pacifia leur relation avec les autres gamins, mais Velma et Marie prétendaient qu'elles n'avaient rien à foutre du jugement des autres.

Mais ce n'était pas vrai de Marie. Elle s'affilia à tous les clubs écologistes et indigènes du lycée et devint présidente de la plupart d'entre eux par sa seule volonté. Elle forma des équipes pour les compétitions de jeux de mains et les concours de langue lakota à Rapid City, organisant des ventes de tacos indiens tous les mois pour financer les déplacements. Elle termina ses études secondaires presque à la première place et fut acceptée à Dartmouth College, où sa sœur avait étudié, mais, refusant de partir dans un autre État, elle insista pour s'inscrire à notre université tribale, Sinte Gleska University, et y étudier la langue et la culture lakotas ; ses qualifications comme super-Indienne furent dès lors incontestables. Ses parents combattirent son projet, longtemps, durement, mais Marie l'emporta et eut son diplôme en trois ans. Son père lui obtint un poste dans les services d'aide à la famille de la tribu où elle travailla avec des enfants et des anciens. Elle avait commencé en bas de l'échelle, mais comme toujours, elle s'investit plus que tout le monde et obtint une promotion : elle fut transférée au programme de l'aide alimentaire, où elle se trouvait sous les ordres de gens qu'elle n'aimait pas, et ne respectait pas.

Ironie du sort, sa patronne était une des filles qui l'avaient persécutée au lycée, Delia Kills in Water. Lakota de souche, Delia avait été pom-pom girl au lycée, la fille populaire qui connaissait tout le monde et disait du mal de chacun dans son dos. Elles se détestaient à l'époque et le temps n'avait rien arrangé, au contraire. Aux dernières nouvelles, Marie travaillait encore là-bas.

Je repoussai mes souvenirs et, soudain, je me rendis compte de l'état dans lequel je me trouvais. Je n'avais pas pris de douche depuis au moins deux jours, ne m'étais pas lavé les dents et je portais des vêtements qui devaient puer le renfermé.

— Écoute, je n'ai pas eu le temps de faire ma toilette…

— Ne t'inquiète pas. Je ne savais pas si tu avais mangé, alors je t'ai apporté ça.

Elle sortit un sandwich de son sac. Jambon de la forêt noire et fromage. Avant cet instant, je n'avais pas conscience d'avoir faim, et je le pris avec reconnaissance. Je jetai un coup d'œil pour voir si elle avait aussi apporté quelque chose pour elle.

— Je t'en prie, vas-y. J'ai déjà déjeuné.

Je commençai à manger sans attendre.

— Je suis venue parce que je voulais te parler. En personne.

Elle posa sa main sur mon épaule. Je réalisai qu'elle ne m'avait pas touché depuis très, très longtemps. Je rangeai le reste du sandwich et, avec une serviette, je m'essuyai du mieux possible.

— Merci de t'être déplacée, dis-je. Et merci pour le déjeuner.

— Je t'en prie.

Elle sourit ; c'était agréable. Nous n'avions pas échangé beaucoup de sourires pendant les derniers mois que nous avions passés ensemble.

— Alors, tu as réfléchi à ma proposition ?

— Celle de m'accompagner à Denver ?

Elle hocha la tête.

— Désolé, ça ne va pas se faire. Je vais gérer ça tout seul.

Le sourire disparut.

— Qu'est-ce qui te fait penser que tu pourras trouver Rick là-bas ? Qu'est-ce que tu sais de ses affaires, de l'endroit où il habite ?

— J'ai découvert des informations en fouillant son mobile home. Je le trouverai, ne t'inquiète pas pour ça.

Son visage s'assombrit.

— Bon sang, Virgil, Denver n'a rien à voir avec la réserve. C'est une grande ville avec des millions de gens. Ce n'est pas comme si tu pouvais te contenter de traîner devant l'épicerie du coin et finir par le croiser.

— Je suppose que tu sais où il est ?

J'essayai de ne pas élever la voix.

— Il se trouve que oui. J'en ai une assez bonne idée, et s'il n'est pas là où je pense, je sais où il est susceptible d'aller.

— Est-ce que tu peux l'appeler pour t'en assurer ?

— Non, dit-elle. Il n'utilise que des portables jetables. Je n'ai plus son numéro.

J'avais peur de poser la question, mais je n'avais pas le choix.

— Comment se fait-il que tu en saches si long sur lui ?

Marie se détourna et regarda par la fenêtre. La lumière crue des tubes fluorescents au plafond fit luire sa peau tandis qu'elle contemplait les collines ondoyantes de la réserve.

— Après t'avoir quitté, j'étais très en colère. En colère contre toi, qui t'étais vraiment comporté comme un con. En colère contre moi, qui n'avais pas été capable de t'aider. T'étais déboussolé, et j'étais impuissante. Je voyais bien que tu souffrais, mais tu refusais de me parler. Tu pouvais ne pas sortir un mot pendant plusieurs jours. Je ne suis pas comme toi. J'ai besoin des gens, j'ai besoin de quelqu'un à qui je peux raconter mes histoires. Alors un soir, j'ai rencontré Rick au Depot. Après notre séparation. Il m'a parlé, il m'a écoutée. Je connaissais sa réputation, mais j'avais juste besoin de quelqu'un. C'est ma vie, je n'ai pas à défendre mes choix.

Ma colère était revenue, prête à éclore.

— Alors je suis un connard et un voyou professionnel et je refuse de parler, et toi, tu te maques avec un dealer ? De mon point de vue, tu ne vaux pas mieux que lui, si tu étais avec lui.

Elle parut soudain démoralisée, et je regrettai instantanément mes paroles.

— Ouais, ce n'est pas un mec bien. Je suis partie dès que je l'ai découvert. Un jour je te raconterai. C'est pour ça que je veux t'aider. Je sais où il habite à Denver, et je crois savoir où il trouve la drogue. Auprès d'un gang, les Aztec Kingz.

Son regard alla se perdre au loin.

— Il faut que tu me croies, si j'avais su qu'il introduisait de l'héroïne ici, je t'en aurais parlé. À toi ou à quelqu'un d'autre. Je n'ai jamais rien entendu de tel, je te le promets.

Je réfléchis à ce qu'elle venait de dire.

— Pourquoi ne pas tout simplement me donner l'adresse, et me raconter ce que tu sais, et j'irai moi-même et seul ?

— Non, si tu veux les détails, tu vas devoir me laisser venir avec toi. Je peux poser des jours de congé.

Son visage était un masque de colère froide, et elle me regarda droit dans les yeux.

— Écoute, j'ai des choses à lui dire. Il le faut.

Il était hors de question que Marie m'accompagne à Denver. Rick Crow était un sale type, et apparemment, il s'était acoquiné avec des types encore pires dans le Colorado. Entraîner Marie dans cette histoire serait une grave erreur.

Je la regardai, ses longs cheveux noirs, ses formes sous son chemisier, et ses yeux bruns.

— OK. On part dans trois jours.

8

Lorsque je retournai dans la chambre d'hôpital, l'infirmière m'annonça que Nathan avait passé quelques minutes assis et parlé un peu. Une vague de soulagement me traversa. Quand il me vit entrer, son visage trembla et il se mit à pleurer.

— Je suis désolé, oncle Virgil.

Sa bouche se tordit tandis qu'il essayait de retenir ses émotions.

— J'ai merdé.

Nous n'avons jamais été très portés sur les embrassades, mais je m'approchai du lit et le pris dans mes bras. Il se mit à pleurer pour de bon, et cala sa tête contre mon épaule. Sa respiration était saccadée et hésitante.

— Ça va aller, mon grand, tout va bien, dis-je et nous restâmes ainsi quelques instants.

Je finis par le lâcher et je le dévisageai. Ses yeux étaient cernés et enfoncés dans leurs orbites, et sa peau était grisâtre. Mais il était vivant.

— Comment tu te sens ?

— Pas très bien. Bizarre, comme si j'étais un zombie. Comme si je regardais les choses se passer, mais que rien n'était réel. Et j'ai vraiment mal à la tête.

— Tu veux de l'eau ?

— Non, ça va. Ils m'en ont donné. Ils ont dit que je pourrais manger un peu plus tard, mais je n'ai pas faim.

Toutes les machines avaient disparu, sauf une perfusion dans le bras.

— D'après les médecins, tu vas probablement sortir bientôt.

— Vraiment ?

— Ouais, tu vas aller chez Tante Audrey pendant quelque temps, dis-je. Elle s'occupera de toi.

— Quoi ? Là-bas, à la campagne ?

— Tout ira bien. Tu te reposeras, tu reprendras des forces. Elle travaillait à l'hôpital, tu te souviens ? Elle saura s'y prendre.

— Je vais rester là-bas combien de temps ?

Il s'avachit à nouveau dans le lit.

— Ça dépend comment tu te sens. Il faut que je parte quelques jours, mais je t'appellerai souvent pour prendre des nouvelles. Si tu as besoin de quoi que ce soit, appelle Tommy.

— Tu vas où ?

— À Denver.

Il ne dit rien. Il était temps de poser la question difficile.

— Nathan, je sais que tu es toujours fragile, mais il faut que je sache. Qu'est-ce qui s'est passé ?

Il eut l'air étonné.

— Hem… je crois que j'ai fait une overdose.

— Non, je veux dire, pourquoi tu as pris ça ? Cette drogue ?

Il s'assit et se concentra sur la perfusion qu'il avait dans le bras, comme si la réponse à ma question se trouvait là.

— J'ai merdé.

— Allez, tu peux me parler. Me dire la vérité, OK? Est-ce que ça t'était déjà arrivé avant?

— Non, c'était la première fois. Je te le jure.

Il se plongea dans la contemplation du mur.

— D'accord. Pourquoi tu as fait ça?

— Ben… Cette année, c'est tellement naze, au lycée…

— Naze? Qu'est-ce qui se passe?

Il se tourna vers moi, le visage plein de ressentiment.

— Tu ne sais pas comment c'est, là-bas. La plupart des élèves sont vraiment des connards; ils se foutent de ma gueule. Parce que ma mère est morte ou parce que je ne suis pas assez indien, par exemple. J'ai presque pas d'amis. Ça fait longtemps que je suis hyper stressé, que j'ai pas le moral.

Ouais, je savais exactement comment c'était, et je me rappelais très bien ce que c'était que de se faire harceler, maltraiter. Et mon cœur se brisa quand je compris qu'il subissait cela, lui aussi. Tout seul.

— Pourquoi tu n'es pas venu me voir? J'aurais pu t'aider.

Il y eut un silence.

— Euh… tu n'es pas exactement quelqu'un à qui on parle. Avec qui on a une conversation où on se dit des trucs. Je veux dire, bon, si j'ai besoin de faire tabasser quelqu'un, tu es l'homme qu'il faut.

J'accusai le coup.

— Tu ne veux pas me parler, très bien, dis-je. Mais si tu as des problèmes, il y a le surveillant du lycée, par exemple.

Il me sourit d'un air narquois, comme si j'étais le dernier crétin sur terre.

— Ouais, OK.

Je décidai de tenter une autre approche.

— Tu vois souvent Jimmy, non ? Tu ne lui parles pas ? C'est pourtant ton pote, non ?

— Ah, plus tellement. Il s'est mis au sport, il joue au basket, il parle que de ça, il traîne avec des sportifs. Moi, je kiffe plutôt le rap, le hip-hop, des trucs cool.

Je savais reconnaître quand j'étais dans une impasse.

— D'accord. Mais il faut que tu me dises une chose. (Je le regardai droit dans les yeux.) Où est-ce que tu as eu la drogue ?

Il marqua une pause.

— À l'école. Près du terrain de foot.

— Comment ça, près du terrain de foot ? Qui te l'a donnée ?

— Je ne sais pas, des mecs qui traînent là-bas.

— Rick Crow ?

— Non. D'autres types, ils étaient genre quatre. Je les avais vus une fois ou deux avant, je connais pas leurs noms. On parlait de musique, tout ça, tu vois, tranquilles. Ils ont dit que je pourrais essayer, ils m'ont pas demandé de fric. Ils disaient que ce n'était pas fort, pas plus que fumer un joint. Je voulais juste faire un truc différent. J'ai pas pensé qu'il allait se passer tout ça.

Est-ce qu'il me racontait des bobards ? Il était exclu qu'on distribue de la drogue gratuitement, et je savais qu'il n'avait pas l'argent pour l'acheter. Cette histoire cachait autre chose.

— T'es pas en train de m'embobiner, là, hein ? Tout ça a l'air bien louche.

Il me regarda comme si j'étais la cause de son overdose.

— Je te dis la vérité ! Tu sais, j'ai le droit de me faire des amis. De vivre ma vie. J'ai fait une erreur, OK ?

— J'essaye juste de savoir qui sont ces types. Tu es sûr que ce n'était pas Rick Crow ?

Il se détendit un peu.

— J'en suis absolument certain. Ce mec, il fout les jetons. Les types étaient pas d'ici. J'arrive pas à me rappeler leurs noms, sauf celui du chef, Loco*. Un petit, avec une cicatrice sur la figure.

Loco. Un nom tout à fait approprié.

J'avais encore une chose à faire avant de partir pour Denver. Je pris la route, soulevant d'épais nuages de la poussière de la réserve, jusqu'à trouver la rue sans nom que je connaissais si bien. Je me garai au bout du chemin de terre, devant le portail, puis marchai au milieu des hautes herbes, guettant la présence de serpents à sonnette, jusqu'à l'avant-dernière rangée, où étaient enterrés tous les membres des familles Wounded Horse et Peneaux.

Elles étaient là. Les tombes de ma mère et de ma sœur, à côté l'une de l'autre, celle de mon père deux rangs plus loin. Personne n'entretenait le cimetière, il n'y avait pas de gazon bien tondu ni de jolis aménagements. C'était juste un terrain vague où étaient enterrés quelques Indiens. Je venais au cimetière tous les quatre ou cinq mois, selon le temps qu'il faisait. Avant, j'amenais Nathan, mais ça le retournait, alors, j'ai cessé. J'aurais voulu venir plus souvent, mais je n'étais pas toujours capable de supporter le chagrin de ces visites.

Je m'arrêtai d'abord devant la tombe de ma mère et m'accroupis pour nettoyer la petite pierre en granit. Après la mort de mon père, ma mère avait lutté pour nous élever, Sybil et moi, cumulant plusieurs emplois pour payer les

* Fou.

factures et nos uniformes scolaires. Elle avait essayé de vendre des cosmétiques Avon en faisant du porte-à-porte, mais les femmes de la réserve s'étaient moquées d'elle et l'avaient surnommée l'ambassadrice Avon. Une de ses amies lui passa néanmoins une grosse commande, grâce à laquelle elle reçut une commission importante, qui nous permit de nous offrir nos premières vraies vacances à Rapid City. Là, nous visitâmes des attractions touristiques comme Flintstone City et mangeâmes dans un vrai restaurant pour la première fois. Ma mère avait tout recraché à la première bouchée, et ça nous avait gênés. Son sens du goût était exacerbé et elle savait tout de suite quand la nourriture était rance, bien avant tout le monde. Elle sentait les saveurs laissées dans les casseroles et les poêles, nous disant que le cuisinier avait préparé une soupe de nouilles au poulet dans la marmite avant de la réutiliser pour les spaghettis le lendemain. Un jour, elle me raconta qu'elle arrivait même à déterminer le temps qu'il faisait le jour où le plat avait été cuisiné, mais je ne la crus pas. Quel goût a un orage ? lui avais-je demandé ; elle s'était contentée de rire.

Quelques années plus tard, elle était morte, et Sybil et moi nous étions retrouvés seuls. Tante Audrey nous avait pris chez elle, mais nous nous étions élevés tout seuls, devenant une petite famille à nous deux. Sybil et moi contre le reste du monde. Personne pour nous défendre contre les brutalités mesquines des connards du coin. J'avais juré que je me vengerais un jour. Et j'avais réussi. Chaque fois que je tabassais quelqu'un, je remportais une victoire, je vengeais un peu tous les tyrannisés, les persécutés.

En regardant la pierre tombale de ma mère, je me souvins de ce qu'elle m'avait dit juste avant de mourir.

— *Akita mani yo.*

“Observe tout en marchant.” Je crois qu’elle voulait dire qu’il fallait que j’aie conscience du monde tel qu’il était vraiment, pas tel que je voulais qu’il soit. La conscience indienne.

Je m’approchai de la tombe de ma sœur. Sybil avait été comme une mère pour moi, d’une certaine façon. Bien que j’eusse quelques années de plus qu’elle, elle s’était occupée de moi quand j’en avais eu besoin. Elle m’avait soutenu quand mon alcoolisme avait pris des proportions excessives, m’avait nourri quand j’avais faim, m’avait soigné quand j’étais meurtri et blessé. J’essayais de raconter à Nathan autant d’histoires que possible sur sa mère pour qu’il ne l’oublie pas, mais il devenait toujours silencieux quand je commençais, alors j’avais fini par arrêter.

— Sœurette, j’ai quelque chose à te dire. Au sujet de Nathan. Il est malade, il a failli mourir.

Je dus m’interrompre un moment.

— J’ai essayé de l’empêcher d’approcher des méchants qui traînent par ici. J’ai essayé de lui dire ce qu’il fallait, de faire tout pour qu’il réussisse bien à l’école. J’ai vraiment essayé…

Le vent me souffla dans la figure.

— Je suis désolé. Mais je te le promets, je trouverai ceux qui lui ont donné cette merde.

Je lançai un dernier regard vers la tombe et détournai les yeux. Je savais que l’homme-médecine aurait préféré que je brûle un peu de sauge avant de partir, mais je me contentai de cueillir quelques rudbeckias et les posai contre la pierre. Il était temps de m’en aller.

Lorsque Sybil était décédée, tout le monde avait dit que le chagrin allait diminuer avec les années, mais cela n’était pas arrivé. J’avais découvert que la tristesse était comme une vieille voiture abandonnée pour de bon dans un champ – elle change un peu avec le temps, mais elle ne disparaît jamais. On peut l'oublier pendant un moment, mais elle est toujours là, de plus en plus mangée par la rouille, jusqu'à ce qu'on la remarque à nouveau.

9

DES NUAGES NOIRS MENAÇANTS se multipliaient à l'horizon tandis que je chargeais le véhicule. On avait annoncé à la télévision que le mauvais temps arrivait, avec probablement de fortes pluies et des orages. Nous décidâmes de prendre la voiture de Marie, qui était bien plus confortable et fiable. Je lui en fus reconnaissant ; je m'étais inquiété de faire le voyage jusqu'à Denver dans ma vieille guimbarde.

Mais d'abord, il fallait que j'emmène Nathan chez ma tante. J'avais préparé des provisions, toutes les choses malsaines dont je savais qu'il raffolait ainsi que ses manuels scolaires, son portable, et quarante dollars pris dans mes économies. Il avait passé la matinée à geindre, essayant d'argumenter pour que je lui permette de rester à la maison pendant mon absence.

— Tu sais que je suis assez grand pour me débrouiller tout seul, dit-il. Et comment je vais faire si je ne vais pas en cours ? C'est naze d'être aussi loin, là-bas.

Je ne quittai pas la route des yeux.

— Tu manqueras l'école le temps que tu te requinques.

— Et qu'est-ce que je vais y faire ? Elle n'a même pas la télé, ni internet.

— Rattraper tes cours en retard, prendre de l'avance si tu peux.

— Comment je suis censé savoir sur quoi on travaille si je ne suis pas en classe ?!

Je contournai un gros arbre qui poussait au milieu de la chaussée.

— Tu peux appeler tes professeurs ou demander à Jimmy de te transmettre les devoirs.

— Il faut vraiment que j'aille là-bas ? S'il te plaît, fais demi-tour et ramène-moi à la maison… S'il te plaît…

D'un certain côté, je voulais bien le laisser seul chez nous. Moi, à quatorze ans, j'étais presque complètement indépendant, mais Nathan sortait tout juste d'une overdose. La meilleure solution pour lui était de prendre du temps – peut-être qu'il réfléchirait et se remettrait les idées en place.

— Écoute, je sais que tu veux rester à la maison. Mais il faut que Tante Audrey s'occupe de toi pour l'instant. C'est comme ça. Et tu l'aideras, d'accord ? Rappelle-toi, elle est très âgée, elle a besoin d'un coup de main pour ramasser du bois.

Gros soupir.

— Quand est-ce que tu rentres ?

— Je ne sais pas. Dans une semaine, peut-être.

— D'accord. Je le ferai.

Nous gardâmes le silence longtemps. Au bout d'un moment, j'allumai la radio réglée sur la station locale, qui diffusait de la musique country.

— Je peux te poser une question un peu bizarre ? dit Nathan.

Je hochai la tête.

— Je me suis toujours demandé, mais j'ai jamais vraiment osé… Peut-être que je ne voulais pas savoir.

Mais où voulait-il en venir ?

— Tu te souviens quand maman est morte, dans l'accident de voiture ?

Comment pourrais-je oublier ? Je hochai la tête à nouveau.

— Est-ce que… est-ce qu'elle était genre bourrée, quand elle a eu l'accident ?

Je lui lançai un regard. Il avait l'air inquiet, effrayé, même. Je retournai en pensée à ce jour terrible, l'appel téléphonique que j'avais reçu de la police tribale, le trajet en voiture pour aller chercher Nathan à l'école, l'épave de sa voiture à la fourrière, le Post-it où Nathan avait écrit JE T'AIME MAMAN encore miraculeusement collé au tableau de bord de la voiture fracassée.

— Non, elle n'était pas bourrée, pas du tout. Elle allait au travail quand l'autre conducteur s'est déporté sur sa voie. Il était peut-être ivre, mais pas elle.

Nathan avait l'air sombre. Je me demandai s'il portait ce fardeau sur ses épaules depuis sa mort.

— Je crois que j'ai encore une question.

— Ouais ?

— S'il t'arrive quelque chose, où est-ce que j'irai ?

Il me fallut une seconde pour comprendre ce qu'il était en train de dire.

— Il ne va rien m'arriver.

— *Leksi*[*], je ne suis pas idiot. Je sais ce que tu fais. Tout le monde le sait. Alors, si tu te fais… tuer, qu'est-ce que je deviens ? Je n'aurai plus personne, à part Tante Audrey, et elle a quatre-vingt-dix ans, elle pourrait mourir n'importe quand. Et donc, il m'arrive quoi ?

* Oncle.

— Je suppose que tu irais chez Audrey, et si quelque chose lui arrivait à elle, tu…

Je ne terminai pas ma phrase et je gardai les yeux rivés sur la route, laissant les pins et les hautes herbes défiler à côté de nous.

Après avoir déposé Nathan et fait mes adieux, j'allai chez Marie. Elle était toute belle, en jean et T-shirt bleu marine à encolure en V, et elle portait des boucles d'oreilles en perles qui ressemblaient à des tulipes violettes. Elle n'avait qu'une valise, alors il y avait plein de place à l'arrière de sa voiture. J'avais pris mon vieux sac de sport, dans lequel j'avais jeté quelques jeans, des T-shirts, des sous-vêtements, des chaussettes et une brosse à dents. Au fond, j'avais planqué mon pistolet, plein de munitions, un couteau et un coup de poing américain dont j'avais hérité à la fin d'une bagarre plusieurs années auparavant. Autant être prévoyant.

— Attends une seconde, fit-elle avant de rentrer dans la maison en courant.

Elle en ressortit avec une grande jatte pleine de quelque chose que je n'identifiai pas.

— Qu'est-ce que c'est ? demandai-je.

— De la pâtée pour chien, dit-elle en posant le saladier par terre sur le trottoir. Il y en a qui passent de temps en temps. Ça m'embête qu'ils n'aient rien à manger pendant que je suis partie.

— Oh.

Je soupçonnai que d'autres animaux trouveraient cette nourriture les premiers, mais je ne dis rien.

À cause du temps, nous choisîmes l'itinéraire le plus court vers Denver, même si cela signifiait beaucoup de deux-voies.

Nous prendrions la 18 pour traverser la réserve de Rosebud et entrer dans celle de Pine Ridge, puis nous allions passer par le Nebraska pour attraper l'autoroute qui nous amènerait à Denver. J'étais content de ne pas avoir à emprunter la route plus longue par les Badlands – les étranges formations rocheuses me donnaient la chair de poule.

Pendant les premiers kilomètres, je me sentis un peu coupable de laisser Nathan chez ma tante, mais j'éprouvai aussi un sentiment de liberté à l'idée de m'éloigner des drames et problèmes quotidiens de la réserve. Et de l'excitation, je devais le reconnaître, de me retrouver avec Marie pour la première fois depuis des années.

— Comment va Nathan ? demanda-t-elle.

— Ça va. Il est encore faible, mais on dirait qu'il va s'en sortir. Il ne voulait pas aller chez Audrey, il répétait qu'il pouvait rester seul. J'ai répondu, pas question.

— Tu as pris la bonne décision. C'est trop tôt pour qu'il soit seul. Sans parler du fait que ça lui fera du bien de fréquenter une ancienne.

Je repoussai une petite pointe d'inquiétude.

— Je crois qu'il sera à l'abri des ennuis, là-bas.

— J'ai beaucoup prié et j'ai eu une idée. Peut-être qu'il pourrait venir aider au foyer. Faire du bénévolat, s'occuper des anciens ou des enfants à la garderie. Passer du temps avec la communauté, et se tenir à l'écart des gangs et des drogues.

— L'idée n'est pas mauvaise. Reste à le motiver. Si tu as des idées sur la question, dis-moi.

— Eh bien, la meilleure manière de motiver les gamins est de leur apprendre des choses sur leur culture.

Ça n'allait pas recommencer.

— Il faut qu'il se concentre sur ses études, dis-je. Une fois qu'il aura fini le lycée, il pourra aller à l'université s'il veut. Avoir un vrai boulot, une carrière. Mais il faut qu'il se mette au travail.

— Tu es un peu dur avec lui, tu ne trouves pas ? Tu n'étais pas exactement ce qu'on appelle un élève modèle, toi.

C'était vrai. Je savais quand il valait mieux la fermer, alors je lui demandai de mettre de la musique. Elle appuya sur des boutons et les notes sinistres d'un groupe punk remplirent la voiture, quelque chose que je ne reconnaissais pas.

— Qui est-ce ? demandai-je.

— Siouxsie and the Banshees. Leur troisième album. Qui reste le meilleur.

C'était un peu lent pour moi, mais j'avais entendu pire. Même si sa phase gothique était passée, elle avait, à ma grande consternation, conservé les mêmes goûts musicaux qu'au lycée. Quand nous étions ensemble, elle m'avait fait écouter toutes sortes de formations et de chanteurs étranges – Joy Division, Bauhaus, PJ Harvey, parmi d'autres. Les trucs avec des guitares puissantes, j'appréciais, mais les groupes électroniques me laissaient de marbre. À la fin du morceau, je lui demandai si elle pouvait mettre quelque chose avec plus de rythme. Elle appuya sur un autre bouton et j'entendis le début d'une chanson country nasillarde.

— Depuis quand tu aimes ça ? demandai-je. Ça ne ressemble pas à ce que tu écoutes d'habitude.

— Lucinda Williams ? Je ne sais pas, depuis quelques années, je l'ai entendue à la radio. T'aimes bien ?

— C'est pas mal. Tu aurais pas du métal ?

Un sourire aux lèvres, elle secoua la tête.

— Peut-être qu'on peut faire des échanges, tu sais, alterner les morceaux pendant le trajet ? demandai-je.

— On verra.

Je me préparai à un long, très long voyage.

Vingt morceaux plus tard, nous traversâmes le coin désespérant de Whiteclay, Nebraska, juste de l'autre côté de la frontière du Dakota du Sud et la réserve de Pine Ridge. Pine Ridge était un territoire sans alcool, alors une poignée de magasins de vins et spiritueux s'étaient ouverts à Whiteclay quelques dizaines d'années auparavant. L'agglomération – population : douze habitants – n'existait que pour soutenir les établissements qui vendaient de l'alcool. Bien entendu, tous les reporters de presse et toutes les équipes de télévision accouraient pour prendre des images des Indiens ivres morts devant les magasins. Les clochards en guenilles, le vomi plein la figure. L'étalage obscène de la pauvreté. Les équipes de télévision ne s'aventuraient jamais à cent cinquante kilomètres à l'est, où l'alcool était vendu librement sur la réserve de Rosebud. Bien sûr, nous avions des ivrognes – j'en avais fait partie pendant un temps –, mais c'était bien moins sensationnel de filmer ou d'écrire sur notre réserve. Tous les présentateurs télé comme Diane Sawyer se focalisaient sur Pine Ridge et les Indiens soi-disant tristes qui y vivaient. Il régnait beaucoup de tristesse chez nous aussi, mais pourquoi ne pas mettre en lumière les bonnes choses qui se passaient à Rosebud et Pine Ridge ? Tous les artistes et musiciens de la réserve, les skateparks, les nouvelles entreprises, et les groupes qui travaillaient à redynamiser la langue et la culture lakotas ?

Je regardai défiler les paysages désolés du Nebraska, et quand Marie prit le volant, je me mis à somnoler. Au bout d'un moment, je me réveillai et regardai autour de moi.

— Où sommes-nous ?

— Juste à la sortie d'Alliance. Toujours dans le Nebraska. Tu as besoin de t'arrêter ?

Cela faisait longtemps que je n'avais rien mangé et que je n'avais pas fait une pause aux toilettes.

— Ouais, s'il y a une station-essence, je pourrais aller prendre du *jerky**.

Elle coupa brusquement la musique.

— T'as déjà vu ça ? J'avais oublié.

— Quoi ?

— Regarde là-bas.

Sur une pancarte, on lisait CARHENGE et en dessous, en plus petits caractères, ENTRÉE. Nous nous arrêtâmes sur le parking désert.

— Qu'est-ce que c'est ? dis-je en sortant de la voiture.

— Regarde derrière toi.

Éberlué, je clignai des yeux deux ou trois fois. Incroyable. Une vingtaine de vieilles voitures étaient enterrées dans le sol, le nez enfoncé dans la terre, debout comme des monolithes. Elles étaient disposées en cercles concentriques, et je me rendis compte qu'il s'agissait visiblement d'un genre d'hommage bizarre à Stonehenge. Non seulement certaines étaient enterrées verticalement, mais l'artiste avait placé à l'horizontale des voitures par-dessus les premières, comme des chapeaux ou des ponts, exactement comme sur le site du vrai Stonehenge. Il y en avait aussi quelques autres enterrées sur le flanc au centre du cercle, servant de pivot à l'installation.

— C'est fou, hein ? dit Marie en levant les yeux vers les véhicules, qui étaient tous peints du même gris.

Certaines carrosseries étaient ornées de graffiti. Je lus *Archy sucks*, *I love Mehitabel*, *Daddy Longlegz* et dans le coin, *Wanagi tacaku***. Nous fîmes le tour du cercle.

* Variété de viande séchée.

** Voie lactée.

— Incroyable. Qui a fait ça ?

— Je ne sais pas. Un type qui avait du temps à perdre. J'ai lu quelques trucs sur lui la dernière fois que je suis venue.

Mon premier instinct fut de me moquer du fou qui avait créé cette étrange œuvre d'art populaire et de faire des commentaires cyniques sur les comportements des *Wasicu*. Après tout, quel genre de fêlé passe des années à bâtir une sculpture géante sur une ferme abandonnée dans le Nebraska ? Il avait dû falloir pas mal de temps pour rassembler ce mélange curieux de vieilles bagnoles dans un endroit aussi désert.

Après une pause de quelques instants dans l'ombre de l'installation, nous commençâmes à marcher. Progressivement, j'appréciai l'ampleur de ce que l'artiste avait tenté de faire. Toutes étaient de vraies automobiles américaines des années 1970, enterrées, soudées ensemble et peintes intégralement en gris. L'artiste avait clairement une vision, un rêve, de ce qu'il voulait exprimer. Une déclaration cynique sur le consumérisme américain ? J'en doutais. Pour une raison inconnue, j'avais l'impression que le créateur de ce monument était animé par une philosophie plus profonde. Il n'y avait rien à payer pour la visite, pas de grillages pour tenir les visiteurs à distance. L'artiste avait voulu exprimer une véritable conviction.

Je m'éloignai seul jusqu'au bord du cercle. Il régnait un grand calme sur le site, il n'y avait personne à part Marie et moi. Je me plaçai à un point du cercle d'où je pouvais voir la totalité de l'installation. Dans le silence, la majesté des voitures enterrées me coupa le souffle. Je réfléchis aux sensations qu'on avait dû éprouver, quatre mille ans auparavant, devant les véritables monolithes en Angleterre et me sentis connecté, véritablement connecté, à la terre, aux étoiles et aux Esprits.

Je contemplai les voitures si longtemps que ma tête se mit à tourner, et j'eus l'impression de m'envoler dans l'espace, de flotter dans les cieux. Le temps parut s'arrêter et la phrase lakota, *mitakuye oyasin* – nous sommes tous reliés – me revint ; à cet instant, je compris la signification de ces mots. Je les perçus dans ma chair tandis que des images, des pensées et des souvenirs émergeaient au milieu des vieux véhicules.

Je vis ma mère, partie mais toujours avec moi, mon père, qui était mort trop tôt, et ma sœur, que j'avais aimée plus que tout. Mes grands-parents, tantes, oncles, amis. Ils apparurent devant moi, tous mes parents, mes ancêtres, indiens et blancs, qui avaient aimé et lutté, chassé et cueilli, travaillé et joué ; ils se trouvaient sur ce continent, les yeux levés vers ces étoiles et ces planètes. Nous étions en plein jour, mais je voyais les étoiles, toutes les étoiles, qui m'entouraient, éclairaient le ciel, leur lumière éblouissante se reflétant sur les monolithes. Puis ce fut la nuit, un ciel noir d'encre. Quand je baissai les yeux, je vis que les étoiles – toutes sans exception – se trouvaient maintenant dans mes mains, elles éclairaient mes veines, mes muscles, mes os.

Je restai là, seul avec mes ancêtres, et les écoutai. Je finis par me détourner. En réintégrant tranquillement ma vie, les paroles de ma mère me revinrent en mémoire.

Wakan Tanka nici un. Que le Grand Esprit te guide.

10

Marie et moi restâmes plutôt silencieux après notre visite de Carhenge. Nous roulâmes sans parler pendant un moment, puis elle remit sa musique, et la mélodie mélancolique de *Hurt* dans la version de Johnny Cash remplit la voiture. Quelques heures plus tard, nous allions retrouver l'autoroute, l'Interstate 76, qui nous emmènerait directement à Denver.

Après quelques morceaux, elle baissa le son et me regarda.

— Bon… ça fait un bout de temps que j'attends. Je crois que c'est le moment d'en parler.

Je sortis instantanément de ma rêverie.

— Ouais ?

— Je veux en savoir plus sur le plan.

— Le plan ?

— Quand nous trouverons Rick. Qu'est-ce que tu vas faire ?

— Je vais lui mettre une trempe et l'obliger à arrêter de vendre de la drogue sur la réserve.

— Allez, tu n'es pas sérieux ! Tu vas leur mettre une trempe à tous ? Je te l'ai dit, il est avec les Aztec Kingz. Je ne sais pas combien ils sont, mais tu ne pourras pas les battre tous. Pas tout seul.

— Je trouverai quelque chose quand on y sera. Ils ne me font pas peur – on dirait une bande de gamins.

Sans quitter la route des yeux, elle répondit :

— Tu ne comprends pas. Il s'agit d'un vrai gang, pas comme ceux qu'on a sur la réserve et qui font semblant. (Elle marqua une courte pause et regarda par la fenêtre.) Je me rappelle que Rick n'aimait pas aller chez eux, il refusait de me dire pourquoi. Il disait qu'ils étaient effrayants.

J'avais réglé leur compte à plein de types qui faisaient peur. Je ne me laisserais pas intimider par des racailles de Denver. J'avais une dent contre Rick Crow, pas contre eux.

— Comme j'ai dit, je m'occuperai de Rick. Avec le gang on verra, mais Rick, lui, mérite une bonne leçon. Je le coincerai seul s'il le faut. Il ne vendra plus de came sur la réserve, une fois que je lui aurai fait son affaire.

Marie me regarda.

— S'agit-il de ce qui est arrivé à Nathan ou d'autre chose ? Peut-être que tu veux lui rendre la monnaie de sa pièce. Pour la manière dont il te traitait à l'école.

Je réfléchis à ce qu'elle venait de dire. Je me répétais depuis le début que je voulais mettre la main sur Rick à cause de l'overdose de Nathan. Mais peut-être que ce n'était pas la seule raison. C'était vrai, Rick m'avait martyrisé à l'école. Il avait été le meneur de toutes les petites brutes qui avaient fait un enfer de ma vie et de celles des autres pauvres types en bas de l'échelle. Peut-être s'agissait-il bien de vengeance. Et où était le problème ? Je n'étais pas le grand sauveur du peuple lakota, mais je pouvais faire payer à Rick Crow le mal qu'il nous avait fait, à moi et aux autres sang-mêlé.

Marie reprit.

— Le but est de s'assurer que les drogues dures ne circuleront plus sur la réserve. C'est bien l'objectif, n'est-ce pas ? Tu peux garder la vengeance pour une autre fois.

Pourquoi essayait-elle de me convaincre de ne pas tabasser Rick ?

— D'une manière ou d'une autre, il faut que j'arrête ce connard, dis-je. Pour être honnête, je ne comprends pas pourquoi tu te sens si concernée.

Le silence retomba et je regardai la route défiler par la fenêtre. Elle finit par se lancer.

— Très bien, je vais te raconter l'histoire. Mais laisse-moi parler sans m'interrompre, OK ? Sans juger.

Je hochai la tête.

— J'ai été avec Rick pendant trois mois à peu près.

J'eus mal au bide.

— Ce n'était pas comme si c'était sérieux entre nous. Je voulais juste m'amuser un peu, je ne sais pas, peut-être que j'étais en rébellion contre mes parents aussi. Ils nous répétaient toujours qu'il fallait qu'on soit plus intelligentes que tout le monde, qu'on soit excellentes à l'école, qu'on ne boive pas, qu'on soit de bonnes filles. Je crois que je voulais juste en faire à ma tête, pour une fois. Et j'étais encore en colère contre toi.

Je ne pus m'empêcher de poser la question :

— Est-ce que tes parents savaient que tu étais avec lui ?

— Non, pas au début. Mais un jour je me suis disputée avec maman et je lui ai dit. Pour la choquer. Lui faire comprendre que j'étais une grande fille et qu'elle devait cesser de m'imposer ses choix.

— Qu'est-ce qu'elle a répondu ?

— Elle ne savait pas qui c'était. Mais elle en a parlé à mon père, et il était furieux ; il m'a ordonné de me tenir à distance de Rick. Il m'a menacée de me renier, la totale.

Visiblement, ses parents n'approuvaient pas ses choix amoureux. Dans le cas de Rick, je ne pouvais pas les contredire.

— Comme je te l'ai dit, Rick et moi ne sommes pas restés ensemble longtemps. Je crois qu'on ne pourrait même pas dire qu'on sortait ensemble. Le plus souvent, nous prenions juste des verres au Depot. Mais je l'ai souvent entendu parler au téléphone. Je ne cherchais pas spécialement à épier ses conversations, mais je ne pouvais pas m'empêcher d'écouter. Et donc voilà. (Elle s'interrompit une seconde.) Je savais qu'il importait de la marijuana dans la réserve. J'étais au courant, d'accord ! Et je n'ai rien dit. Sur le coup, j'ai pensé que c'était juste de l'herbe, que c'était pas bien grave. (Elle tenait le volant tellement serré que je crus qu'elle allait le casser.) Mais c'était mal. Je le savais, au fond de mon cœur. Nos enseignements servent précisément à ça – détourner notre peuple de l'herbe, de l'alcool, de toutes ces choses-là. J'aurais dû faire quelque chose, dire quelque chose, mais je n'ai pas levé le petit doigt. Qui sait combien de gamins ont fichu leur vie en l'air avec l'herbe de Rick ? À cause de moi.

— Hé… L'herbe n'est pas franchement une drogue dangereuse…

— Ce n'est pas le problème ! On peut devenir dépendant, et c'est une substance illégale dans notre État. J'aurais dû dire à Rick que ce qu'il faisait était mal. Mais je ne vais pas commettre la même erreur. Cette fois, je vais obtenir de lui qu'il fasse ce qu'il faut.

Maintenant je comprenais pourquoi Marie avait insisté pour venir avec moi à Denver. Elle croyait qu'on pouvait raisonner les voyous, qu'on pouvait les convaincre de changer de comportement. Mais moi, je savais.

— Je connais Rick depuis longtemps, dis-je sans m'énerver. Et je sais qu'il fera ce qui est le mieux pour lui – peu importe qui souffre au passage –, à moins que quelqu'un ne l'arrête. Par la force.

— Je te propose un marché.

Soulignant ses paroles d'un geste de ses mains, elle lâcha le volant et je me demandai si nous allions finir dans le décor.

— Lequel ?

— Je vais te dire où Rick se trouve à Denver, mais tu me laisses lui parler d'abord. Seule. Avant tout acte de violence. OK ? Laisse-moi voir si j'arrive à le convaincre.

— Ah ouais ? Et comment tu vas faire ça ?

— Il y a une chose que Rick tient à garder secrète, qui abîmerait beaucoup sa réputation si ça s'ébruitait. Ne me demande pas de quoi il s'agit. Je sais qu'il m'écoutera. (Ses lèvres se mirent à trembler un peu.) Toute cette histoire est ma faute. Cette histoire d'héroïne. Il a commencé par vendre de l'herbe et ensuite, il est passé à des drogues plus dures. Merde.

— Rien de tout ceci n'est ta faute, tout est la sienne, dis-je. Il a fait ses choix. Et il faut qu'il en assume les conséquences.

— Écoute, je sais que tu n'aimes pas Rick, mais il y a peut-être un peu de bien récupérable chez lui, OK ?

L'image de Nathan avec son visage gris-bleu se forma dans mon esprit et je me retins de me mettre en colère.

— S'il est tellement bien, pourquoi est-ce qu'il apporte cette saloperie à notre peuple ?

— Je ne sais pas. Mais si je lui parle, il va…

— Qu'est-ce qui te fait croire qu'il changera de comportement ? Ta menace de divulguer son secret ? C'est un minable ; il ne sait que monter des arnaques pour gagner un peu de fric. Et ta sécurité ? Il n'est pas question que je te laisse seule avec lui.

— Je suis assez grande pour me débrouiller.

Mon pouls s'accélérait.

— Je ne te laisserai pas seule avec ce salopard.

— C'est le marché, fit-elle froidement. Tu acceptes que je lui parle la première, seule, ensuite, je te dirai où le trouver. Si notre conversation ne donne pas de résultat, tu agis à ta manière.

Je réfléchis à mes options. Il n'était absolument pas question que je la laisse sortir de mon champ de vision si elle allait parler à Rick. Mais je n'avais pas besoin de lui dire ça maintenant.

— D'accord, marché conclu.

La ville de Denver apparut à l'horizon, les Rocheuses bien visibles à l'ouest, les gratte-ciel comme une imitation artificielle des sommets qui se découpaient au loin. J'avais passé du temps à Denver des années auparavant, mais on m'avait dit que la ville avait énormément changé, à mesure que les jeunes fuyaient le coût de la vie exorbitant sur les côtes pour venir chercher un endroit moins factice, plus authentique. Et la légalisation de la marijuana dans le Colorado attirait un genre différent de pionniers.

Nous descendîmes Colfax Avenue près de Broadway, qui demeurait dans mon souvenir un boulevard gentiment mal fréquenté, avec plein de sans-abri, de rockers punk et de vagabonds. Je découvris avec surprise qu'il hébergeait maintenant des boutiques, des marchands de bicyclettes, des restaurants aux noms étranges et des micro-brasseries. Où se trouvait le White Spot ? J'y avais siroté d'innombrables tasses de café, la nuit.

Quelques kilomètres plus loin, nous aperçûmes ce qui ressemblait à un motel bon marché, le Getaway Motor Lodge. Le nom m'allait bien, le prix aussi. L'employé nous demanda si nous voulions une chambre fumeur ou non-fumeur. Je réalisai que nous n'avions pas discuté de l'organisation des nuits. Je n'eus pas le temps d'en parler à Marie.

— Deux chambres, non-fumeurs, dit-elle

Le problème était réglé.

Après avoir déposé mon sac dans la chambre, j'appelai Tommy à la réserve. Il décrocha instantanément.

— Hey Virg, où tu es ?

— Je viens d'arriver à Denver, en passant par Pine Ridge et le Nebraska. On a bien roulé, on ne s'est arrêtés qu'une fois. Tu as déjà vu l'installation Carhenge ? À Alliance ?

— Ouais, j'ai vu ce putain de truc, il y a un moment. Carrément délirant, hein ? Ces bagnoles, elles m'ont complètement scotché, j'ai vraiment trippé. T'en as pensé quoi ?

Je réfléchis une seconde.

— On n'est pas restés longtemps. C'était très bizarre.

— OK, dit-il. Alors, il paraît que Marie est venue avec toi ?

— Elle a insisté.

Il gloussa.

— Vous allez rallumer le feu de camp ? C'est sûr.

— Il ne va rien se passer. Je suis ici pour trouver ce salopard de Rick Crow.

— Je sais qu'elle a quitté ton tipi avec ses affaires – divorce indien –, mais y a pas de règle qui dit qu'elle peut pas les remettre, tu vois ce que je veux dire ?

— Notre histoire s'est finie il y a longtemps. Et Marie va probablement partir faire des études de médecine dans quelques mois, de toute façon. Écoute, j'appelle pour autre chose. J'aurais besoin que, de temps en temps, tu passes chez ma tante voir comment va Nathan, t'assurer qu'il ne fait pas de conneries, qu'il n'a besoin de rien. Tu veux bien faire ça pour moi ?

— Je suis ton homme ! J'irai demain. *Mitakuye oyasin*, hein !

— Appelle-moi si tu constates quelque chose de bizarre. Merci, mec, c'est sympa.

— *Toksa*[*], mon pote.

Le lendemain matin, Marie et moi prîmes un café dans le hall de l'hôtel et discutâmes de notre planning de la journée, puis elle s'éloigna pour téléphoner à son père. Je me demandai ce que Ben partageait avec elle sur l'affaire, s'il taisait le fait qu'il m'avait embauché. Quoi qu'il en soit, avant que nous prenions contact avec Rick Crow, il me fallait autant d'informations que possible. Je décidai de faire un tour du côté de Martin Angel et du Centre de traitement et bien-être, pour voir ce que je pourrais y trouver. Je demandai à Marie si Rick avait jamais mentionné ce nom, mais elle répondit que non. Malgré tout, il fallait que j'aille voir, que je pose quelques questions.

Marie et moi descendîmes Colfax jusqu'à Federal Boulevard, regardant l'environnement changer, les petites boutiques et micro-brasseries remplacées par des taquerias, des épiceries mexicaines, et étonnamment, des restaurants vietnamiens. Je compris en étudiant les menus que le pho était

* À plus tard.

une soupe vietnamienne, apparemment très populaire, puisqu'au moins une vingtaine d'établissements sur six pâtés de maison en vendaient. Pho Noodle House, Pho 77, Pho Chim U'ng. Nous vîmes aussi un nombre grandissant de boutiques de cannabis, à en juger par les logos et les noms sur leurs devantures : Frosted Leaf, High Altitude, Green Solution. Nous finîmes par trouver l'établissement que nous cherchions, caché dans un petit centre commercial. Centre de traitement et de bien-être. J'aurais bien eu besoin d'un peu de traitement et j'aurais apprécié un apport de bien-être, mais je doutais qu'ils proposent le genre que je recherchais.

Pour pouvoir accéder à la boutique, nous fûmes obligés de montrer nos papiers d'identité par une petite lucarne dans la porte. Une fois vérifié que nous avions plus de vingt et un ans, on nous fit entrer dans la salle principale ; je n'étais jamais entré dans un endroit pareil, mais évidemment, j'en avais entendu parler. Il y avait trois présentoirs vitrés d'une taille respectable qui contenaient un assortiment de variétés de marijuana dans des bocaux en verre. Au mur, des étagères avec toutes sortes de sucres d'orge, gâteaux et boissons, tous infusés, apparemment, au cannabis. Dans une vitrine bien plus petite, un certain nombre de wax et d'huiles dans des flacons minuscules.

C'était étonnant. Je m'étais attendu à un espace exigu et miteux à l'image de l'appartement sordide d'un dealer, rien à voir avec ce magasin bien éclairé et bien conçu. Et l'odeur. Une odeur puissante mais suave et entêtante, comme si on était prisonnier dans une forêt vierge de marijuana. Je regardai de plus près les bocaux contenant fleurs et feuilles. Chacun arborait une étiquette avec un nom : Bubba Kush, God Bud, Spyder Bite, Bone Games, Ghost OG, Medecine Man, Juanita la Lagrimosa.

Un Blanc avec de longues dreadlocks brunes portant un T-shirt des Philadelphia Eagles se tenait debout derrière le comptoir.

— Je peux vous aider ?

— Non, on regarde, c'est tout.

Il désigna les vitrines.

— Les indicas se trouvent là-bas, les hybrides au milieu, et les sativas juste ici. Les concentrés sont là derrière ; on vient de rentrer un shatter exceptionnel, à partir des sommités florales, sans taille. Vous devriez essayer.

— Vous êtes le propriétaire ? demandai-je.

— Non, je suis le docteur.

— Docteur ?

— Ouaip. Dr Maximilian Pratt, docteur en enthéogenie.

Il plaisantait ou quoi ? Je jetai un coup d'œil du côté de Marie pour voir comment elle réagissait.

— Qu'est-ce que c'est ? L'enthéo… quoi ? demanda-t-elle, les sourcils arqués.

— C'est la science de la thérapie psychédélique et du développement spirituel, dit-il avec hauteur.

Marie et moi échangeâmes un regard. Je décidai de me lancer.

— C'est quoi, la thérapie psychédélique ?

— J'aide les gens qui souffrent de dépression, de stress post-traumatique ou d'insatisfaction spirituelle en leur administrant des micro-doses de cannabis, de LSD et de MDMA. Une fois qu'ils ont ingéré la substance, on travaille sur leurs ruminations, leurs schémas toxiques et la scénétique de répétition.

— Qu'est-ce que c'est, euh… la scénétique ? intervint Marie.

— Vous savez, la transférence et la visualisation scéniques. Le fait de changer nos schémas pour embrasser notre complétude. Ça vous intéresserait d'essayer ? Je fais des tarifs dégressifs, de trois cents à cinq cents dollars pour l'ensemble de la thérapie ; vous pouvez aussi payer à l'heure. Soixante-quinze dollars. Débarrassez-vous de vos toxines spirituelles et purifiez-vous.

— Nous allons passer notre tour, dis-je. Où avez-vous appris ces trucs ?

— Eh bien, répondit-il, avec un peu plus de chaleur, j'ai entendu parler de cette école à Boulder, le Shamanistic Institute, qui propose une formation en médecine psychédélique, thérapie psychosociale et guérisons amérindiennes. Elle est très prestigieuse, alors je me suis inscrit. C'est tellement gratifiant d'être un guérisseur. C'est mon but dans la vie, vous savez, d'aider ceux qui sont spirituellement moins évolués que moi. (Il nous dévisagea avec plus d'insistance.) Hé, vous avez l'air amérindiens. Vous devez tout savoir sur ces sujets ! Le peyotl, les cercles de guérison.

— En fait, non, dit Marie. Nos traditions sont différentes.

Voilà qui était diplomate. Mais il était temps de mettre fin à ces joyeux palabres.

— Merci pour tout ça, dis-je. Très intéressant. Et sinon, est-ce que Martin Angel travaille ici ?

— Oui, c'est notre cultivateur. L'un des meilleurs du coin. Un génie, en réalité. Il a créé plusieurs variétés de chanvre. En ce moment, il travaille sur une nouvelle huile de cannabis pour les patients atteints de cancer – une huile qui guérit l'asthme et l'arthrose aussi. Ça va probablement changer le monde.

— Vous savez où on peut le trouver ? demandai-je.

— Malheureusement, c'est confidentiel.

— Est-ce qu'il a un numéro de téléphone où je pourrais le joindre ? Un e-mail ?

— On ne communique pas ce genre d'informations, désolé.

Il se détourna.

— Une dernière question, dis-je en tapotant sur le comptoir. Est-ce que vous avez déjà vu ici un type appelé Rick Crow ? Un bon mètre quatre-vingts, de longs cheveux noirs, indien.

— J'imagine que vous voulez dire "amérindien". Et non, je n'ai pas vu ce monsieur ici. Mais toutes les informations concernant nos patients sont confidentielles, bien entendu. Nous sommes un centre de traitement et pour nous, le secret médical est un sujet très sérieux.

— D'accord, dis-je en jetant un dernier regard au docteur et à ses remèdes. Bonne chance avec vos guérisons.

Notre visite au Centre de traitement et de bien-être ne nous avait fourni aucun élément concret sur Rick Crow, alors la prochaine étape consistait à aller l'interpeller sur son terrain. Ce terrain que Marie prétendait connaître.

— D'accord, fis-je. Vas-y, où se trouve ce coin où Rick traîne ? Je tiens ma promesse, tu pourras lui parler d'abord si ça a l'air sûr.

Elle mit sa ceinture de sécurité, puis regarda son portable.

— Tout ira bien. Ce que je sais, c'est que le gang a un bar à Denver qui s'appelle Los Primos. Si Rick se trouve à Denver, il sera dans ce bar.

Los Primos. Il était temps de creuser un peu cette piste.

À l'aide du portable de Marie, je découvris que le bar se situait dans le nord de Denver, dans un quartier qui s'appelait Swansea-Elyria. Le nom avait l'air sophistiqué, mais une petite recherche sur internet m'apprit que ce quartier était l'un des plus pauvres de Denver, presque intégralement latino, mais qu'il commençait à changer à mesure que des gens plus aisés à l'affût de logements bon marché et atypiques venaient en chasser les habitants. D'après l'article de journal que j'avais consulté, les résidents originels étaient ouvertement hostiles à ces néo-bourgeois, mais ils ne pouvaient pas faire grand-chose contre l'invasion de leur quartier par les nouveaux colons. Une histoire familière.

Nous descendîmes l'Interstate 70. Une usine géante de nourriture pour chiens trônait à côté du viaduc, et une voie ferrée passait juste à côté des petites maisons. Il était difficile de voir l'attrait exercé par cette partie de la ville. Après quelques erreurs de parcours, nous trouvâmes le bar, qui était accolé à une épicerie et un magasin d'alcools. Une vingtaine de véhicules étaient garés dehors, principalement des petits pick-up et de vieilles voitures américaines. Juste par sécurité, je me garai à quelques rues de là. Je ne l'avais pas dit à Marie, mais j'avais glissé mon couteau Karambit Spyder à lame pliable dans ma poche arrière et rangé mon Glock dans le coffre de sa voiture. Le Spyder avait une petite lame incurvée qui pouvait servir à éviscérer l'ennemi en combat rapproché. Je ne pensais pas en avoir besoin, mais autant qu'il soit dans ma poche.

— OK, fis-je. Allons voir s'il est là. Tu entres la première, tu jettes un coup d'œil. Je resterai à côté de la vitre, pour pouvoir surveiller. Tu sais ce que tu vas lui dire ?

— Ouais. Je vais lui raconter ce qui se passe chez nous avec la drogue, en particulier chez les gamins. J'ai quelques autres petites choses à ajouter si nécessaire. Ne te montre pas, c'est tout, OK ?

— D'accord, mais s'il lève un doigt, j'entre.

— Je suis une grande fille, monsieur Muscle. Tu te rappelles, autrefois à l'école ? J'ai mis un coup de poing à Theresa Bad Milk, un jour.

— Quoi ? Je n'ai jamais entendu parler de ça.

— Elle se moquait d'un gamin. Tu sais, celui qui ne pouvait pas s'empêcher de se tripoter en classe. Je n'arrive pas à me souvenir de son nom.

— Potato Juice ! Merde alors, je l'avais oublié, celui-là. Tu n'avais pas aussi mis du saumon en boîte dans son réservoir d'essence ? Je me souviens que les gens racontaient ça.

— Elle le méritait.

Je me positionnai dehors devant le bar. Par les vitres je pouvais voir à l'intérieur. Il y avait environ dix personnes assises au comptoir, peut-être plus sur le côté. Je scrutai la pénombre, essayant d'identifier Rick parmi elles, mais je ne distinguais que le dos des clients, un assortiment de blousons en cuir et de chemises à carreaux.

Marie entra tandis que je faisais semblant de passer un appel sur mon portable. Tout à coup, je regrettai d'avoir laissé le pistolet dans la voiture. Trop tard. Je la repérai à l'intérieur, en train de contourner le comptoir, puis elle sortit de mon champ de vision. Je bougeai un peu, tentai un autre angle, mais toujours rien. Quelques minutes s'écoulèrent. Je me demandai si elle avait trouvé Rick et ce qu'elle pouvait bien lui raconter.

J'attendis quelques minutes supplémentaires puis me déplaçai pour avoir un autre point de vue. Pas de Marie, pas de Rick. J'avais promis que je la laisserais parler à Rick sans m'en mêler, mais il fallait que je puisse garder un œil sur eux. Je décidai de compter jusqu'à trente puis d'entrer.

Arrivé à vingt-neuf, je me préparai à affronter Rick et le gang. À l'instant où je mettais ma main sur la poignée, la porte s'ouvrit.

— Il n'est pas là, dit Marie.

Elle avait l'air dépitée.

— Tu es sûre ?

— Ouais. J'ai fouillé partout, jusqu'au fond. J'ai même jeté un coup d'œil dans les toilettes des hommes. Mauvais plan.

Elle secoua la tête.

— D'accord. On s'en va.

— Attends. Retournons à l'intérieur, pour voir si quelqu'un saurait où le trouver.

— Tu crois que c'est une bonne idée ?

— Allez, le gros dur. Il n'y a pas de mal à prendre un verre.

Je restai devant la porte quelques instants, puis l'ouvris.

Mes yeux s'accoutumèrent à la pénombre qui régnait dans le bar et je jetai un regard circulaire. Une table de billard, un comptoir en Formica usé, et une douzaine d'hommes, tous latinos, qui me dévisageaient.

Le barman s'approcha de nous d'un pas nonchalant. Il avait l'air d'avoir une quarantaine d'années ; il était mince avec un petit bouc. Il portait une casquette de base-ball à l'envers avec des lunettes de soleil posées dessus, et je remarquai le tatouage sur son bras : SUR 13 en lettres stylisées. Sur l'autre avant-bras, un dessin grossier d'un guerrier aztèque tenant une femme. Les Aztec Kingz. Nous étions au bon endroit.

— Et pour vous ? dit-il sans sourire.

— Une Bud Light pour madame, un Coca pour moi.

Avec la plus grande discrétion possible, je jetai un coup d'œil dans la salle. Quelques personnes nous regardaient encore, mais l'attention qu'avait attirée notre arrivée commençait à se dissiper. Nous sirotâmes nos verres en essayant de donner l'impression que nous étions à l'aise. Je m'intéressai ostensiblement à un match de football américain universitaire sur l'écran au-dessus du bar. Marie sortit son portable.

Quelques minutes plus tard, un homme portant un T-shirt orange délavé des Denver Broncos se tourna vers nous. Enfin, se tourna vers Marie. Dans son état d'ébriété avancé, je crois qu'il n'avait même pas remarqué ma présence. Il émettait des vapeurs d'alcool fort.

— V'nez de Globeville ? lui dit-il.

Marie déploya beaucoup d'efforts pour masquer son dégoût.

— Non, nous ne sommes pas du coin.

— Commerce City ? J'ai un cousin là-bas, il habite à côté de la raffinerie de pétrole. Ça pue. La raffinerie. Même lui, il pue.

— Nous venons du Dakota du Sud. Nous ne faisons que passer, dit-elle.

— T'es une *chola*[*] ? Tu as de beaux cheveux. Mais les sourcils, ça colle pas. T'as l'air d'une dure à cuire toi. *Chido*[**]. (Il fit signe au barman qu'il voulait à boire.) Ça te dit, un

* Terme péjoratif désignant une fille d'origine mexicano-américaine (parfois amérindienne aussi), souvent liée aux gang.

** Cool.

shot ? T'as déjà essayé le Mexican Killer ? Tequila et schnaps de pêche. Ça réveille.

— Non, merci, dit Marie.

— *Su pérdida. Los niños y los borrachos siempre dicen la verdad**.

Ce type passait apparemment beaucoup de temps dans ce bar, alors je tendis le bras et lui tapotai l'épaule.

— Hé, on cherche un de vos amis. Un grand gars, longs cheveux noirs, un Indien. Amérindien, quoi. Il vient ici de temps en temps. Il s'appelle Rick Crow. Vous l'avez vu récemment ?

L'ivrogne commençait à perdre tout intérêt pour notre conversation.

— Non, jamais vu quelqu'un comme ça.

Inutile de traîner davantage au Los Primos. Le barman n'avait manifesté aucune amabilité, et les autres clients paraissaient tout aussi désagréables. Je fis signe à Marie d'un petit mouvement de la tête. Nous finîmes nos verres et sortîmes.

J'étais déçu que nous n'ayons pas glané la moindre information sur Rick. Marie était presque certaine qu'on le trouverait au bar, et je ne savais pas comment procéder maintenant.

Tout à coup, j'entendis des pas derrière nous. Des pas rapides. Je jetai un coup d'œil par-dessus mon épaule et vis un homme qui accourait vers nous.

— Stop ! cria-t-il.

Était-il par hasard à la poursuite de quelqu'un d'autre ? Non, il en avait après nous, et à en croire sa vitesse, difficile d'imaginer qu'il nous voulait du bien. Quelles étaient nos

* Dommage. Seuls les enfants et les ivrognes disent la vérité.

possibilités dans l'éventualité d'une confrontation ? Nous nous trouvions dans un quartier industriel qui n'offrait pas la moindre couverture. Un rapide calcul pour voir si nous pouvions arriver jusqu'à la voiture – et mon arme – avant que le type nous rattrape. Pas le temps. Il n'y avait qu'une solution.

— Planque-toi derrière cette benne ! braillai-je à Marie. Vite !

— Pas question, dit-elle. C'est sale…

— Va là-bas tout de suite, sinon je te balance dedans !

Elle se précipita vers une énorme benne à ordures. Je bifurquai dans la ruelle suivante et me plaquai contre le mur.

— Hé ! lança l'homme, fouillant la ruelle des yeux.

Je l'attrapai par derrière, tentant d'immobiliser ses bras. Il se dégagea et se tourna face à moi. Je feintai de la main gauche. Il tomba dans le panneau et cessa de protéger son flanc. Je profitai de l'occasion pour lui mettre un bon coup de poing dans la figure. Il se plia en deux avec un gargouillis.

Je pris une demi-seconde pour l'observer de plus près. Latino, un peu plus âgé que moi, costaud, cheveux courts, jean noir et chemise à carreaux. Tenue standard de membre d'un gang. Je ne voyais pas d'armes, mais cela ne signifiait rien. Il fallait que je le cloue au sol avant qu'un autre débarque en renfort.

Je repassai derrière lui pour le forcer à se mettre à genoux. Soudain il m'envoya dans la mâchoire un uppercut que je n'avais pas vu venir, et le monde devint gris. Je titubai en arrière et luttai pour rester debout, en tentant de m'éclaircir les idées.

— Salaud ! cria Marie.

J'essayai de la localiser. Ma vision était brouillée, voilée, mais je l'aperçus qui se précipitait et cognait le type dans le dos.

On était mal. Le gars reporta son attention sur elle et je gagnai quelques instants. Il n'y avait qu'une chose à faire. Le couteau.

Je sortis le Spyder de ma poche, mais c'était une saloperie à ouvrir, surtout quand on était un peu sonné. Je m'escrimai dessus tout en surveillant la bagarre.

Enfin, sa lame incurvée étincela comme une serre meurtrière. Il était super aiguisé, avec une griffe dentelée qui pouvait découper la chair, les tendons, les muscles. Si le type refusait de battre en retraite, je ferais ce que j'avais à faire.

Je brandis ma lame, mais lorsque je levai les yeux, une arme était pointée droit sur ma poitrine.

II

— LÂCHEZ LE COUTEAU. Tout de suite.

Le pistolet restait braqué sur moi. Je lâchai le couteau. D'un coup de pied, il l'envoya hors de portée.

— À terre ! À plat ventre. Les mains derrière la tête.

J'obéis.

— Vous avez d'autres armes ? demanda-t-il.

Je commençai à comprendre.

— Vous êtes de la police ?

— Avez-vous des armes cachées ? répéta-t-il.

— Non, rien que le couteau. Écoutez, je ne savais pas que vous étiez…

— Taisez-vous et gardez les mains sur la tête.

Puis il se tourna vers Marie, qui avait reculé jusqu'à la benne, les mains levées.

— Êtes-vous armée ?

— Non. Nous sommes juste…

— À genoux, lui dit-il. Mettez vos mains sur la tête et ne bougez plus.

Il remit son pistolet dans sa poche et me palpa les jambes, le torse, et les bras. Puis ce fut au tour de Marie, il la fouilla rapidement. Il sembla se détendre un peu une fois qu'il eut compris que nous n'avions pas d'arme à feu sur nous.

— Vous pouvez vous asseoir, mais je veux voir vos mains.

— Vous allez nous passer les menottes ? demanda Marie.

— Non, je veux juste vous poser quelques questions. (Il se tourna vers moi.) Pourquoi m'avez-vous frappé ? Est-ce que quelqu'un vous envoie ?

— Vous êtes de la police, n'est-ce pas ? dis-je.

Il ne répondit pas.

— On croyait que quelqu'un du bar nous poursuivait. Si vous vous étiez identifié, on…

— Qu'est-ce que vous faites ici ? demanda-t-il. Pourquoi vous cherchez Rick Crow ?

— Vous le connaissez ? fis-je.

Avant qu'il puisse répondre, Marie expliqua.

— Nous venons de la réserve indienne de Rosebud. Dans le Dakota du Sud. Nous cherchons Rick parce qu'il est possible qu'il soit responsable de l'arrivée de drogue dans notre communauté. Nous voulons juste lui parler, savoir ce qui se passe.

Je lançai un coup d'œil à Marie, essayant de lui faire comprendre que nous devrions être prudents et ne pas trop en dire avant d'en savoir davantage. Mais à ma grande surprise, le gars sortit un morceau de papier et un stylo de sa poche et se mit à écrire.

— Il faut qu'on parle de Rick Crow. Mais pas ici. Retrouvez-moi dans deux heures.

Je regardai le bout de papier.

Taco Mex, Colfax et Joliet.

Il s'avéra que Taco Mex était un petit restaurant mexicain dans une autre partie de la ville, à environ une heure de l'endroit où nous nous trouvions. Nous avions du temps, alors nous étudiâmes la carte. Des tacos, évidemment, mais avec des ingrédients dont je n'avais jamais entendu parler. *Buche, tripas, lengua, cabeza*. De la panse et des intestins de porc, de la langue de bœuf, de la tête de vache. *Anticuchos de corazón*. Cœur de bœuf en brochette.

Mon cœur à moi avait été assez embroché comme ça, alors j'essayai le tacos de cabeza. Gras, mais tendre. Je proposai à Marie de goûter, mais elle déclina avec une grimace.

Je la regardai en douce. Elle mangeait son tacos de riz et haricots après avoir soigneusement enlevé tous les piments qu'elle avait déposés sur une serviette en papier. Cela ne me surprenait pas ; elle avait toujours eu d'étranges habitudes avec la nourriture, même si elle adorait cuisiner. Elle refusait de manger du porc parce qu'elle prétendait que les cochons étaient aussi intelligents que les humains, voire plus. Elle détestait les choux de Bruxelles, disait qu'ils sentaient les pieds, mais adorait les carottes rôties. Je me rappelais une période à l'école primaire où elle se nourrissait exclusivement de crème au chocolat et de frites froides, qu'elle mélangeait dans un grand bol avant de les déguster avec une cuillère en bois. Les autres gamins l'avaient taquinée sans pitié à ce sujet, mais elle était habituée à leurs sarcasmes, à ce stade.

Les moqueries et harcèlements qu'elle avait subis l'avaient endurcie, et Marie devint celle qui protégeait les faibles. J'imagine qu'être la paria l'avait rendue sensible au malheur des persécutés. Je tombai amoureux d'elle, autant qu'on peut l'être à onze ans, le jour où elle me défendit.

Je rentrais de l'école à pied lorsqu'une bande de filles cruelles me tomba dessus à bras raccourcis – ma plus grande peur à l'époque. Elles avaient décidé de s'en prendre à moi, me traitant d'*iyeska*, insultant ma famille et notre pauvreté, qui était extrême, même pour la réserve. Je me souviens d'avoir gardé la tête baissée pendant qu'elles me raillaient, essayant de disparaître dans une fourmilière, quand Marie passa par là. Elle comprit immédiatement et se jeta dans la bataille. Elle moqua l'une des filles à propos d'une tache de naissance qu'elle avait sur le visage, une autre, pour ses affreuses chaussures, et une troisième, pour sa coiffure démodée. Mes tortionnaires furent anéanties et s'enfuirent.

On aurait pu penser que je lui aurais témoigné de la reconnaissance, que je l'aurais au moins remerciée, mais au lieu de cela, je reportai ma colère et mon humiliation sur elle et partis sans un mot. Après cela, je l'évitais le plus possible, tout comme j'essayais d'échapper à ma propre honte, à mon propre chagrin.

Bien entendu, je voyais Marie de temps en temps au lycée – elle était la fille intelligente avec de drôles de vêtements, celle qui était à moitié osage, celle qui collait des affiches pour PETA[*] et le WWF. Pour ma part, je concentrais plutôt mon temps et mon énergie à boire de la bière, soulever de la fonte et écouter du heavy metal, allant jusqu'à payer quarante dollars pour un tatouage de Slayer sur mon épaule. À cette époque-là, le père de Marie fut élu au conseil tribal, ce qui mit encore plus de pression sur sa fille. La politique sur la réserve, aujourd'hui comme autrefois, est un cloaque de népotisme et de favoritisme, les griefs et les querelles sont omniprésents. Marie essaya de rester en dehors de la mêlée,

* People for the Ethical Treatment of Animals, association pour un traitement éthique des animaux.

mais elle se retrouvait prise dans des conflits même s'ils ne la concernaient en rien.

Je la perdis de vue après le lycée, bien qu'il m'arrivât de la croiser à l'épicerie ou à la station-service. De mon côté, j'enchaînai des boulots nazes à Mission, Valentine et Rapid City pendant des années. À cause de mon alcoolisme et de ma nullité totale, je me faisais virer de tous mes emplois dans le bâtiment, la couverture, la mécanique automobile et la plonge. J'avais des petites amies mais rien de sérieux. Une fille me dit un jour qu'elle m'aimait, et disparut avec un type de Pine Ridge.

Ma carrière de voyou professionnel commença le jour où Lonnie, l'un de mes copains de lycée, me parla de sa sœur, Angela. Elle vivait avec son petit ami à Norris et elle était enceinte de cinq mois. Un jour, le gars, après avoir bu comme un trou, s'était fourré dans le crâne que le père du bébé était quelqu'un d'autre. Alors, il la battit avec une violence inouïe, essayant de provoquer un avortement. Il réussit. Elle fit une fausse couche le lendemain mais n'en dit rien à personne. Lonnie découvrit la chose et appela la police tribale. Ils renvoyèrent l'affaire aux fédéraux, qui ne se donnèrent même pas la peine d'interroger Angela en personne ; ils se contentèrent de lui parler par téléphone et refusèrent de poursuivre, décrétant que c'était une affaire de maltraitance conjugale ordinaire, qui ne valait pas la peine qu'ils y passent du temps. Deux mois plus tard, Angela tua son chat et se donna la mort, ne laissant rien en vie dans la petite maison. Elle avait enveloppé le chat dans une couverture étoilée destinée au bébé.

Lonnie me raconta cette histoire quelques mois après. De caractère plutôt stoïque, il se décomposa littéralement pendant notre conversation. Je sentis quelque chose se tordre comme une lame de rasoir dans mes entrailles et je dis à Lonnie que j'allais m'occuper du petit ami, dont le nom était Rulon. Je retrouvai sa trace à Two Strike, déjà en ménage avec une autre femme. Quand j'en ai eu terminé avec lui, il ne pouvait plus fermer le poing ni tourner une poignée de porte, et j'espérais que ce connard penserait à Angela et son bébé chaque fois qu'il serait obligé de réclamer de l'aide. Lonnie essaya de me donner de l'argent pour ce que j'avais fait, mais je refusai.

Au bout d'un moment, l'affaire finit par se savoir et d'autres personnes commencèrent à m'approcher, me demandant de les aider à obtenir une forme de justice. Parfois ils parlaient de vengeance, mais je suppose que cela dépendait du point de vue. Au départ, je n'acceptai que quelques missions, celles qui me mettaient vraiment en colère, comme par exemple le cas de ce type qui forçait sa jeune nièce à lui accorder des faveurs sexuelles. Mais avec le temps, je devins moins sélectif et je ne refusai presque plus rien. Je ne me prenais pas trop la tête – après tout, si les flics refusaient de faire quoi que ce soit, qu'y avait-il de mal à ce qu'un justicier autoproclamé agisse ?

Ouais, j'aimais me battre. Piéger un salopard, le tabasser à mort, lui donner une leçon – je ne me sentais jamais aussi vivant que lorsque je rectifiais une injustice morale. Quand je commençais à asséner les coups, je me perdais, j'entrais dans un territoire où je cessais de penser. Souvent j'oubliais même sur qui je tapais et je m'imaginais de retour au collège. C'était comme si j'étais dans un rêve, sauf que j'en vins à considérer le combat comme étant ma vraie vie, tandis que tout le reste m'apparaissait creux, faux. Une fois, on loua mes services pour punir un type qui avait cassé le bras de sa petite amie, alors je lui cassai le sien, puis je l'obligeai à lécher la cuvette des toilettes publiques de la supérette jusqu'à ce qu'il vomisse et perde connaissance. Je savais que j'avais un problème, mais il n'y avait pas de groupe de soutien pour les justiciers autoproclamés.

Marie n'avait jamais aimé la manière dont je gagnais ma vie et, avec le temps, cela devint un problème. Nous nous étions retrouvés des années après la fin du lycée, et nous avions eu notre première conversation entre adultes au Derby, un bar indien à Valentine, Nebraska. Les Indiens savaient qu'il valait mieux éviter les trois autres établissements en ville, à moins de chercher la bagarre avec un groupe de Blancs bourrés.

J'avais déjà bu quelques Bud Light, et j'attendais que la table de billard se libère quand elle vint s'asseoir à côté de moi. J'en fus surpris, et nous initiâmes un dialogue qui se poursuivit pendant les années suivantes, jusqu'à ce que je dise la chose que Marie ne pouvait pas me pardonner. Les mots que je regrettais plus que tout au monde.

— Allons nous asseoir là-bas.

Je sursautai et levai les yeux, me détachant de mon tacos et de mes souvenirs. Je vis le type que j'avais failli taillader à peine deux heures plus tôt et qui aurait pu me descendre. Le flic déguisé en membre de gang.

Nous nous installâmes à une table à l'extérieur sur la terrasse, loin des autres clients.

— Merci d'être venus jusqu'ici.

Il prit un soda à la noix de coco Jarritos sur le comptoir et s'assit.

— Alors, dites-moi ce que vous savez sur Rick Crow. Vous venez du même coin que lui ?

— Oui, dis-je. Qu'est-ce qui se passe ? Il fait l'objet d'une enquête ?

— Laissez-moi poser les questions. Vous avez parlé de drogue sur la réserve. Donnez-moi les détails.

Marie et moi échangeâmes un regard. Elle secoua la tête.

— Pouvons-nous savoir qui vous êtes, pour qui vous travaillez ? demanda-t-elle.

— Ouais, bien sûr. Je m'appelle Dennis, je bosse pour la police de Denver. Nous enquêtons sur certains individus de la région.

Il fourra sa main dans sa poche et sortis une carte. J'avais du mal à lire les petits caractères mais je crois bien que le mot "police" s'y trouvait.

— Euh… vous n'êtes pas obligé de nous montrer votre insigne ? demanda Marie.

Il sourit.

— Pas d'insigne. Juste ça. Allons-y, racontez-moi cette histoire de drogue.

Je jetai un coup d'œil du côté de Marie. Elle haussa brièvement les sourcils.

— Eh bien, des gars ont introduit de l'héroïne dans la réserve la semaine dernière, commençai-je. Ils en ont donné à mon neveu, qui a fait une overdose. Il a failli y rester. J'ai entendu dire que Rick pourrait être impliqué.

Il avait l'air plus intéressé, tout à coup.

— De quel genre d'héroïne s'agissait-il ?

— Que voulez-vous dire ?

— Du goudron noir, de la poudre blanche, de l'héroïne brune ?

— Je ne sais pas.

— Savez-vous quand ils ont commencé à vendre ? Sur la réserve ?

— Je ne sais pas trop. Nathan – mon neveu – a raconté qu'ils la lui avaient donnée gratuitement. Peut-être que c'est des conneries, ceci dit ; ce n'est qu'un gamin.

— Vous dites qu'ils la lui ont donnée ?

J'acquiesçai.

Il but une gorgée de son soda à la noix de coco.

— Quel âge a votre neveu ?

— Quatorze ans.

— Vous êtes sûr que la transaction a eu lieu sur le territoire de la réserve ?

— Ouais, au lycée. C'est ce que Nathan m'a dit.

Il sortit un petit carnet de sa poche et se mit à écrire.

— Je vais avoir besoin de parler à votre neveu, d'obtenir une déposition.

— Désolé, répondis-je, mais pourquoi faudrait-il qu'il vous parle ? Je vous ai tout dit.

— Cela fait partie d'une enquête en cours. Serait-il disponible pour me parler au téléphone ?

— Non.

Je me levai et allai jeter mes détritus.

— Écoutez, reprit-il. J'enquête sur ces bâtards depuis un moment. Je savais qu'ils commençaient à introduire leurs produits dans les réserves, mais je n'en avais pas confirmation. Jusqu'à maintenant. J'ai aussi eu à gérer des tonnes de conneries administratives à propos des compétences juridiques de chacune des parties impliquées. La DEA*, le FBI, tous prétendent passer en premier. Si votre neveu me donne sa déposition, je peux prendre l'initiative. Vous comprenez ?

J'attrapai un soda mexicain – saveur tamarin – et ouvris la canette.

— Est-ce que sa déposition serait publique, son nom divulgué ?

Dennis secoua la tête.

— Personne en dehors des forces de police ne la verra.

* Agence fédérale chargée de la lutte contre les trafics de drogue.

— Attendez, intervint Marie. Nous collaborons avec vous. Mais il faut que vous nous disiez ce qui se passe sur la réserve. Avec la drogue. Parlez-nous, peut-être qu'on pourra vous aider davantage.

Il resta silencieux quelques instants.

— Montrez-moi vos papiers.

Nous lui confiâmes nos permis de conduire et il les emporta jusqu'à sa voiture.

— Tu crois que je devrais lui donner le numéro de Nathan ? demandai-je à mi-voix à Marie. Je ne sais pas si c'est une bonne idée.

Elle haussa les épaules.

— Écoutons ce qu'il a à dire. Je veux en apprendre davantage sur ce que Rick trafique, d'après eux.

D'après eux. Vu l'intérêt que les flics lui portaient, Rick avait l'air d'être mouillé jusqu'aux oreilles. C'était logique que nous essayions de récupérer un maximum d'informations.

Le flic revint à notre table et nous rendit nos papiers.

— OK, tout va bien. (Il marqua une pause.) Je ne peux rien vous révéler de l'enquête en cours, mais je peux vous communiquer le tableau dans les grandes lignes – ce qu'on a déjà. Attendez, je vais chercher de l'eau.

Il se leva et revint avec un gobelet en plastique.

— Bon, soyez patients, il faut que je retourne un peu en arrière. Une fois que vous aurez entendu l'histoire, vous comprendrez pourquoi nous avons besoin de la coopération de votre neveu.

Je hochai la tête.

— Que savez-vous sur les opioïdes ?

— Vous voulez dire l'héroïne ? dis-je.

— Eh bien, l'héroïne n'en est qu'un aspect. Les opioïdes – les antidouleurs – sont le plus gros problème de drogue que nous ayons jamais eu. Et en gros, il a été créé par les gros laboratoires pharmaceutiques.

— Bien sûr, dit Marie. Prescriptions abusives. Ce n'est pas franchement nouveau.

Il but une gorgée d'eau.

— En quelque sorte. Il y a des dizaines d'années, les laboratoires pharmaceutiques ont commencé à vendre des antidouleurs – comme l'OxyContin – et se sont lancés dans des campagnes féroces. Mal au dos ? Tenez, une ordonnance pour de l'oxycodone. Des douleurs chroniques ? Prenez-en plus. Maintenant on a toute une génération accro à ces cachets. Ensuite les officines frauduleuses se sont mises à pulluler, et on s'est retrouvé avec encore plus de camés, jusqu'au fin fond de la cambrousse.

Marie commenta :

— Ouais, mais le gouvernement a ordonné la fermeture de ces endroits. C'est ce que j'ai…

— Pas exactement. Les fédéraux ont ouvert les yeux et ont collé des amendes énormes aux laboratoires pharmaceutiques, qui ont ensuite revu leurs formules. On ne peut plus écraser les cachets et en abuser aussi facilement. Ils circulent toujours mais sont plus difficiles à obtenir et beaucoup plus chers. Du coup, que font les camés ? Ils se mettent à l'héroïne – même drogue, forme différente.

Marie dévisagea Dennis avec intensité, comme si elle voulait en débattre. Je me demandai si Dennis était fumeur, et si je pouvais lui taper une cigarette.

— La demande est de plus en plus importante, poursuivit-il. Mais l'offre n'a pas suivi. Alors certains cartels mexicains commencent à se concentrer sur l'héroïne plutôt que sur l'herbe. Mais ce n'est pas la poudre blanche – c'est du goudron noir, à l'œil et au goût, ça ressemble à un caramel à la réglisse. C'est plus facile à fabriquer et à passer. Le gros hic, c'est qu'il est dix fois plus puissant que la poudre. On voit du goudron noir pur à soixante-quinze pour cent. L'héroïne China White d'autrefois avait un taux de peut-être cinq pour cent.

— Putain de merde, marmonnai-je.

Marie resta silencieuse.

— Ce n'est pas le pire. Un des cartels a développé un nouveau système de distribution – une méthode plus efficace pour acheminer la drogue jusqu'aux clients. Ils se sont mis à utiliser une structure décentralisée. Plus rationnelle, plus rentable.

— Qu'est-ce que vous entendez par décentralisée ? demandai-je.

— Ils vendent aux clients eux-mêmes, ils suppriment l'intermédiaire. Ils créent des dizaines de petites unités avec des chauffeurs et un opérateur téléphonique. Le client appelle le téléphone portable et dit où il se trouve, l'opérateur appelle un chauffeur qui rencontre le client sur le parking d'un fast-food. Le client donne l'argent et récupère un ballon de came. Comme s'il commandait une pizza. Autrefois, il fallait aller voir les dealers, maintenant ils viennent à vous. En plus, ils font des opérations spéciales, du genre après neuf achats le dixième ballon est offert, et ils distribuent des échantillons à la volée, pour essayer de gagner de nouveaux clients.

Je me rappelai l'histoire de Nathan. J'avais douté de lui, parce que je ne croyais pas possible qu'on donne de la drogue comme ça.

Dennis finit son eau et écrasa le gobelet dans son poing.

— Ils sont comme le Domino's Pizza de la came. Et ils sont prudents. Ils conduisent des voitures normales, rien de tape-à-l'œil, et changent souvent de chauffeurs. On a tous les ingrédients de l'ouragan parfait : des camés aux pilules qui cherchent un fix, une héroïne super puissante, un nouveau système de distribution. Maintenant tous les cartels sont entrés dans la danse. Ils commencent à être concurrents et ils cherchent de nouveaux marchés. Vous pouvez imaginer quelle est leur prochaine cible.

— Mais pourquoi les réserves ? demanda Marie. Nous ne sommes pas très nombreux. Il semblerait plus logique d'aller dans des endroits où il y a plus de monde.

— Le reste du marché est saturé, du moins dans l'Ouest. Et les réserves sont une cible logique, car la présence policière y est faible. Il y a combien d'agents de la police tribale chez vous, une cinquantaine ?

— Même pas, dis-je.

— Le problème est que le cartel n'a personne dans les réserves. Vendre par eux-mêmes les ferait remarquer. Alors ils recrutent des locaux pour leurs cellules – en se servant de gangs ici à Denver qui ont des connexions là-bas.

— Rick Crow, dis-je.

— Je ne peux rien dire à ce sujet. Sachez seulement que si nous attrapons les types qui opèrent sur la réserve, les vendeurs, nous pourrons peut-être obtenir d'eux qu'ils balancent leurs chefs. Au moins, on arriverait à les ralentir. Ces voyous sont comme des rats – ils trouvent un moyen d'entrer et ils chient partout.

J'allai chercher un verre d'eau tout en réfléchissant à ce que Dennis avait dit.

— Bon, vous avez une vue d'ensemble, dit Dennis lorsque je revins. Laissez-moi vous poser à nouveau la question : vous êtes sûr que la transaction avec votre neveu s'est effectuée dans l'enceinte du lycée ?

— Ouais, ils lui ont donné la came à côté du terrain de foot, dis-je. Pourquoi est-ce important ?

— Selon la loi fédérale, la vente de drogue à une distance inférieure à trois cents mètres d'un établissement scolaire est passible d'une lourde condamnation. Ces gars-là sont trop malins pour faire ça ici. Mais si on les attrapait en train de vendre au lycée sur votre réserve, on aurait peut-être la possibilité de les forcer à témoigner en échange d'une négociation de peine.

Je voyais vers où tout ça menait et je n'aimais pas.

— Je vais avoir besoin de parler à votre neveu, dit-il. Nous ferons en sorte qu'il effectue un achat, et il portera un micro. Il leur achètera une plus grosse quantité. Au lycée.

Dennis essaya de me vendre son plan. Selon lui, ce genre de mission était sans risque, ils n'exposeraient jamais un informateur au danger, et de toute façon, celui-ci est observé et protégé pendant la transaction. Il m'expliqua que le micro était tout petit, bien plus petit qu'à la télévision, et qu'ils pourraient même utiliser un téléphone portable si nécessaire. Ensuite, il essaya de me persuader que Nathan était la meilleure manière d'atteindre ces gars, puisqu'il connaissait déjà les dealers ; ceux-ci lui vendraient volontiers des doses bientôt, et on pourrait les coincer avant qu'ils installent leur trafic ailleurs dans la réserve.

Il ajouta qu'il était crucial de mettre ces dealers d'héroïne hors d'état de nuire, que nous allions sauver la vie de plein d'innocents. À l'entendre, on avait l'impression que l'avenir de la réserve, voire celui de la nation tout entière, dépendait de ma décision de les laisser équiper Nathan d'un micro. Autre point positif, ajouta-t-il ; si on débarrassait la réserve de la drogue, il serait moins tenté d'y avoir à nouveau recours.

— Alors, qu'est-ce que vous en pensez ? fit Dennis. Je peux envoyer des gars là-bas dès la semaine prochaine. Nous parlerons à Nathan – c'est bien son nom, n'est-ce pas ? – pour le mettre au parfum, et boucler cette affaire pronto. C'est gagnant-gagnant. On empêche ces types de vendre de l'héroïne sur votre territoire. Et il n'y a plus de gosses qui consomment cette merde, y compris votre neveu.

Je réfléchis à son offre. La retournai dans tous les sens. Pendant une milliseconde ou deux.

Qu'il aille se faire foutre.

— Pas question, dis-je à Dennis. Je ne veux pas qu'il soit impliqué là-dedans.

Il était exclu que je laisse Nathan acheter à nouveau de la drogue. Je l'avais presque perdu une fois, et il fallait qu'il reste aussi loin que possible de ces salopards. Sans parler du fait qu'il serait définitivement étiqueté comme une balance si ça se savait. Personne n'aimait les indics, mais les Indiens surtout détestaient les fédéraux, qui n'avaient jamais manifesté tellement d'intérêt quand on leur demandait d'arrêter des criminels sur la réserve. Mieux valait le tenir à l'écart de toute cette affaire et la gérer moi-même.

— Prenez ma carte, dit Dennis. Réfléchissez. Parlez à votre neveu. Vous savez – précision utile – parfois, nous pouvons payer les informateurs. En liquide. Mais il faudra que j'aie des nouvelles de vous bientôt. C'est comme ça que ça marche. Si vous voulez bien agir.

Bien agir. J'avais perdu ça de vue depuis longtemps.

12

Nous quittâmes le restaurant mexicain, laissant une ribambelle de bouteilles de soda vides sur notre table. Il commençait à faire nuit et les lumières des bars et des restaurants s'allumaient les unes après les autres tandis que nous roulions vers l'ouest sur Colfax Avenue, pour retourner au motel. Un ivrogne marchait d'un pas hésitant sur le trottoir ; il portait un T-shirt sur lequel on pouvait lire MOINS DE GENS À L'ÉGLISE = PLUS DE PLACE POUR MOI AU PARADIS !

— Qu'est-ce que tu penses de toute cette histoire ? dit Marie.

Elle était restée silencieuse pendant la tirade de Dennis.

— Il n'est pas question que je laisse Nathan porter un micro. C'est trop dangereux, bordel.

— Mais il a affirmé que Nathan serait en sécurité, qu'ils le surveilleraient du début à la fin.

— Tu ne serais pas en train de suggérer que j'accepte ?

— Eh bien, selon lui, c'est la meilleure manière d'arrêter les cartels – atteindre leurs chefs, si j'ai bien compris. Ce sont eux, les méchants. Peut-être que Rick pourrait être épargné.

À nouveau, elle cherchait à protéger Rick Crow. La jalousie me serra le ventre comme une crampe d'estomac. Calmement, je lui répondis :

— Pourquoi faudrait-il que Rick soit épargné ? S'il travaille avec eux, il devrait aller en prison aussi.

— Je dis juste que le plus important est d'empêcher que la drogue circule dans la réserve. Écoute, tu sais que pour rien au monde je ne voudrais mettre Nathan en danger. Mais qu'est-ce qui se passera si personne n'arrête ces gars ? Ils continueront à vendre, et peut-être qu'il en rachètera.

Je lui jetai un coup d'œil ; ses bras croisés sur sa poitrine faisaient bouffer le haut de son chemisier.

— Ouais, mais les flics peuvent trouver quelqu'un d'autre à qui poser un micro. Pourquoi ce serait forcément Nathan ?

— Peut-être. Mais mettre au point ces… comment ils les appellent, ces coups montés n'a pas l'air si facile, sinon ils les auraient déjà coincés.

— Je n'y connais rien, mais je sais que Nathan en a vu assez, qu'ils trouvent un autre mouchard.

— Mouchard ? Comment peut-on être un mouchard quand on agit pour le bien ? Dans mon monde, cette personne-là est un héros. Tu crois que Crazy Horse aurait peur de lutter contre des ennemis du bien ?

— Je ne sais pas ce que ferait Crazy Horse, rétorquai-je. Je sais juste que je vais mener mes propres batailles.

C'était drôle que Marie – pacifiste à ses heures – fasse référence à Crazy Horse, le Lakota qui avait juré de combattre les hommes blancs jusqu'à son dernier souffle.

— Nathan ne portera pas de micro. Il n'est pas un indic. C'est ma décision – et je ne reviendrai pas là-dessus.

Nous rentrâmes en silence au motel.

Le lendemain matin, Marie était toujours furieuse contre moi. Peut-être m'étais-je montré trop têtu en refusant d'écouter ses arguments, mais la sécurité de Nathan était ce qu'il y avait de plus important. Oui, il était mon neveu, pas mon fils, mais pour les Indiens la distinction n'existait pas. Les nièces, neveux, cousins – tous étaient considérés comme la famille proche, pas comme des parents éloignés qu'on pouvait ignorer. Bien entendu, cela conduisait parfois à des batailles titanesques entre membres d'une même famille. Je connaissais sur la réserve plusieurs *tiospayes** dans lesquelles les conflits faisaient rage et où certaines personnes avaient refusé de se parler pendant des dizaines d'années.

J'attendis que Marie finisse sa conversation avec son père. Une fois qu'elle eut raccroché, nous avions tous deux besoin de caféine, alors nous descendîmes Colfax Avenue jusqu'à trouver un endroit appelé La Capulina, qui ressemblait à un café, mais qui aurait pu tout aussi bien être un atelier de réparation de bicyclettes, vu qu'il y en avait une quinzaine garées devant, des anciens modèles sans vitesses ni freins. La plupart d'entre eux étaient équipés d'un panier en osier sur le guidon. Ils étaient mignons, ces vélos, mais ils ne tiendraient pas plus de dix minutes sur les routes pleines de cratères et de bosses de la réserve.

À l'intérieur, on aurait dit une usine désaffectée, avec des parois métalliques nues et des luminaires dépareillés, et dans la salle on trouvait toute une variété d'objets disséminés au hasard : des vieux fauteuils roulants, des cages à oiseaux déglinguées, des coussins cousus main, et des douzaines de

* Famille étendue.

vieux appareils photos – des Polaroid, des Honeywell et beaucoup d'autres que je n'identifiais pas. Derrière le comptoir, un homme d'environ vingt-cinq ans, avec une belle barbe brune et une longue moustache cirée. Il portait une ancienne tenue de mineur, comme s'il sortait tout juste d'une carrière dans les Appalaches des années 1850, moins la saleté et la crasse. Il me dit quelque chose, mais il était difficile d'entendre à cause de la musique de fond, qui ressemblait à la boîte de vitesse grippée d'une voiture. Je m'approchai du comptoir, où elle était un peu moins forte.

— J'ai dit, qu'est-ce que je vous sers ?

— Deux grands cafés, un noir et un crème, répondis-je.

— Aujourd'hui, on prépare La Mestiza. Ce sont des grains lavés en provenance du Guatemala, de la variété Caturra et dont le terroir se situe au sud de la région du Huila. Si vous avez envie de lire les notes de dégustation, je les ai là. Il a un corps rond et léger, avec des arômes de pop-corn caramel et sucre brun. Et je suis désolé, on ne sert pas de lait avec nos cafés. Nous voulons que vous fassiez l'expérience des saveurs et du bouquet du café, pas de ceux d'un produit animal bourré d'hormones.

— Ah… euh… d'accord.

Nous attendîmes à peu près dix minutes qu'il prépare les boissons, autrement dit, qu'il finisse de moudre les grains, qu'il installe un drôle d'entonnoir au-dessus d'un pot et verse de l'eau bouillante une molécule après l'autre dans l'entonnoir. Tout le processus me rappelait mes cours de chimie. Rien à voir avec la préparation du café à l'indienne, qui consiste à jeter du café moulu dans une cafetière sur un réchaud. Je dois l'avouer, le café était vraiment bon, et même exceptionnel, rien de comparable avec le jus qu'ils servaient au Big Bat à Pine Ridge. Et le café du Big Bat était unanimement considéré comme le meilleur dans un rayon de cent cinquante kilomètres. Bien entendu, ce café sophistiqué avait intérêt à être bon, vu que chaque tasse coûtait en gros le prix d'une livre de Folgers.

Nous décidâmes de nous installer sur la terrasse, en prenant garde de ne pas perdre une goutte du coûteux breuvage.

— Je suis désolée si je t'ai contrarié au sujet de Nathan, commença Marie. Je veux juste ce qu'il y a de mieux – pour lui et pour la réserve. Mais la décision t'appartient.

Je fus soulagé que Marie ait changé d'avis. La veille je m'étais demandé si elle serait si prompte à envoyer un gamin acheter de la drogue s'il s'agissait de son propre enfant. Mais peut-être manquais-je de bienveillance.

— Merci. Moi aussi, je veux que ces salopards se retrouvent derrière les barreaux, tu le sais.

— J'ai une idée. Faisons quelque chose de sympa ce soir, offrons-nous une petite pause. Je ne sais pas, sortons dîner, par exemple. J'ai un peu d'argent.

Cette matinée s'améliorait de minute en minute.

— Pourquoi pas ? Où veux-tu aller ? Manger un steak ?

Elle sourit.

— Peut-être quelque chose d'un peu touristique ? Qu'est-ce qui fait la réputation de Denver ?

— Aucune idée. La ville a beaucoup changé depuis la dernière fois que je suis venu.

— Attends, je vais demander à quelqu'un.

Elle se tourna vers la petite table voisine de la nôtre. Autour, trois femmes blanches et deux poussettes.

— Pardonnez-moi de vous déranger, mais nous ne sommes pas d'ici. Pourrions-nous vous poser une question ?

Celle qui était assise la plus près de nous nous dévisagea. Elle portait une parka visiblement très chère. Je me sentais déplacé avec mon vieux blouson en jean et mes bottes.

— Bien sûr, en quoi pouvons-nous vous aider ?

— Nous voudrions faire quelque chose de sympa à Denver, dit Marie, aller dans un endroit spécial ou voir quelque chose d'unique dans le Colorado. Peut-être un bon restaurant ? Si vous avez une idée…

Les femmes parlèrent entre elles. J'essayai d'écouter, mais j'avais du mal à comprendre ce qu'elles disaient à cause de leur accent. Elles avaient l'air d'avoir trente ou quarante ans, mais leurs voix étaient aiguës et nasillardes, comme des filles de douze ans très enrhumées. On aurait dit un groupe de canards qui cancanaient. La première se tourna vers nous tandis que les deux autres continuaient à discuter.

— Si ça ne vous ennuie pas que je vous le demande, d'où venez-vous ? dit-elle aimablement.

— Je vous en prie. Nous venons du Dakota du Sud, nous ne sommes là que pour quelques jours.

— Êtes-vous… euh… amérindiens ?

— Oui, nous sommes sioux, de la réserve de Rosebud.

J'observai que Marie avait changé de paradigme, appelant notre peuple sioux pour ne pas embrouiller les dames. Le mot français sioux signifiait "petits serpents" et il était rarement utilisé par les Lakotas. Les deux autres femmes se tournèrent vers nous, après avoir fini d'échanger sur les restaurants de Denver.

— Nous avons l'endroit parfait pour vous ! Il existe depuis une éternité, c'est kitsch et sympa. Tout le monde y va au moins une fois ; c'est comme un restaurant doublé d'un parc d'attractions. La cuisine n'est pas extraordinaire, mais vous vous amuserez bien, on vous le promet ! Ça s'appelle la Casa Bonita.

Comme promis, la Casa Bonita était un mélange bizarre de parc d'attractions et de restaurant mexicain. L'endroit était gigantesque, avec un immense clocher rose planté au milieu du parking. À l'intérieur, nous découvrîmes avec surprise une cascade de dix mètres de haut et un bassin, des plongeurs, des groupes de musiciens qui se promenaient entre les tables, des spectacles de marionnettes et même une grotte de pirates. La serveuse nous prit en pitié et nous installa loin des familles avec des enfants qui hurlaient. Elle nous emmena à l'étage et nous attribua une table près du sommet de la cascade. Nous étions entourés de faux palmiers et de torches en bambou, qui nous donnaient un peu d'intimité et une vue imprenable sur les plongeurs. Il s'agissait apparemment d'étudiants, déguisés en bandits, en pirates, et – je vous le donne en mille – en Indiens. Les plongeurs braillaient leurs répliques, qui semblaient toujours tourner autour de gentils pourchassés par les méchants, avant de se jeter dans le bassin en dessous. Je fus soulagé de voir que le méchant n'était pas un faux Indien mais une personne vêtue d'un costume de gorille. À chaque plongeon, les enfants en bas criaient leur enthousiasme, et il était facile de se laisser aller à la frivolité de l'endroit.

On nous apporta nos plats, qui n'avaient rien à voir avec les tacos que j'avais goûtés chez Taco Mex. Ce que nous mangions ce soir était de la nourriture de gringo déguisée en cuisine mexicaine, comme un Blanc avec un sombrero sur la tête. Tacos insipides, enchiladas fades et haricots frits sans goût. Trois Corona pour Marie, un Coca pour moi. Je reconnais que les desserts étaient plutôt bons. Au départ, j'avais cru qu'ils nous apportaient du *frybread*, ce qui m'avait surpris, mais le serveur nous informa qu'il s'agissait de *sopapillas*, ou beignets mexicains. Une pâte sucrée frite, saupoudrée de sucre glace et trempée dans le miel. Ils étaient plus légers que le *frybread* indien, et même si ça me faisait mal de l'admettre, bien meilleurs.

Une fois qu'on nous eut enlevé nos assiettes, nous nous promenâmes dans le restaurant. Nous visitâmes la salle de jeu d'arcade décrépite, où nous jouâmes au Skee-Ball et à des jeux vidéo d'un autre temps. Puis nous explorâmes la grotte de pirates de Black Bart, un genre de maison hantée avec des squelettes, des coffres aux trésors antiques et des crânes poussiéreux, en essayant de ne pas mettre les pieds dans les flaques laissées par des enfants trop excités.

— Comment tu trouves cet endroit ? demandai-je.

— J'adore ! (Ses yeux brillaient comme les fausses pierres précieuses que nous avions vues dans le magasin de souvenirs.) Si j'avais un enfant, je l'emmènerais ici toutes les semaines.

Je me demandai comment ce serait d'avoir un enfant avec Marie. Son intelligence, ma force. Un fils. Peut-être une fille ? Je regardai Marie – peut-être pensait-elle à la même chose que moi. La musique nous parvint entre les faux palmiers et il était facile d'imaginer que nous nous trouvions vraiment dans une station balnéaire, au Mexique.

Je me tournai vers Marie. Elle se rapprocha, attendant un geste de ma part. Je m'apprêtai à l'enlacer, puis j'hésitai. J'en avais rêvé, mais en un instant je me souvins de la souffrance et de la tristesse que j'avais ressenties quand elle m'avait quitté. La rupture avait été tellement douloureuse que je ne savais pas si je m'en remettrais un jour. Pendant des mois, j'avais fréquenté ce chagrin, tous les soirs. J'achetais un pack de douze et j'écoutais des chansons nostalgiques. C'était étrange parce qu'au bout d'un moment j'avais commencé à attendre ces séances de tristesse nocturnes – ma musique, ma bière et mon chagrin. Elles étaient devenues partie intégrante de ma vie, ma nouvelle routine. Les plaines ténébreuses du deuil.

J'avais fini par dépasser cette douleur – et l'alcool – et par aménager un bel espace pour Nathan et moi. Les choses n'étaient pas parfaites, mais je me contentais de la vie que nous avions. Que se passerait-il si je recommençais avec Marie ? Je ne voulais pas de complications, de problèmes, alors que j'avais réussi à restaurer un peu de stabilité dans ma vie. J'avais surmonté notre difficile rupture.

C'est là que je sentis le parfum de Marie. Pas seulement son parfum, mais son odeur.

Elle me heurta en pleine poitrine, et j'eus l'impression de la percevoir avec toutes les cellules de mon corps. Son parfum était irresistible, et je sentis tout mon corps parcouru de désir. Ma volonté se fissura, j'essayai de me dire que c'était une erreur, que je devais laisser la situation telle qu'elle était. Mais… ce parfum.

Je plongeai de la falaise.

13

Le matin suivant, je me réveillai dans la chambre de Marie, à côté d'elle, mon corps tout près du bord du matelas pour prendre le moins de place possible. Dans le silence du petit jour, je réfléchis à la nuit précédente. Peut-être que nous avions commis une erreur, que nous nous étions précipités. Elle bougea. Elle ouvrit les yeux et me regarda, stupéfaite.

— Oh merde, fit-elle, et elle s'enfuit dans la salle de bain.

Mince alors. J'avais imaginé qu'elle se réveillerait en me témoignant de l'affection et de la chaleur, peut-être même du désir. Avais-je fait quelque chose de mal ? Nous nous étions embrassés au restaurant, maladroitement d'abord, ensuite avec plus d'assurance à mesure que nous nous rappelions l'un de l'autre. J'avais conduit au retour – bien trop vite – jusqu'au motel, où nous avions repris là où nous nous étions arrêtés. Nous avions fait l'amour de manière complètement naturelle. Nous nous connaissions déjà, et nous n'avions aucun besoin du processus de découverte nécessaire avec un nouveau partenaire.

Je me demandai si je devais retourner dare-dare dans ma chambre, histoire d'éviter que le malaise se prolonge. Mais avant que j'aie le temps de décider, la porte s'ouvrit et elle revint. Elle s'était coiffée et elle portait un de ces peignoirs blancs rêches qu'ils fournissent dans les motels.

— Hé… désolée d'être partie comme ça à toute vitesse. J'avais besoin d'un moment pour retrouver mes marques. Pour gérer les derniers événements. Et puis avec mes cheveux je ressemblais à la méchante Sorcière de l'Ouest.

— Je comprends, dis-je, tout à coup envahi par le soulagement. Ça s'est passé, on n'avait rien prévu, ni toi ni moi.

Elle s'assit sur le lit et me prit la main.

— Je ne sais pas, peut-être qu'on peut y aller tranquillement, au jour le jour ; qu'est-ce que tu en penses ?

Ça me paraissait bien. En fait, c'était ma philosophie depuis un moment déjà. Mais la situation me mit brusquement mal à l'aise. Voulait-elle que je reste dans sa chambre, éventuellement pour qu'on remette le couvert, ou devais-je plutôt m'en aller et lui donner de l'air ? Je me rendis compte que j'étais nu comme un ver et que mes vêtements étaient éparpillés sur le sol.

— Bon sang, j'ai mal à la tête. Tu veux du Tylenol ? proposa-t-elle tout en fourrageant dans son sac.

Tout à coup intimidé, je me couvris avec le drap et commençai à récupérer mes fringues, sans parvenir à retrouver mon caleçon. Je me résignai à sa perte et enfilai mon pantalon.

— Que dirais-tu d'un café ? dis-je en me demandant si je devais l'embrasser ou filer.

Bon sang, nous avions pourtant passé un certain temps ensemble, pourquoi était-ce si compliqué ?

Ce fut Marie qui prit la décision en me donnant un rapide baiser sur la joue.

— Ce serait génial, merci. Je vais prendre une douche. Pose-le sur la table si je ne suis pas encore sortie. Je vais aller faire des courses ce matin avant qu'on démarre, peut-être acheter quelque chose pour ma mère. Je prends la voiture, ça ne t'ennuie pas ?

J'avais pensé que nous irions au café ensemble, mais apparemment, non. Cela m'était égal qu'elle veuille aller faire des courses de son côté, et je comprenais pourquoi. Sa mère lui avait instillé l'amour des choses coûteuses et se montrait prête à financer ses achats, ce qui plongeait Marie dans un dilemme moral. Pour elle, le matérialisme n'était pas cohérent avec les valeurs lakotas. Autrefois, je lui disais d'acheter ce qui lui plaisait sans s'en préoccuper. Mais je savais qu'elle finirait sans doute par s'en vouloir et rendre ses achats du jour.

— Et j'en profiterai pour passer quelques coups de fil. Pour me renseigner au sujet de Rick.

Je restai toute la matinée dans ma chambre, essayant de regarder la télévision, mais j'étais trop distrait pour me concentrer sur quoi que ce soit d'autre que Scooby-Doo. Marie revint plusieurs heures plus tard, avec des sandwichs et de grands sacs pleins d'emplettes. Pendant qu'on mangeait, elle m'annonça qu'elle avait une piste, quelqu'un à Denver qui avait peut-être des informations sur Rick.

Le déjeuner fini, Marie et moi quittâmes le motel. Après un trajet d'une demi-heure nous arrivâmes dans un coin délabré plein de prêteurs sur gages, restaurants chinois bas de gamme et autres officines vendant du cannabis. Je me demandai s'il y avait une corrélation entre la pauvreté d'un quartier et l'abondance de magasins de marijuana. Nous nous rangeâmes sur le parking d'un grand bâtiment avec un jardin bien entretenu. Le panneau disait DENVER INDIAN CENTER.

Une jeune femme indienne était postée à l'accueil. Nous traversâmes le hall d'entrée où une bonne dizaine de prospectus avaient été mis à la disposition des visiteurs : S'INSCRIRE AU PROGRAMME DE SANTÉ DES ENFANTS ; LES AMÉRINDIENS UNIS CONTRE ALZHEIMER ; APPRENEZ À PROTÉGER VOTRE CŒUR ! ; LES INDEMNITÉS DES VÉTÉRANS ET LES INDIENS. J'envisageai de prendre un exemplaire de celui qui m'apprendrait à protéger mon cœur, mais me dis qu'il était probablement trop tard pour ça.

— Que puis-je pour vous ? demanda la réceptionniste.

— Nous cherchons Reuben, dit Marie.

— Il anime le cercle de parole des anciens, mais ils ont presque fini. Allez-y, c'est au bout du couloir, salle Thunderbird.

Nous ouvrîmes la porte doucement et entrâmes. Environ dix anciens étaient assis en cercle. Nous prîmes place sur des chaises au fond pour écouter. Un vieux monsieur avec de longs cheveux argentés attachés en queue-de-cheval tenait une plume d'aigle et parlait. Il nous jeta un coup d'œil.

— …l'homme blanc se débarrasse des anciens en les mettant dans une maison de retraite, une résidence médicalisée, peu importe comment on les appelle – je les appelle des entrepôts, parce que c'est ce qu'ils sont, des endroits où on se débarrasse des vieux jusqu'à ce qu'ils meurent. Vous savez, nous les Indiens, on ne met pas à l'écart nos anciens, on les garde avec les *takojas** pour qu'ils puissent apprendre de nous. Transmettre aux plus jeunes, c'est ce que veut le Grand Esprit. Voilà, c'est tout ce que j'avais à dire aujourd'hui. Je veux que Reuben sache à quel point j'apprécie ce qu'il fait, il est grand temps que quelqu'un prenne notre défense.

Il tendit la plume d'aigle à l'homme qui semblait présider le cercle, probablement Reuben. C'était un Indien d'environ

* Petits-enfants.

soixante-dix ans, en bonne forme, avec de longues nattes grises et un sourire accueillant. Il portait un jean délavé et un T-shirt bleu foncé.

— OK, c'était un plaisir de vous voir tous aujourd'hui, et n'oubliez pas le repas partagé la semaine prochaine. Récupérez vos tickets auprès de Iya au comptoir à l'entrée.

Les participants commencèrent à quitter la pièce.

Nous attendîmes qu'ils soient tous partis, puis Marie approcha l'homme tandis que je restai en arrière.

— Bonjour. Vous êtes Reuben ? demanda-t-elle.

Il acquiesça aimablement.

— Je suis Marie, et voici Virgil. Auriez-vous quelques minutes à nous consacrer ?

— Bien sûr, laissez-moi juste récupérer mes affaires.

Il rangea des papiers et un carnet dans un vieux sac en tissu.

— Que se passe-t-il ?

Je décidai d'intervenir.

— Nous cherchons quelqu'un qui est peut-être en ville. Connaissez-vous Rick Crow ?

Le sourire s'effaça immédiatement.

— Oui. Je suis son père.

Il me fallut une seconde pour comprendre.

— Que se passe-t-il ? répéta-t-il.

L'expression de son visage en disait bien plus long que ses paroles – il avait l'air las et triste. Je laissai l'initiative à Marie.

— Nous venons de Rosebud. Sammie Wolf Song nous a recommandé de nous adresser à vous, dit-elle poliment. Nous connaissons Rick, quelqu'un nous a dit qu'il se trouvait à Denver. Avez-vous de ses nouvelles ?

— Non, nous ne sommes plus en contact. Depuis longtemps. Je suis désolé, je ne peux pas vous aider.

Avec un sourire tendu, il se mit à rassembler d'autres papiers pour les ranger dans son sac.

— Nous ne voulons pas vous importuner davantage, dit Marie. Merci.

Elle se dirigea vers la porte mais je ne bougeai pas.

— Vous n'avez vraiment rien ? demandai-je. Une ancienne adresse, un ancien numéro de téléphone ?

Reuben secoua la tête.

— J'aurais bien aimé vous aider. Je ne sais vraiment pas ce qu'il devient. La dernière fois qu'il a appelé, il m'a demandé de l'argent. J'ai refusé, il s'est mis en colère. (Son regard se perdit au loin.) Je continue à penser que j'ai fait ce qu'il fallait.

Je décidai de jouer le tout pour le tout.

— Monsieur, il s'est peut-être acoquiné avec des gens pas bien. Vraiment pas bien. Ce serait mieux qu'on le trouve avant la police.

Ce n'était pas tout à fait vrai.

— Je suis désolé de vous annoncer ça comme ça, mais n'importe quelle information pourrait nous aider. Ce serait dans son intérêt qu'on arrange les choses sans les flics.

Il réfléchit.

— Redites-moi qui vous êtes.

— Virgil Wounded Horse. Et Marie Short Bear.

— Vous êtes de la police tribale ?

— Non monsieur. Marie travaille pour la tribu – dans les services familiaux. Je suis… homme à tout faire.

Marie intervint.

— Je sais que c'est étrange, que nous débarquions comme ça, ici, mais je suis une amie de Rick. (Elle me lança un coup d'œil.) Autrefois, on… sortait ensemble.

Il resta silencieux un long moment, puis nous fit signe de nous asseoir.

— Prenez du café.

J'empoignai une cafetière antique sur le comptoir et versai un liquide noir vaseux dans deux tasses. Il en prit une aussi ainsi qu'un petit pot en plastique contenant un succédané de crème. Nous attendîmes pendant qu'il essayait maladroitement d'ouvrir l'opercule, les mains un peu tremblantes.

— Je crois qu'il a parlé de vous une fois, Marie. Il m'appelle de temps en temps, généralement quand il a besoin de quelque chose.

Il but une gorgée de café. J'en pris une aussi et faillis tout recracher tant il était amer.

— Il ne s'appelle pas Rick, vous savez. Mais Waowakiye, ce qui signifie "aidant". Ce nom lui a été donné par un homme-médecine quand il avait cinq ans. Quand il a eu douze ans, il nous a obligé à l'appeler Rick et à cesser d'utiliser son nom indien.

Je hochai la tête.

— Nous l'avons élevé dans la tradition, nous l'avons emmené à des Danses du Soleil, lui avons enseigné nos coutumes. Il allait bien. Cela va peut-être vous surprendre, mais il était très silencieux quand il était petit. Il aimait beaucoup s'asseoir dehors et regarder les oiseaux et le ciel. Il restait là pendant des heures, à observer les écureuils, les papillons, les nuages. Mais nous avons été obligés de nous installer à Rapid City lorsque j'ai perdu mon travail et c'est là qu'il est allé à l'école pour la première fois. Un jour, il était en cours élémentaire, il est rentré en larmes parce que des gamins l'avaient bousculé et s'étaient moqués de lui car il était indien. Il nous a dit qu'il voulait couper ses cheveux, mais nous avons refusé. Mon Dieu, comme il a hurlé ! Nous avons fini par céder. J'en ai toujours eu honte. Je voulais juste qu'il cesse de pleurer.

Il s'interrompit et ajouta une deuxième dose de fausse crème dans son café. À nouveau, nous lui donnâmes le temps d'ouvrir le petit emballage plastique. J'hésitai à lui proposer mon aide.

— La situation a empiré. Il s'est fait des amis, et un gamin l'a invité à dormir chez lui. Quand Rick est arrivé, la mère du gamin l'a renvoyé à la maison. Elle avait refusé qu'il passe la nuit chez eux parce qu'il n'était pas blanc. Il en a pleuré d'humiliation et nous a dit qu'il ne voulait plus être indien. Désormais, il ne parlerait plus lakota, n'irait plus aux pow-wows, ne ferait plus rien d'indien. Je savais que nous devions quitter la ville, alors j'ai lâché mon emploi et nous sommes repartis à Rosebud. Mais je ne gagnais pas beaucoup d'argent et la mère de Rick a commencé à me faire de plus en plus de reproches.

Il prit une cuillère et se mit à remuer son café, alors que sa tasse était presque vide.

— Nous nous disputions parfois en présence de Rick. Nous l'avions inscrit à l'école de la réserve, mais quelque chose avait changé. Le gentil garçon que j'adorais était devenu un enfant différent. Il se bagarrait, accumulait les ennuis. Les gros ennuis. Je priais beaucoup pour que ça cesse, et j'essayais de l'aider. Je sais que tout cela était ma faute, parce que je ne lui montrais pas comment être un homme, un vrai.

Marie secoua la tête.

— Non, rien de tout cela n'était votre faute.

Il évitait notre regard. Son attention était focalisée sur sa tasse, comme si elle contenait les réponses qu'il ne parvenait pas à formuler.

— Je faisais de mon mieux, mais je n'arrivais pas à trouver suffisamment d'heures de travail. Nous manquions d'argent. La mère de Rick m'a annoncé qu'elle voulait se séparer de moi. Mais au lieu de le faire selon la tradition indienne, elle a fait appel à un avocat et s'en est pris à mes économies. J'ai dû lui donner tout ce que j'avais. J'étais tellement en colère que j'ai quitté la réserve pour m'installer ici. Rick est resté avec sa mère dans le Dakota du Sud. J'ai essayé de rester son père même si je vivais loin. J'appelais, j'écrivais des lettres.

Reuben joignit les mains et les posa sur la table, ses doigts formant une forteresse au milieu des pots de fausse crème et des emballages de sucres.

— Un été, il m'a appelé. Il devait avoir treize ou quatorze ans. M'a dit que mon ex-femme avait été arrêtée pour une raison quelconque, alors il était allé jusqu'à la prison à vélo. Quand il est arrivé là-bas, il a entendu la police en train de violer sa mère dans sa cellule. Je ne savais pas s'il me disait la vérité, mais que pouvais-je répondre ? Je lui ai proposé de venir vivre avec moi s'il voulait. Je lui ai envoyé l'argent pour l'autocar et il a habité ici pendant un temps. Mais il ne connaissait personne, il se sentait seul et il est reparti à la réserve. Je voyais bien qu'il était brisé à l'intérieur, peut-être à cause de sa mère, peut-être à cause de moi. De temps en temps, je recevais un appel de lui, me demandant de l'aider à se sortir d'un mauvais pas dans lequel il s'était fourré.

Il prit sa tasse à café vide et la pencha de façon à ce que nous puissions en voir le fond, la surface craquelée et passée visible sous le vernis de la céramique.

— Je ne sais pas où il est en ce moment. Il a appelé il y a quelques mois. Il m'a raconté qu'il était à Rosebud, qu'il travaillait avec des gens pour cultiver du chanvre sur la réserve. C'est totalement légal, m'a-t-il dit. Il a ajouté que je pourrais gagner de l'argent, mais je n'ai pas voulu être mêlé à ça.

Je jetai un coup d'œil à Marie, qui leva légèrement les sourcils.

— A-t-il dit qui étaient ces gens ? demandai-je.

— Non, il n'a pas cité de noms. Il a parlé de quelqu'un à Denver. S'agit-il de la raison de votre venue ?

Marie hocha la tête.

— Nous pensons que des gens essayent de l'embarquer dans… dans d'autres plans.

— Je préfère ne pas savoir, dit Reuben. Je suis désolé s'il a fait quelque chose de mal, mais autrefois, c'était un bon garçon. Une de nos vertus lakotas est la compassion – *waunsila*. Je vous demande de faire preuve de compassion. Aidez-le si vous pouvez. S'il vous plaît.

Marie et moi étions d'humeur taciturne dans la voiture qui nous ramenait au motel.

— Est-ce que tu as entendu Rick parler de faire pousser du chanvre sur la réserve ? demandai-je. C'est comme la marijuana, c'est ça ? En moins fort ?

— Non, jamais entendu quoi que ce soit de ce genre.

— Tu crois qu'il essayait juste de soutirer de l'argent à son père en lui racontant un bobard ?

— Je ne sais pas. Peut-être. Attends, est-ce que ce type au Centre de bien-être n'a pas dit quelque chose sur le chanvre ?

— C'est exact. Il a dit que l'agriculteur fabriquait des remèdes, je crois. Peut-être que Rick travaille avec lui. Mais ça paraît peu plausible. Rick n'a jamais été trop tourné vers la guérison. Nous devons trouver ce Martin Angel, et voir ce qu'il peut nous dire.

Une fois arrivés sur le parking du motel, Marie s'arrêta et me regarda.

— Bon, je ne devrais probablement pas t'en parler. (Elle marqua une pause.) Mais je sais ce qui est arrivé à Rick quand il était enfant – ce qui l'a fait changer et devenir si furieux. Ce dont son père a parlé.

— Ah ouais ?

Je ne savais pas trop où elle voulait en venir.

— Un jour où il avait vraiment beaucoup bu, il m'a dit qu'il avait été agressé par un garçon plus grand quand il était petit. Et plusieurs fois. Il a refusé de me donner les détails, mais je pouvais imaginer.

— C'est vraiment dégueulasse. Personne ne mérite ça. (Je scrutai son visage, tentant de déchiffrer ses sentiments.) C'était ça, son grand secret ? Celui que tu viens de me confier ?

Elle acquiesça.

— Ouais. Il avait vraiment honte. Je crois qu'il pensait que c'était sa faute. J'ai essayé de lui en reparler le lendemain, de voir si je pouvais l'aider. Mais il était très fâché que j'ose aborder le sujet à nouveau. Il m'a frappée, en plein visage. Et violemment. (Elle secoua la tête.) C'est la dernière fois que je lui ai parlé.

Je la dévisageai en silence.

Lorsque nous rentrâmes au motel, je décidai d'aller me promener pour m'éclaircir les idées. Prenant Colfax Avenue vers l'ouest, je passai plusieurs groupes de sans-abri rassemblés sur les parkings des fast-foods. Certains d'entre eux paraissaient indiens, mais c'était difficile d'en être sûr. Un sans domicile fixe assis par terre avait disposé un bocal à côté d'une pancarte écrite à la main où je lus : DIEU T'A CHOISI. FAIS UN TRUC BIEN DANS TA VIE.

Apparemment, tout le monde me disait quoi faire. Je mis un peu de monnaie dans sa coupelle, et il hocha la tête. Je continuai à marcher. Les histoires que Reuben nous avait racontées sur Rick et son enfance m'avaient touché. J'en avais entendu une partie quand nous étions gosses, mais je n'avais jamais su l'ensemble. Rick Crow avait incarné le grand méchant de ma jeunesse pendant si longtemps, il était celui qui m'avait tourmenté et m'avait amené à détester le fait d'être un sang-mêlé. Mais il était peut-être tout simplement un enfant triste, lui-même victime de violences.

Mais ce n'était pas parce que Rick avait eu une enfance difficile qu'il n'était pas un salopard aujourd'hui. Un salopard qui avait frappé Marie et qui introduisait des drogues dures dans la réserve. Un salopard qui avait failli provoquer la mort de mon neveu. Quelqu'un devait l'arrêter, mais peut-être Marie avait-elle raison : même si je mettais Rick hors d'état de nuire pour toujours, le cartel le remplacerait. D'après le flic, se servir de Nathan pour piéger les dealers était la meilleure chance de pouvoir les jeter tous en prison. Mais je ne pouvais pas l'exposer à un tel danger. Je voulais juste le voir grandir heureux, libéré des démons qui avaient persécuté notre famille.

Toutes ces pensées m'écrasaient, et je décidai de faire une pause. C'est à ce moment-là que j'aperçus une enseigne au néon démodée accrochée sur un bâtiment décrépit qui annonçait en rouge et bleu : HANGAR BAR.

Sans réfléchir, j'ouvris la porte et entrai. Une douzaine de personnes étaient assises ou jouaient au billard. Suspendue au-dessus du bar se trouvait la sculpture d'un avion d'époque, construit avec des canettes de bière des années 1960 et 1970.

Schlitz, Olympia, Hamm's, Falstaff. Le barman s'approcha et me demanda ce que je voulais.

Je n'avais pas bu d'alcool depuis longtemps. Je me rappelais le manque terrible que j'avais ressenti les premiers mois après avoir arrêté, puis l'orgie de desserts sucrés une fois la première vague passée. Je pensai aussi à la honte que j'avais éprouvée, du temps où Marie et moi étions ensemble, quand j'étais rentré épouvantablement ivre un soir, que je l'avais traitée de salope de pomme, rouge dehors, blanche dedans, et que j'avais jeté tous ses vêtements par la fenêtre. Mon insulte l'avait blessée jusqu'au cœur – ce dont, même dans mon état d'ébriété, j'avais parfaitement conscience. Elle ne s'était jamais sentie acceptée par les Indiens de souche, et mon injure pleine de mépris appuyait justement sur cette blessure, ce qui était très ironique, vu que j'avais moi aussi toujours été repoussé par ces gens. Mes paroles – et mon ivrognerie – avaient fait déborder le vase, et elle m'avait quitté définitivement le lendemain matin.

Oui, j'avais vraiment foiré, mais depuis j'avais fait le ménage dans ma vie, lentement. Maintenant, j'étais confronté à d'autres problèmes. Je jetai un œil du côté des gens qui jouaient au billard en bavardant. Ils avaient l'air heureux.

Le barman attendait.

— Une Bud Light et un shot d'Old Crow.

Je pris le verre et fis tourner le liquide dedans ; quelques gouttes tombèrent sur le comptoir. Puis je le humai. Cela faisait un moment que je n'avais pas senti l'odeur de levure d'une bière, le houblon et le blé, et les parfums me remplirent l'esprit, faisant surgir un souvenir vieux de plusieurs années, un souvenir que j'avais essayé d'oublier.

Les canettes vides de Bud Light jonchant le sol du salon. Les relents de bière rance. Le silence. L'affreux silence.

14

Une ancienne que je connaissais m'avait appelé, me demandant d'aller prendre des nouvelles de son petit-fils Mikey, qui vivait avec son fils et sa petite amie près de Parmelee. Nous avions essuyé une tempête de neige terrible, avec des températures avoisinant les -30 °C et elle était sans nouvelles de la mère du petit, qui n'était pas originaire du Dakota du Sud. Presque toutes les familles des villes environnantes chauffaient leur maison avec du propane, et parfois les gens mouraient de froid quand il leur arrivait de manquer une livraison. Elle me dit que son fils était parti à Sioux Falls chercher du travail, que sa compagne était restée dans leur mobile home avec leur petit garçon, qui n'avait que deux ans. J'avais vu la fille à l'épicerie – elle était jeune, peut-être vingt-deux ou vingt-trois ans, avec les cheveux rouges et un anneau dans le nez. Le garçon était mignon ; je me souvenais de son T-shirt Superman et de son grand sourire.

J'avais démarré ma voiture et j'étais parti à petite vitesse vers le nord, essayant de rester sur la route malgré les puissantes rafales de vent. Il me fallut un moment pour localiser le mobile home dans la neige, – il n'y avait pas de plaques indiquant les rues ou de numéros pour se repérer. La grand-mère m'avait dit que je reconnaîtrais l'endroit grâce à un grand dessin de Mickey Mouse sur la façade du mobile home, et je finis par l'apercevoir. L'artiste n'avait rien d'un Rembrandt et le personnage ressemblait plus à Bart Simpson qu'à Mickey, mais ce n'était pas très grave. Une Ford Taurus était garée devant la clôture.

J'avais enfilé mon bonnet, mes gants, mis ma capuche et mon manteau, pour affronter le froid glacial. Bien que je ne fusse qu'à cent cinquante kilomètres de chez moi, il faisait plus froid ici, et je sentis l'humidité geler mon nez dès l'instant où je sortis de la voiture. Je frappai à la porte, mais personne ne m'ouvrit. J'attendis une seconde puis frappai plus fort. Avec ce froid extrême, je ne pouvais pas attendre dehors plus d'une minute ou deux. Je frappai encore un coup puis essayai d'actionner la poignée. À ma grande surprise, elle n'était pas verrouillée. J'entrai.

À l'intérieur la température était basse mais pas glaciale. Je fus soulagé. Je jetai un coup d'œil dans le modeste salon. Des canettes de bière vides, des Bud Light, peut-être deux douzaines, jonchaient le sol. Une bouteille de vodka Smirnoff grand format, vide elle-aussi. Et une puanteur de bière rance, puissante même dans l'air froid. Il n'y avait personne. Peut-être la fille s'était-elle réfugiée avec son enfant chez des voisins pour attendre la fin de la tempête.

— Hello, y a quelqu'un ?

Pas de réponse.

J'allai jusqu'à la salle de bains, qui se trouvait près de la kitchenette. Personne. La porte de la chambre était fermée. Ce n'était pas une vraie porte, mais un de ces écrans en plastique en accordéon qui ne vous isole pas du tout. Je l'ouvris, il grinça dans le froid. J'aperçus un petit tas de vêtements par terre et un lit escamotable le long du mur avec quatre ou cinq couvertures dessus. Je me demandai si je devais m'adresser aux voisins, quand je vis les couvertures bouger un peu. J'essayai de me rappeler le nom de la fille – était-ce Rose ?

— Hé, y a quelqu'un ? répétai-je en soulevant la montagne de couettes.

La mère était en dessous, inconsciente. Elle avait teint l'extrémité de ses cheveux rouges en vert et son anneau de nez était retourné, ce qui lui donnait un air comique. Elle puait l'alcool, et je sentis une autre odeur infâme. Sa peau était encore plus blanche que dans mon souvenir.

— Ça va ?

Pas de réponse, alors je tâtai son front, qui était glacial. Elle respirait, mais lentement. Si elle avait bu tout l'alcool que contenaient les canettes et la bouteille à côté, elle devait être ivre morte, peut-être même en coma éthylique. Je me demandai comment j'allais l'emmener à l'hôpital par ce temps. Je lançai un regard alentour à la recherche de vêtements chauds que je pourrais lui mettre.

Mais où se trouvait Mikey ?

J'enlevai toutes les couvertures du lit, supposant que l'enfant était recroquevillé là, endormi.

Rien. Je regardai par terre à côté du lit, sous la pile de vêtements, et dans le petit placard.

Pas d'enfant.

Je criai :

— Mikey !

Pas de réponse.

Je retournai dans le salon, puis dans la salle de bains. J'ouvris les placards, fouillai les poubelles et derrière les meubles. Je me rappelai les premières années de Nathan – un petit enfant de deux ans pouvait se glisser dans des endroits complètement inattendus, alors je démontai tout dans le mobile home.

Rien.

De retour dans la chambre, je secouai la mère. Violemment. Je l'attrapai par les épaules et criai :

— Rose, où est Mikey ? Est-ce que vous l'avez emmené quelque part ? Où est-il ?

Elle ouvrit les yeux quelques instants. Son regard se promenait en tous sens, je savais qu'il était parfaitement inutile d'essayer de la réveiller. Puis j'eus une idée effrayante. Est-ce que le gamin s'était aventuré dehors ? Je me rappelais que la porte n'était pas fermée à clé.

Le mobile home n'avait pas d'autre issue, alors je sortis en courant et cherchai du regard partout autour de moi. Il neigeait encore, mais j'y voyais à peu près. Il n'y avait pas d'empreintes de pas, mais cela ne signifiait rien, vu la quantité de neige qui était tombée.

— Mikey ! criai-je en courant derrière pour examiner les congères. Mikey !

Le froid était épouvantable dehors, mais je ne remarquais pas la température. Pouvait-il être *sous* le mobile home ? Je me couchai par terre et me mis à creuser dans la neige. Il faisait noir là-dessous, mais je ne vis rien. Je me remis debout et regardai la clôture bon marché qu'ils avaient installée, à côté de leur voiture.

Leur voiture.

La Ford Taurus.

Je n'avais pas regardé à l'intérieur, mais c'était inutile, non ? Il n'était pas possible que l'enfant soit dedans, pas par ce temps.

Je m'approchai du véhicule. C'était un modèle un peu ancien, aux formes anguleuses. Les vitres étaient couvertes de givre, opaques. La portière du conducteur refusait de s'ouvrir – elle était gelée, alors j'essayai la portière côté passager. Avec quelques efforts, je parvins à l'entrouvrir.

Je jetai un coup d'œil à l'intérieur.

Un siège enfant était installé derrière. Modèle Gravo, gris foncé avec des lanières noires. Ma sœur Sybil en avait acheté un pour Nathan après avoir étudié les statistiques des performances de toutes les marques. Elle avait travaillé si dur à ce que Nathan soit toujours en sécurité, je me rappelais tous les accessoires dans la maison, les cache-prises, les coussinets sur les coins des meubles, toutes ces choses pour protéger les enfants du moindre faux pas, alors que c'étaient plutôt les adultes qui auraient eu besoin d'être protégés d'eux-mêmes.

Le petit Mikey était attaché dans son siège, immobile, tout raide. Il avait les yeux ouverts, il regardait droit dans le vide, sans ciller, congelé. Le silence, un silence incroyable régnait dans cette voiture. Les flocons qui tombaient ressemblaient à de minuscules lames dans la lumière du soir, et je vis un lapin courir dans la neige, se hâtant de chercher un abri.

Pendant une seconde je me demandai si je pouvais remonter le temps, juste quelques jours, suspendre les lois de la physique. Peut-être trouverais-je comment faire sur internet, ou peut-être un scientifique célèbre pourrait-il venir à la réserve et nous expliquer comment changer le cours des événements, comme un film qu'on passerait à l'envers. N'importe quoi pour que je n'aie pas à regarder ce joli petit garçon à nouveau, dans cette voiture, dans cette tempête.

Aux dernières nouvelles, cette mère qui s'était saoulée et avait laissé son enfant dans la voiture avait été inculpée de maltraitance et homicide par négligence. Après avoir fait ma déposition à la police, je ne suivis pas les développements de l'affaire. Je voulais oublier. Mais j'avais beau essayer, je n'avais jamais pu effacer l'image de ce petit garçon. Parfois son visage me revenait lorsque je voyais des enfants jouer dans le parc, parfois il m'apparaissait quand je roulais dans la plaine. Maintenant, il était à nouveau là. Son joli visage.

Je repoussai le verre de bière et le shot de whisky, sans les avoir entamés, et je sortis du Hangar Bar.

15

— Où était-tu passé ? me demanda Marie lorsque je revins de mon expédition sur Colfax Avenue.

La porte de sa chambre était ouverte ; elle était assise au bord du lit et regardait la télévision. J'entendis les voix joyeuses des présentateurs des nouvelles locales.

— Sorti faire un tour. Tu as mangé ?

— Non. Tu veux qu'on aille prendre un truc ? Je crois qu'il y a une pizzeria en face.

— OK, laisse-moi juste attraper mon blouson.

J'allai dans ma chambre le chercher et récupérer mon portable que j'avais laissé à l'hôtel le temps de ma promenade. Je l'allumai et remarquai sept appels en absence, tous de Tommy.

Je l'appelai. Il décrocha immédiatement.

— Mon frère, où t'étais ? J'essaye de te joindre depuis ce matin.

Le ton de sa voix était bizarre ; rien à voir avec le Tommy plein d'entrain que je connaissais.

— Je me baladais, rien de passionnant. Qu'est-ce qui…

— Tu ferais bien de rentrer dare-dare. Nathan a été arrêté. Pour possession de drogue. Ils ont trouvé des trucs dans son casier à l'école.

Marie et moi fîmes nos bagages aussi vite que possible et repartîmes vers la réserve. Rick Crow allait devoir attendre. Pendant que nous roulions, je dis à Marie ce que Tommy m'avait raconté : il était allé voir Nathan chez Audrey et avait appris son arrestation en arrivant là-bas. Apparemment, l'administration de l'école avait reçu un appel anonyme et fait fouiller les casiers des élèves. Ils avaient trouvé de la drogue dans celui de Nathan, mais on ne savait pas encore de quelle sorte, ni en quelle quantité. Il avait été arrêté chez sa tante et emmené à la prison pour mineurs. Audrey n'avait pas de téléphone, alors elle n'avait aucun moyen de me joindre.

Marie conduisait pendant que je téléphonais ici et là pour essayer d'en apprendre davantage. J'appelai la police tribale, mais le standardiste refusa de me passer Nathan et de me donner la moindre information. L'école, elle, était fermée, personne ne décrochait. De rage, je donnai des coups de poing dans le tableau de bord ; Marie proposa alors de demander à son père de passer quelques coups de fil. Bien sûr. La police serait peut-être disposée à donner à Ben, un membre du conseil tribal, des détails qui n'étaient pas encore rendus publics. Elle appela son père et j'écoutai attentivement ce qu'elle disait.

Elle raccrocha.

— Il va contacter le chef de la police tribale et il nous fait signe dès que possible.

Pour une fois, j'en savais gré à Ben. Je serrais mon portable si fort que mes doigts blanchissaient. Nathan m'avait juré qu'il n'avait pris de l'héroïne qu'une seule fois, alors qu'est-ce que c'était que ce bordel ? Est-ce qu'il me mentait depuis le début ?

Je regardai le paysage défiler et essayai de me détendre en attendant que Ben nous rappelle. Les bornes, les panneaux et la végétation fusionnaient pour créer dans ma tête une sorte de bourdonnement qui m'offrait une distraction bienvenue.

Je sursautai en entendant la sonnerie de Marie, une petite séquence de tambours de pow-wow. Elle regarda l'écran de son portable et me tendit l'appareil sans un mot.

— Virgil, ici Ben. Je viens de parler à Frank Pourier. Voilà ce qui se passe. Le lycée a eu vent d'un possible trafic et a fouillé les casiers hier. Ils n'avaient pas de mandat parce qu'on n'en a pas besoin à l'intérieur d'un établissement scolaire, a-t-il dit. Bref, ils ont trouvé des cachets dans le casier de Nathan et ils…

— Des cachets ? Quel genre de cachets ?

— Doucement, je vais te dire ce que je sais. C'est de l'oxycodone, pour les douleurs fortes. Il n'a pas dit combien ils en ont trouvé, mais ça devait être beaucoup, puisque c'est assez pour une infraction de type 3.

— Qu'est-ce que cela signifie, type 3 ?

— Cela veut dire quinze ans de prison. Et parce qu'ils ont découvert le stock dans l'enceinte du lycée, ils peuvent doubler la peine.

Bon sang.

— Est-ce que Nathan va bien ? Je veux dire, est-ce qu'il était shooté ou ivre quand ils sont venus l'arrêter ?

— Je ne sais pas. Tout ce que je sais, c'est qu'il est en garde à vue à la prison pour mineurs, mais il sera transféré aux fédéraux la semaine prochaine. Il faudrait éviter ça, si tu peux. Frank m'a dit qu'il n'y avait pas de pénitencier fédéral pour mineurs ici, ce qui veut dire qu'il se retrouvera avec les loups si les fédéraux le récupèrent. Tu vois ce que je veux dire ? La prison fédérale pour adultes.

Oh merde.

Ben reprit.

— Autre mauvaise nouvelle – il a dit que Nathan est exactement à l'âge où il peut être traduit devant le tribunal comme un adulte. Apparemment, l'âge limite est quatorze ans pour les crimes avec violence ou les délits en matière de stupéfiants. Il faut que tu prennes contact avec un avocat. Il y en a bien des commis d'office, mais je ne les recommande pas. Appelle Charley Leader Charge à Rapid City. Je le connais depuis longtemps et il me doit quantité de services. Et il est le meilleur – il aidera Nathan. Si c'est possible.

Les jours suivant notre retour à la réserve défilèrent dans un brouillard ; je passai d'innombrables appels pour essayer de sortir Nathan de prison et apprendre les détails de ce qui s'était passé. Marie me proposa de rester avec moi un moment, et j'acceptai avec reconnaissance. Elle préparait des repas simples et s'employa à nettoyer la maison du sol au plafond. Je me rendis compte, gêné, que cela faisait une éternité que Nathan et moi n'avions pas fait le ménage à fond. Je lui proposai de l'aider, mais elle me répondit de me focaliser sur la manière de récupérer Nathan.

J'avais été jeté dans un monde qui ne m'était pas familier et j'avais du mal à m'y orienter. L'avocat de Rapid City me donna rendez-vous quelques jours plus tard, mais je n'avais aucun moyen de le payer. Peut-être pourrais-je lui proposer un échange de services, comme homme de main, ou pour notifier des actes juridiques ? Ben Short Bear avait dit que je devais éviter l'aide juridictionnelle, mais quel choix avais-je si je ne pouvais pas trouver un arrangement avec l'avocat ? Et s'il fallait verser une caution pour faire sortir Nathan ? Je savais que les garants de cautions exigeaient une espèce de nantissement avant d'avancer la somme totale de la caution, mais je ne possédais rien en dehors de trois bouts de terrains sur la réserve dont j'avais hérité, et ils ne pouvaient pas servir puisqu'il s'agissait de territoires sous tutelle du Bureau des affaires indiennes. Ils pouvaient prendre ma voiture, mais elle devait valoir à peine cent dollars, et encore.

La seule bonne nouvelle était qu'après de nombreux appels téléphoniques, j'avais obtenu la permission de voir Nathan au centre de détention pour mineurs. Le bâtiment lui-même ressemblait à un club de golf, à ceci près que les terrains de basket étaient entourés d'une clôture. On avait ajouté au-dessus des spirales de méchants barbelés, dont les piques étincelaient au soleil.

Après une fouille et un passage au détecteur de métaux, je fus amené dans le hall, où le directeur devait venir me chercher. En entrant dans la grande pièce circulaire, je remarquai la présence d'environ dix personnes penchées sur des torses sans bras et sans jambes. Je regardai la scène fixement, essayant de comprendre ce qui se passait.

— Notre formation annuelle à la réanimation cardio-pulmonaire. Exigée par l'État. Ne vous inquiétez pas, les mannequins sont désinfectés après. Je m'appelle Joe, je suis le directeur.

Un Indien d'environ trente-cinq ans, habillé avec goût d'un costume sombre et d'un bolo, m'adressa un sourire chaleureux et me tendit la main. Je la serrai et remarquai qu'il saluait à la manière *wasicu* : ferme, comme s'il vérifiait que je n'avais pas d'arme.

— Je suis ici pour voir Nathan Wounded Horse, dis-je.

— Je vous emmène. Mais, laissez-moi vous montrer les lieux d'abord. Nous apprécions de rencontrer les parents et les tuteurs, de leur faire savoir que leurs enfants sont entre de bonnes mains.

Il me fit signe de le suivre.

— Nous sommes très fiers de notre établissement. Nous pensons que c'est le meilleur en terre indienne, peut-être même le meilleur de l'État. Trente-six unités en sécurité moyenne et maximale et environ une centaine d'enfants dans notre programme de transition. Tous nos clients – nous ne les appelons pas détenus – participent à des programmes culturels et de réinsertion. C'est notre credo ici.

Il désigna une fresque sur le mur. Il y avait une grande roue-médecine en rouge, jaune et blanc. À l'intérieur de la roue étaient inscrits ces mots : DANS LE CERCLE DE LA VIE IL Y A DEUX CHEMINS, CELUI DU CHAGRIN... CELUI DU BONHEUR... TU AS LE CHOIX !

— C'est un de nos clients qui a peint ceci. Il a un emploi stable aujourd'hui, et j'ai aussi entendu dire qu'il s'est marié. Tous nos clients participent aux cercles de parole. Je suis sûr que vous avez entendu parler des suicides des adolescents par ici ?

J'acquiesçai.

— Deux suicides le mois dernier, et quatre tentatives. Cela me brise le cœur. Les gamins du coin sont tellement désespérés – ils pensent qu'il n'existe rien de mieux pour eux. Mais c'est faux ! Nous leur disons d'avoir du cœur : de la Constance, de l'Objectivité, des Égards, de l'hUmilité et de la Reconnaissance. CŒUR – vous avez compris ?

Nous longeâmes un couloir et franchîmes une porte pour arriver dans une cour.

— Là, c'est la serre, où on leur enseigne le jardinage. Regardez là-bas. Ce sont nos colonies d'abeilles – nous vendons notre miel ! Du vrai miel lakota fabriqué par de vraies abeilles indiennes.

Il me lança un coup d'œil pour voir si j'avais compris sa petite plaisanterie, mais je n'étais pas d'humeur.

— Là-bas, notre hutte de sudation. Nous nous purifions une fois par semaine – les parents sont les bienvenus s'ils souhaitent participer. Certains de nos clients n'ont jamais expérimenté la hutte et ils disent que c'est le meilleur rituel qu'ils aient jamais fait.

Il secoua la tête tristement et je vis une ouverture.

— Merci pour la visite, l'endroit paraît vraiment agréable. Mais j'ai besoin de voir mon neveu maintenant. Je peux ?

— Bien sûr. Je vous emmène au parloir et je vais le chercher. Voici le manuel du résident – vous pourrez y jeter un coup d'œil quand vous aurez le temps. Au fait, nous autorisons les contacts pendant les visites ici – c'est mieux pour les clients.

Il me tendit un dossier et nous empruntâmes un couloir différent, passant devant des cellules très renforcées avec des barreaux aux fenêtres en PVC. Malgré tout le discours de Joe sur les aspects progressistes du centre, les cellules n'avaient pas l'air très différentes de celles que j'avais déjà vues. Il m'emmena dans une petite pièce aux cloisons vitrées et aux fenêtres blindées, où se trouvaient deux chaises en plastique. Je feuilletai le manuel qu'il m'avait donné en attendant.

Ils finirent par amener Nathan. Il portait une combinaison orange vif et des baskets, et il avait l'air triste et abattu.

J'étais fâché contre lui, mais ma colère disparut lorsque je le vis. Je le serrai dans mes bras et nous nous assîmes.

— *Leksi*, je te jure que je n'ai rien fait ! s'exclama-t-il. Ils sont venus chez Tante Audrey et ils ont dit qu'il y avait des cachets dans mon casier. Ils n'étaient pas à moi, je t'assure. Je n'ai jamais pris de cachets, je ne sais pas de quoi ils parlent ! Je ne...

— Doucement. Dis-moi simplement ce qui s'est passé. J'ai besoin de la vérité, OK ?

Il avait l'air sincèrement contrarié, mais j'étais méfiant. J'avais besoin de sa version la plus détaillée possible, et mon détecteur de conneries était ultra-sensible.

— Je te dis la vérité. Je ne sais rien sur ces cachets – ça doit être une erreur, je pige pas.

Je regardai son visage, essayant de décider s'il tentait de m'entourlouper.

— Est-ce que tu partages un casier avec quelqu'un ?

— Non, avec personne. Il est à moi, c'est tout...

— Est-ce que quelqu'un a la combinaison de ta serrure ?

— Non. Enfin, je ne crois pas. Les serrures sont encastrées dans la porte, alors j'imagine que seuls les gens du lycée ont la combinaison.

— Tu ne sais pas ce qu'ils ont découvert dedans ni comment c'est arrivé dans ton casier ?

— Non, je ne sais rien du tout. J'arrête pas de le répéter.

J'avais très envie de le croire. Mais j'avais connu des drogués autrefois, et je savais que c'étaient des menteurs, voire pire. Nathan avait récemment essayé l'héroïne, et on ne pouvait pas nier qu'il s'était frotté à des gens peu recommandables.

— Nathan, je veux t'aider, mais là t'es dans une merde grave. Très grave. Si tu essayes de couvrir quelqu'un, il faut me le dire. Maintenant. (Je croisai les bras.) Les gars qui t'ont fourni l'héroïne, est-ce qu'ils t'ont aussi donné les cachets ?

— Non. Non ! Je te jure, y a tout qui cloche dans cette histoire. Je sais que j'ai merdé avec la came, mais j'ai jamais pris de cachets. C'est forcément une erreur – peut-être qu'ils les ont mis dans le mauvais casier, je sais pas. Ce n'est pas vrai. Je te jure sur la tombe de maman, OK ?

Quelque chose frémit dans ma poitrine. Je décidai de lui faire confiance, autant que possible. Quel choix avais-je ? Si je parvenais à le sortir d'ici, je le suivrais de près, fouillerais sa chambre à la recherche de drogue, m'assurerais qu'il ne mentait pas. Je lui ferais confiance, mais je vérifierais.

— OK, je te crois. (Je mis ma main sur son épaule.) Mais il faut que tu me promettes de jouer franc-jeu avec moi, d'accord ?

Il hocha la tête et je vis ses yeux se remplir de larmes.

— Qu'est-ce qu'a dit la police ? demanda-t-il au bout d'un moment. Qu'est-ce qui va m'arriver maintenant ?

J'hésitai, me demandant ce que je devais lui dire. Je choisis de ne pas lui faire part de la possibilité qu'il soit transféré au centre de détention fédéral et qu'il y soit enfermé pendant trente ans s'il était condamné.

— On ne m'a pas dit grand-chose, juste qu'on a trouvé des cachets. Je vois un avocat demain à Rapid City. Nous allons élucider cette affaire et te sortir d'ici. Marie m'aide… elle habite chez nous pour l'instant.

— Marie ? (Son visage s'éclaira.) Chouette !

— Alors, on te traite correctement ici ? demandai-je, afin d'esquiver toute question sur Marie.

Elle et moi n'avions pas parlé de notre relation, si c'en était une. Pour le moment, nous goûtions simplement le plaisir d'être à nouveau ensemble.

— Ouais, ça va, dit-il. On mange vraiment mal, mais ils nous laissent jouer au basket l'après-midi. On a des devoirs à faire aussi. C'est bizarre, je connais un des autres gars ; on était ensemble en primaire, je crois. Peut-être, je ne sais pas. Je ne sais rien.

Sa voix changea et il me regarda droit dans les yeux.

— *Leksi*, je veux vraiment rentrer à la maison.

Son expression me brisa le cœur.

— Bientôt. Je te le promets.

Le lendemain matin, je partis tôt pour mon rendez-vous à Rapid City. Les Indiens l'appellent Racist City, à cause des innombrables histoires de gens qui s'y font harceler par des habitants ou la police du seul fait qu'ils sont indigènes. À peine quelques années plutôt, un groupe de collégiens de Pine Ridge venu assister à un match de hockey en récompense de leurs bons résultats scolaires s'était fait arroser de bière et d'insultes par une bande de quinze hommes blancs installés dans une loge au-dessus d'eux. Les enfants avaient quitté le stade profondément humiliés. Les coupables avaient été identifiés et un seul avait été mis en accusation, seulement un, pour trouble à l'ordre public. À la surprise de personne, le jury acquitta le prévenu et les enfants apprirent une amère leçon sur la manière dont la justice fonctionne dans cette bonne vieille Amérique. Et les gens se demandent pourquoi les Amérindiens veulent rester dans leurs réserves.

Le cabinet de l'avocat se trouvait dans le petit centre-ville de Rapid City où il y avait des statues grandeur nature de tous les présidents américains, ainsi que deux sculptures d'Amérindiens anonymes. Quelques années auparavant, on avait érigé une statue d'un Indien avec les mains attachées dans le dos, mais des activistes avaient exigé qu'on l'enlève, et une œuvre plus consensuelle représentant une mère indienne et son enfant avait été installée à sa place. En descendant la rue, j'aperçus un graffiti – un portrait à la bombe de Sitting Bull et les mots THIS IS NDN LAND* en dessous.

Charley Leader Charge vint m'accueillir à l'entrée et me conduisit dans son bureau. C'était un homme un peu âgé, grand, vêtu d'un costume gris foncé très cher et d'une cravate rouge à rayures – pas de bolos ici. Ses cheveux gris étaient coupés court et enduits de gel, et sa poignée de main, directe et ferme. Il dégageait une certaine autorité, accentuée par sa voix, qui était dépourvue du rythme et de l'intonation nonchalants qu'on entendait sur la réserve.

Je jetai un coup d'œil dans son cabinet, dont la pièce maîtresse était un élégant bureau en acajou surmonté d'une antique lampe de banquier en bronze. Divers diplômes et certificats étaient accrochés aux murs : l'université de droit de Georgetown, la Cour suprême du Dakota du Sud, la Cour d'appel des États-Unis pour le huitième circuit, l'association du barreau Sicangu Oyate.

— Merci d'être venu jusqu'ici, dit-il. J'ai parlé deux ou trois fois à Ben Short Bear de… Nathan, c'est bien ça ?

J'acquiesçai.

— Nathan, donc. Ben m'a raconté ce qui était arrivé et j'ai passé des appels au tribunal pour enfants de Rosebud et au bureau du procureur. Nathan n'a pas encore été formellement mis en accusation – cela devrait avoir lieu bientôt –, mais le procureur tribal m'a informé de ce qu'il prévoit de requérir. Ça s'annonce mal. Ils ont trouvé une quantité

* "Ici nous sommes en terre indienne." (*NDN* est une forme abrégée de *INDIAN*.)

importante de stupéfiants dans son casier, et Nathan risque une accusation de type 3. Au mieux, peut-être de type 4. S'ils se fondent sur les préconisations fédérales, c'est une peine de classe C – autrement dit, dix ans de prison, incompressibles. En tout cas, il s'agit d'une accusation grave, et la tribu n'a pas la compétence juridique sur les affaires graves. (Il s'appuya contre le dossier de son fauteuil.) Ce qui signifie qu'il est susceptible d'être remis aux autorités fédérales et jugé comme un adulte. Nous ne voulons pas que ça arrive, évidemment. Nous voulons que son affaire soit instruite par la cour tribale, mais cela supposera des acrobaties pour convaincre les fédéraux.

Personne ne m'avait encore expliqué quelles preuves ils détenaient.

— Comment savent-ils que les cachets lui appartiennent ? Quelles preuves ont-ils ?

— Je n'ai pas le dossier et je ne pourrai pas l'obtenir à moins de devenir formellement son conseil. Je n'ai aucune idée de la solidité de leurs éléments ni de la raison pour laquelle ils ont effectué cette fouille des casiers. C'est délicat, quand ça se passe dans les établissements scolaires, mais on envisagera très probablement de déposer une requête en nullité. Néanmoins je ne peux rien faire tant que vous n'aurez pas signé un accord pour que je le représente.

Le moment que je redoutais.

— Hem… quels sont vos honoraires habituels ? Je n'ai pas beaucoup d'argent disponible, mais je pourrais peut-être…

— Ne vous inquiétez pas, répondit-il. Ben m'a demandé de vous aider, je prendrai cette affaire gratuitement. J'ai juste besoin que vous signiez ce document. Vous êtes son tuteur légal, c'est ça ?

Je hochai la tête.

— Alors, vous êtes autorisé à m'engager comme son conseil. Mais laissez-moi vous expliquer quelques petites choses. La justice pour mineurs a certaines particularités. Même si c'est vous qui m'engagez, le client, c'est lui. Ce qui signifie que je représente ses intérêts, pas les vôtres. J'aurai obligation de protéger toute information confidentielle qu'il me communiquera dans le cadre du secret professionnel. Je ne peux pas vous laisser voir quelque document que ce soit sans son consentement. Si cela vous paraît acceptable, lisez l'accord et signez-le. Et si vous avez la moindre question, allez-y.

Je survolai le texte et le signai. Je n'avais guère d'autre choix. Je me trouvai en présence d'un avocat fiable – indien, en plus –, prêt à se battre pour mon neveu sans me faire payer quoi que ce soit. J'avais de la chance.

— Très bien, je vais demander à mon assistante de préparer les papiers. Maintenant, la première chose à faire, c'est de sortir votre neveu de prison. Il a beaucoup de chance d'être dans le centre de détention pour mineurs de Rosebud. C'est un des meilleurs – bons programmes, conditions correctes, à la différence d'autres que j'ai pu voir.

Je profitai de sa pause pour intervenir :

— Ouais, j'ai eu droit à une visite par le directeur. Il y a beaucoup de cours, c'est sûr, mais il est quand même dans une cellule. Qu'est-ce qu'on doit faire pour l'en sortir ?

— J'y arrive. Lors de l'audience relative à sa détention, je vais demander une remise en liberté simple – ce qui veut dire pas de caution –, mais il y a peu de chance que le juge l'accorde. Étant donné l'accusation, je pense que le juge va décider d'une caution à vingt mille dollars, peut-être plus, ce qui signifie que vous devrez trouver deux mille dollars pour le garant.

— Écoutez, je ne suis pas sûr de…

Mon expression devait me trahir, parce que Charley m'arrêta.

— Pas de panique; je pourrai peut-être convaincre le juge de fixer une caution raisonnable. Nathan n'a pas d'antécédents judiciaires, n'est-ce pas?

Je secouai la tête et il écrivit quelque chose sur un bloc-notes jaune.

— Ce sera mon argument. L'audience devrait se tenir d'ici un ou deux jours. Parfois les questions de compétence ralentissent un peu les choses, mais le tribunal a le devoir de fixer une caution tout de suite. Deux choses qu'il faut que je vous dise. (Il se pencha vers moi.) D'abord, en tant que tuteur légal, vous devez être présent à toutes les convocations de Nathan – sans faute. Si vous en manquez une, le tribunal a le droit d'émettre un mandat d'arrêt contre vous. Nous n'avons pas besoin de ça, alors vous feriez bien de rester régulièrement en contact avec mon cabinet. Deuxièmement, une fois que Nathan sera sorti sous caution, ne le laissez pas faire la moindre déclaration à qui que ce soit – et j'insiste, à qui que ce soit – sans que je sois présent. Il en va de même pour les fouilles. Ne laissez pas un flic fouiner, même s'il a l'air d'être le plus sympa du monde, même s'il veut juste vous aider; ne le laissez pas fouiller votre résidence, votre véhicule et encore moins son téléphone portable sans mandat. Vous pourrez m'appeler sur ma ligne directe si quelqu'un débarque avec un mandat.

— Je comprends. On ne laisse pas les flics entrer chez nous, dis-je. Mais si Nathan n'a rien à cacher? Ne devrions-nous pas montrer que nous coopérons?

Charley sourit comme à un idiot.

— Les policiers ne sont pas vos amis. Surtout les fédéraux. Désormais, vous ne faites confiance qu'à une seule personne, et elle est devant vous. Si vous n'avez pas encore compris, les Indiens payent le prix fort dans le système judiciaire des Blancs. Je ferai absolument tout mon possible pour m'assurer que ça n'arrive pas à Nathan.

Après l'entretien avec l'avocat, j'avais besoin de me détendre quelques minutes, alors je pris la route des Black Hills, connues en lakota sous le nom de He Sapa. Comme toujours, elle était envahie de touristes qui filaient voir le mont Rushmore, ou, pour ceux qui se considéraient comme plus progressistes, le Crazy Horse Memorial. Bien peu d'entre eux savaient qu'ils se trouvaient sur des terres sacrées, des terres qui avaient été promises par traité au peuple lakota pour l'éternité, mais qui avaient été volées après qu'on y avait découvert de l'or dans les années 1860. Pour couronner le tout, le mont Rushmore avait été sculpté dans la montagne sacrée connue auparavant sous le nom de Six Grandfathers exprès pour faire la nique aux Lakotas. Un peu comme si des Indiens construisaient un casino dans l'église du Saint-Sépulcre à Jérusalem.

Même la Cour suprême avait admis que les Black Hills avaient été saisies illégalement, et la nation lakota avait gagné un grand procès contre le gouvernement en 1980, obtenant des centaines de millions de dollars en dommages et intérêts. Mais les chefs des tribus lakotas avaient rejeté l'accord, ils voulaient récupérer les terres, pas de l'argent. Le gouvernement refusant de rendre les Black Hills, et les Lakotas refusant de recevoir le prix du sang, le montant de l'accord s'est retrouvé placé sur un compte en banque, avec intérêts ; aujourd'hui, il s'élève à plus d'un milliard de dollars. Si les sept tribus lakotas acceptaient cet argent et le divisaient en parts égales, chaque homme, chaque femme et chaque enfant toucherait environ vingt-cinq mille dollars. Pour une famille de quatre, une somme de cent mille dollars soulagerait beaucoup de souffrances. Mais en dehors de quelques-uns, il n'y a pas eu de véritable pression de la part des Lakotas pour accepter l'argent. Je le reconnais, j'avais beaucoup rêvé à ce que cinquante mille dollars changeraient pour Nathan et moi. En traversant les Black Hills, je me sentis coupable de souhaiter cet argent, puis je me ravisai. Qu'est-ce que j'en avais à faire d'un paquet de rochers et de vallées ?

J'empruntai les petites routes pour rester à l'écart des visiteurs, passant devant un des plus vieux pièges à touristes du coin, le Cosmos Mystery House. J'adorais cet endroit quand j'étais enfant, et même Nathan s'amusait bien lorsque je l'y emmenais. C'était une petite maison en rondins construite à flanc de montagne à un angle incroyable, ce qui donnait l'impression qu'elle n'était pas soumise aux lois de la gravité. L'eau semblait couler vers le haut, les gens avaient l'air de se tenir à quarante-cinq degrés par rapport au sol et les arbres étaient inclinés de drôles de manières. Les guides racontaient une histoire gnangnan sur des champs magnétiques puissants qui créaient un tourbillon gravitationnel, mais la maison n'était qu'une illusion d'optique géante. La meilleure était la Cosmos Truth Chair, un siège en bois qui paraissait suspendu en l'air, ne tenant que par ses pieds arrière. Le guide disait que toute personne assise sur cette chaise qui dirait un mensonge en provoquerait la chute. Quelques touristes s'asseyaient et semblaient très crispés quand le guide posait des questions débiles comme “Avez-vous déjà grillé un feu rouge ?” ou “Avez-vous déjà triché à un examen ?” Je me demandai quelles questions on me poserait. Peut-être

“Avez-vous jamais cessé d’aimer Marie ?” ou “Pensez-vous que vous vous pardonnerez un jour pour toutes les choses que vous avez faites ?”

Au bout d’un moment, je m’arrêtai au bord de la route et trouvai un endroit calme loin des gens. J’écoutai le vent, les oiseaux, le chant de l’eau au loin, puis je levai les yeux vers la montagne en face de moi, qui montait vers le ciel. C’était fou, mais la forme des rochers – les fractures, les fissures, les crevasses – ressemblait au visage ridé d’un vieil Indien. En fait, je retrouvai mon grand-père, qui avait vécu jusqu’à l’âge de quatre-vingt-dix ans. Il était mort quand j’étais enfant, j’avais peut-être huit ou neuf ans. Il avait passé ses dernières années dans une petite cabane sans eau courante ni électricité. Et maintenant cette cabane était démolie, elle n’était plus qu’un tas de vieux bois sur un chemin abandonné. Je pensai à lui, à la gentillesse qu’il me témoignait, même quand il pouvait à peine marcher ou bouger. Il avait souffert bien des traumatismes dans sa vie, et pourtant il avait survécu et trouvé une forme de paix, d’acceptation. Je contemplai la montagne, ce rocher qui ressemblait à mon *tunkasila**, pendant un long moment.

Puis vint le moment de rentrer à la maison.

* Grand-père.

16

Je fus réveillé le lendemain matin par une odeur de farine et de pain. Cela faisait si longtemps qu'on n'avait pas cuisiné autre chose que des steaks hachés et des burritos surgelés dans la maison que je n'identifiai pas immédiatement les parfums. Je passai la tête dans la cuisine et vis Marie penchée sur ma minuscule cuisinière.

— J'ai fait du pain kabubu. Tu en veux un morceau ?

— Volontiers. Mais je crois que nous n'avons pas de beurre.

Elle sourit.

— J'en ai pris à Turtle Creek. Et de la gelée de raisin aussi.

Tout en mangeant, je la mis au courant de ce que m'avait dit l'avocat. Elle écouta attentivement, hochant la tête quand je lui confirmai que j'avais confié l'affaire à Charley Leader Charge et qu'il avait offert de représenter Nathan gratuitement. J'expliquai les peines que Nathan encourait, la possibilité que le juge fixe une caution élevée, et le fait que je n'avais pas assez d'argent pour payer les dix pour cent au garant.

— Écoute, dit-elle. J'ai de l'argent sur un compte épargne. Je veux que tu puisses…

— Pas question. Je ne peux pas.

— Ravale ta fierté une minute, tu veux bien ? Il faut que Nathan sorte de là. Appelle ça un prêt – rembourse-moi plus tard, si ça te facilite les choses.

Je ne savais pas quoi dire. Puis elle se radoucit.

— Réfléchis au moins, d'accord ? (Elle prit un autre morceau de pain.) Si tu n'as rien de spécial à faire ce matin, pourquoi tu ne viendrais pas avec moi à l'entrepôt ? Il y a une cargaison d'aide alimentaire qui arrive. Et il y aura un food-truck aussi. Déjeuner offert.

On m'avait toujours dit que les déjeuners n'étaient jamais offerts. On payait inévitablement. D'une manière ou d'une autre.

Nous partîmes pour l'entrepôt qui se trouvait à côté des bureaux de l'administration tribale, à une trentaine de kilomètres. Tout en conduisant, Marie me raconta le dernier affront que lui avait infligé sa patronne, Delia. Une critique négative sur un memo que Marie avait écrit.

Delia était un fléau qui pourrissait sa vie. Tel qu'elle le racontait, Delia sautait sur la moindre occasion de donner une mauvaise image d'elle, de couper court à toutes ses propositions et de dire du mal d'elle dans son dos. Elle avait même fait plusieurs rapports pour dénoncer des absences de Marie. En outre, Delia avait apparemment fait courir le bruit que Marie n'avait obtenu son poste qu'à cause de son père. Ce qui était en partie vrai, même si je m'abstins de le souligner. Je suggérai à Marie de chercher un autre emploi, mais elle était trop têtue. Elle allait battre Delia à son propre jeu – monter plus haut qu'elle dans la hiérarchie et obtenir que ses idées soient concrétisées. Mais la bureaucratie tribale était lente. Je me rappelais qu'elles avaient été presque amies, des années auparavant, avant de se brouiller.

— Qu'est-ce qui s'est passé entre Delia et toi ? demandai-je.

— Tu veux dire, au lycée ?

J'acquiesçai.

— Eh bien, je peux en parler maintenant. J'ai découvert qu'elle couchait avec un professeur. M. Joseph. Le professeur d'anglais. Comme je trouvais ça vraiment nul – il était marié et sa femme était enceinte –, je lui ai dit d'arrêter.

— C'est tout ?

— Ben non. Elle a continué à déconner avec lui, alors j'ai dû intervenir.

— Ah… ?

— J'ai envoyé une lettre anonyme à ses parents. Elle a eu de gros ennuis, d'après ce que j'ai su. Mais j'étais encore très en colère, et j'ai caché des crevettes congelées derrière son casier. Elles ont pourri, ça sentait affreusement mauvais. Il y avait des insectes, des mouches – tout le monde se moquait d'elle. Il lui a fallu une semaine pour comprendre que ça venait de moi. J'en souris encore aujourd'hui.

Les camions contenant les denrées alimentaires fournies par le gouvernement arrivèrent à l'entrepôt en même temps que nous. Marie alla dans le bureau pendant que j'aidais le personnel à décharger les grands cartons pleins de nourriture. Une fois qu'on eut terminé, Marie revint et nous commençâmes à préparer les paquets destinés aux familles qui viendraient bientôt les récupérer. Chacun contenait de gros morceaux de fromage sans goût, de l'huile végétale, des conserves de haricots, des boîtes de purée instantanée, des œufs déshydratés, de la farine, du lait écrémé en poudre.

Puis nous nous occupâmes des produits de longue conservation : les légumes en boîte, le beurre de cacahuète, les céréales, et les redoutables macaronis, que ma mère gardait toujours jusqu'à la fin du mois, pour le moment où le garde-manger serait presque vide. La soupe aux macaronis était un plat que je m'étais juré de ne jamais remanger de ma vie.

Je regardai Marie tout en aidant à préparer les cartons et à les étiqueter. Tout le monde la connaissait et elle allait de l'un à l'autre, répondant aux questions et prenant le temps de bavarder un peu avant de passer à la tâche suivante. Elle assurait la coordination entre tous et nous progressions à un rythme régulier.

Puis je vis quelqu'un entrer par la porte du fond. Survêtement bleu foncé, longs cheveux noirs, boucles d'oreilles pendantes en perles. Delia Kills in Water. Je ne l'avais pas vue depuis quelques années, mais elle n'avait pas beaucoup changé. Marie s'interrompit et alla lui parler. Je ne pouvais pas entendre leur conversation, mais elles se disputaient. Marie fronçait les sourcils et agitait les mains tandis que Delia se tenait plantée devant elle, les bras croisés. Je m'approchai un peu.

— … ont dit qu'ils m'en informeraient. Si tu leur parles, peut-être qu'ils feront quelque chose.

Delia leva la main.

— Je te le répète, je ne m'en mêlerai pas. C'est une idée stupide, de toute manière. Comment on va garder cette viande au frais ? Tu sais qu'on n'a pas de fric pour des congélateurs.

— Peut-être qu'on peut utiliser la subvention pour en acheter ! Tu n'as qu'à le demander à Wayne, du conseil tribal. Pourquoi pas ?

— Je ne vais pas déranger Wayne ! C'est pas son boulot.

— Mais il siège au comité, non ? Il a l'autorité pour approuver cet investissement.

— J'ai dit non. Et ne me reparle plus de ça !

Delia agita un index sous le nez de Marie.

— Mais nous ne pouvons pas utiliser la subvention si nous n'avons pas un moyen de stocker…

— C'est toi, la petite fille riche dont le père est au conseil – pourquoi tu n'achètes pas des congélateurs ?

Delia secoua la tête et s'éloigna.

Je m'affairai avec un rouleau de Scotch et essayai de ne pas montrer que j'avais surpris leur échange. Marie revint vers moi, son agacement et sa colère visibles.

— Qu'est-ce qui s'est passé ? demandai-je.

— Allons-nous-en, répondit-elle. Il vaut mieux que je parte, avant de dire une bêtise.

Une fois que nous fûmes dans la voiture, Marie serra le volant et y appuya sa tête.

— Donne-moi juste une minute. Bon sang.

J'entendais sa respiration. On aurait cru qu'elle venait de faire un tour de piste en sprint.

— Calme-toi, fis-je.

Au bout d'un moment, elle releva la tête.

— Je suis désolée que tu aies assisté à ça. J'essaye de ne pas sortir de mes gonds, mais c'est difficile. Elle refuse de faire quoi que ce soit, elle est tellement paresseuse.

— Quel est le problème ?

— Eh bien, j'ai aidé à faire une demande de subvention l'année dernière au Département de l'agriculture. C'était mon idée, alors bien sûr, elle la détestait. Bref, on a décroché la subvention, deux cent mille dollars pour avoir de la viande de bison dans le programme alimentaire. Tu vois ce que je veux dire, une viande de meilleure qualité que le porc en boîte dégueulasse qu'on nous donne d'habitude. (Elle retroussa les lèvres dans une moue de dégoût.) Nous pourrions mettre cinq livres de viande de bison surgelée dans chaque carton. Sans parler du fait que le bison est notre nourriture sacrée. L'idée est super, non ? La subvention incluait même des fonds pour de la rééducation nutritionnelle. L'argent est arrivé il y a des mois, mais la tribu n'a pas choisi de fournisseur. Il y a quatre ou cinq ranchs producteurs de bisons dans le coin, mais le conseil tribal ne bouge pas son cul.

Je posai la question évidente :

— Qu'est-ce que dit ton père ?

— Je lui en ai touché un mot, même si je trouvais ça peu orthodoxe. Il m'a expliqué qu'il y avait un comité pour gérer cette question et qu'il n'en faisait pas partie. Il a parlé à Wayne Janis – je suppose qu'ils ont lancé un appel d'offres. J'essaye d'obtenir de Delia qu'elle appelle le comité et qu'elle leur demande de se dépêcher, mais elle refuse. Pendant qu'ils glandent, les familles ont faim.

Elle secoua la tête puis prit son portable et regarda l'écran.

— Elle passe tout son temps à se balader sur les réseaux sociaux et à envoyer des SMS. Elle ne travaille pratiquement jamais. (Marie rangea son portable dans son sac et soupira.) Oublions tout ça. Comme je te l'ai dit, il y a un food-truck au foyer. C'est prévu dans la subvention – on est censés fournir des conseils nutritionnels, alors il y aura une conférence après le déjeuner sur comment cuisiner sainement. Tu veux y aller ?

— Hem… fis-je. Est-ce que je suis obligé de rester pour la conférence ?

— Comme tu veux. Peut-être que je ferai appel à toi pour faire rentrer un peu de bon sens dans la tête de Delia.

Elle me fit un demi-sourire et démarra la voiture.

Au foyer, le food-truck était déjà en place. Il était peint en couleurs psychédéliques, rouge vif, orange, violet et vert, pas les couleurs généralement associées aux Indiens, et une roue-médecine rose géante ornait un côté. Inscrits au-dessus se trouvaient les mots CUISINE INDIANO-INDIGÉNO-DÉCOLONISÉE, CHEF LACKLAND STRONGBOW. Une foule se pressait devant le camion pour se faire servir ; Marie et moi prîmes place à la fin de la queue.

— C'est vous qui avez fait venir ce camion ? demandai-je. Qui est ce gars ?

— Nous l'avons programmé il y a quelques mois déjà. En toute honnêteté, je ne me rappelle plus d'où il vient. (Elle sortit son portable et se mit à taper sur le clavier.) Ah oui. Il est chef dans un restaurant en Californie. Il appelle sa cuisine "cuisine indienne décolonisée et authentiquement indigène". Il n'utilise que des ingrédients qui existaient avant l'arrivée de Christophe Colomb.

J'aperçus Tommy derrière le camion, une assiette à la main.

— J'aurais dû savoir que je te trouverais ici, dis-je. Dès que le repas est gratuit…

— Salut Virg ! Content de te voir ! Salut Marie.

Il essaya de me faire un check, mais impossible, vu qu'il tenait son assiette pleine. J'examinai ce qu'elle contenait ; apparemment, quelques cuillerées de haricots et de riz et de la salade.

— Purée, j'ai été obligé de venir à pied depuis le Depot ! J'étais avec Rudy, pour une petite session de bière. Mais il a commencé à piquer sa crise – il a dit qu'il voyait un type bizarre dans le bar, avec le visage flou. Soi-disant, le mec émettait des étincelles, comme un chalumeau, alors Rudy a voulu qu'on se casse. Jamais vu quelqu'un dans cet état, j'crois que Rudy était juste allumé.

Il se mit à manger, à l'aide d'une petite fourchette en plastique.

— On a voulu s'en aller, mais il a un de ces trucs alcootest dans sa voiture. Il a soufflé, il était tellement bourré, pas moyen de démarrer. On a essayé de trouver quelqu'un de sobre dans le bar pour souffler dans le truc ; personne a réussi à la faire démarrer.

Il contempla son assiette désormais vide.

— Merde alors, c'est la seule bouffe qu'ils vont nous donner ? Putain ! Il m'en faut plus.

Il jeta son assiette et vint me rejoindre.

— Hé, je voulais te demander, qu'est-ce qui se passe avec Nathan ?

Je ne savais pas trop par où commencer.

— Ça fait quelques jours que je suis rentré, dis-je. J'ai vu un avocat à Rapid City. Il y a pas mal de choses à dire. Je t'en parlerai quand j'aurai mangé. Alors, c'est quoi, le plan de ce food-truck ? Ils servent des tacos indiens ?

— Ça non, alors. Je sais pas ce que c'était, une espèce de riz avec une sorte de pain de viande.

J'aperçus une feuille dactylographiée scotchée sur le flanc du camion. Je lus :

RIZ INDIGÈNE AVEC HARICOTS ANCIENS
ET FEUILLES DE SUMAC GRILLÉES
SALADE D'OIGNON SAUVAGE, PETITE OSEILLE
ET CHARBON DE MAÏS
TERRINE DE BISON AVEC PESTO AUX BAIES D'ARONIA
ET PIGNONS

Je ne connaissais pas la plupart des ingrédients.

— Qu'est-ce que le charbon de maïs ?

Marie secoua la tête.

— Je crois que c'est un champignon… Quel goût ça avait, Tommy ?

— Je ne sais même pas lequel était quoi, dit-il. La salade était bonne, le pain de viande était super, mais ils nous en ont vraiment pas beaucoup donné. J'me casse. J'vais à la station-service, voir s'il leur reste du Chester Fried Chicken. À plus tard.

Peu après le départ de Tommy, un homme vêtu d'une tenue blanche de chef cuisinier s'avança devant le camion, un micro à la main. Il paraissait assez jeune, et il avait deux longues tresses noires coincées derrière les oreilles qui lui descendaient jusqu'au milieu du dos. Il portait un pantalon en cuir à franges, le genre que les Indiens portaient prétendument il y a un siècle. Je n'avais jamais vu personne habillé comme ça, en dehors des musées ou des vieux films.

— Bonjour tout le monde ! Je m'appelle Lack Strongbow, membre de la nation Muckleshoot, et je suis honoré d'être parmi vous. Je suis le chef du Red Eats à Los Angeles et je suis à la tête du nouveau mouvement pour une alimentation authentiquement amérindienne. J'espère que vous appréciez la cuisine indigène qu'on vous offre ce midi. Le menu du jour est constitué d'ingrédients des Grandes Plaines ! Et si on félicitait mon équipe, qui vous a préparé ce repas ?

La foule applaudit poliment, et je glissai un regard du côté de Marie pour voir ce qu'elle pensait de tout ça. Elle ne quittait pas le chef des yeux.

Il reprit :

— Je veux commencer par faire une déclaration importante, quelque chose que, j'espère, vous prendrez à cœur.

Il attendit un moment pour faire monter le suspense.

— Oubliez le *frybread* ! C'est exact, je veux que vous vous débarrassiez de toute la farine, des produits laitiers et du sucre que vous avez chez vous. Jetez tout ! Le *frybread* n'est pas indigène ! C'est la nourriture que nos grands-mères ont été obligées d'inventer quand le gouvernement nous a volé notre mode de vie ! Je vénère nos anciens qui ont fait ce qu'il fallait, mais il y a une raison pour laquelle le diabète est en train de tuer notre peuple. (Il brandit une espèce d'arbrisseau.) Les peuples indigènes doivent manger des aliments indigènes, les protéines et les plantes sauvages dont se nourrissaient nos ancêtres. Au lieu de manger du fromage industriel, sortez et allez dans la nature chercher des plantes et des racines comestibles ! Mes amis, nous devons décoloniser notre esprit *et* notre système digestif, et je suis ici pour vous montrer comment procéder. Après le déjeuner, je vous ferai une démonstration de cuisine indigène et nous vous proposerons des petits cours pendant les jours qui viennent, absolument gratuits ! Vous pouvez aussi acheter mon nouveau livre de cuisine, en vente ici. Merci de nous permettre de vous nourrir – de nourrir votre corps et votre esprit.

La queue devant le food-truck était encore longue, alors je demandai à Marie si nous ne devrions pas plutôt aller ailleurs. Elle me lança un regard indigné.

— Il faut qu'on goûte. Ce qu'il dit est sensé. Moins de sucre et de produits laitiers, plus de légumes.

— Ça me paraît bien, dis-je, mais comment une mère célibataire avec trois enfants va trouver le temps d'aller dehors pour cueillir des plantes sauvages ? Ça ne marchera pas ici.

Marie fit la grimace et je voyais bien qu'elle était contrariée.

— Je crois qu'il veut dire que les Indiens doivent davantage se soucier de leur santé.

— Et se débarrasser du *frybread*, par exemple ? Mais ça n'arrivera pas. Tu as fait du pain à la poêle ce matin, tu te souviens ? Il était très bon, d'ailleurs. (En voyant son expression, je compris que je ne m'étais pas trompé.) Reste ici et goûte la cuisine du chef. Moi je vais rejoindre Tommy et on se retrouve tout à l'heure.

Je partis à la recherche de Tommy. Il avait dit qu'il voulait du poulet frit, et il n'y avait qu'un endroit sur la réserve où il pouvait en trouver. Je roulai un moment, pensant au *frybread* que ma mère faisait autrefois. Était-il mauvais pour la santé ? Je suppose que oui, mais je l'aimais tellement. Je me rappelais l'odeur qui régnait dans la maison quand elle le préparait, la moiteur, la levure, les petits disques de pâte fraîche, et le crépitement de l'huile lorsqu'elle les jetait dans la poêle. Tandis que je savourais ces souvenirs, mon portable se mit à sonner.

— Virgil ?

— Ouais.

— Ici Ben. Marie m'a donné ton numéro. Ça va, tu tiens le coup ?

— Ça va. J'essaye de procéder par ordre. J'ai vu Nathan avant-hier, et j'ai rencontré Charley Leader Charge à Rapid City…

— Je sais. C'est un bon avocat, un des meilleurs du coin. Il va pouvoir aider Nathan.

— Je vous dois des remerciements. Charley ne me demande aucun honoraire, il m'a dit qu'il en avait parlé avec vous. J'apprécie. En ce moment, je ne pourrais absolument pas me payer un avocat de haut vol…

— N'en parlons plus. Charley et moi, on se connaît depuis très longtemps. Je l'ai tiré du pétrin plusieurs fois dans le passé et il n'a pas oublié. Dis-moi s'il te raconte des conneries, je lui remonterai les bretelles.

— OK.

Je me garai sur le parking devant la station-service. Après avoir terminé ma conversation avec Ben, j'irais voir si Tommy se trouvait encore à l'intérieur.

— Je vous dirai si…

— Attends. Je veux te demander autre chose.

— Quoi ?

— Où t'en es avec Rick Crow ?

J'avais été tellement focalisé sur le fait de sortir Nathan de prison que j'eus un peu de mal à reprendre ce dossier-là.

— On est allés dans un bar qu'il fréquente à Denver, mais il n'y était pas. Ensuite on a retrouvé son père, qui vit dans le Colorado. Il ne l'avait pas vu récemment, mais il nous a raconté que Rick avait mentionné une affaire de plantation de chanvre par ici lors de son dernier appel. C'était la première fois que j'en entendais parler. Ça vous dit quelque chose ?

— Non, dit Ben. C'est toujours illégal, pour le moment. Il a dit avec qui Rick travaillait ?

— Il n'a pas donné de noms. Je peux me renseigner, mais je ne sais pas trop où…

— Marie m'a parlé du flic, celui qui cherche à mettre la main sur Rick. Qu'est-ce qu'il a raconté ?

Je n'avais pas conscience que Marie communiquait toutes ces informations à son père.

— Qu'est-ce qu'elle vous a dit, sur le flic ?

— J'aimerais autant l'entendre de ta bouche.

L'espace d'un instant, je m'interrogeai : jusqu'où pouvais-je aller ? J'aurais préféré disposer d'informations plus solides sur Rick et ses agissements avant d'avoir cette conversation, mais j'étais redevable à Ben.

— Le flic nous a expliqué que Rick était en cheville avec un gang à Denver. Ils commencent à introduire du goudron noir ici, comme vous l'avez dit. Ils ont un nouveau système – ils importent la drogue depuis le Mexique et la livrent aux clients eux-mêmes. Ils distribuent des échantillons gratuits pour rendre les gens accros – des échantillons d'une came vraiment puissante. Mais ils ont besoin de relais ici, de chauffeurs. D'Indiens qui passent inaperçus, qui n'attirent pas l'attention. Le flic pense que Rick est en train de monter l'équipe de vente sur place.

— Quelle est la prochaine étape, d'après lui ?

Je marquai une nouvelle pause pendant que je réfléchissais à ce que j'allais révéler.

— Il voudrait que Nathan porte un micro pendant une transaction. Au lycée. Apparemment, la vente de drogue près d'une école est passible d'une condamnation à perpétuité, ou pas loin. Mais ça n'est plus vraiment d'actualité, maintenant que Nathan se retrouve avec ces accusations sur le dos.

— Est-ce qu'ils peuvent trouver quelqu'un d'autre pour le faire ?

— Je ne sais pas. Ils voulaient se servir de Nathan, parce qu'il connaît déjà les gars. Dans l'immédiat, il faut que je le sorte du centre de détention pour mineurs, et que je comprenne ce qui se passe avec ces cachets qu'ils ont découverts. Ç'est ma priorité numéro 1. Les flics peuvent bien trouver un autre mouchard pour porter un micro.

J'entendis Ben respirer fort dans le téléphone.

— Tu risques de devoir revenir là-dessus, fit-il.

17

Le lendemain, je me levai tôt et partis alors que Marie était encore endormie. Nous n'avions pas reparlé de cuisine indigène et je préférais qu'il en soit ainsi. Je me fichais pas mal que Marie veuille renoncer au *frybread* et aux tacos indiens. J'avais plus important à faire qu'être jaloux d'un chef californien.

Tout en conduisant, je réfléchis à la situation dans laquelle se trouvait Nathan. Quelque chose dans cette arrestation m'échappait. D'après l'avocat, la direction du lycée avait découvert des cachets interdits dans son casier. Mais Nathan m'avait soutenu qu'il n'en avait pas acheté, et s'il l'avait fait, pourquoi les aurait-il gardés au lycée ? C'était un gamin intelligent, et stocker de la drogue dans son casier était idiot. En même temps, les jeunes faisaient des choses idiotes tout le temps. Peut-être qu'il me mentait et qu'il avait plus de relations avec les trafiquants que je le croyais. Dennis avait dit qu'ils dealaient du goudron noir, pas des cachets, mais peut-être qu'ils vendaient des deux.

Je décidai d'appeler le flic de Denver et de lui parler de l'arrestation de Nathan. J'étais sûr qu'il essayerait à nouveau de me convaincre pour le micro, et désormais, la situation m'obligeait à l'envisager. Je pourrais tenter de négocier un accord, mais valait mieux en discuter avec l'avocat d'abord. C'était son boulot. J'appelai son cabinet et laissai un message. Son assistante m'informa qu'il me rappellerait au plus vite. C'était bon à savoir.

Apparemment, j'avais fait tout ce que je pouvais pour le moment, alors je décidai d'essayer d'en savoir un peu plus sur le gang de Denver. Ceux qui avaient donné gratuitement de l'héroïne à Nathan et peut-être aussi les cachets. S'ils étaient en ville, cela valait la peine de mener une petite enquête, voir combien ils étaient, et ce qu'ils trafiquaient réellement. Ces informations seraient utiles pour l'avocat et même pour les flics, et peut-être que je pourrais mettre la pression aux dealers si l'occasion se présentait. Mais comment les trouver ? Dans la réserve, comme dans une petite ville, tout le monde était au courant des affaires de tout le monde.

J'eus l'idée d'aller voir mon ami Bill Ford – j'aurais probablement dû le contacter plus tôt. Bill était un type un peu âgé qui avait une station-service et un atelier de mécanique sur Main Street, où il vendait de l'essence et réparait les voitures pour pas cher. Il était tout le temps ouvert, et je savais qu'il me dirait s'il avait remarqué quelque chose de bizarre. Bill haïssait profondément les drogues et les dealers. Sa fille unique était tombée dedans quand elle vivait à Rapid City. Elle avait lutté pendant des années pour finalement baisser les bras, et elle s'était suicidée. Bill m'avait confié qu'elle avait pris un flacon plein de somnifères, puis s'était collé la bouche avec du Scotch rose en attendant de mourir. Le plus atroce, c'était qu'elle avait apparemment changé d'avis en cours de route ; elle avait essayé d'appeler le 911 mais avait perdu connaissance avant d'avoir pu composer le dernier chiffre.

Bien qu'il fût tôt, Bill était au garage, penché sur un moteur.

— Salut Bill, comment ça va ?

Il leva la tête et m'aperçut.

— Virgil, ça fait un bail. Qu'est-ce que tu deviens ?

Il attrapa un chiffon et s'essuya les mains.

— Je fais de mon mieux. Comme tout le monde.

— Eh oui. Tu veux un soda ? J'ai des Mountain Dew. Ils donnent la pêche. J'ai peut-être aussi deux ou trois Dr Pepper. (Il alla fouiller dans son frigo, ouvrit deux canettes et m'en tendit une.) J'ai appris, pour Nathan. Je suis désolé. J'espère qu'il a de l'aide. Salopards de dealers – quels fils de putes.

— C'est pour ça que je suis passé. Les flics me disent qu'il y a peut-être des gars qui prennent possession des lieux, qui vendent de la came – une came vraiment dangereuse. Mais ils ne sont pas d'ici, plutôt de Denver, ou du Mexique. Tu aurais vu quelque chose ?

Il marqua une pause puis son regard alla se perdre sur l'horizon.

— Combien sont-ils ?

— Sais pas trop. Cinq ou six, peut-être plus.

Un nouveau silence.

— Tu sais dans quel véhicule ils circulent ?

— Non.

— Ils ressemblent à quoi ? Des Indiens ? Des Blancs ?

— Je ne suis pas sûr. Ils viennent probablement du Mexique, alors ils devraient être latinos, j'imagine. Rick Crow traîne peut-être avec eux.

— Hmmm… À cette saison, on a des touristes, généralement en route pour Pine Ridge. On a aussi des membres d'associations caritatives et quelques-uns descendent au casino. Je ne vois personne qui corresponde à ta description.

Il but une gorgée de soda et fronça les sourcils.

— C'est pas grave, Bill. Je me suis dit que je te demanderais, juste au cas où…

— Attends, tu as dit que Rick Crow était avec eux ?

J'acquiesçai.

— Maintenant que j'y pense, Rick est passé ici il y a un moment. Dans un 4x4 flambant neuf. On n'en voit pas tant que ça. Je ne sais pas s'il était avec quelqu'un, mais je l'ai interrogé sur la voiture. Il a répondu que c'était pas la sienne.

— Est-ce qu'il a dit où il allait ?

— Ah, je ne me rappelle pas vraiment. Merde, putain, j'essaye de me souvenir.

Son front se plissa tandis qu'il fouillait dans sa mémoire.

— Attends, il a parlé de Valentine. Ouais, c'est ça, je crois. Valentine.

Bien sûr. À une quinzaine de kilomètres à peine de la réserve, de l'autre côté de la frontière de l'État. Une petite ville au cœur des Sandhills du Nebraska, où séjournaient des tas de touristes qui voulaient chasser, pêcher et descendre en rafting la rivière aux eaux noires. Il y avait sept ou huit motels dans la ville ainsi que plusieurs terrains de camping. Et l'agglomération était entourée de fermes, avec un flot constant d'ouvriers agricoles. Valentine n'était pas Denver, mais c'était le meilleur endroit dans la région pour passer inaperçu.

Je remerciai Bill et pris la route du sud.

Les douces collines du Dakota du Sud se transformèrent en un paysage plus plat typique du Nebraska. Après un court trajet, j'arrivai à l'entrée de Valentine, et pris soin de ralentir jusqu'à quarante kilomètres à l'heure pour ne pas risquer de me faire arrêter. Ma première destination serait le Derby Bar, où je connaissais autrefois la plupart des barmen ; je pourrais poser quelques questions.

J'étais le seul client, ce qui me surprit pour un début d'après-midi. Derrière le bar, une Indienne de forte corpulence était courbée sur son téléphone. J'étais avec elle au lycée il y avait des siècles, mais je ne parvenais pas à me rappeler son nom.

— Vous avez du Shasta ? demandai-je.

Elle secoua la tête.

— Juste du Coca.

Elle versa des glaçons dans un verre qu'elle remplit à l'aide du pistolet correspondant, puis retourna à son portable.

— Nous sommes allés à l'école ensemble, n'est-ce pas ? dis-je. Rappelle-moi ton nom.

— Sharlene. Tu es… euh…

— Virgil. Virgil Wounded Horse.

— Ah oui, je crois qu'on était dans le même cours de maths. Comment s'appelait ce prof ?

— Merde, je m'en souviens pas. Trop de neurones grillés. Comment ça va ?

Elle posa son téléphone et se versa une bière.

— La routine, la routine. T'es toujours à Mission ?

Je bus une gorgée de Coca.

— Ouais, j'ai habité à Rapid City un temps, et finalement, je suis retourné à la réserve. Et toi ?

— J'ai un appartement ici à Valentine. Pas cher, du coup, je peux rester près de mes enfants.

— Tu as des enfants ? Chouette.

— Deux. Un garçon et une fille. Garde partagée avec mon ex. C'est un vrai connard.

— Je le connais ?

— Nan. Un *Wasicu* d'Omaha. Je me suis maquée avec lui après que je suis partie de chez ma mère. La pire décision que j'aie jamais prise.

— Je suis désolé.

Je tendis la main vers mon verre et elle le remplit une deuxième fois. Je glissai un billet de cinq sur le comptoir.

— Ça va. J'ai deux super gamins, c'est plus que beaucoup de gens.

— T'as raison. (Je bus une gorgée.) Hé, je peux te poser une question ? Je me demandais si tu avais vu des gars passer par ici récemment – genre cinq ou six types, peut-être avec Rick Crow. Tu te souviens de lui, du lycée ?

Elle secoua la tête.

— Il y a plein de gens qui viennent ici. Je me rappelle pas tout le monde.

— Tu te souviendrais de quelqu'un avec un beau 4x4 ?

Elle secoua la tête à nouveau.

— À moins qu'ils se garent juste là devant, je ne vois pas ce qu'ils conduisent.

J'étais dans une impasse.

— Un dernier truc. Si quelqu'un essayait de se planquer par ici, tu comprends ce que je veux dire, faire profil bas, il irait où ?

D'un coup, elle eut l'air intéressée.

— Qu'est-ce qui se passe ? Ces gars ont des ennuis ?

— Non. Ils pourraient peut-être m'aider sur une affaire qui m'occupe en ce moment.

Elle ne parut pas convaincue, mais j'espérai que la bière lui délie un peu la langue.

— Eh bien, je doute que quelqu'un qui essaye de se planquer choisisse un motel. Les chambres sont surtout louées aux campeurs et aux chasseurs. Elles sont assez chères ; ils n'ont pas envie d'avoir d'emmerdes. L'Econo Lodge vient de mettre à la porte des étudiants qui buvaient trop et faisaient du bruit.

— Un autre endroit où ils pourraient crécher ?

— Il y a un terrain de caravaning de l'autre côté de la ville, au bord de la Highway 83. C'est assez minable et peu de gens campent là-bas. Mais on m'a dit qu'ils avaient quelques bungalows. Ça s'appelle le Pay-E-Zee.

Je trouvai l'endroit facilement. Une grande pancarte annonçait des locations à la nuit, à la semaine ou au mois. C'était un terrain de camping à l'ancienne, exactement comme l'avait décrit la fille du bar. Des branchements pour les campeurs et les camping-cars, un bâtiment décrépit dans lequel se trouvaient probablement sanitaires et lave-linges, et un petit bureau. Je ne vis ni camping-cars ni campeurs, du coup, je me demandai si c'était ouvert. Je repérai quelques bungalows un peu plus loin sur le chemin. L'un d'eux avait l'air occupé. Une grosse voiture était garée devant, mais je ne pus identifier ni la marque ni le modèle, d'aussi loin. Pas la peine d'attirer l'attention, alors je repassai le portail dans l'autre sens et allai à l'arrière du terrain, d'où je pouvais mieux voir le bungalow. Je sortis de ma voiture et longeai la clôture à pied jusqu'à pouvoir identifier le véhicule garé. Un Lincoln Navigator noir étincelant avec des plaques du Colorado.

J'avais peut-être fait mouche, mais il fallait que j'en sois sûr. Beaucoup de touristes et de chasseurs du Colorado traversaient le Nebraska avec leurs pick-up et leurs 4x4 de luxe. Je retournai à ma voiture et me préparai à une planque. Sans avoir une vue parfaite, je remarquerais les entrées et sorties du bungalow. Les alentours étaient plutôt déserts, mais si quelqu'un passait par là, je raconterais que je m'étais arrêté pour téléphoner.

Les minutes s'écoulèrent lentement, je restais à mon poste. Pas de mouvement dans le bungalow, j'avais du temps à tuer. J'appelai Marie pour lui raconter les derniers événements. Mais elle ne pouvait pas me parler longtemps parce qu'elle partait assister au cours de cuisine amérindienne. Je sentis le sang commencer à chauffer dans mes veines, mais je me retins de commenter ; je me contentai de lui souhaiter de bien s'amuser. Pendant les heures qui suivirent, des visions de Marie et du chef Cheveux Longs vinrent coloniser mon esprit, malgré tous mes efforts pour me concentrer uniquement sur le bungalow.

Après ce qui me sembla être une éternité, il se passa enfin quelque chose. Un homme ouvrit la porte, passa derrière le bungalow et urina contre un arbre. Il me semblait jeune ; il avait des cheveux bruns courts. Une demi-heure plus tard, un autre homme fit de même. Cette fois, j'étais aux aguets et je l'examinai de plus près. Pas blanc, c'était certain. Cheveux noirs, plus petit, en jean et chemise western à carreaux.

Pourquoi n'allaient-ils pas aux toilettes du camping ? Peut-être qu'ils buvaient, ou ils avaient la flemme. Pendant l'heure suivante, trois autres hommes vinrent pisser derrière le bungalow. Maintenant, j'étais quasiment certain qu'ils picolaient là-dedans, un fait que je pourrais utiliser à mon avantage si je me décidais à entrer. Bien sûr, je ne savais rien de leur armement ni de leur nombre total. D'ailleurs, j'ignorais même si ces types étaient membres d'un gang ou ouvriers agricoles. Je décidai de poursuivre la surveillance.

À peu près une heure plus tard, un pick-up Ford déglingué se gara à proximité. La nuit commençait à tomber, alors je n'y voyais plus très bien, malgré le faible clair de lune. Un homme sortit côté passager. Il avait l'air d'être un peu plus âgé, peut-être une quarantaine d'années, et il transportait plusieurs sacs en toile. Un autre homme sortit du côté conducteur, avec ce qui ressemblait à des sacs de fast-food. Le conducteur portait un vieux blouson en jean et avait de longs cheveux noirs. Je bougeai dans mon siège pour le voir mieux et je finis par réaliser que je le connaissais. Rick Crow.

C'était donc vrai. Fils de pute.

Pendant quelques instants, je retournai en pensée au collège, à l'époque où Rick m'avait fait le plus souffrir. Je me rappelai une fois où ses amis m'avaient immobilisé pendant qu'il me cassait la gueule. J'avais essayé de me défendre, en vain. Je ne sais pas pourquoi Rick m'en voulait plus qu'à n'importe qui d'autre. Il savait peut-être que je n'avais pas de frères ou de cousins plus grands ou peut-être juste qu'il me détestait. Une vieille colère familière m'envahit, et je m'apprêtai à sortir de la voiture.

Mais je retrouvai mes esprits et contrôlai mon adrénaline pour pouvoir réfléchir. Il devait y avoir sept ou huit hommes dans le bungalow, la plupart d'entre eux probablement saouls. J'aurais l'avantage de la surprise et celui de la sobriété si j'attaquais, mais je n'avais pas d'arme en dehors de mon couteau Spyder et d'un petit revolver Smith & Wesson avec un barillet à cinq coups. S'ils étaient armés – et ils l'étaient très certainement –, ce serait une mission suicide.

J'eux vraiment mal quand je compris que je ne pourrais pas m'emparer de Rick ce soir. Il me faudrait d'autres armes et des munitions, me poster en embuscade à nouveau et attendre le bon moment. Ce soir, j'allais me retirer et mettre au point une stratégie. Mais demain, ce serait le grand jour.

Le jour où je me vengerais enfin de Rick Crow.

18

Le lendemain matin, je fus tiré d'un sommeil profond par la sonnerie de mon portable.

— Virgil ? Ici Charley Leader Charge. Vous êtes disponible ? Je viens d'avoir de nouvelles informations sur l'affaire de Nathan et j'ai besoin d'en discuter avec vous.

Il me fallut un moment pour m'extirper de mes rêves.

— Ouais, allez-y. Je vous écoute.

— Ce serait mieux qu'on le fasse de vive voix. Pouvez-vous venir à mon cabinet aujourd'hui ? J'aménagerai mon emploi du temps.

— Je pars tout de suite.

Je roulai sans m'arrêter jusqu'à Rapid City, me demandant ce que ces informations pouvaient être. Peut-être avait-on trouvé d'autres drogues dans le casier de Nathan ? Ou peut-être avaient-ils accepté d'abandonner les charges ? J'avais beau avoir une envie féroce de retourner au bungalow du gang, il fallait que je sache d'abord ce que l'avocat avait à me dire.

L'assistante de Charley m'escorta directement dans son bureau. L'avocat était aussi impeccable que la première fois, en costume gris croisé et cravate verte.

— Merci d'être venu, fit-il en me faisant signe de m'asseoir. Voilà ce qui se passe. J'ai eu un appel du procureur fédéral concernant deux ou trois dossiers. D'abord, il semblerait que Nathan soit impliqué – de manière indirecte – dans quelque chose de gros. Plusieurs enquêtes sont en cours, menées par des agences fédérales, dont la DEA. Vous êtes au courant ?

Je me tortillai sur ma chaise, mal à l'aise.

— Euh… pas vraiment. Vous voulez parler du flic de Denver ?

L'avocat n'avait pas l'air content.

— Oui, les enquêtes dans le Colorado et au Nouveau-Mexique, qui sont apparemment conduites par une unité opérationnelle chapeautée par la DEA, d'après ce que j'ai réussi à savoir. Vous ne m'aviez pas dit que vous aviez été en contact avec la police là-bas.

— C'était avant l'arrestation de Nathan. Avant tous ces événements. J'allais vous en parler, je vous assure. D'ailleurs, j'ai laissé un message pour vous hier.

Charley tapota avec son stylo sur son bureau.

— Il faut que vous me disiez tout, absolument tout, pas des bouts par-ci par-là. Rappelez-vous, nos échanges sont confidentiels, pas besoin de vous censurer. Racontez-moi.

— OK, voilà ce qui s'est passé. J'essayais de trouver un type dans le Colorado, un vrai salopard, et ce flic m'a couru après. Il s'est avéré qu'il travaillait sur l'enquête que vous avez mentionnée, et il voulait se servir de Nathan comme appât, vous voyez, lui faire porter un micro et l'envoyer acheter de la drogue auprès de ces dealers, mais je lui ai dit pas question…

— Oui, j'ai été mis au courant de ça, l'idée d'utiliser Nathan comme informateur. Cette affaire est bien plus grosse que vous ne le pensez. Ils communiquent peu, mais il semblerait qu'ils s'attaquent aux cartels. Je ne sais pas comment, mais ils ont appris que Nathan avait été arrêté ici, et l'enquêteur de Denver, le policier à qui vous avez parlé, a été entendu lors d'un briefing.

— Dennis. C'est comme ça qu'il s'appelle.

— D'accord. L'autre information, c'est que, comme je le soupçonnais, l'État a renvoyé l'affaire de Nathan aux procureurs fédéraux. Ce n'est pas une surprise. J'espérais que les fédéraux refusent de la prendre, mais ça n'a pas été le cas. D'autant qu'il s'agit d'une grosse enquête sur un trafic de stupéfiants. Donc, Nathan va être traduit devant une cour fédérale. Le procureur m'a confié ce qu'ils ont l'intention de plaider contre lui. Il faut que je vous avertisse, ils sont sans pitié. (Il ouvrit un dossier et sortit des documents.) Comme je le craignais, Nathan va être accusé de trafic de stupéfiants et transféré dans un centre de détention fédéral. Pour les affaires criminelles, les juges fédéraux sont tenus de suivre un certain nombre de recommandations dans l'application des peines, c'est pourquoi la sanction est si sévère. Ils n'ont aucune marge de manœuvre. Conclusion, s'il est jugé coupable, il écopera d'un minimum de dix ans de prison, sans conditionnelle, assorti d'amendes assez énormes.

— Attendez, dis-je. On l'accuse de quoi, exactement ?

— Trafic de stupéfiants, classe C.

— Trafic ? Cela signifie vente de drogue ? Mais Nathan n'est pas un dealer !

— Détendez-vous. Les procureurs énoncent souvent une accusation plus grave pour se donner de la marge dans la perspective d'une négociation de peine. Ça n'ira peut-être pas jusque-là. Je le souhaite. Enfin, il y a un point positif. Peut-être un espoir.

J'attendis qu'il détaille.

— Les fédéraux ont fait une offre. Un accord qui éviterait à Nathan la prison.

— Ah bon ? Quel accord ?

— Cela s'appelle une "collaboration avec la justice". Si un accusé apporte son aide dans une enquête, le juge peut s'écarter des recommandations et prononcer une condamnation plus raisonnable. Généralement, cela signifie bien moins de temps en prison. Si Nathan aide les fédéraux, il obtiendra une condamnation moins lourde, mais il sera obligé de plaider coupable. L'autre option est de plaider non-coupable et de tenter notre chance lors d'un procès. Je me bagarrerai, mais étant donné les charges je ne peux pas garantir la réaction du jury. Surtout si nous tombons sur un jury blanc. Mais rien n'est perdu, on ne sait jamais.

Il ramassa un stylo en or et le pointa vers le plafond.

— Mon conseil serait que Nathan accepte l'offre et fournisse son aide dans l'enquête.

Je m'apprêtai à parler, mais il m'interrompit d'un geste de la main.

— Laissez-moi finir. J'ai dit aux procureurs que leur offre n'était pas suffisante, qu'ils allaient devoir faire mieux. Nous avons discuté longuement et voici ce qu'ils proposent maintenant : si Nathan coopère, les fédéraux vont permettre que l'affaire soit plaidée devant une cour de l'État, pas de transfert à la cour fédérale. Ce qui signifie qu'il reste dans le système de la justice pour mineurs, pas de prison, et son casier redevient vierge à ses dix-huit ans. Je demanderai la liberté conditionnelle et un accompagnement psychologique lors de l'audience devant le tribunal pour mineurs. Ils ont même accepté une remise en liberté, du coup, il sortirait bientôt, sans caution. Franchement, cet accord est incroyable, bien meilleur que ce que j'aurais cru possible d'obtenir.

— Vous voulez dire qu'il n'irait pas en prison ? Il pourrait retourner au lycée ?

Il hocha la tête.

— Où est l'embrouille ? demandai-je.

— L'embrouille ? Nous ferons mettre tout ça par écrit, si c'est ce que vous voulez dire.

— Non, je veux dire, qu'est-ce que Nathan doit faire en contrepartie ? Rencontrer les flics, leur dire ce qu'il sait ? Ça, il peut le faire.

L'avocat me regarda comme si j'étais un peu demeuré.

— Nathan devra porter le micro et aller acheter de la drogue. Ils l'ont dit clairement, c'est non négociable. S'il le fait, toute la procédure est abandonnée. Autrement, il risque dix ans. Ou plus.

Le retour jusqu'à la réserve me parut bien plus long que l'aller. Dix ans de prison sans possibilité de conditionnelle ? Cela ne paraissait pas juste pour un délinquant juvénile, mais Charley m'avait dit que c'était la norme dans les affaires de stupéfiants.

Cependant il y avait une recette miracle pour que Nathan n'aille pas en prison. Tout ce qu'il devait faire, c'était porter un micro et on m'avait assuré que ce serait sans danger.

En même temps, je savais qu'il valait mieux ne pas les croire sur parole. Ces dealers étaient des criminels violents qui protégeraient leur business. Et si on apprenait que Nathan avait coopéré avec les autorités, il serait fini sur la réserve. Non seulement auprès de tous les jeunes de son âge, mais pour tout le monde. L'avocat avait dit que nous pouvions refuser l'accord et aller au procès. Il me semblait assez peu probable qu'un jury condamne un gamin de seulement quatorze ans. Si le jury le jugeait innocent, Nathan serait complètement blanchi. Pas de détention, pas d'officier de probation, pas d'accompagnement ni de thérapie. Notre famille n'avait jamais reculé devant une bataille ; peut-être était-ce la manière honorable de procéder. Combattre ces accusations devant une cour, laisser le FBI attraper les dealers sans notre aide.

Ne pas pouvoir me lancer à la poursuite de Rick était terriblement frustrant. Si je débarquais et que je descendais Rick Crow et le gang maintenant, les fédéraux n'auraient plus aucun intérêt à passer un accord avec Nathan. Rick Crow allait devoir attendre. Pour le moment.

Il fallait nous décider très vite, alors je devais immédiatement parler à Nathan de cette proposition. Il était assez grand pour donner son point de vue. Mais c'était aussi un gamin effrayé, et il allait me demander mon avis. Je devais être prêt, et je savais qui aller voir d'abord.

Je me garai près de chez l'homme-médecine. Jerome vivait en dehors de la ville dans une petite maison entourée de champs marron, pleins d'herbes folles et de quelques arbres réfractaires. Il était seul sur son porche, et buvait son café.

— Tu en veux une tasse ? demanda-t-il.

— Avec plaisir. Où sont-ils, tous ?

Généralement, une ribambelle de nièces, de neveux et de petits-enfants couraient partout.

— Je ne sais pas. Les enfants sont probablement en ville en train de jouer avec leurs amis. Rocky est chez sa maman.

Ils m'ont invité à manger une *wohanpi*[*], mais j'ai préféré rester ici.

Je m'assis à côté de lui sur une vieille chaise en plastique. Nous restâmes silencieux un long moment, buvant du café noir et écoutant le vent souffler. Au bout d'un certain temps, je lui offris une cigarette. Il la prit et l'alluma, puis il scruta le ciel.

— Il y a des êtres du tonnerre loin, là-bas. Les Esprits vont peut-être arroser l'herbe ce soir.

— On dirait bien. Il vaudrait mieux fermer les fenêtres, dis-je avant de marquer une pause. Je voulais te demander quelque chose.

Il ne dit rien alors je poursuivis :

— On raconte qu'il y a des dealers d'héroïne venus de Denver qui débarquent chez nous. Ils vendent un nouveau genre de came, un truc dangereux. On peut y passer du premier coup.

Il but une gorgée de café.

— Mauvaise nouvelle. On a assez de soucis avec les jeunes qui se suicident, on n'a pas besoin que quelqu'un d'autre les tue.

— Il paraît que ces types viennent du Mexique, ils sont peut-être en cheville avec un gang de Denver. Ils ont donné à Nathan de la drogue gratuitement, il a failli mourir.

— Il est toujours à la prison pour mineur ?

J'aurais dû me douter que Jerome était au courant de l'arrestation de Nathan. Le téléphone indien. Tout le monde était au courant des affaires de tout le monde et ne pouvait s'empêcher d'en parler à son voisin, et personne n'oubliait jamais rien. Donc maintenant, Nathan serait étiqueté dealer. Le passé vous colle aux basques, dans la réserve.

[*] Soupe traditionnelle.

— Ouais, il y est toujours. Les flics disent qu'ils ont trouvé des cachets dans son casier au lycée. Plein de cachets. Il pourrait être condamné à dix ans de prison. Pas chez les mineurs, dans un pénitencier fédéral. Ils vont le bouffer tout cru, là-bas.

— Oh la la.

Il secoua la tête.

— J'aimerais connaître ton avis sur une question, mais promets-moi de n'en parler à personne, dis-je.

Hochement de tête.

J'énonçai les termes de l'accord qu'ils avaient proposé à Nathan. Jerome écouta en silence, puis hocha à nouveau la tête quand j'eus terminé. J'allumai une autre cigarette, lui en donnai une et continuai :

— La décision est compliquée, dis-je. Je n'aime pas l'idée que Nathan soit mêlé à quoi que ce soit avec les fédéraux. Sans parler du fait que les gens finiraient par savoir qu'il a joué les indics. Tu te souviens d'Anna Mae ?

Pendant des dizaines d'années, des rumeurs avaient circulé dans la réserve selon lesquelles Anna Mae Aquash avait été assassinée parce qu'elle était une informatrice du FBI.

— Ouais, dit Jerome, personne n'aime les balances. Mais cette histoire avec Annie, c'était il y a longtemps.

— Certes, mais les jeunes d'aujourd'hui sont encore pires avec les indics ou les appâts, quel que soit le terme. "Les mouchards se font moucher", voilà ce qu'on dit. Il faut bien que quelqu'un empêche ces drogues de venir jusqu'ici, mais si le gang découvre qu'il les a piégés, ils le tueront. Ou quelqu'un d'autre le fera. Où est la justice dans tout ça ?

Jerome resta silencieux une minute, le regard perdu au loin.

— Je ne connais pas grand-chose à la justice. Je pense que l'homme blanc en a une conception différente de la nôtre.

Beaucoup de nos jeunes hommes sont en prison pour des crimes qu'ils n'ont pas commis – peut-être étaient-ils au mauvais endroit au mauvais moment. Les gens viennent te voir pour obtenir justice, n'est-ce pas ? Quand la police refuse de faire quoi que ce soit à propos d'une *winyan** qui s'est fait tabasser, c'est à toi qu'ils s'adressent. Pour obtenir justice. (Il se versa une autre tasse de café et poursuivit.) Je vois beaucoup d'aspirants indiens qui viennent ici ; ils pensent que nous vénérons la terre, ils veulent chanter nos chants et danser nos danses. Mais *wolakota* signifie honorer la terre et aussi protéger les gens. Les hippies et les *Wasicu* aux cheveux longs qui viennent ici, ils ne comprennent pas cet aspect-là, le fait que notre peuple est sacré aussi, pas seulement la terre et l'eau.

Il s'arrêta une seconde et contempla la forêt.

— Je crois que la justice indienne signifie qu'il faut mettre l'*oyate* en priorité, guérir la communauté d'abord. C'est ce que mon père me disait, en tout cas. Il était *ikce wikasa***, un homme de notre nation, quelqu'un qui se préoccupait de l'*oyate*. Il m'a dit, Jerome, rappelle-toi toujours les valeurs lakotas, en particulier *waohola*, le respect de toi-même et le respect de la communauté. Tu dois agir avec le respect des autres – non, peut-être qu'il a dit "révérence", je ne suis pas certain que ce soit la bonne traduction. (Il jeta le fond de son café dans l'herbe.) Ces dealers, ils chient dans leur propre nid. Ne sois pas une pie, me disait mon père, la pie est le seul oiseau qui souille son propre nid. Parle à Nathan de *wolakota*. Dis-lui que cela signifie vivre à la manière lakota. Réfléchis à cela et tu sauras quoi faire.

* Femme.
** Homme simple.

Le matin suivant, j'informai Marie de l'accord que les fédéraux avaient proposé. Elle écouta en silence mais ne donna pas d'avis.

— Je vais aller chercher des navets sauvages après le petit déjeuner, tu veux venir ? Prendre un peu l'air.

— Des navets ? Depuis quand tu cueilles des navets ?

— Eh bien, Lack m'a dit que le *tinpsila* est l'aliment indigène le plus important dans les Plaines. On peut le manger cru, le rôtir comme une pomme de terre, et même le râper en farine et fabriquer du pain indien.

— Qu'est-ce qu'il connait aux aliments des Plaines ? Il vient de Californie.

— De l'État de Washington, à l'origine. Maintenant, il vit à Los Angeles. Mais ça ne change rien, il connaît les aliments indiens de partout, c'est sa passion.

— Qu'est-ce qu'il fait encore là ? demandai-je. Je croyais qu'il devait repartir.

— Il aime beaucoup notre coin et il a modifié son planning pour rester un peu. Il dit qu'il est fatigué de la Californie. Nous allons déjeuner ensemble demain, pourquoi tu ne viendrais pas ?

Depuis quand Marie connaissait-elle suffisamment ce gars pour déjeuner avec lui ?

— Avec plaisir, je viendrai demain. Par contre, je passe mon tour pour la chasse aux navets.

Plus tard dans la journée, je partis voir Nathan au centre de détention pour mineurs. Un membre du personnel me conduisit à la salle des visites. Nous passâmes à côté de la fresque représentant la roue-médecine qui affirmait VOUS AVEZ LE CHOIX. Je me demandai si nous avions vraiment le choix de nos jugements, ou si nous étions seulement le jouet des circonstances.

— Oncle Virgil !

Nathan m'étreignit avec force.

— Hé, salut, je suis content de te voir. Comment tu vas ?

Il n'avait pas l'air en forme. Son visage paraissait creusé, comme s'il avait perdu cinq kilos.

— Ça va bien. Tu sais, c'est bizarre d'être ici.

— On te nourrit ? Tu es tout maigre.

— Ouais, je mange. Les petits déjeuners sont pas mal – des céréales, parfois un œuf dur –, mais les déjeuners sont dégueulasses.

— Dégueulasses ? Qu'est-ce qu'on vous donne ?

— Du pain de thon et de la purée, une vieille salade. Une brique de lait.

Apparemment, le mouvement pour l'alimentation indigène ne s'était pas vraiment implanté ici.

— Et le dîner ?

— Euh… ça peut être ces conserves de riz au poulet. Hier, on a eu du crumble à la pêche, c'était pas trop mal. Mais les portions sont vraiment petites. J'ai tout le temps faim.

— Est-ce qu'il y a un intendant, un moyen d'acheter des en-cas ?

— Non. Il y a un potager où ils font pousser des trucs, parfois, mais il ne s'y passe rien en ce moment.

Ça me contrariait d'entendre qu'il avait faim, et je fus tenté d'aller interpeller le directeur si content de lui. Mais je risquais de lui éclater la tête, alors mieux valait m'abstenir.

— Il faut qu'on parle, dis-je. J'ai beaucoup de choses à te dire.

Il me regarda, plein d'espoir.

— La meilleure nouvelle, c'est qu'on a un avocat pour toi. Charley Leader Charge. Il ne va rien nous coûter ; apparemment, il est redevable à Ben Short Bear – tu sais, le père de Marie. J'ai signé les papiers, c'est lui qui te représente. On m'a dit qu'il est très fort, qu'il sait travailler avec les Blancs. Au départ, je croyais qu'il était peut-être à leur solde, mais j'ai bien vu que c'est un vrai battant.

Nathan se trémoussa sur sa chaise, attendant que je poursuive.

— Maintenant, les mauvaises nouvelles. L'avocat a reçu les documents concernant ton affaire et il a parlé avec les procureurs. Les accusations contre toi sont lourdes. Ils veulent te transférer devant une cour fédérale et te juger comme un adulte. Ce qui signifie que tu partirais d'ici pour Rapid City, je crois.

— Ça n'a pas l'air si mal que ça.

Un immense espoir éclairait son visage et j'essayai de réduire l'impact du coup que j'étais sur le point de porter.

— Eh bien, cela signifie que tu irais dans un pénitencier fédéral, si tu étais jugé coupable. Pas un centre de détention pour mineurs.

— Oh, mais c'est impossible, il faut que je leur explique…

— Nathan, ça ne se présente pas bien du tout. Ils t'accusent de trafic. Il y avait tellement de cachets dans ton casier qu'ils pensent que tu les vendais. La revente, c'est dix ans de prison, sans conditionnelle.

— Dix ans ! Ce n'est pas juste !

Il se leva et repoussa violemment sa chaise.

— Je vendais pas de cachets ! Ils sont pas à moi !

— Nathan, doucement. Je te crois. Il faut qu'on soit malins et qu'on écoute l'avocat. Il m'a dit qu'il y avait peut-être un moyen de t'éviter la prison fédérale et de faire en sorte que les charges soient abandonnées.

L'espoir que je lus sur son visage me brisa le cœur.

— Il s'avère que les fédéraux sont à la poursuite de dealers à Denver, les gars qui t'ont donné la came. L'héroïne. La saloperie qui t'a…

— Mais je ne les connais même pas…

— Laisse-moi finir. (Je pris une seconde pour respirer.) Ils veulent attraper ces types qui vendent de l'héroïne, et dans l'enceinte du lycée. La peine est très lourde quand on vend près d'un établissement scolaire. Alors, ils ont besoin de ton aide. Pour les chasser définitivement de la réserve. Pour de bon.

Lentement, il comprit ce que je disais.

— Tu veux dire, ils veulent que je devienne indic ?

Je hochai lentement la tête.

— C'est pire. Ils veulent que tu portes un micro et que tu achètes de la drogue à ces gars-là, ensuite ils les arrêteront.

— Je ne peux pas faire ça. Hors de question.

Je pris mon temps.

— Qu'est-ce qui t'inquiète ? demandai-je. Tu as peur que ce soit dangereux ? Ou qu'ils trouvent le micro ? Un flic m'a dit que le micro était vraiment petit, on ne le voit même pas…

— Non, c'est pas ça. (Son visage se crispa tandis qu'il cherchait les mots.) Faut que tu comprennes, tu peux pas être un indic au lycée. Ça ne se fait pas. Quelqu'un qui balance, tout le monde le déteste. Tout le monde.

C'était ce que je soupçonnais. L'idée qu'on ne devait pas collaborer avec la police était fortement ancrée parmi les jeunes – même les morceaux de rap qu'ils écoutaient leur enfonçaient ce message dans le crâne à longueur de journée.

— Hé, je comprends que tu veuilles pas être une balance, que t'es pas un rat, comme on dit aussi, mais je ne veux pas t'imaginer en prison. Une vraie prison, la prison fédérale, avec des hommes adultes. (Je le regardai droit dans les yeux.) Je ne peux pas te forcer, mais t'es sérieusement dans la merde. Si le jury te reconnais coupable – et devine ce que les jurys blancs pensent des Indiens –, tu pourrais te retrouver enfermé pour un bon moment. Et dans des conditions difficiles. Tu m'entends ? Moi je te fais confiance, mais un jury ?

Est-ce que je lui faisais vraiment confiance ? J'en avais envie, mais il y avait tant de choses qui ne collaient pas. Comme le fait qu'en quelques jours à peine Nathan ait goûté à l'héroïne et qu'on ait retrouvé des cachets d'antidouleurs contenant de la morphine dans son casier. Difficile de chasser tout soupçon. Je vis à son visage qu'il commençait à comprendre la gravité de la situation.

— Qu'est-ce que je devrais faire, à ton avis ?

Le moment que je redoutais.

— Je crois qu'il faut que tu acceptes de porter ce micro.

19

Le lendemain matin, je fus réveillé par l'odeur de navets sauvages frits. Marie avait déjà déserté le lit et elle était aux fourneaux. L'odeur était puissante, rien à voir avec l'agréable parfum des pommes de terre sautées et du bacon. On aurait dit un croisement entre le chou bouilli et le pop-corn brûlé ; je me levai avec peine, encore partiellement empêtré dans mon rêve.

Les événements de la veille me revinrent d'un coup. Après ma conversation avec Nathan, j'avais été troublé, inquiet à l'idée de lui avoir donné un mauvais conseil. Quand j'étais arrivé à la maison, Marie avait bien vu que j'étais perturbé. Elle n'avait pas dit un mot, elle m'avait seulement pris dans ses bras et là, j'avais ressenti un peu d'apaisement, une accalmie au milieu de la tempête.

Je m'assis à table et Marie me servit une tasse de café.

— Désolée, ces trucs mettent un temps fou à cuire. C'est la première fois que je les cuisine et j'ai essayé de les faire caraméliser. J'ai ajouté des oignons sauvages et un peu de sel à l'ail que j'ai trouvé dans ton placard.

Je ne savais pas ce que voulait dire caraméliser – j'imaginais qu'il s'agissait d'ajouter une sauce sucrée dans un plat –, mais les navets étaient excellents, un goût de noix et de sucre venant contrebalancer une légère amertume.

— Je pourrais m'y habituer, dis-je.

— Tu vois ? Je t'avais dit que c'était bon. En parlant de manger, tu viens déjeuner avec nous ce midi ? Lack sera là, tu te souviens ? Mais il faut que je t'avertisse, ma mère aussi.

Oh la la. C'était logique que la mère de Marie veuille faire la connaissance de la star des cuisines. Anastasia Freeman Short Bear, Ann pour ses amis. Une Indienne osage à la peau claire issue d'une famille aisée de l'Oklahoma. Elle avait rencontré Ben à un congrès quelconque puis l'avait suivi dans le Dakota du Sud, qu'elle détestait. Grande, mince, élégante, elle avait une coupe de cheveux moderne, un carré court, et allait acheter ses vêtements à Santa Fe, San Francisco et Dallas. Marie m'avait raconté qu'elle avait exigé de Ben un budget mensuel pour ses vêtements qui dépassait ce que la plupart des gens gagnaient en une année.

Inutile de préciser qu'elle ne m'avait jamais apprécié et ne l'avait jamais caché. Elle aurait souhaité que Marie suive le même chemin que sa sœur aînée, qui avait quitté la réserve et travaillait dans une banque quelque part sur la côte Ouest. Je soupçonnais que les candidatures que Marie envoyait aux facs de médecine étaient largement motivées par les manœuvres d'Ann. Je n'avais aucun désir de déjeuner avec elle, mais il fallait que je rencontre ce chef Lack.

— Ouais, je vous retrouverai là-bas. Ce sera chouette.

J'avais d'abord un appel téléphonique à passer.

— Charley ? Ici Virgil Wounded Horse.

J'avais composé le numéro de sa ligne directe et je fus surpris qu'il décroche à la première sonnerie.

— Virgil, comment ça va ? J'ai à peu près cinq minutes avant de partir pour une déposition.

— Je n'ai pas besoin de plus. Je vous appelle pour vous dire que j'ai parlé à Nathan. Il est prêt à porter le micro. Allez-y, vous pouvez tout préparer.

J'entendis un froissement, comme s'il déplaçait des papiers.

— Super, c'est la bonne décision. Attendez une seconde, laissez-moi noter deux ou trois choses. Je vais appeler le bureau du procureur tout de suite, lancer la procédure, et j'exigerai que tout soit fixé par écrit. Ça peut prendre deux ou trois jours, mais je reviens vers vous dès que l'accord est finalisé. Nous aurons besoin d'un juge pour signer sa libération, mais ce ne sera pas un problème. Au pire, Nathan devra rester là-bas encore quelques jours.

— Qu'est-ce qui sera prévu pour la sécurité de Nathan pendant la transaction ? Que feront-ils pour le protéger ?

— Ce genre d'accord ne précise jamais la manière dont l'informateur sera utilisé. Eux-mêmes ne l'ont probablement pas encore définie. Soyez tranquille, ces gars-là savent ce qu'ils font. Ils suivent un protocole strict et ils seront encore plus prudents étant donné son âge. Ils ont toutes les raisons de le protéger pour qu'il puisse témoigner devant la cour par la suite. Faites-moi confiance, ne vous inquiétez pas.

“Faites-moi confiance.” Combien de fois j'avais entendu cette phrase.

J'avais besoin de cigarettes, alors je partis tôt vers la ville. Après m'être arrêté à la station-service pour prendre de l'essence et de la nicotine, je garai ma moto devant un nouveau café qui avait ouvert dans le vieux bâtiment de l'entrepôt, celui avec une publicité murale à la peinture écaillée, où l'on pouvait toujours lire le nom de l'ancien propriétaire. GRAB-LANDER. Je n'avais encore jamais saisi l'ironie amère contenue dans le nom de ce *Wasicu* mort depuis longtemps*, et je restai là à le regarder, essayant de me rappeler la première fois que je l'avais vu. Un de ces moments typiques où tout à coup quelque chose de tellement familier qu'on ne le remarque plus apparaît sous un jour nouveau. Je m'appuyai sur ma moto et allumai une cigarette. Le café, appelé Buffalo Brew, grouillait d'adolescents. Tout en fumant, j'observai les gamins qui échangeaient ragots et plaisanteries et regrettai que Nathan ne soit pas parmi eux.

Une fois ma cigarette finie, je décidai d'arriver en avance au casino. Notre petite salle de jeux n'avait rien de comparable avec les immenses casinos indiens qu'on voyait dans le Connecticut ou le Minnesota. Ceux-là se trouvaient à côté de grandes villes, dont la vaste population fournissait la clientèle. Pour nous, l'agglomération la plus proche était Valentine, deux mille habitants. En plus, il y avait un deuxième casino à Pine Ridge et des tas d'autres à Deadwood. Certains *Wasicu* croyaient que tous les Amérindiens s'enrichissaient grâce au commerce des jeux d'argent, mais notre casino était à peine à l'équilibre, et n'avait certainement pas les moyens de dégager des bénéfices pour les membres de la tribu. Pourtant, j'aimais bien notre petite maison de jeux. C'était un endroit agréable pour se détendre et bavarder avec les gens, même si je ne buvais plus.

Après avoir présenté ma pièce d'identité, j'entrai dans la salle principale. Un nuage de fumée de cigarette planait

* *To grab*: saisir, attraper; *land:* la terre.

au-dessus des joueurs comme un voile cancérigène. D'un pas tranquille, je contournai les machines à sous pour atteindre le minuscule bar et demander un Coca. Notre seul et unique avantage sur le casino de Pine Ridge voisin était que nous servions de l'alcool, bien qu'il n'y eût pas de véritable bar ni de salle pour s'asseoir avec un verre. En m'approchant du comptoir, j'aperçus Tommy. Même si la matinée n'était pas terminée, je voyais bien qu'il avait déjà un coup dans le nez, si ce n'est deux.

— Qu'est-ce que tu fais là si tôt ? demandai-je.

— Hé, salut Virg ! Putain, c'est cool de te voir ! Je joue aux machines, j'essaye d'enchaîner une série gagnante. Je suis à sec, faut que je rentre un peu de thune. J'ai reçu un avis de coupure d'électricité, j'ai été obligé de mettre ma guitare au clou. Tu joues au black-jack ?

Les tables de black-jack n'étaient pas ouvertes.

— Non, je me promène. Mais je te regarderai jouer. Laisse-moi attraper un Coca.

— Tu m'avances une bière ? Dès que je décroche le jackpot, je te rembourse.

Je revins avec les verres et observai Tommy qui appuyait sur les boutons des machines à sous.

Il gagna un peu d'argent et continua à jouer. Pour finir, il décrocha une assez belle somme – cinquante dollars.

Il se tourna vers moi tout excité.

— Tu vois, je te l'avais dit, mon frère ! Je savais que je gagnerais… *Just gotta have faith.* (Il se mit à chanter.) *You gotta have faith faith faith.* Qui chantait cette chanson ? George Carlin ? Putain, je ne sais plus. Allons chercher un verre, ma tournée.

Je sirotai un deuxième Coca pendant qu'il descendait une Bud Light.

— J't'ai jamais vu boire une bière légère avant. C'est quoi, cette nouvelle habitude ?

Il rit et renversa un peu de bière sur le devant de sa chemise.

— Je fais gaffe à mon poids, tiens ! Nan, j'ai picolé avec mon ami Ivan l'autre soir, il avait acheté des légères à emporter, et j'ai bien aimé. Tu connais Ivan ?

Je secouai la tête.

— Il est cool. Je crois qu'il est navajo, ou pueblo, enfin, un de ces Indiens du désert. Je l'ai rencontré au Depot. Le mec, il s'y connaît vraiment en musique, il m'a joué des trucs que j'avais jamais entendus avant. Mais tout à coup il m'a fichu la trouille. Il m'a raconté qu'il pouvait allumer des feux avec son souffle, parce qu'il est… euh… pyrocardiaque, un truc comme ça. Je lui ai dit de me montrer, mais il a pas voulu, il a dit qu'il pourrait nous brûler. J'y croyais pas trop, mais je me suis quand même tiré de là.

— Eh ben… c'est fou, dis-je en jetant un coup d'œil à ma montre.

J'étais attendu pour le déjeuner avec Marie, sa mère et le chef. Tout à coup, j'eus une inspiration.

— Hé, ça te dirait de venir manger avec moi ? Au restaurant, là ? Marie et sa mère retrouvent le fameux chef venu de Californie.

Le fait d'amener Tommy avec moi m'enlèverait une partie de la pression. Je savais que la mère de Marie détestait Tommy – elle pensait que c'était un bouffon –, et du coup, j'étais tout émoustillé à l'idée de l'amener, juste pour agacer Ann Short Bear.

— Le mec du food-truck ? Au restaurant ? Ouais, d'accord, je viens.

Nous nous dirigeâmes vers l'autre extrémité du casino. Le restaurant était une grande salle éclairée par des tubes fluorescents au plafond et équipée d'une vingtaine de tables toutes simples. Le groupe avait déjà été installé. Marie était dans le coin, vêtue d'un chemisier imprimé à fleurs que je ne lui connaissais pas. À côté d'elle, le chef Lack, portant un uniforme de cuisinier noir et un pendentif en argent en forme de tortue. Puis Ann Short Bear, dans un tailleur pantalon marron qui avait l'air très cher et avec un grand collier en turquoises, accompagnée de son chien, Ava. Évidemment, les chiens n'étaient pas autorisés dans le restaurant, mais Ann prétendait que sa chienne était un "soutien émotionnel", et personne n'osait rien dire. Ava était un bichon frisé avec une fourrure blanche cotonneuse, et un caractère joyeux. Rien à voir avec les chiens de la réserve, qui vivaient dans la rue et quémandaient des restes ; celle-ci était choyée. Je l'aimais bien et j'étais content qu'Ann l'ait amenée.

— Bonjour, dis-je. Vous avez deux places de plus ?

Tommy et moi prîmes des chaises et nous assîmes. Je serrai Marie dans mes bras et saluai Ann, qui répondit par un bref hochement de tête.

— Virgil, Tommy, je vous présente Lack Strongbow, dit Marie.

Je serrai la main de Lack et Tommy tendit le bras pour un check, en disant :

— Comment ça va ? J'ai bien aimé ce que vous avez servi l'autre jour, surtout le pain de viande ! Faut que vous nous montriez comment faire ce truc, c'était top !

Lack sourit.

— Merci, c'était de la terrine de bison. Je la fais avec du sel, de la sauge et l'ingrédient secret, un peu de *wojapi*.

— Lack, redites-nous ce qu'est le *wojapi*, dit Ann avec un grand sourire.

— Ce sont des baies d'aronia, mijotées avec du miel ou du sirop d'érable.

— Je me souviens, ma grand-mère en faisait, dit Marie. Je me rappelle en avoir mangé quand j'étais petite.

— Je ne suis pas surpris. C'est la soupe traditionnelle de baies que la plupart des Indiens cuisinaient. Dans ma tribu, on utilisait des baies d'aronia, des mûres et des groseilles.

— Quelle est votre tribu ? demandai-je.

Marie me regarda en fronçant les sourcils.

— Je suis muckleshoot – de l'État de Washington –, mais en tant que militant pour la justice alimentaire, j'ai étudié les modes de vie indigènes et les habitudes alimentaires des peuples amérindiens de partout. J'ai toujours adoré la nourriture des Plaines ; vous avez tant de richesses ici.

Des richesses ? Avait-il fait un tour en voiture dans la réserve ?

— Que voulez-vous dire ? demandai-je.

— Vous avez des herbes, des graines, des légumes étonnants – tout pousse juste à votre porte. Là où je vis, à L.A., c'est un désert de ce point de vue. Il faut s'enfoncer à l'intérieur des terres ou aller au marché pour trouver ce dont j'ai besoin. Vous les Lakotas, vous avez de la chance d'avoir une telle abondance d'aliments traditionnels.

Je ne trouvais pas que j'avais tellement de chance, mais il valait mieux que je me taise.

— Lack, combien de temps allez-vous rester dans le Dakota du Sud ? demanda Ann.

— Eh bien, nous sommes financés pour la semaine par la subvention. Après, j'avais prévu de descendre au Nouveau-Mexique, à Santa Fe. J'envisage d'ouvrir un deuxième restaurant là-bas. Mais vous m'avez tous accueilli avec tellement de chaleur que j'ai eu envie de rester un peu, pour laisser mes employés souffler. L'hôtel du casino nous offre les chambres, c'est vraiment sympa de leur part.

Ann posa sa main sur le bras de Lack.

— J'adore Santa Fe. Cette ville a une si belle architecture, une histoire remarquable ; on adore se promener sur la plaza et explorer les boutiques. Marie, n'as-tu pas envoyé ta candidature à la fac de médecine du Nouveau-Mexique ? Elle voudrait devenir médecin.

Marie, mal à son aise, répondit :

— Oui, maman, mais la fac de médecine se trouve à Albuquerque, pas à Santa Fe. (Elle se tourna vers Lack.) J'aimerais bien rester ici, mais le Nouveau-Mexique a l'une des meilleures formations à l'internat du pays. J'attends de savoir où je suis acceptée. Si je suis prise quelque part.

— Dans quel domaine voudriez-vous vous spécialiser ? demanda Lack.

— Probablement la médecine générale. Mais je veux combiner les techniques de guérison indigènes traditionnelles avec la médecine occidentale. Les Indiens ont toujours su qu'il fallait guérir l'esprit en même temps que le corps. Je veux utiliser les cérémonies, les herbes et les prières combinées aux remèdes allopathiques pour aider les gens à marcher dans la beauté.

— "Marcher dans la beauté" ! J'adore, dit Lack. C'est exactement ce que j'essaye de faire avec l'alimentation indigène.

— Ce n'est pas moi qui ai inventé le concept, dit Marie. C'est les Navajos. Je ne suis d'ailleurs pas une experte de leur culture, loin de là.

— Eh bien, c'est une merveilleuse façon de l'exprimer. L'idée que nous pouvons combiner les coutumes indigènes traditionnelles avec la technologie du XXIe siècle.

Lack se tourna vers moi.

— Virgil, qu'est-ce que vous faites ?

Je détestais cette question. C'était une manière tellement blanche de voir le monde, juger une personne à travers son boulot plutôt que son caractère. Pendant que je réfléchissais à ma réponse, Ann intervint :

— Virgil est notre homme de main local.

— Maman, tu sais que ce n'est pas vrai, protesta Marie. Virgil fait beaucoup de choses. Dans le bâtiment, le bricolage, il élève aussi son neveu.

— Vous avez une carrure impressionnante. Je vous appelerai si quelqu'un me cherche des noises, fit Lack avec un demi-sourire. Et vous, Tommy ? Vous travaillez dans le coin ?

— Je suis entre deux emplois en ce moment. Je n'ai pas encore choisi ma voie. Vous embauchez ?

Lack rit.

— Peut-être. Mon personnel a une vie bien remplie, faut que je vous avertisse.

À cet instant précis, un Indien ivre et sale entra dans le restaurant d'un pas incertain. Le stéréotype parfait – un maigrichon avec des béquilles, de longs cheveux gras et portant une vieille veste kaki. Il repéra notre groupe et se dirigea vers nous en boitillant.

— Oh non, fit Ann.

— Hé, vous pouvez me prêter de l'argent ? J'ai perdu mon portefeuille et j'ai besoin de quelques dollars pour rentrer.

Lack, Ann et Marie détournèrent le regard et restèrent silencieux. Le petit chien remua la queue, espérant que le type lui prodigue un peu d'affection. Je m'empressai de me lever et emmenai le gars vers la sortie. Je glissai quelques dollars dans sa main. Il ne me remercia pas, s'éloigna dans le hall, passant à côté des portraits de Chief Spotted Tail, le grand chef de notre tribu tué par un membre de son peuple qui lui avait tendu une embuscade.

Lorsque je revins à la table, Lack me demanda :

— Vous le connaissez ?

— Pas vraiment. Il s'appelle Russ, il a servi dans l'armée autrefois. Il a été envoyé faire la guerre à l'étranger. Il a perdu sa jambe en sautant sur une mine. C'est tout ce que je sais.

Le silence s'imposa autour de la table pendant un moment, puis Lack se leva d'un bond et quitta précipitamment le restaurant.

— On ne peut même plus avoir un déjeuner agréable ici, dit Ann. Nous avons offensé Lack.

— Est-ce que je dois aller le chercher ? demanda Marie en regardant vers le hall.

Lack revint et reprit sa place.

Ann dit :

— Lack, nous sommes désolés si cet homme vous a importuné…

— Tout va bien, il n'y a aucun problème.

— Où êtes-vous allé ? demanda Marie. Lui avez-vous parlé ?

— Je lui ai dit de venir au food-truck tout à l'heure s'il avait faim. Et je lui ai donné cent dollars.

J'aurais dû être jaloux de Lack. Du fait qu'il puisse donner tellement plus d'argent que moi, distribuer gratuitement des repas. Qu'il apparaisse comme le héros de la situation. Je n'étais pas bien sûr de ce que j'éprouvais, mais ce n'était pas de la jalousie.

— Peut-être devrions-nous aller chercher nos plats avant que la salle se remplisse, suggéra Ann.

Le buffet du casino offrait du rôti de bœuf, du poulet frit, des spaghettis et d'autres plats typiquement américains.

J'imagine qu'ils voulaient séduire le palais du fermier du Midwest. Je remplis mon assiette avec des tranches de bœuf, un blanc de poulet, de la purée de pommes de terre, des macaronis au fromage, puis je m'assis avec les autres à table. Je regardai du côté de Lack. Son assiette était quasiment vide – il n'y avait qu'un petit morceau de poisson, une cuillerée de macaronis au fromage, des légumes vapeur, et une minuscule portion de riz blanc. Je commençai à manger, sous le regard implorant du petit chien Ava. Quand je fus sûr que personne ne me voyait, je lui glissai un morceau de rôti qu'elle avala en une bouchée sans même le mâcher.

Soudain Lack bondit de sa chaise.

— C'est affreux. Une honte.

Nous le regardâmes tous.

— Ce qu'on mange. Fade. Sans aucun goût.

Il se dirigea vers les cuisines au fond du restaurant. Je lançai un coup d'œil à Marie, qui haussa les épaules. Tommy fut le premier à le suivre. Puis Marie et moi commençâmes lentement à nous lever et Ann attacha la laisse du petit chien au pied de sa chaise. Et tous les trois, nous partîmes les rejoindre, curieux de savoir ce que Lack avait en tête.

En ouvrant la porte marquée ENTRÉE INTERDITE, nous découvrîmes Lack en train de parler à deux employés ahuris, probablement les cuisiniers. Il remarqua notre présence et leva la main.

— Donnez-moi une heure, nous dit-il. Je vais voir ce que je peux faire de la nourriture qui se trouve ici, leur montrer deux ou trois trucs. Tommy, vous voulez toujours un emploi ? C'est votre essai.

— Attendez, je peux vous aider aussi ? demanda Marie. J'ai déjà travaillé en cuisine.

Lack lui fit signe de le rejoindre.

— Envoyez-moi un SMS quand vous êtes prêts, dis-je à Marie. Je sors fumer une cigarette.

Il fallut plus d'une heure, mais le chef Lack produisit un plat de macaronis au fromage épicé, des pommes de terre et des légumes au four, des pains de maïs, de belles salades fraîches, et des côtes de bœuf accompagnées d'une sauce à la sauge et aux baies. Je dus le reconnaître, c'était ce que j'avais mangé de meilleur depuis longtemps. Je me resservis deux fois.

— Lack, merci infiniment d'avoir montré à nos cuisiniers comment préparer tout ça, dit Ann, qui avait mangé un demi-pain de maïs et de la salade.

— Je vous en prie, dit-il. Merci pour votre aide. Marie, vous avez un don pour la cuisine. Sérieusement. Et Tommy, vous ne rechignez pas au labeur. Vous vous êtes vraiment bien débrouillé avec les légumes aujourd'hui. Si vous voulez un emploi, je vous embauche.

Tommy sourit.

— Ouais, je veux ! Et chapeau pour ce repas, c'était super bon. Je crois que je vais aller me reposer, maintenant. *Toksa*, vous tous.

Marie me lança un regard ambigu, qui voulait peut-être dire : Je te l'avais bien dit, ou : Rentrons à la maison pour être un peu seuls.

L'un ou l'autre, pas de problème.

20

Les semaines suivantes passèrent lentement tandis que j'attendais des nouvelles de l'avocat sur le rôle que devait jouer Nathan. Charley avait prévenu que les flics auraient besoin de temps pour monter l'opération, mais il était pénible d'attendre sans rien faire. J'étais tenté de poursuivre ma surveillance de Rick et du gang, mais je ne voulais pas risquer de me faire repérer et de compromettre la future transaction.

La bonne nouvelle était que Nathan avait été libéré du centre de détention pour mineurs, exactement comme l'avocat l'avait promis. Le procureur avait accepté de ne pas s'opposer à une libération sans caution, ce qui signifiait que j'avais dû aller au tribunal, signer un formulaire certifiant que Nathan ne commettrait pas le moindre "acte de délinquance" et qu'il se présenterait à toutes les convocations. S'il violait l'une ou l'autre de ces dispositions, un mandat d'arrêt contre lui – et moi – serait émis.

— Bienvenue à la maison, dis-je en ouvrant la porte de la maison.

Marie était déjà là, dans la cuisine, le sourire aux lèvres. Désormais, elle partageait son temps entre ma petite bicoque et sa maison, même si nous n'avions pas du tout discuté du statut de notre relation. Si c'était bien d'une relation qu'il s'agissait.

— Ça a changé, ici. Ça vient d'où ? dit-il en pointant un index vers le mur.

Marie avait ajouté quelques touches décoratives. Des affiches encadrées de Sitting Bull et Red Cloud, des rideaux avec un motif nautique, et des sets orange vif sur la minuscule table de la cuisine. Je devais bien le reconnaître, un peu de ménage et quelques aménagements changeaient beaucoup de choses.

— C'est Marie qui les a mis, dis-je. Regarde ce qu'elle a rapporté aussi.

Je lui montrai le gros gâteau au chocolat qu'elle avait acheté au supermarché de Turtle Creek. Elle avait même écrit BIENVENUE À LA MAISON NATHAN ! sur le dessus avec un glaçage spécial. Elle s'était souvenue que le chocolat était son parfum préféré.

Il regarda le gâteau posé sur la table et se mit à pleurer.

— Merci. C'est… je suis désolé, je suis juste tellement content d'être rentré.

Il s'assit à la table et sécha ses larmes.

— Je peux en avoir un morceau tout de suite ?

— Bien sûr.

Je sortis des assiettes et des couverts. Marie commença à couper le gâteau, mais Nathan l'interrompit.

— Il a l'air vraiment bon, et j'ai très faim. Mais est-ce qu'on peut en mettre de côté deux ou trois parts ? Je suis devenu pote avec un gars au centre. Il s'appelle Charles, mais il veut que tout le monde l'appelle Snagmore. C'est con, hein ? Mais il m'a parlé de sa famille. Je crois qu'il a des petits frères et sœurs ; il s'inquiète pour eux, peut-être qu'ils n'ont pas assez à manger. Sa mère a des problèmes. Est-ce qu'on peut leur en donner, du gâteau ?

Je lançai un regard du côté de Marie, qui elle aussi avait la larme à l'œil.

— Ouais, on va faire ça, dis-je. On va aller leur porter tout de suite.

Après son retour à la maison, Nathan mit les bouchées doubles au lycée pour rattraper le retard qu'il avait pris pendant qu'il était en détention. J'essayai de lui reparler de son arrestation et de son incarcération, mais il se confiait peu. Quand je lui demandai s'il avait raconté des choses à son ami Jimmy, il me répondit succinctement :

— Pas vraiment.

L'histoire de la découverte des cachets et de son arrestation avait probablement fait le tour du lycée et je me demandais s'il y était malmené. Connaissant Nathan, j'étais sûr qu'il aurait voulu pouvoir se défendre, mais l'avocat lui avait ordonné de ne pas ouvrir la bouche sur ces questions.

À ma grande surprise, Marie se porta volontaire pour travailler au restaurant du casino, où Lack avait décidé de former le personnel des cuisines et établir une nouvelle carte avant de partir au Nouveau-Mexique. Je me méfiais de cet arrangement, mais que pouvais-je y faire ? Elle disait qu'elle voulait en apprendre plus long sur la cuisine indigène, alors quelques soirs par semaine elle y travaillait comme stagiaire non payée. L'avantage était que je mangeais gratuitement au buffet les soirs où elle y était. Parce que je ne voulais pas passer pour un profiteur, chaque fois que j'y prenais un repas, je contribuais en faisant la vaisselle. Et j'avais le plaisir d'y cotoyer aussi Tommy, qui était désormais membre de l'équipe du soir comme cuistot et plongeur.

Je pris quelques jours de travail à Rapid City chez mon ami Ernie, qui dirigeait une entreprise de bâtiment – couverture, nettoyage de fin de chantier, n'importe quoi. Ernie m'employait au noir, ce qui me permettait de payer mon essence. J'eus quelques propositions pour ce qu'Ann avait appelé des missions “d'homme de main”, mais il ne me paraissait pas avisé de les accepter. Je ne sais pas si c'était à cause de la situation de Nathan ou d'autre chose, en tous cas, mon instinct me disait d'arrêter les passages à tabac – au moins pour l'instant.

Je finis par avoir des nouvelles de l'avocat. Il me demanda de venir à son cabinet avec Nathan. Quand nous arrivâmes là-bas, j'eus la surprise d'y trouver Dennis, le flic de Denver qui avait failli me descendre, et une autre personne que je ne connaissais pas. C'était étrange de voir Dennis dans le Dakota du Sud; on aurait dit qu'il n'était pas à sa place ici, ou peut-être était-ce moi qui étais au mauvais endroit.

Charley nous conduisit dans une salle de réunion.

— Virgil, vous connaissez Dennis. (Le policier inclina la tête.) Et voici Stan Dillon, le AUSA pour notre région. Messieurs, je vous présente Nathan.

— AUSA ? demandai-je.

— Assistant United States Attorney, le procureur adjoint, dit Stan. Je suis basé à Pierre, mais je suis venu donner un coup de main. Nous voulons passer en revue quelques points, vérifier que tout le monde est sur la même longueur d'onde.

Voilà donc un représentant des autorités fédérales, un de ces types qui ne se fatiguaient pas à instruire la grande majorité des crimes violents commis sur notre réserve. Ce qui me permettait de gagner ma vie. Mais bien entendu, il était impatient de coincer un cartel étranger, un coup d'éclat qui ferait la une des médias. L'arrestation d'un agresseur d'enfant ou d'un violeur ne recevrait pas la même publicité. J'avais envie de lui demander comment il parvenait à dormir la nuit après avoir laissé libres d'innombrables criminels, mais – à nouveau – je m'obligeai à garder le silence.

Charley sortit un dossier rouge.

— Je suis parfaitement d'accord, Stan. Mettons tout cela par écrit. Messieurs, vous avez eu l'occasion de le lire. Vous connaissez l'accord : Nathan effectue une transaction en tant qu'informateur – une transaction seulement –, et cette affaire ne sort pas du système judiciaire des mineurs, elle ne part pas chez les fédéraux.

L'expression des deux représentants du gouvernement me fit comprendre qu'ils n'appréciaient pas les termes de l'accord. Elle m'informait aussi que j'avais fait le bon choix en prenant Charley Leader Charge comme avocat pour Nathan.

— Charley, nous en avons déjà parlé, dit Stan. Il faut que Nathan fasse un achat de confiance avant que nous l'équipions du micro. Comment saurons-nous s'ils sont prêts à lui en vendre, maintenant ?

— Comment ça ? demandai-je.

— Ils veulent que Nathan effectue une première transaction avant de lui mettre le micro, dit Charley. Pour gagner leur confiance.

— Je ne comprends pas. Pourquoi ne pas lui mettre le micro dès le premier achat, et ensuite arrêter les types ?

Dennis intervint.

— Parce que ces gars-là ne sont pas idiots. Ils ont peut-être entendu dire que Nathan a été arrêté à l'école, et ils pourraient carrément refuser de lui vendre de la came. Ou, s'ils acceptent, ils vont peut-être se servir de quelqu'un d'autre pour effectuer la vente, quelqu'un qui ne fait pas partie de leur groupe. Auquel cas, nous perdrions notre temps.

Je commençai à saisir le problème.

— Et s'ils refusent de lui en vendre ? L'accord demeure valable, n'est-ce pas ? Parce qu'il aura essayé.

Charley se tourna vers moi et hocha la tête.

— C'est précisément le point litigieux. Notre position est la suivante : nous coopérons pleinement, et nous attendons que le gouvernement honore sa part de l'accord. Si les dealers refusent de vendre à Nathan, il peut quand même fournir des informations précieuses…

— Vous savez que ça ne marche pas comme ça, dit Stan. Nous ne pouvons réduire les charges que s'il y a conformité totale, et cela inclut un achat de confiance et un achat contrôlé. Sinon, pas d'accord.

Charley, Stan et Dennis se mirent à parler tous en même temps.

— Je le ferai.

Tout le monde se tut et se tourna vers Nathan.

— Je ferai le… l'achat de confiance. Pas de problème, dit Nathan.

Son empressement inattendu à coopérer prit tout le monde au dépourvu, et Charley demanda à s'entretenir avec nous en privé. Une fois les types du gouvernement sortis de la pièce, Nathan nous répéta qu'il était prêt à effectuer les deux transactions avec les dealers ; il dit qu'il s'en fichait. Charley modifia un peu l'accord écrit pour intégrer le fait que Nathan se montrait prêt à prendre part à plus d'un achat en tant qu'informateur, et les fédéraux revinrent dans la salle.

— Très bien, dit Charley. J'ai amendé le protocole pour ajouter le fait que mon client est prêt à participer à deux transactions – une contrôlée, l'autre non –, et que les accusations contre lui restent dans le système judiciaire des mineurs, même si les suspects refusent de vendre à Nathan, pour quelque raison que ce soit. On est bons ?

Le procureur adjoint donnait l'impression d'avoir sucé une tranche de citron, mais il signa l'accord, qui fut contresigné par Nathan et moi.

— Maintenant, autre chose, fit Dennis. Nathan, il faut que tu dises à haute voix que tu coopères avec nous de ton plein gré dans cette enquête. C'est une simple formalité, mais nous devons l'enregistrer.

Nathan acquiesça et énonça la phrase dans un petit dictaphone. Je ne compris pas pourquoi ils avaient besoin d'un enregistrement oral en plus d'un engagement écrit.

— OK, mettons les choses en place. Vous êtes prêt ? me dit Dennis.

Je hochai la tête.

Il sortit un téléphone portable et le donna à Nathan.

— C'est un portable prépayé, intraçable. Tu n'appelles personne d'autre avec ce téléphone. Il n'y a qu'un seul numéro en mémoire : le mien. Tu dois recommencer à fréquenter les dealers. Parle-leur, traîne avec eux, ce que tu veux, mais sans en faire trop. Agis normalement. Tu les as vus récemment ?

Nathan secoua la tête.

— Non, ils sont généralement près des tables de pique-nique, derrière le terrain de foot. Depuis que je suis revenu, je rentre directement à la maison après les cours.

— D'accord, recommence à leur parler, mais tranquille. Quand t'es prêt, demande à acheter une petite quantité – une dose, pas plus. Ensuite, tu m'appelles la veille de la transaction pour qu'on puisse mettre tout en place. Je te donnerai de l'argent, je reverrai quelques détails avec toi. Tu ne porteras pas de micro pour cette transaction-là, mais j'aurais besoin d'une déposition de ta part une fois qu'elle sera effectuée. Et tout ce que tu leur achètes, tu le mets de côté et tu nous le transmets comme preuve.

Nathan donnait l'impression de s'ennuyer ferme.

— Et encore une chose. Tu ne peux pas te permettre d'aggraver ton cas, alors tu ne prends pas de drogue. Ni pilules, ni cochonneries, ni herbe – venant de personne. Si tu te fais coffrer à nouveau, nous ne pourrons rien faire pour toi.

— C'est fini, ça, dit Nathan. Je vous l'ai dit, ça n'est arrivé qu'une fois !

Je savais qu'il avait touché à l'herbe dans le passé, mais je lui reparlerais, et m'assurerais qu'il reste clean.

— Je voulais juste que les choses soient claires. Une fois que tu auras fait le premier achat, tu prépareras le deuxième. Par exemple, tu retourneras les voir quelques jours plus tard, leur demander si tu peux en avoir plus. C'est ce qu'ils veulent, ils essayent de gagner des clients réguliers. Appelle-moi sur le portable prépayé une fois que tu leur auras parlé et nous nous reverrons. À ce moment-là, nous te donnerons le micro. Qui n'est pas réellement un micro, ça, c'est dans les films. (Dennis leva la main.) OK, dernier point, et c'est important. S'il y a un problème ou si tu as besoin d'aide, tu m'appelles avec ce téléphone et tu dis, par exemple, “Je vais chez un pote” et on débarque aussi sec. Pigé ? “Je vais chez un pote.” C'est le code d'urgence.

Je tiquai.

— Quel genre de problème pourrait-il avoir ? Que voulez-vous dire ?

— C'est la procédure, juste une manière de nous signaler qu'il a besoin de nous. La transaction va très bien se passer, mais nous convenons toujours avant d'une façon dont l'informateur peut nous contacter. Voyez-y une protection supplémentaire pour lui. Comme une police d'assurance.

J'avais l'impression d'entendre une autre version de "Ayez confiance, peuple indien", mais que pouvais-je dire ? Nathan avait entamé sa transformation pour devenir indic.

— Est-ce que je pourrai écouter ? demandai-je. Dans la camionnette ou je ne sais quel véhicule que vous utilisez ?

Dennis lança un regard du côté du procureur. Stan fit un petit mouvement de la tête.

— D'accord. Parce que je vous connais et parce qu'il est mineur, vous pouvez nous accompagner. Mais vous n'ouvrirez pas la bouche.

Pour ça, on verrait.

Le lendemain, Marie vint à la maison juste après le départ de Nathan pour l'école. Je voulais lui parler de notre entretien avec l'avocat, mais quelque chose dans son visage m'incita à attendre.

— Hé, tu n'es pas censée être au boulot ? demandai-je.

— Non. J'ai un rendez-vous à Pine Ridge avec un producteur de bisons – un des plus gros ranchs du coin. Ils sont prêts à nous vendre de la viande ! Pour les colis de denrées alimentaires. Tu te souviens, la subvention qu'on a décrochée ?

Je renonçai à ma dernière bouchée de toast.

— Ouais, je me rappelle. C'est une bonne nouvelle. Tu as signé un contrat ?

Elle secoua la tête.

— Non, j'attends que Wayne, du comité, approuve. Mais il n'y a aucune raison de ne pas signer avec eux. Ils nous font un super prix et c'est du bison nourri à l'herbe, abattu dans des conditions respectueuses. En plus, c'est une entreprise dont les propriétaires appartiennent à une minorité – il pourrait y avoir des avantages fiscaux. On dirait qu'on va avoir de la bonne viande à mettre dans les cartons.

Je trinquai avec ma tasse de café.

— Bravo. Peut-être qu'ils te nommeront manager du programme et se débarrasseront de Delia.

— J'espère, dit-elle. Ça t'ennuie si je fais un peu de thé ?

Elle sortit une boîte qu'elle avait dans son sac. Je me demandai s'il y avait autre chose, en plus de la viande de bison. Autrefois, quand Marie voulait qu'on prenne le temps de parler, elle préparait un thé sophistiqué, un mélange appelé "Larmes de moineau" que sa mère achetait à San Francisco. Elle disait qu'il la calmait. Je savais que nous partions pour une longue discussion lorsque je voyais apparaître le thé d'oiseau. Maintenant il infusait dans la petite théière.

— Tu en veux ? demanda-t-elle en désignant la décoction d'un mouvement des lèvres.

— Non merci, je vais finir le café.

Je vidai la cafetière dans ma tasse tout en l'observant du coin de l'œil. Le café chauffait depuis tellement longtemps qu'il avait la couleur du goudron et sentait le vieux mégot de cigarette. Elle s'assit à la table.

— Bon… je viens de recevoir une lettre.

— Ah oui ?

— Tu te souviens, j'ai envoyé ma candidature à des facs de médecine ?

Comment pouvais-je oublier ?

— Eh bien, l'université du Nouveau-Mexique m'a donné sa réponse.

À voir son visage, je sus que la nouvelle était mauvaise.

— Ne t'en fais pas ; il y a d'autres facs…

— Je suis prise. Et ils me proposent une bourse.

Il me fallut un moment pour percuter. Une bourse, au Nouveau-Mexique ?

— Félicitations, dis-je. Rappelle-moi, où se trouve la fac ?

— Albuquerque. Une douzaine d'heures de route.

— Ce n'est pas si loin.

Ça me paraissait à un million de kilomètres.

— Je suppose que non. Je n'y suis jamais allée. J'ai envoyé un dossier parce qu'ils ont une des meilleures formations du pays. Honnêtement, je ne pensais pas être admise, et encore moins avoir une bourse. Je pensais avoir une chance à l'université du Dakota du Sud, mais pas au Nouveau-Mexique.

— Tu n'as pas l'air tellement enthousiaste.

— Ça fait beaucoup de nouvelles d'un coup. Et ce n'est pas tout. Une des conditions de la bourse, c'est de rester au Nouveau-Mexique une fois qu'on est diplômé.

— Quoi ?

— Pour qu'on m'accorde la bourse, il faut que j'accepte de pratiquer la médecine au Nouveau-Mexique pendant au moins cinq ans après l'obtention de mon diplôme.

— Oh…

Je commençais à comprendre. Marie était en train de me dire qu'elle allait quitter la réserve pour longtemps.

— Tu leur as dit oui ?

Elle finit son thé.

— Pas encore. La date limite pour envoyer mes arrhes est dans deux mois. J'ai un peu de temps pour y réfléchir.

Même si, généralement, je buvais mon café noir, j'y ajoutai quatre cuillerées à café de sucre, en bus une gorgée puis jetai le reste dans l'évier. Je regardai le sirop écœurant partir dans le siphon.

— On devrait fêter ça, dis-je en contemplant ma tasse vide. On pourrait aller dîner, à Valentine ou Rapid City.

— C'est adorable, mais je pourrais faire la cuisine. J'ai appris des choses au restaurant, ça me ferait plaisir de les essayer. Il faut que j'en parle à mes parents, aussi. Peut-être que nous pourrions aller dîner chez eux, samedi soir.

Nous nous retrouvâmes à la maison de la famille de Marie, celle où elle avait grandi. J'y étais allé des années auparavant et je m'en rappelais bien. Située à bonne distance de la ville, elle était spacieuse et moderne, contrairement à la plupart des maisons sur la réserve. Elle n'avait pas été bâtie par le gouvernement, mais par une famille de ranchers blancs. Beaucoup de gens qui ne sont jamais allés dans une réserve supposent que la population y est exclusivement composée d'Indiens. En réalité, un grand nombre de *Wasicu* s'étaient vu donner un lopin de la terre des réserves à la fin du XIXe siècle, quand le gouvernement fédéral avait promulgué une loi pour lotir la plupart des réserves en parcelles de soixante-cinq hectares ; ils avaient attribué la majorité des concessions statutaires à des Indiens mais en avaient donné un nombre considérable à – quelle surprise – des fermiers et ranchers blancs. Au temps pour leur promesse : “Cette terre vous appartiendra tant que l'herbe poussera.” Des dizaines d'années plus tard, Ben Short Bear avait réussi à acheter ce petit terrain aux propriétaires blancs. Il avait rénové la maison et élevé deux filles là, avec le salaire d'un membre du conseil tribal, complété par l'argent de la famille de sa femme.

Je sonnai à la porte, Nathan sur mes talons. Je l'avais obligé à quitter son sweat-shirt à capuche et à porter sa plus belle chemise, celle en flanelle à carreaux rouges deux fois trop grande pour lui. Pour ma part, j'avais réussi à dénicher une vieille chemise en jean Dickies, ce que j'avais de mieux. Marie était déjà sur place, elle avait commencé à cuisiner tôt.

Ben ouvrit la porte et nous conduisit dans le grand salon où Ann, Marie et Lack étaient assis et buvaient du vin blanc, avec deux autres personnes que je ne reconnus pas. Je fus présenté à Brandi Little Moon, qui avait été amenée par Lack, et sa fille Shawna. Brandi travaillait au casino et avait récemment quitté son poste à la réception pour un emploi au restaurant. Elle me dit que sa fille allait à St Francis Indian School, l'ancien lycée catholique désormais sous l'autorité de la tribu. Shawna avait des cheveux rose vif, deux piercings sous la lèvre inférieure et l'air de s'ennuyer comme un rat mort, le petit chien Ava assis sur ses genoux. Je présentai Nathan à Shawna et ils disparurent immédiatement dans le jardin, suivis par Ava.

Marie m'apporta une boisson sans alcool – une espèce de soda bio que je ne connaissais pas – et nous pria de l'excuser avant de retourner à la cuisine. Lack l'accompagna, et je me retrouvai planté là, à devoir converser avec Ben, Ann et Brandi.

— Quel âge a Nathan ? demanda Brandi.

J'entendis, à son accent saccadé, qu'elle était d'ici. Longs cheveux noirs, mince, jupe avec motifs indiens. Elle avait soigné sa tenue pour le dîner. Je me demandai s'il y avait quelque chose entre Lack et elle.

— Il a quatorze ans, il est en troisième à TC.

Ann avait-elle parlé à Brandi des problèmes de Nathan avec la justice ?

— Il aime bien ce lycée ?

— Ouais, je crois. Il a été malmené par certains gamins plus âgés, mais ça a l'air d'aller mieux. Il ne me raconte pas grand-chose.

— C'est pareil avec Shawna. Je ne sais pas, il y a une espèce de règle chez les jeunes – quand ils deviennent ados, ils cessent de parler à leurs parents.

Ann intervint :

— Virgil n'est pas le père de Nathan ; il est son tuteur.

Merde, putain, mais quel rapport avec le sujet ? Ann Short Bear ne m'aimait pas, c'était clair, mais j'avais espéré avoir droit à un répit, pour une fois.

— Est-ce que Shawna est bien à St Francis ? demandai-je.

— Ça va mieux depuis qu'elle fait partie de l'équipe de cross-country. Elle s'entraîne tous les jours après les cours et certains matins aussi. Elle est tellement fatiguée le soir qu'elle s'endort à huit heures et demie.

Intéressant. Je n'aurais jamais deviné ça en voyant la gamine – elle n'avait pas l'air sportif.

— Je suis vraiment contente qu'elle ait intégré l'équipe, poursuivit Brandi. Elle est arrivée quatrième à la dernière compétition ; maintenant elle parle de continuer la course à l'université. Peut-être à l'USD, elle ne sait pas encore.

Ann se versa un deuxième verre de vin.

— Notre fille aînée est allée à Dartmouth et elle y a été très heureuse. À l'origine, elle voulait faire un cursus en études amérindiennes, mais nous l'avons convaincue de passer en économie. Dartmouth n'a même pas de formation en business en premier cycle, ce qui est un peu scandaleux, vu ce que coûte la scolarité.

— Dartmouth ? fit Brandi. Où ça se trouve ?

— Dans le New Hampshire, ma chère.

Je savais qu'il était temps de faire une pause, alors je les priai de m'excuser et sortis dans le jardin fumer. Je trouvai un endroit où je pouvais être seul quelques minutes et allumai une cigarette. Le petit chien vint me rejoindre et je lui caressai la tête ; elle ferma les yeux, savourant avec délectation. Après quelques bouffées, je me rendis compte que j'entendais vaguement des gens parler, mais je ne pouvais pas voir de qui il s'agissait. Puis le vent changea et j'entendis un peu plus distinctement. Shawna et Nathan.

"Tu sais St Francis, c'est surtout des Indiens il y a genre un Blanc dans toute l'école"

"Todd County, c'est, je sais pas, mélangé, je traîne avec à peu près tout le monde"

"Qu'est-ce que tu vas faire quand tu auras fini le lycée, tu vas bosser ou aller à la fac"

"Je sais pas, j'essaye déjà de finir cette année, avant je pensais un peu à Sinte"

"J'ai demandé mon Certificate of Degree of Indian Blood*, c'était idiot, pourquoi je dois prouver que je suis indienne, mais j'imagine que j'en ai besoin pour des bourses ou je sais pas, mais je suis dans l'équipe de cross, peut-être je peux avoir une bourse avec le cross"

"C'est cool"

"J'ai commencé à courir l'an dernier, ma meilleure amie s'est suicidée j'étais triste tout le temps, alors je me suis inscrite dans l'équipe, je sais pas pourquoi"

* Certificat de degré de sang indien.

“Ouais on a eu deux suicides l’an dernier, c’est naze”

“Tu sais nos ancêtres n’étaient pas obligés d’aller à la fac ou de se faire de la bile, ils chassaient et vivaient tranquilles”

“Ouais, mais bon là, tu vas faire quoi, tu vas aller chasser le bison là”

“J’ai carrément la trouille de quitter la réserve pour aller à la fac, ma mère veut que je reste, mais y a pas de boulot ici, qu’est-ce qu’il dit ton père”

“C’est pas mon père, c’est mon oncle”

“Oh désolée”

“C’est pas grave, j’ai pas vraiment connu mon père et ma mère est morte dans un accident de voiture y a des années”

“Désolée”

“Pas de problème, c’est comme mon père maintenant, mais ma mère me manque, tu vas sûrement trouver que c’est idiot, mais j’essaye de penser à elle tous les soirs avant de dormir, je cherche dans ma mémoire et j’essaye de trouver un truc et de m’en souvenir le matin quand je me réveille”

À ce moment-là je sus que je devais partir. Je retournai dans le salon ; Ann parlait à Brandi des aéroports de Nouvelle-Angleterre et se plaignait que les voyages en avion étaient devenus terriblement inconfortables. Je ne pouvais pas contribuer à cette discussion, alors je jetai un regard autour de moi tout en écoutant d’une oreille, et remarquai l’importante collection d’objets d’art indien disposée sur les étagères. Il y avait une grande série de photographies qui montraient un homme de profil. D’un côté il avait l’air indien, glabre et les cheveux longs. De l’autre, il avait l’air latino, avec les cheveux courts et une moustache. Au milieu se trouvait un portrait du gars de face – il avait les cheveux longs d'un côté de la tête et courts de l'autre. Et une demi-moustache. Ann me surprit en train de contempler les photos.

— James Luna. Ça s'appelle *Half-Indian / Half-Mexican*. C'est l'original.

Je ne savais pas ce qu'elle entendait par là, mais je continuai à contempler les photos. Le type sur les portraits me rappelait certains des gars avec qui je travaillais sur un chantier à Rapid City.

Marie revint dans le salon et nous annonça que le repas était prêt. Brandi alla chercher les jeunes dehors et nous nous dirigeâmes tous vers la salle à manger, où la table en bois patiné était dressée de façon élaborée. Au centre avait été posé un joli plat en osier qui avait l'air indien, même si la forme était différente de ceux que je voyais habituellement par ici. Ann nous expliqua :

— C'est un panier en vannerie navajo tressé à la main. Je l'ai trouvé lors d'un séjour chez des amis à Shiprock. Il date d'il y a plus de cent ans.

— Mais Maman, tu ne pourrais pas acheter des œuvres de notre peuple ? dit Marie.

— Merci, chérie, pour ton intervention. Comme tu le sais, je soutiens activement les artisans lakotas locaux. Mais cet objet est magnifique, et ancien.

Lack entra, portant un plateau chargé de nourriture.

— Aujourd'hui au menu, nous avons une salade verte sauvage, de la dinde d'origine locale accompagnée de sauce aux glands braisés et des *tinpsilas* rôtis avec de la sauge – des navets sauvages ramassés par Marie. Bravo à elle pour ses talents de cueilleuse de navets. Je suis heureux de vous annoncer que Marie a préparé l'ensemble du repas ; je lui ai juste donné quelques conseils. Elle est très douée.

— Lack, vous êtes trop gentil, dit Marie. Ce sont vos recettes, quoi que vous en disiez, et nous vous sommes reconnaissants d'initier ces changements dans la cuisine indigène. Je peux vous dire que j'ai fait disparaître de ma cuisine tout le blé, le gluten et le sucre. À partir de maintenant, je ne mangerai plus que de la vraie nourriture.

Le repas fut servi, et il était excellent, ainsi que Lack l'avait promis. Nathan ne dit pas un mot pendant le festin, mais dévora comme un ogre. Je dus lui rappeler de s'assurer que tout le monde soit resservi avant de finir les plats. Marie fit du café – une marque que je n'avais jamais vue, appelée New Mexico Piñon – et Lack servit de petites coupes de baies fraîches pour le dessert.

Quand nous eûmes terminé, Brandi se tourna vers moi et chuchota :

— Est-ce qu'on peut prendre des *watecas* ?

Connaissant Ann et son opinion sur les coutumes de la réserve, je secouai discrètement la tête. Il n'était pas question qu'elle laisse les gens emporter des restes chez eux. Elle mourrait plutôt que d'autoriser qu'on se dispute les *watecas*. Brandi me regarda avec une expression de tristesse absolue.

— Euh, j'ai une annonce à faire, tout le monde, dit Marie.

Tous les convives la dévisagèrent. Ann avait l'air ébranlée et je devinai ce qu'elle redoutait. Que sa fille lui parle de sa relation avec moi. Elle imaginait probablement que Marie était enceinte, ou fiancée, ou liée à moi d'une manière ou d'une autre.

— Je crois que la plupart d'entre vous savent que j'ai envoyé ma candidature en fac de médecine il y a environ six mois. Brandi et Shawna, désolée de vous imposer ces trucs ennuyeux. (Brandi leva la main et sourit.) Voilà. J'ai été acceptée à l'université du Nouveau-Mexique à Albuquerque. C'est tout.

Ann poussa un grand cri qui nous fit tous sursauter.

— Félicitations ! Je savais que tu y arriverais. Ta sœur sera tellement fière. Nous allons commencer tout de suite à préparer les bagages.

— Maman, je n'ai pas encore dit oui. C'est une grande décision, parce que je serai obligée de faire mon internat au Nouveau-Mexique et d'y rester au moins cinq ans après. Je ne sais pas si je suis prête à quitter Rosebud pour une période aussi longue. Ce que je veux dire, c'est que tout l'intérêt de devenir médecin est d'aider notre peuple.

Je percevais l'irritation qui grandissait sur le visage d'Ann.

— Ne sois pas ridicule. C'est ta chance de sortir d'ici et d'avoir un vrai métier. D'être quelqu'un de respecté. Tu pourras aider les Indiens du Nouveau-Mexique et, ensuite, revenir ici si tu y tiens. Il est évident que tu vas t'installer là-bas pour faire tes études.

— Maman, nous en parlerons plus tard. Je suis excitée, mais j'ai besoin d'y réfléchir longuement, de décider si c'est le bon moment. Et j'attends encore des nouvelles de la fac de médecine du Dakota du Sud.

— Ma chérie, il n'y a rien à réfléchir. Demain tu enverras ta confirmation ou tes arrhes ou ce que tu dois envoyer. Un point c'est tout.

Je me dis que je devrais laisser Marie et sa mère discuter sans moi, alors je filai dans le jardin pour fumer une autre cigarette pendant que la conversation s'emballait.

— Allons par là.

Surpris, je jetai un coup d'œil par-dessus mon épaule et vis Ben Short Bear. Je le suivis derrière un abri de jardin en tôle.

— Je voulais te parler avant que tu t'en ailles. On dirait que c'est le bon moment, pendant qu'elles se disputent. Rien de nouveau de ce côté-là. Alors, qu'est-ce qui se passe avec Nathan et Rick Crow ? J'ai appelé Charley Leader Charge, mais il ne veut plus me parler maintenant qu'il est l'avocat de Nathan.

Je savais qu'ils étaient amis, mais il était troublant d'apprendre que Ben cherchait à soutirer des informations à l'avocat. Sauf qu'à nouveau, je ne voyais pas comment je pouvais battre froid Ben, étant donné ce qu'il avait fait pour nous.

— Nathan collabore à l'enquête. Je reste en dehors de ça, je laisse les fédéraux enclencher les opérations. Rick est un salopard, et il peut pourrir en prison.

— Collabore à l'enquête ? Il va porter le micro ?

Ignorait-il vraiment ce qui se passait ou était-il en train de tester mon honnêteté ? Mon instinct me conseillait de taire au maximum le fait que Nathan était informateur. Mais je ne voyais pas quel mal il y avait à confirmer la chose à Ben.

— Ouais, il va agir en sous-marin. C'est tout ce que je sais.

— Content de l'apprendre. Il est grand temps de se débarrasser des charognards qui traînent ici. Est-ce que je peux en avoir une ? demanda-t-il, en montrant mes cigarettes.

Je fus surpris. Je ne pensais pas que Ben fumait, mais je lui en donnai une et il l'alluma.

— Tu sais, dit-il en tirant une première bouffée, c'est moi qui ai dénoncé l'abruti qui piquait l'argent du programme de logement. Tu te souviens de ça, c'était il y a une dizaine d'années ? (Il n'attendit pas que je réponde.) Ce crétin prenait les allocations logement du gouvernement et les déposait sur son compte en banque. Les idiots du conseil tribal ne le savaient pas, ou peut-être qu'ils étaient complices. J'ai été le seul assez futé pour remarquer qu'il se passait quelque chose, et je suis allé directement voir le Bureau des affaires indiennes pour faire cesser l'escroquerie. Maintenant, on a des centaines de personnes logées dans des habitats à loyer modéré. Certains d'entre eux sont des glandeurs, mais pas tous. Le truc, c'est que j'ai fait le bien. C'est à ce moment-là que j'ai décidé de me présenter au conseil tribal. (Il tira à nouveau sur sa cigarette.) Les gens par ici pensent que les membres du conseil tribal veulent juste un salaire et une indemnité journalière. Mais crois-le ou non, certains d'entre nous essayent de faire ce qui est juste. Ce n'est pas toujours facile – on doit trouver l'équilibre entre le Bureau des affaires indiennes, l'Oglala Sioux Tribe et les débiles de l'État. Bon sang, toute la paperasse. Mais certaines choses changeront peut-être si je suis élu président du conseil tribal. J'ai besoin de ton aide – ne me laisse pas tomber, OK ?

Il écrasa la cigarette sous sa semelle.

Nous retournâmes dans la salle à manger, où la dispute entre Marie et sa mère était apparemment terminée et les conversations s'étaient séparées. Marie et Brandi de leur côté, tandis qu'Ann discutait avec Lack d'un ton passionné.

J'étais prêt à partir, mais je remarquai Shawna et Nathan dans un coin, plongés dans un dialogue d'ados plein d'effervescence. Nathan fit un grand geste avec ses mains et tous les deux éclatèrent de rire. Il avait l'air heureux. Il avait été tellement privé de son enfance, et il aurait tant de problèmes à gérer dans les prochaines semaines. Sans que personne ne le remarque, je ressortis dans le jardin et allumai une cigarette.

Qu'il en profite un peu.

21

Les jours suivants défilèrent rapidement, et je sentais une tension dans l'air, presque une vibration, tandis que les choses commençaient à se mettre en marche. Comme il en avait reçu l'ordre, Nathan se mit à passer plus de temps avec le groupe de jeunes qui se droguaient. Il disait qu'ils fumaient surtout de l'herbe, mais ils tâtaient parfois des substances plus dures. Son arrestation lui avait visiblement donné une certaine crédibilité, car il fut accepté parmi les adeptes de stupéfiants dès son retour. Autrefois nous avions les cercles de parole ; aujourd'hui, les enfants indiens ont des cercles d'un genre différent. Il m'expliqua qu'il avait réussi à ne pas consommer de drogue sans éveiller de soupçon en buvant de la bière avec eux.

J'interrogeai Nathan sur les dealers d'héroïne, lui demandai s'il les avait recroisés. Il répondit qu'ils étaient toujours dans le coin, mais qu'ils faisaient profil bas. Apparemment, ils avaient revu leur stratégie et cessé de vendre l'essentiel de leur came dans l'enceinte de l'établissement scolaire. Je m'inquiétai ; les flics avaient insisté sur l'importance de les arrêter à proximité du lycée, cela allait-il compromettre le piège ? Une fois que les dealers avaient confiance en toi, me raconta Nathan, ils te livraient où que tu sois, si tu les appelais. Il avait entendu dire qu'ils rencontraient le plus souvent leurs clients sur le parking du supermarché, où il y avait toujours plein de voitures.

Nathan précisa que la racaille du nom de Loco traînait encore dans les parages, et manifestement, il valait mieux ne pas lui chercher des noises. Le bruit courait qu'il était prêt à utiliser une batte de base-ball pour vous fracasser les jambes ou un couteau pour vous graver un double X sur le visage si vous le mettiez en rogne. Comment déterminer la part de vérité dans toutes ces histoires qui circulaient entre jeunes ? Mais un point se confirmait : Loco avait une cicatrice au visage, comme un éclair penché, alors il serait facile à identifier.

Un après-midi, en rentrant à la maison, je trouvai Marie assise à notre petite table. Je voyais bien que quelque chose clochait. Elle ne cessait de tripoter son bracelet en perles.

— Hé, qu'est-ce qui se passe ?

— Oh, pas grand-chose. Je viens de recevoir une lettre du département de médecine de l'université du Dakota du Sud. Je ne suis pas acceptée.

— Mince. C'est vraiment pas cool. Ils ont dit pourquoi ?

Elle soupira.

— Non, c'est une réponse standard. "Nous avons reçu de nombreux dossiers de candidature de grande qualité", bla bla bla. J'ai entendu dire qu'ils avaient des préjugés contre les gens qui sortent de collèges universitaires comme Sinte. Tu connais le discours, les professeurs ne seraient pas aussi bons, les exigences moins élevées, ce genre de choses. Mes camarades m'avaient prévenue, mais je refusais d'y croire. Peut-être que j'aurais dû aller à Dartmouth, comme le voulaient mes parents. (Elle se leva et jeta la lettre à la poubelle.) Je ne sais pas, peut-être qu'ils m'ont refusée non pas parce que je sors de Sinte, mais parce que je ne suis pas assez intelligente.

Je me rapprochai d'elle et posai ma main sur son épaule.

— N'importe quoi. Tu es la plus intelligente par ici. Tu as été acceptée au Nouveau-Mexique, avec une bourse en plus. Je ne sais pas pourquoi ils ne t'ont pas prise, ici, mais ce n'était pas pour cette raison-là. Laisse tomber.

— Tu es gentil. J'ignore pourquoi je me sens si mal en réalité. Ce n'est pas comme si l'idée de devenir médecin était mon rêve depuis que je suis petite. C'est seulement qu'il y a parfois tellement de malheur. Je veux aider, c'est tout. (Elle renifla.) Bon, comme me disait ma grand-mère, *ceye sni yo*, arrête de pleurer.

— Et donc tu vas accepter la proposition de la fac de médecine à Albuquerque ?

J'ignorais si j'étais prêt à entendre la réponse.

— Je ne sais pas encore. J'essayais de ne pas y penser, parce que le fait d'aller à l'université du Dakota du Sud aurait résolu bien des problèmes. Maintenant, il faut que je me pose et que je prenne une décision. (Elle se versa un verre de vin.) Et si nous mettions tout ça de côté pour l'instant ?

— Tout à fait d'accord.

— Au fait, Velma m'a appelée. Elle m'a proposé qu'on se retrouve au Depot tout à l'heure pour me remonter le moral. Boire quelques bières, dire du mal des gens.

Elle me gratta le dos du bout de son ongle. J'eus l'impression d'avoir été effleuré par la queue d'une comète.

— Quand est-ce que Nathan rentre ?

— Pas avant quelques heures.

— Excellent, fit-elle, puis elle me prit par le bras et m'entraîna.

Plus tard ce soir-là, Velma vint chercher Marie. Je ne l'avais pas vue depuis quelques années, et son look était devenu encore plus excentrique. Cheveux bleu électrique, piercings variés, tatouages sur les doigts. Elle portait un blouson en jean aux manches coupées avec toutes sortes d'écussons cousus dessus : WARPONY, DEFEND THE SACRED, ARM THE HOMELESS*. Marie m'avait dit qu'elle jouait de la basse dans un groupe local, les Rez Dawgs, quand elle ne travaillait pas au dollar store.

— Salut V, ça fait un bail !

Elle me serra contre elle.

— T'as l'air en forme, mec ! Pourquoi tu viendrais pas avec nous, ce soir ? Foutre un peu le boxon, hein ?

— Merci pour l'invitation, dis-je. Sortez donc toutes les deux et amusez-vous. Nathan et moi, on va regarder un film.

— D'accord, mon frère. Tant pis pour toi.

Marie m'étreignit et elles partirent. Je m'installai devant une vieille émission de télé, un truc sur les univers parallèles et des scientifiques véreux. L'histoire n'avait aucun sens pour moi, alors je m'allongeai à moitié et écoutai les personnages parler tout en regardant fixement le plafond, les voix de la télévision se mêlant au son de la musique provenant de la chambre de Nathan.

Je bondis en entendant vibrer mon portable. D'après l'affichage, il était minuit et demi.

* Poney de guerre ; Défendez le sacré ; Armez les sans-logis. (Cette dernière phrase est un slogan écrit sur la guitare de Tom Morello, guitariste du groupe Rage against the Machine.)

— Hé, qu'est-ce que tu fais ? Tu dormais pas, si ? Désolée ! T'es là ?

C'était Marie. La musique résonnait dans le fond, elles devaient encore être au Depot.

— Qu'est-ce qui se passe ? Ça va ?

— Ouais, super ! Tu vas pas y croire, on a gagné au billard. Velma et moi. On a battu ces types, ils se croyaient tellement forts. Mais ils n'ont pas réussi à empocher la Eight Ball. Dommage pour eux, hein ?

Dommage, oui. Je savais comment ça se passait quand le bar fermait. C'est à ce moment-là que tout partait en vrille. Et elle avait l'air assez ivre.

— Où est Velma ? Tu rentres ?

— Elle est aux toilettes. Je voulais juste te dire que tu me manques, OK ?

— À moi aussi tu…

— Et dis-moi, est-ce que tu pourrais venir nous chercher ? J'ai bu quelques verres, je ne me sens pas tellement bien. Je veux pas conduire quand je…

— Ne bouge pas ; j'arrive.

Je fonçai au Depot aussi vite que je pus. Marie et Velma étaient assises dehors et fumaient. Je n'arrivais pas à me souvenir de la dernière fois où j'avais vu Marie avec une cigarette.

— Je peux en avoir une ? demandai-je.

— Virgil !

Marie bondit, pas très stable sur ses jambes et m'enlaça, tenant sa cigarette à bout de bras. Puis elle m'embrassa longuement. Je sentis le goût de la bière et du tabac, qui me donna envie des deux.

— Merci d'être venu. T'es un mec super…

— Et moi, on me fait pas de câlin ? Putain !

Velma leva les poings comme un boxeur.

— Salut Velma, fis-je et elle s'approcha pour me serrer les épaules.

— Eh les gars, dit Velma, matez ce que j'ai attrapé quand personne me regardait.

Elle ouvrit son sac à main d'un geste théâtral et nous montra une bouteille de Jägermeister.

Rien que de la voir, j'en avais mal à la tête.

— Je crois que vous avez assez bu. Allez, tout le monde en voiture avant que ça se gâte.

Elles montèrent à l'arrière et je m'empressai de filer, espérant que personne n'avait remarqué le larcin de Velma. Elles riaient et papotaient, et je vis Velma ouvrir subrepticement la bouteille de Jägermeister, boire une lampée et la passer à Marie.

— Vous savez que je vous vois, hein ? Planquez-la s'il y a un flic.

— Un flic ! hurla Velma. Putain, j'ai baisé la moitié de ces bites molles ! Qu'ils viennent !

Ces paroles déclenchèrent une salve de rires déchaînés et je me résignai à un trajet bruyant. Je déposai Velma devant sa petite maison, avec ce qui restait de la bouteille de Jägermeister. Marie lui fit une bise sur la joue puis me rejoignit devant. Elle avait du mal à mettre sa ceinture, je voyais qu'elle était vraiment bourrée.

— Je voulais te dire un truc, commença-t-elle, la voix vacillante et saccadée.

— Ouais ?

— T'as changé, tu sais ? En bien, je veux dire. Je le disais à Velma ce soir. Je ne sais pas si c'est ce qui arrive à Nathan ou quoi, mais tu es différent. Maintenant.

J'avais changé ? Je ne le croyais pas, mais peut-être qu'on ne voit pas ce genre de chose, et que c'est préférable ainsi. Je ne lui demandai pas de détails, par peur de sa réponse. Il était trop tard dans la nuit pour des révélations imbibées. Il valait mieux la ramener à la maison, tout simplement.

— Tu as vu quelqu'un au bar ?

— Ouais ! Ton ami Tommy. Il était là. Je lui ai offert quelques verres, et il a joué au billard avec Velma. Et visiblement, ils ont… genre… bien accroché.

Tommy et Velma ? Des trucs bien plus bizarres s'étaient passés au Depot.

— Ensuite Lack est arrivé, avec cette femme. Brandi. J'ai parlé un peu avec elle, l'ai interrogée sur sa fille. Comment elle s'appelait, déjà ? Je n'arrive pas à me souvenir.

— Je crois que c'était…

— Qu'est-ce que tu penses d'avoir un gamin ? Un enfant, je veux dire. Tu sais, avoir un bébé ? Peut-être qu'il est temps. Comment ça se fait que toutes ces femmes ont des enfants ? Qu'est-ce qui ne va pas chez moi ?

Voilà qui était inattendu. Nous n'avions jamais parlé d'enfants auparavant et je n'étais pas sûr que le moment était bien choisi pour en discuter, vu l'état d'ivresse de Marie. Mais elle méritait que je réponde, que je réagisse.

— Y as-tu déjà réfléchi ? demandai-je. C'est quelque chose que tu veux ?

Pas de réponse.

— Marie ?

Je la regardai ; elle était profondément endormie. Je continuai à rouler, la route se dépliant devant moi comme un tunnel de ténèbres, m'emmenant vers une destination inconnue.

22

Ce que j'attendais depuis un moment, tout en le redoutant, finit par arriver. Nathan revint de l'école et me raconta qu'il avait parlé aux dealers d'héroïne. Ils étaient d'accord pour lui vendre du goudron.

— Qu'est-ce qu'ils ont dit exactement ?

— J'ai reconnu un des types de la dernière fois. Il était, genre, viens avec nous à la maison. J'imagine qu'ils ont un endroit à l'extérieur de la ville. Alors j'ai fait, t'aurais pas du chocolat ? Il m'a dit, ouais, j'en ai.

— Du chocolat ?

— L'héro, les jeunes l'appellent aussi chocolat.

— OK. Tu as convenu d'un rendez-vous ?

— Ouais. Il a dit que je pourrais y aller vendredi après les cours.

Vendredi. Dans quelques jours à peine.

J'appelai l'avocat et lui exposai la situation. Charley allait contacter les fédéraux immédiatement et je ne devais pas bouger tant que je n'avais pas de nouvelles d'eux. Ne pas bouger, c'était vraiment trop dur, alors j'allai au restaurant du casino. Il était tôt, bien avant l'arrivée des clients pour le dîner, la salle était encore déserte. J'aperçus Tommy à côté du lave-vaisselle et le saluai de la main. Il enleva son tablier et vint me rejoindre.

— Mon frère ! Qu'est-ce que tu fais ?

— Rien. T'es de vaisselle ce soir ?

— Un peu de préparation, un peu de vaisselle. Tu veux du *wakalyapi* ?

Le *pejuta sapa*, le remède noir. Il revint avec deux tasses de café fumant.

— Écoute ça, reprit-il. Je traînais avec des gars l'autre soir, Waylon et Chepa. Tu connais Chepa White Plume ? C'est un type malin, il lit plein de livres, il m'a parlé d'un nouveau manuel d'histoire, le premier qu'ait jamais été écrit par un Indien – si, je te jure – et il me raconte qu'ils avaient un truc, autrefois. Écoute bien, c'est trop fort.

Je hochai la tête.

— Les États-Unis avaient prévu une disposition pour les colons blancs, qui s'appelait… ah… demande de réparation pour dommages subis. En gros, si t'étais un de ces pionniers qui allait s'installer en terre indienne et que tu te faisais attaquer – tu te faisais voler ton cheval, ou brûler ta maison, par exemple –, tu pouvais faire une demande auprès du gouvernement et te faire rembourser. Intégralement.

— Ah ouais ? Et alors ?

— Eh bien, j'y ai beaucoup réfléchi. Et si on inventait une demande de réparation indienne ? Pourquoi on déposerait pas un dossier pour réclamer qu'on nous rende ce qu'on nous a pris ? Notre terre, nos enfants ; et merde, les bisons ? Waylon m'a dit que les *Wasicu* ont tué cinquante millions de bisons ! Des bisons dont on avait besoin pour survivre ! *Tatanka*, tu vois ce que je veux dire ?

Il crocheta ses index pour représenter des cornes et les agita au-dessus de sa tête pour imiter un bison.

— Tommy, le gouvernement ne va pas donner de l'argent à des Indiens, jamais. Le mieux qu'on puisse faire, c'est se cramponner à ce qu'on a.

Mais plus j'y pensais, plus j'aimais cette idée. Demande de réparation. Si quelque chose vous était volé, tout ce que vous aviez à faire, c'était déposer une demande et vos pertes seraient compensées. Et si on inventait une demande de réparation pour le cœur ? Peut-être que je pourrais déposer une demande pour récupérer les années où j'avais pleuré ma mère, mon père et ma sœur. Ou peut-être pouvais-je faire un recours pour qu'on nous rende notre dignité, scellée dans une enveloppe officielle, les péchés du passé effacés comme par magie, disparus comme le bison.

Le jour suivant j'eus des nouvelles de Dennis, qui s'occupait des détails pour l'achat de confiance. Il me réexpliqua que Nathan ne porterait pas de micro pour cette transaction-là ; c'était une petite opération visant à augmenter la crédibilité de Nathan auprès des dealers. Il achèterait le goudron noir – juste une dose – et le rapporterait aux flics, qui vérifieraient qu'il s'agissait bien d'héroïne. Mais cette quantité ne suffirait pas à monter un dossier complet contre eux ; il leur fallait une plus grosse dose de came ou une transaction dans l'enceinte de l'établissement scolaire. La deuxième opération aurait lieu peu de temps après le premier achat. Je demandai si je pouvais observer le déroulement de loin, mais il refusa. Il n'y aurait pas de flics sur place, pour préserver la couverture de Nathan, mais mon neveu serait équipé du portable prépayé avec le numéro de Dennis. S'il sentait que quelque chose clochait, il devait appeler et donner le code d'urgence. Dès que les flics entendraient cette phrase, ils iraient immédiatement secourir Nathan.

Nathan achèterait donc la drogue juste après les cours, il la rapporterait et enregistrerait aussitôt une déposition. Dennis viendrait chez moi pour que Nathan n'ait pas à se déplacer jusqu'au bureau de police. Logique ; inutile de risquer que Nathan se fasse repérer. Les rumeurs circulaient vite par ici. Le téléphone indien.

Le vendredi après-midi, quelqu'un frappa à la porte et Dennis entra, en civil. Un jean et un T-shirt avec un dessin du mont Rushmore. Si c'était comme ça qu'il pensait passer inaperçu sur la réserve, il était loin du compte.

C'était bizarre, de l'avoir dans ma petite maison. Marie prépara du café et nous offrit des cookies aux graines de tournesol et aux fruits rouges qu'elle avait faits. Les semaines passées au restaurant avec le chef Lack pour apprendre la cuisine indigène avaient été productives. Elle ne cessait d'expérimenter des nouvelles recettes, et les placards étaient pleins de toutes sortes de riz sauvages, de farines et de noix. Il m'avait fallu un moment pour apprécier certains des plats les plus bizarres qu'elle préparait, mais j'aimais presque tout.

— Une idée du temps que ça va lui prendre ? demandai-je à Dennis.

— Non, je lui ai dit de se comporter normalement. Peut-être qu'il traînera un peu là-bas, pour écouter de la musique, faire une partie de jeu vidéo. Mais ne vous inquiétez pas, il sait qu'il doit appeler si la situation se tend.

— Combien de personnes y a-t-il ?

— D'après ce que nous savons, six ou sept. Nous les surveillons et décortiquons leurs poubelles depuis un mois. Votre gars, Rick Crow, fait des allers-retours, il y a aussi deux types de la réserve, et quatre membres du gang de Denver. Nous en avons identifié un sans le moindre doute, celui qui s'appelle Loco.

— Ouais, Nathan a parlé de lui. Je crois qu'il l'a déjà rencontré. Il a dit qu'il avait plutôt mauvaise réputation.

— Effectivement, dit Dennis. Nous ne savons pas trop ce qu'il fait là. Il est collecteur pour les Aztec Kingz à Denver.

— Collecteur ?

— L'homme de main. Celui qui récupère l'argent que les gens doivent au gang. Les clients, les gens installés sur le territoire du gang, les gangs affiliés, des membres du gang. Ils doivent tous s'acquitter de ce qu'on appelle une "redevance". Pour les membres, c'est le prix à payer pour avoir le droit de s'appeler un Aztec King.

— Qu'est-ce qui se passe s'ils ne payent pas ? demanda Marie.

— Si vous avez de la chance, il vous malmène un peu. Sinon, vous êtes abattu ou torturé. Il circule beaucoup d'histoires sur le collier de feu, tout ça, mais ça ne se fait pas vraiment par ici.

— C'est quoi, le collier de feu ? demanda Marie. Ça a l'air un peu effrayant.

— Euh, ouais… On remplit un pneu d'essence et on le passe autour de la poitrine de la victime avant d'y mettre le feu. Les cartels mexicains font ça dans leurs guerres de territoires. Ils sont assez créatifs en matière d'exécutions. Bains d'acide, décapitations, bains d'eau bouillante, ils font tout. Mais ces trucs, c'est que pour la frime. Aux États-Unis les gangs n'ont pas le temps ni l'énergie pour ce genre de conneries. Je n'ai jamais entendu parler de ça ici. Enfin, une fois.

Le collier de feu. Je me demandai dans quoi j'avais précipité Nathan.

Nous bûmes du café, mangeâmes et attendîmes que Nathan revienne. Dennis alla dans sa voiture pour passer quelques appels téléphoniques.

— Qu'est-ce que tu fais demain ? demanda Marie. Ça te dirait de venir dîner au restaurant ? Je te ferai un burger de bison et de la soupe de riz sauvage.

— Très bonne idée. Est-ce que Lack sera là ?

— Je crois. Je ne sais pas si tu es au courant, mais il va partir dans quelques jours, il rentre chez lui. Il en a terminé avec la formation du personnel et il a défini la nouvelle carte. Ils vont rebaptiser le restaurant, pour qu'il ne s'appelle plus simplement "le Restaurant".

— Ah ouais ? Comment il va l'appeler ?

— Il pense à Strongbow Feast House, ou peut-être Red Grub. Il envisage d'ouvrir une chaîne de ces restaurants dans les casinos indiens. Pour diffuser le message sur la nourriture indigène saine. Quels meilleurs endroits que les casinos ? Et le nôtre serait le premier ! Lack dit que les casinos devront s'engager à embaucher au moins cinquante pour cent d'Indiens dans leur personnel et acheter au moins la moitié de leur stock auprès de fournisseurs indigènes ou locaux.

Eh ben, merde alors. Il fallait que je lui reconnaisse ça, il avait de bonnes idées. Même s'il était muckleshoot et pas lakota.

— C'est juste la première étape, continua-t-elle. Il espère obtenir une émission de télé sur Food Network pour diffuser ses idées. Selon lui, la véritable cuisine indigène permettra de réduire le taux de diabète et de maladies cardiaques chez les Indiens de vingt-cinq pour cent. Voire bien plus.

J'avais assez entendu parler de Lack.

— C'est bien. Oui, je viendrai demain si je peux.

Dennis revint après avoir passé ses appels téléphoniques. Ayant fini les cookies, Marie et Dennis s'embarquèrent dans une conversation sur le base-ball. J'écoutai en silence, essayant de ne pas m'inquiéter pour Nathan. Il s'avérait que Dennis avait joué au niveau universitaire, avant d'être blessé. Et à ma grande surprise, Marie en connaissait un rayon sur le base-ball professionnel et l'équipe de Denver, les Colorado Rockies. Dennis supportait les Rockies avec enthousiasme et il parla du manque de respect dont l'équipe souffrait dans le pays. D'après lui, les gens pensaient que l'altitude et le climat sec de Denver modifiait la nature du sport et accélérait la vitesse de la balle quand on la frappait. D'ailleurs, les Rockies stockaient les balles dans une cave à cigares pour contrer cet effet et les ralentir. L'humidité modifiait la nature des balles. Je me demandai si ça pouvait marcher avec d'autres choses. Les vieilles voitures, la nourriture avariée, les avis d'expulsion. Les cœurs brisés.

La discussion dura encore deux pots de café et une seconde tournée de cookies. Je me contentais de me détendre en les écoutant débattre, même si je ne saisissais pas la moitié de ce qu'ils racontaient. Puis, par la fenêtre de la cuisine, j'aperçus des phares au loin. Je n'avais jamais été aussi heureux d'entendre les toussotements de ma vieille voiture, que Nathan avait prise pour aller chez les dealers. La porte d'entrée s'ouvrit et il entra. Il nous regarda, surpris, comme s'il s'était attendu à trouver la maison vide.

— Ça va ? demandai-je.

— Ouais, ça va bien, dit-il d'une voix hésitante.

— Raconte-nous ce qui s'est passé.

Il enleva son blouson et s'assit.

— Je suis juste resté là-bas un moment. C'était cool, pas de problème.

— Qui était présent ? l'interrogea Dennis.

— Euh… deux trois types que je ne connaissais pas. Et un autre, qui s'appelait Shane, je crois.

— Rick Crow ? fis-je.

— Non.

— Et Loco ? demanda Dennis.

— Ouais, il était là.

— Voyons ce que tu as rapporté, dis Dennis.

Nathan sortit un minuscule ballon de baudruche rouge de sa poche. Dennis le prit en photo avec son portable. Puis il l'ouvrit et prit une photo de l'héroïne noire comme du charbon. On aurait dit une gomme pour la toux ou un petit bonbon.

— Il faut que j'enregistre la déposition de Nathan, dit Dennis. Ça vous ennuie si on va faire ça ailleurs ?

— Pas de problème.

Ils allèrent dans la chambre, laissant la drogue sur la table.

— C'est la première fois que j'en vois, fit Marie en l'examinant. Ça me rend triste. Pourquoi les gens prennent ça ?

— Suicide à petit feu.

— Je ne suis pas idiote, je peux comprendre qu'on veuille s'évader de temps en temps. S'éloigner de ses problèmes. Vas-y, bois quelques verres. Mais ça, c'est tellement dangereux. Pourquoi se laisser mourir comme ça ? Pourquoi ne pas se battre pour améliorer la situation ?

Je haussai les épaules.

— Ce sont des gens qui ont baissé les bras. Ils ne voient pas d'avenir pour eux. Ils ont vingt dollars, ils ne peuvent ni payer le loyer, ni remplir leur cuve de gaz, mais ils peuvent se réfugier ailleurs pendant quelques heures.

Elle soupira.

— Ouais, je veux bien si on est âgé, mais les gamins ? Quelle merde.

Frustrée, elle partit dans la minuscule cuisine et se mit à faire la vaisselle. J'essayai d'écouter ce qui se disait dans la chambre, mais la porte était fermée. Au bout d'un moment, Dennis sortit de la pièce, Nathan sur ses talons.

— J'ai ce qu'il me faut.

— Qu'est-ce qui va se passer ensuite ? demandai-je.

— Nathan et moi en avons avons parlé. En gros, il va rester en contact avec les dealers. Quand ce sera le bon moment – peut-être dans quelques jours, ou quelques semaines –, Nathan cherchera à acheter de l'héro, en plus grande quantité cette fois, et avec livraison au lycée. Il nous faudra le savoir la veille pour pouvoir lui mettre le micro et prévoir un véhicule.

— Quel genre de véhicule ? demanda Marie.

— Une voiture banalisée avec des agents. Nous la garerons pas trop loin et nous aurons aussi une camionnette avec l'équipement électronique nécessaire pour une surveillance audio.

Toutes ces protections. Je ne pus m'empêcher de penser aux Chemises des Esprits. Il y avait très longtemps, un Indien appelé Wovoka avait énoncé la prophétie suivante : si suffisamment d'Indiens effectuaient la Danse des Esprits, tous les maux seraient éradiqués de la terre, les Blancs quitteraient l'Amérique du Nord et ceux qui portaient les Chemises des Esprits seraient protégés des balles. La Danse des

Esprits se répandit dans tout le pays, fichant une trouille terrible au gouvernement américain, qui envoya des troupes pour empêcher les Indiens de participer aux cérémonies. Et les Indiens qui croyaient être à l'abri des balles tirées par les soldats ? Ils apprirent à leurs dépens qu'ils se trompaient.

Le lendemain, Nathan était silencieux et renfermé, encore plus que d'habitude.

— Ça va ? demandai-je en allumant une cigarette.

— Chuis juste fatigué.

— Je veux être sûr que ça va. Quand cette affaire sera terminée, tout redeviendra normal.

— Ouais, j'ai pensé à ça. Genre, qu'est-ce qui se passera, après. Tu sais, le lycée c'est tellement naze. J'apprends rien du tout. Les profs s'en fichent, c'est que des losers qui n'ont pas pu avoir de poste en ville, alors ils viennent ici juste pour toucher leur salaire.

Ce n'était pas tout à fait vrai. Les écoles des réserves récupéraient des fruits pourris, mais on avait aussi les jeunes professeurs idéalistes qui voulaient changer le monde. La plupart d'entre eux s'épuisaient en quelques années, mais certains restaient.

— Depuis que je me suis fait arrêter, les autres sont vraiment dégueulasses avec moi. Encore pire qu'avant. Maintenant, même Jimmy – tu sais, mon seul vrai pote – ne peut plus passer du temps avec moi, parce que ses parents pensent que j'ai une mauvaise influence sur lui.

Je ne le savais pas.

Il poursuivit :

— Mes seuls amis, maintenant, c'est les toxicos et les mecs bizarres. C'est même pas des vrais amis, c'est juste des mecs qu'il faut que je balance. Les autres connards se foutent de ma gueule. Tu sais comment ils m'appellent ? (Il hésita, comme si je risquais de me mettre en colère en entendant les railleries de ses camarades.) *Iyeska*-se-la-joue-perso. Genre, je partage pas ma came avec les autres. Et *iyeska*, c'est comme ça qu'on m'appelle depuis le jour où je suis né. Tu sais, c'est comme si j'étais pas assez indien pour les Indiens de souche, mais trop indien pour les Blancs. Je rentre dans aucune case.

Iyeska. À l'origine, ce mot signifiait "traducteur" et aussi "parler blanc". Mais avec le temps, c'était devenu une vilaine insulte, qui voulait dire bâtard.

— Nathan, écoute-moi, répondis-je. J'ai eu le droit au même genre de saloperies quand j'étais à l'école. Il y a un paquet de connards ici, je sais. Ils trouvent toujours un moyen de t'insulter. (Je jetai mon mégot dans la poubelle.) Mais tu ne dois pas laisser ces types te saper le moral. Peut-être qu'en grandissant ils cesseront d'être des connards, ou peut-être que tu avanceras dans ta vie et que tu apprendras à les ignorer. Tu m'entends ?

— C'est facile à dire, pour toi. Tu n'es pas obligé de te les coltiner toute la journée, tous les jours. Quand tu étais au lycée, il n'y avait pas les réseaux sociaux, tout ça. Les jeunes sont sur leur portable à longueur de journée, en train de poster des trucs horribles sur ceux qu'ils n'aiment pas. Tout le monde les lit ! Qu'est-ce qui arrivera si on apprend que je suis un indic ? Tout le monde me détestera pour de vrai ! (Il commençait à avoir les yeux pleins de larmes, même s'il essayait de les retenir.) Alors, j'ai pris une décision : je veux arrêter le lycée dans deux ans. À seize ans. Je pourrai trouver un boulot quelque part, peut-être à Rapid City. M'éloigner de ces losers.

Quitter l'école ? Il y a encore quelques mois, il parlait d'aller à l'université, et maintenant, il prévoyait d'abandonner le lycée et de faire un boulot quelconque sans qualification. Quel genre de vie allait-il avoir ? Finirait-il comme moi, avec dix couches de cicatrices sur les mains à force de tabasser des fumiers ?

— Nathan, je sais que cette période est difficile. Il s'est passé plein de choses vraiment pas cool. Mais ne les laisse pas l'emporter. Tu finis le lycée, ensuite tu prends ta décision : trouver un boulot ou aller à la fac. Il faut que tu tiennes bon, OK ?

Quelques larmes coulèrent.

— C'est juste que, tu sais, j'arrive pas à dormir, j'arrive pas à me concentrer. Parfois, je me réveille à quatre heures du matin et mon esprit s'égare. Genre, je pense à tout ce qui s'est passé, pas seulement au lycée, mais la mort de Maman, tout ça. Et là, je me dis que ce serait mieux si j'étais jamais né.

Les larmes redoublaient. Il tourna la tête pour que je ne le voie plus, mais je sentais à quel point il était malheureux. Il paraissait désespéré, submergé. Je ne savais pas quoi dire pour le réconforter.

Puis j'eus une idée.

J'allai dans la chambre, fouiller dans les cartons rangés dans les profondeurs du placard. Il me fallut quelques minutes pour trouver ce que je cherchais, mais je finis par sortir l'objet, emballé dans du papier journal au fond d'une boîte pleine de photos jaunies et de vieilles bandes dessinées.

— Ça, c'est pour toi, dis-je à Nathan. Ma maman, ta grand-mère, me l'a donné il y a très longtemps. C'est mon sac-médecine.

Je lui tendis le sac-médecine que j'avais depuis mes six ans. C'était une petite poche en cuir brodée de perles, avec un cordon en cuir pour pouvoir être portée sous une chemise. Ma mère me l'avait offert en me disant qu'il me protégerait et me donnerait de la force. Quand j'étais gosse, je l'avais porté tous les jours pendant des années, mais après la mort de mon père, je l'avais rangé. Je ne l'avais jamais ressorti depuis.

— Qu'est-ce qu'il y a dedans ? demanda-t-il.

— Honnêtement, je ne m'en souviens plus. Ouvre-le.

À l'intérieur, il trouva de la sauge séchée, quelques cailloux minuscules et une petite plume. Un vague souvenir d'avoir rassemblé ces objets me revint, des images à moitié claires de mon enfance.

— Qu'est-ce que je fais avec tout ça ? demanda-t-il en désignant le petit tas qu'il avait renversé sur la table.

— Tu me le rends. Il faut que tu mettes dans le sac-médecine tes propres objets, des choses qui ont une signification pour toi.

— Comme quoi ?

— C'est toi qui vois. Des objets importants pour toi.

— Comme la bague de maman ?

J'avais oublié qu'il avait la bague de Sybil, un simple anneau en argent qu'elle adorait et qu'elle avait porté pendant des années.

— Oui, par exemple.

Il fila dans sa chambre et je contemplai le petit tas posé sur la table. La sauge, les cailloux et la plume – des objets que j'avais promenés, enfant, avec une foi inébranlable. Je les regardai fixement pendant quelques instants, puis les ramassai et fourrai le tout dans la poche de ma veste en jean.

Plus tard ce soir-là, j'appelai Tommy pour lui proposer d'aller manger. J'acceptai de passer le prendre et il décida d'offrir le dîner, car il avait à nouveau gagné de l'argent au casino.

Je klaxonnai devant sa petite maison.

— Hey Virg ! Content de te voir. Où tu veux dîner ? Je peux pas aller au restaurant du casino parce qu'ils pourraient m'envoyer en cuisine. Ça te dit, le Depot ? Ils servent jusqu'à neuf heures. Les burgers sont plutôt bons.

— Non, pas là-bas. Trop de monde, trop de problèmes.

Je ne savais jamais à quoi m'attendre au Dépot. Certaines personnes me voyaient comme un noble justicier, d'autres voulaient se venger d'une raclée que je leur avais infligée.

— Et si on allait jusqu'à Valentine ?

— Nan, c'est trop loin ! J'ai une faim de coyote. Allez, viens au Depot. Tu peux bien y aller une fois sans te retrouver dans une bagarre, non ?

— D'accord. T'as des sous ?

— Oh oui. J'ai empoché un joli jackpot hier, et j'ai aussi gagné au black-jack. J'ai encore cent dollars – j'ai payé une tournée générale quand j'ai touché mon pactole. Tout le monde voulait être mon ami, tout à coup.

— J'ai entendu dire que tu avais passé un bon moment avec Velma il y a quelques jours.

Son visage s'éclaira.

— Velma, ouais ! C'est un vrai piment, cette fille – rouge et piquante. J'irai peut-être la voir au dollar store demain. En tout cas, il y avait des drôles de zigotos au bar hier soir.

— Des gens que je connais ?

— Je crois pas. Un gars de Pine Ridge, il nous racontait que la république lakota serait bientôt instaurée.

— Hein ?

— Il a dit qu'ils avaient lancé une action en justice pour récupérer la terre promise dans le traité de… 1869 ? 1864 ? Je ne sais plus, mais d'après lui, on allait reprendre le Dakota du Sud, la plus grande partie du Nebraska et du Montana aussi. Et du Wyoming ! J'ai failli oublier.

— D'accord, fis-je. Et où vont aller tous les Blancs ?

— Ça, c'est le plus intéressant. Il a dit que le gouvernement lakota allait créer des réserves pour les *Wasicu*, leur donner de la bouffe industrielle et ouvrir des internats pour leurs gamins. Histoire de leur rendre la monnaie de leur pièce. Punaise, qu'est-ce que ça m'a fait marrer !

Il rit tellement fort que j'eus du mal à me concentrer sur la route.

— D'accord, très drôle.

— Et, oh, j'ai failli oublier. Il y avait un type vraiment étrange, qui n'avait pas de bras. Il en avait un en bois et l'autre en métal, qui se terminait par un crochet.

— Il a fait la guerre ou quelque chose de ce genre ?

— Non. Je l'ai cru moi aussi. Il a dit que c'était arrivé il y avait longtemps. Il a posé ses bras sur la voie ferrée et le train les lui a coupés. D'après lui, il était obligé de les sacrifier pour que le monde reste en sécurité.

— Tu te fous de ma gueule ?

Il secoua la tête.

— Nan, c'est la vérité ! Il faisait toutes sortes de blagues, genre qu'il jouait beaucoup moins bien au piano, maintenant. C'était pas drôle, ça m'a foutu les jetons.

— C'était un gars d'ici ?

Tommy secoua la tête.

— Non, un Blanc de Denver. Il s'appelait Gabe, Abe, un truc comme ça.

Dans ma tête, je me passai le film d'un type posant les bras sur la voie ferrée avant de se les faire trancher. Comment pouvait-on s'infliger une chose pareille ?

— Il était saoul ? Je veux dire, pas hier soir, mais quand il l'a fait ?

— Non, je lui ai posé la question. Ça lui était égal d'en parler, il était pas gêné ni rien. Il a dit qu'il était ni bourré, ni shooté, mais qu'il avait eu une vision. Il a dû avoir une vision vachement puissante, putain !

Une vision. Je me demandai si j'aurais la force d'obéir à une vision comme celle-là.

Nous entrâmes dans le Depot. Depuis que j'avais tabassé Guv Yellowhawk sur le parking, je restais à distance de cet endroit mais bon… Et puis merde. J'avais bien le droit de m'offrir un burger et des frites.

Nous trouvâmes deux places au bar. Il y avait déjà beaucoup de monde et le niveau sonore était assourdissant. Les haut-parleurs crachaient Creedence à fond, John Fogerty nous informant que "*he ain't no fortunate son*". Je jetai un coup d'œil alentour et ne vis personne qui puisse avoir un grief majeur contre moi. En tout cas, pas encore.

— Le fou qui est à la plonge, il travaille toujours ici ? demandai-je à Tommy.

— Qui, Melvin ? Je le vois pas.

Melvin Two Bulls travaillait au Depot depuis des années, en se faisant payer en nourriture, bière et quelques dollars sous la table. Son seul défaut était l'habitude qu'il avait de prendre une douche en se servant du tuyau à côté du lave-vaisselle, alors il arrivait qu'on aperçoive un homme nu en train de se laver les parties au jet.

— Je prends un cheeseburger. Bleu. Et toi ? demandai-je.

— Ouais ! Et des frites aussi. Bonne chance pour avoir un burger bleu ici.

— Je me demandais si tu commençais à t'habituer aux plats sophistiqués du casino au point que tu aurais du mal à aller ailleurs.

— La cuisine est bonne – le plus souvent –, mais rien ne vaut un burger, j'ai pas raison ? Lack ne sert pas de bœuf, il dit que c'est la nourriture des suppresseurs.

— Des suppresseurs ?

— Suppresseurs, oppresseurs, comme tu veux. Donne-moi de la vache. Purée, j'suis affamé.

Nous passâmes commande auprès du barman. Tommy demanda une Bud, moi un Coca.

— Alors mon pote, comment ça se passe avec Nathan ? dit Tommy. Il va bien ?

— Non, il se fait pourrir à l'école. Ils le persécutent avec ces histoires d'*iyeska*. Il m'a dit qu'il voulait arrêter ses études.

— Ouais, et pour faire quoi ?

— Trouver un boulot, j'imagine.

— Pas facile de trouver un boulot par ici. Peut-être au casino. J'suis désolé que Nathan ait à souffrir de ces conneries de sang-mêlé. On dirait que les choses ne changent jamais. On aura toujours le cul entre deux chaises.

Je me contentai de secouer la tête. On nous servit nos burgers et nous commençâmes à manger de bon appétit. Je cherchai des yeux du ketchup lorsque Tommy lança :

— Regarde qui vient d'arriver.

— Qui ça ?

D'un mouvement des lèvres il désigna la porte.

— Tu te souviens de lui ? Du temps où on était au lycée ? Maintenant il est chargé de la sécurité là-bas.

Ray Sits Poor. J'avais entendu dire qu'il était devenu l'agent de sécurité du lycée ; la personne qui s'assurait que le harcèlement ne prenait pas des proportions énormes. Quelle ironie étant donné qu'il était un des harceleurs les plus violents quand on était ados, un des salopards qui traînait avec Rick Crow. Maintenant, il était le gardien de la paix. Soi-disant.

— Va pas provoquer un truc, dit Tommy. J'ai pas fini mon burger.

Je me dirigeai vers la table de Ray. Il était assis avec deux types que je ne reconnus pas. Je vis qu'il avait coupé ses cheveux et qu'il arborait désormais une coupe militaire ultracourte. Il avait l'air d'un de ces agents de sécurité bas de gamme postés à l'entrée des centres commerciaux.

— Ray ?

Je dus crier pour me faire entendre par-dessus la musique.

— Ouais ?

Il me regarda, sans me reconnaître. Ce n'était pas surprenant – nous ne nous étions probablement pas parlé depuis environ vingt ans.

— Je suis Virgil. Wounded Horse. Je suis l'oncle de Nathan, qui est élève au lycée.

Son visage sembla confirmer qu'il me situait à peu près. Mais ne manifesta pas la moindre amabilité.

— D'accord. Et… ?

— Je sais que tu n'es pas en service, mais je me demandais si je pourrais te parler. Sur une affaire qui se passe à l'école.

— Écoute, on vient à peine d'arriver.

— Ça prendra pas plus d'une minute, promis.

— D'accord, fit-il le sourcil froncé. Commandez-moi une bière mexicaine, OK ? dit-il à ses compagnons. Une Tecate.

Il prononçait ça *Ti-Keït*.

— Tu veux pas qu'on sorte ? proposai-je. La musique est trop forte ici.

Je le suivis. Il était toujours grand, mais les années ne l'avaient pas épargné. Son corps autrefois musclé était recouvert d'une bonne couche de graisse. Je m'en fichais, j'allais juste lui parler, voir s'il pouvait faire quelque chose pour aider Nathan. Une fois dehors, j'allumai une cigarette.

— Alors, mon neveu me raconte que certains gamins au lycée le malmènent. Qu'ils le traitent d'*iyeska*, d'autres choses pas sympa. Tu es au courant ?

Il cracha par terre.

— Je reste en dehors de leurs problèmes. Je ne veux pas y prendre part. On ne m'appelle que quand il y a une bagarre. Il s'est déjà bagarré ?

— Non, il ne fait pas ça.

Ray émit un bruit bizarre. Je ne savais pas si c'était un ricanement ou un gloussement.

— Tu as quelque chose à me dire ?

— C'est moi qui ai ouvert son casier. Qu'ai trouvé les cachets. On dirait qu'il mérite ce qu'il prend, après avoir apporté ces saloperies au lycée.

Peut-être que j'avais commis une erreur en parlant à ce type. Je jetai ma cigarette et l'écrasai sous ma chaussure.

— Je ne vais pas commenter. Je voulais simplement savoir si tu avais entendu ou vu quelque chose en rapport avec le harcèlement.

Ray cracha à nouveau, juste à côté de ma chaussure.

— Ouais. J'ai entendu dire quelque chose. J'ai entendu dire qu'il était un putain d'*iyeska* comme toi, un sale voyou qui vend de la came. Bon débarras ! J'espère qu'il se plaira en prison, où il se fera écraser les…

C'en était trop. Je lui saisis le bras et aussitôt il s'empara du mien dans un réflexe. Exactement ce que je voulais qu'il fasse. Il avait ouvert la main ; j'attrapai son pouce droit et le retournai aussi fort que possible. Il lâcha une exclamation et essaya de parler, mais pas un mot ne sortit.

— Si je te casse le pouce, tu ne refermeras jamais le poing, tu n'écriras plus jamais de ta vie. Mais je ne vais pas le faire. Tu sais pourquoi ?

Son visage était déformé par la douleur qui lui torpillait la main. Il ne dit rien, émit un grognement. On aurait dit qu'il donnait naissance à des triplés, peut-être même des quadruplés.

— Parce que je veux que tu aides mon neveu. C'est un bon garçon, il ne mérite pas ça. Pour ce qui est des cachets, je ne sais pas. Ce que je sais, en revanche, c'est que tu vas t'assurer qu'aucun de ces petits salopards ne l'emmerde plus. Si Nathan subit encore quoi que ce soit, ce sera ta faute. Je te retrouverai et je te casserai les deux pouces. Et je t'arracherai les oreilles. Tu auras l'air d'un putain de monstre de foire. On s'est compris ? Tu vas faire ce qu'il faut ?

Je retournai son pouce de deux trois centimètres encore, presque jusqu'au point de rupture. Il ne grognait plus. Son visage ressemblait à une poupée kachina écrasée par une voiture.

— J'ai dit, on s'est compris ?

Il monta et descendit le menton de quelques centimètres. Je lâchai Ray et reculai au cas où il déciderait de se jeter sur moi. Mais il se contenta de se masser la main en évitant mon regard.

— Bonne soirée, lançai-je. Profite bien de tes bières.

Je retournai au bar et fis signe à Tommy que nous devions partir. Il se leva, secouant la tête.

— Putain, encore ? J'arrive jamais à manger en paix quand t'es dans le coin.

23

Environ une semaine plus tard, je rentrai à la maison vers midi après avoir travaillé sur un chantier à Rapid City et je trouvai Marie assise sur mon canapé. Je sus immédiatement que quelque chose n'allait pas. Son visage était crispé et tout son corps semblait tendu.

— Hé, pourquoi tu n'es pas…

— Je me suis fait virer ! De mon putain de boulot ! Cette salope de Delia m'a fichue à la porte. Tu y crois ?

J'approchai une chaise.

— Pour quel motif ?

— Insubordination. Elle a dit que j'avais outrepassé son autorité sur la subvention pour la viande de bison, qu'elle m'avait ordonné de cesser de travailler sur ce dossier. Elle n'a jamais dit ça ! Elle est juste jalouse.

— Attends. Comment ça, tu as outrepassé son autorité ? Ne s'agissait-il pas de ton projet depuis le début ?

— Si, mais elle prétend que j'ai négligé le reste de mes tâches, ce qui est faux. Elle a dit que le projet bison ne fonctionnera pas pour nous parce que nous n'avons pas les installations nécessaires pour gérer de la viande fraîche, argument idiot ! C'est notre boulot de faire en sorte que ça puisse se faire, non ?

Elle tirait sur ses longs cheveux noirs comme si quelque chose y était attaché.

— Je ne comprends pas. N'est-ce pas toi qui as fait rentrer tout un paquet d'argent ? Ça me paraît être une très bonne chose pour la tribu.

— Ouais, bien sûr ! Deux cent mille dollars. L'argent est enfermé à la banque. On pourrait croire qu'on me témoignerait de la reconnaissance. Mais elle a dit que je ne me concentrais pas sur mon travail, quelle connerie ! C'est elle qui n'en fiche pas une.

— Tu ne peux pas contester, puisque ce n'est pas vrai ?

— Je ne sais pas. Elle avait rempli tous les papiers – je suppose qu'elle mijotait son coup depuis un moment. Elle a mentionné genre cinq fois que j'avais déjà eu des rapports. Ouais. Deux fois. En trois ans ! Et là aussi, c'était du n'importe quoi. Un jour je ne suis pas allée travailler à cause d'une erreur d'emploi du temps et l'autre fois, j'ai été absente parce que ma mère était malade.

Je ne l'interrompis pas.

— Elle me déteste, c'est tout, et elle veut que je m'en aille pour pouvoir perdre encore plus de temps.

J'envisageai de la consoler, mais elle avait l'air remontée comme une pendule.

— Tout ceci n'a aucun sens, dis-je. Licencier quelqu'un n'est pas si facile.

— Mais si. On n'a pas de contrat de travail, donc on peut être renvoyé n'importe quand. C'est ce qu'elle m'a dit, en tout cas.

Elle tournait frénétiquement une de ses bagues autour de son doigt.

— Ouais, mais pourquoi elle flanquerait à la porte la fille d'un membre du conseil ? Surtout quand il est candidat à la présidence du conseil tribal. Elle ne s'inquiète pas de se mettre ton père à dos ?

— Je sais bien. C'est aussi ce que je pensais. J'ai appelé mon père avant que t'arrives – il a dit qu'on pourrait se voir plus tard dans la journée. Comme si j'étais n'importe lequel de ses administrés ! Je me demande s'il était au courant de ça.

— Je ne crois pas. S'il le savait, pourquoi te l'aurait-il caché ?

— Je ne sais pas. Je vais aller le voir à son bureau tout à l'heure. Ça t'ennuie de m'y conduire ? Je suis tellement furieuse que je n'arrive pas à me concentrer. C'est la première fois de ma vie que je me fais virer.

— Bien sûr, avec plaisir. Mais essaye de garder ton calme.

Elle se contenta de secouer la tête, les yeux rivés sur le sol.

Deux heures plus tard, je me garai sur le parking devant les bureaux de l'administration tribale, entre un vieux pick-up américain et une berline allemande.

— Tu veux que je t'attende ici ? demandai-je.

— Non, viens. Je ne sais pas s'il est prêt à me parler.

Nous poussâmes la porte, passâmes devant la réception, déserte, et le tableau d'affichage couvert de prospectus et d'annonces. Le bureau de Ben se trouvait au fond du bâtiment ; sa porte était entrouverte.

— À tout à l'heure, OK ? dit-elle, puis elle, frappa doucement à la porte et disparut.

Je pris une chaise et m'assis dans le couloir. Je les entendais clairement depuis l'endroit où je me trouvais, et je me demandai si je ne devrais pas aller attendre dans la voiture pour leur laisser un peu d'intimité. Je me levai et me préparai à partir, avant de changer d'avis. Il n'y avait pas de mal à entendre ce que Ben avait à dire. Je risquais même d'apprendre quelque chose d'utile.

J'entendis un bruit de chaises qu'on déplace et Ben qui offrait du café à Marie.

— Non, merci, je suis déjà trop stressée.

— Très bien, fit Ben. Alors, Wayne Janis m'a laissé entendre il y a quelques jours que ça allait arriver. J'imagine que Delia Kills in Water l'avait prévenu.

— Attends, tu le savais ? Pourquoi tu ne m'as pas mise au courant ?

Nouveaux bruits de chaises.

— Marie, je devais rester en dehors de ça – je n'avais pas le choix. Je ne suis pas membre de ce comité, je n'ai aucune influence là-bas.

— N'importe quoi ! Tu es au conseil depuis des années, tu connais tout le monde. Et tu es candidat à la présidence !

— C'est exactement la raison pour laquelle je ne peux pas m'en mêler. Si je te protège, Cecil LaPlante me pulvérisera lors de l'élection. Il criera au népotisme, à la corruption. Je n'aime pas ce qui vient de se passer, mais en réalité, ça ne change pas grand-chose. Tu pars à la fac de médecine bientôt ; on se fiche pas mal de ce boulot !

— Moi, je ne m'en fiche pas. Tu connais la bouffe dégueulasse qu'ils mettent dans les colis alimentaires. Ma subvention va changer ça. De la viande de bison fraîche…

— Cela n'arrivera pas. C'était une belle idée, mais la tribu n'a pas les installations nécessaires pour gérer et stocker de la viande de bison. L'argent va être utilisé pour l'éducation et la promotion. C'est ce que j'ai entendu dire.

— Quoi ? La subvention est destinée à la viande de bison. Je le sais, c'est moi qui m'en suis occupée ! Comment peuvent-ils l'utiliser pour autre chose ?

— C'est comme ça que fonctionnent les subventions fédérales. Tu déposes un dossier pour un projet, mais le gouvernement te donne une certaine liberté sur la manière de dépenser les fonds. Wayne pense que ce n'est pas une bonne façon d'utiliser nos ressources que d'investir dans de la viande de bison. Les gens ne la mangeront pas de toute manière – ils aiment le bœuf et le porc.

— Ce n'est pas vrai ! Lack m'a expliqué que le bison, c'est meilleur que le bœuf ; il faut juste que les gens apprennent comment le cuisiner…

— Marie, tout ceci n'est pas entre mes mains. Wayne et Delia ont leur propre projet ; j'ai entendu dire qu'elle a déjà consacré la plus grande partie des fonds à de nouveaux programmes. Elle est censée partir en Floride le mois prochain pour suivre une formation. Ils te sont très reconnaissants de…

— Reconnaissants ? Ils m'ont virée, Papa !

J'entendis un fracas énorme, on aurait dit une chaise qu'on avait renversée.

— Très bien, on en a fini, dit Ben. Je sais que tu es contrariée et tu as le droit de l'être, mais c'est terminé.

— Ce n'est pas terminé ! lança Marie et la porte s'ouvrit brusquement.

Elle partit comme une furie vers la sortie. Je lui emboîtai le pas, tout en regardant par-dessus mon épaule pour voir si quelqu'un nous suivait.

Je proposai à Marie de rester avec elle, mais elle souhaitait être seule. Ce licenciement était une expérience nouvelle pour elle. J'avais été renvoyé de multiples emplois à l'époque où je buvais, alors ce genre de choses ne m'affectait pas autant qu'elle. Elle avait le sentiment d'avoir été rejetée une fois de plus par les snobs de la tribu, de ne pas être assez bien ni acceptée pour ce qu'elle était. Et être renvoyée par Delia était l'outrage suprême. Je la laissai tout en lui disant de venir me retrouver si elle voulait de la compagnie.

Plus tard ce soir-là, mon téléphone sonna. C'était elle.

— Est-ce que tu peux venir ? Il y a un truc dont je voudrais te parler.

Elle avait l'air bizarre.

— T'es sûre que ça va ?

— Oui, ça va. Je veux juste discuter de quelque chose avec toi. Tu peux laisser Nathan tout seul un moment, n'est-ce pas ?

— Ouais, bien sûr. J'arrive.

Je me garai devant la petite maison de Marie. En ouvrant ma portière, je vis un animal s'enfuir. Un chien errant, qui était venu manger de la nourriture laissée par Marie.

J'ai toujours aimé la maison de Marie. Elle n'était pas beaucoup plus grande que la mienne, mais elle était beaucoup plus propre et les meubles étaient plus jolis. À l'intérieur, elle avait un canapé en velours bleu, des petites tables noires, de belles plantes vertes et une caisse pleine d'albums vinyles dans le coin. Dans la cuisine, une pendule Kit-Cat était accrochée au mur, celle dont les gros yeux roulent d'un côté et de l'autre. Dans le salon, deux peintures abstraites réalisées à partir de caricatures des images utilisées dans les médias pour décrire les Indiens. Je vis Chief Wahoo et d'autres mascottes d'équipes sportives, leurs portraits défigurés et mutilés par l'artiste. Un autre tableau représentait trois loups qui couraient dans un paysage bleu électrique.

Marie surprit mon regard sur ce dernier tableau.

— C'est une artiste osage qui l'a fait. Enfin, c'était. Elle est décédée il y a quelques années. Ma mère me l'a offert.

— Je l'aime bien. Irréel. On dirait qu'ils sont sur la lune.

— Tu veux quelque chose à boire ?

— J'imagine que tu n'as pas de Shasta ?

— En fait, si, à la cerise.

Elle remplit un verre de soda avant d'ajouter des glaçons et se versa un verre d'eau, puis elle s'assit à côté de moi sur le canapé.

— Merci d'être venu si tard.

— Pas de problème. Tu te sens un peu mieux ?

— Pas vraiment. Je suis encore super énervée. C'est tellement injuste. Je me casse le cul depuis des années, je fais le boulot, j'améliore le programme. Je ne sais pas si je t'ai dit, mais j'ai arrangé le système d'inventaire à l'automne dernier et j'ai fait en sorte qu'il y ait plus de choix en fruits et légumes. (Elle but une gorgée d'eau.) Ça n'a aucun sens, de me mettre à la porte. Ouais, j'ai manqué quelques jours, mais il y a des employés qui ne viennent presque jamais.

— Je suis d'accord avec toi, dis-je. Ce n'est pas juste. Laisse tomber, ils n'en valent pas la peine.

— Je sais que je devrais passer à autre chose, mais je n'arrive pas à arrêter d'y penser. C'est pour ça que je t'ai appelé, j'ai un truc à te demander.

— Ah oui ?

J'attendis qu'elle continue, mais elle hésitait.

— Vas-y.

— Bon, je ne veux pas avoir l'air paranoïaque, mais quelque chose ne colle pas. Delia aurait pu me virer l'an dernier si elle voulait seulement se débarrasser de moi. Nous ne nous aimons pas, mais nous avions trouvé un moyen de travailler ensemble. En gros elle m'ignore et je l'ignore, sauf quand on est obligées de parler boulot. Alors, pourquoi me licencier maintenant ?

Je bus une gorgée de Shasta.

— Je ne sais pas. Peut-être qu'elle attendait le bon moment ?

— Peut-être. Mais papa a dit quelque chose aujourd'hui, quand j'étais dans son bureau. Il a dit que Delia utilise l'argent de la subvention sur la viande de bison pour d'autres programmes, que la plus grande partie des fonds a déjà été dépensée. C'est faux. Je reçois des copies de tous les rapports financiers et les relevés bancaires, et je n'ai jamais vu passer la moindre opération sur ce fonds. Seulement quatre mille pour le camion de Lack ; tout le reste est encore à la banque. Je viens de pointer le dernier relevé, alors je sais que j'ai raison. J'aurais été notifiée de chaque dépense faite ou en attente. Tu comprends ce que je suis en train de dire ?

Elle me regarda avec des yeux pleins d'espoir.

— Tu crois qu'il se passe quelque chose avec la subvention ? Quelque chose de pas net ?

— Je ne sais pas, dit-elle avant de remplir à nouveau son verre d'eau. Soit mon père se trompe, soit elle dépense l'argent sans que ça apparaisse dans les comptes. Ça paraît bizarre, je sais, mais mon instinct me dit qu'il n'y a aucune raison pour que Delia me vire maintenant, à moins qu'elle ne cache quelque chose.

Je mâchonnai un glaçon, une habitude que ma mère avait toujours détestée.

— OK, dis-je, peut-être qu'elle cache quelque chose. Ça ne m'étonnerait pas outre mesure de sa part. Mais tu ne travailles plus là-bas, alors, que peux-tu faire ?

Elle me regarda droit dans les yeux.

— Je veux que tu m'aides à entrer par effraction dans son bureau.

Au départ, je crus que Marie se moquait de moi. Elle n'avait jamais enfreint une loi de sa vie, elle n'avait même jamais dépassé la vitesse réglementaire, et maintenant, elle me parlait d'un cambriolage.

— Tu es sérieuse ? Pourquoi tu…

— Écoute-moi. Peut-être que je me trompe, mais je pense que quelque chose cloche dans cette histoire de subvention.

— C'est de la folie. Tu ne peux pas fouiller dans les documents professionnels de quelqu'un parce que tu as été virée. Et si on se faisait arrêter ?

— Oh, allez ! C'est toi qui tabasses les gens quand la police refuse de bouger.

Certes.

— D'accord, supposons que nous arrivions à entrer dans son bureau. Qu'est-ce qui te fait penser que tu y trouveras quelque chose ?

— Le budget et les feuilles de calcul sont dans son ordinateur, je connais le mot de passe. Je peux examiner les relevés financiers, étudier les dépenses. Peut-être qu'il n'y a rien, mais au moins, je saurai.

J'allai voir dans son réfrigérateur, sortis un autre Shasta, et je m'assis.

— Écoute, je comprends que tu sois furieuse d'avoir été virée. Mais ce n'est pas comme ça qu'il faut procéder. Si tu la soupçonnes d'une escroquerie quelconque, tu devrais le dire à ton père, le laisser gérer.

Elle secoua la tête.

— J'y ai pensé. Appeler mon père, lui demander de vérifier. Mais il ne veut pas d'histoires en ce moment, avec les élections qui approchent. Et s'il l'accuse, mais qu'il s'avère qu'elle n'a rien fait ? Il faut que je mette la main sur les chiffres d'abord, j'irai le voir ensuite.

Je secouai la tête à mon tour.

— Marie, non. Tu ne dois pas t'embarquer là-dedans. Je sais que dalle sur les facs de médecine, mais je parie qu'ils ne seront pas contents si tu te fais coincer et que tu te retrouves avec une plainte sur le dos.

— Je suis sûre que j'ai raison. Si tu es trop trouillard pour m'aider, je le ferai moi-même.

Ses yeux lançaient des éclairs, et je n'avais aucun doute qu'elle mettrait à exécution sa menace. La femme qui m'avait dit de cesser de faire la justice moi-même voulait maintenant mon aide pour commettre un délit grave, tout ça à cause de son ennemie, Delia Kills in Water, celle qui la harcelait impunément depuis des années. Peut-être le moment était-il venu.

— D'accord. Je vais t'aider. Mais on va procéder à ma manière.

Marie voulait aller là-bas immédiatement et fouiller l'ordinateur de Delia, mais je rétorquai que nous devions élaborer un plan. Je l'interrogeai sur les horaires de travail de Delia et les infrastructures de sécurité. D'après elle, Delia s'empressait de partir à cinq heures et le dernier employé quittait généralement les lieux vers six heures, au plus tard. Une femme de ménage venait une fois par semaine, elle finissait vers neuf heures. Pas de système d'alarme ni de caméras de surveillance. Marie avait toujours sa clé pour les portes extérieures, mais je serais obligé de forcer la serrure du bureau de Delia. Cela paraissait assez simple. Nous décidâmes d'y aller le lendemain soir.

— Je pense quand même que tu devrais laisser ton père gérer ça, dis-je en la quittant. La nuit porte conseil. Voyons si tu auras changé d'avis demain.

— Je n'aurai pas changé d'avis.

Comme prévu, elle m'appela le lendemain matin et me confirma son intention d'y aller le soir même. Je rassemblai les outils dont nous aurions besoin : un tournevis, deux lampes de poche, trois bouts de fil de fer, une vieille carte de fidélité du supermarché. Et mon couteau Spyder. Au cas où.

Nous partîmes juste après minuit, dans sa voiture, qui était plus silencieuse et plus fiable. Je me garai à quelques pâtés de maisons pour que personne ne voie un véhicule sur le parking. Il n'y avait pas beaucoup d'habitations dans ce coin-là, mais inutile de courir de risques.

— Tu te souviens, rappelai-je. S'il y a quelqu'un, tu dis juste que tu récupères tes affaires et que tu étais trop gênée pour le faire dans la journée.

— Il n'y aura personne, crois-moi.

— Vérifie, d'abord. N'allume pas le plafonnier, sers-toi de la lampe de poche. Une fois qu'on sera dans son bureau, je monterai la garde près de la porte de derrière.

— Ok chef, fit-elle avec un sourire.

Elle était beaucoup moins anxieuse que je ne l'aurais cru. Elle paraissait contente, enjouée même, pas du tout comme quelqu'un qui commettait son premier gros délit.

— Je me sens comme les cambrioleurs avec le gamin que les parents ont oublié en partant, dit Marie.

— *Maman j'ai raté l'avion* ?

— C'est ça.

— J'espère que la fin sera moins affreuse pour nous qu'elle ne l'a été pour eux.

Aucune lumière n'était visible de l'extérieur. Marie ouvrit la porte de derrière avec sa clé.

— Y a quelqu'un ?

L'écho de la voix de Marie résonna.

Pas de réponse.

— Je crois qu'on est bons, chuchota-t-elle.

Je lui tendis une lampe de poche et allumai la mienne.

Nous longeâmes le couloir, éclairé par le faisceau de nos lampes. L'atmosphère était un peu inquiétante, comme si on était dans un tunnel. Marie était silencieuse maintenant, son humeur joviale tempérée par la réalité de nos actes qui commençait à s'imposer.

— C'est ici, dit Marie en pointant sa torche sur une porte fermée.

Elle était équipée d'une serrure à béquille, pas le cylindre standard que je me savais capable de forcer.

— Merde, dis-je en sortant mon tournevis. Jamais eu à faire à ce genre-là. Éclaire-moi.

J'attrapai la poignée pour vérifier la tension et l'actionnai. À ma grande surprise, elle tourna jusqu'au bout et la porte s'ouvrit.

— Mince alors, fis-je.

Marie dirigea le faisceau de sa lampe vers l'intérieur et je jetai un coup d'œil. Des tas de papiers, plusieurs tasses à café, quelques photos encadrées. À l'odeur, on devinait que Delia avait laissé de la nourriture traîner : il flottait une puanteur sucrée écœurante, comme une pomme pourrie. Je repris ma lampe et balayai la pièce. L'ordinateur de Delia était un modèle de bureau un peu ancien, installé dans un coin.

— C'est ça que tu cherches ? demandai-je.

— Ouais, dit-elle à voix basse. Ça ne devrait pas être un problème, à moins que le mot de passe ait été changé.

— Fais ce que tu as à faire. Je me poste dans le couloir, à côté de la porte.

Elle s'assit sur le fauteuil de Delia tandis que je sortais de la pièce.

— Dépêche-toi, ajoutai-je.

Elle ne répondit pas, toute son attention focalisée sur l'ordinateur.

Je repartis vers la porte de derrière. Le plan était que j'attende là en m'assurant que personne n'entre. Je m'assis sur une vieille chaise en plastique, la lampe-torche à côté de moi. Je voyais à travers la vitre la nuit dehors, noire de jais, pas de voiture ni de lumière. Puis mes yeux s'habituèrent à la pénombre et j'aperçus un bosquet d'arbres à côté d'un terrain vague, les herbes se balançant doucement dans la brise.

J'essayai de rester concentré sur la route, épiant les voitures, mais mon esprit errait, et je me souvins avoir joué avec mon ami Will, quand nous étions enfants, dans un champ pas très loin d'ici ; nous ne devions guère avoir plus de sept ou huit ans, et nous nous pourchassions dans l'herbe. Puis nous avions vu le ciel s'obscurcir brusquement et arriver des milliers de papillons, qui se déposèrent sur nous. Nos corps entiers en étaient couverts. J'avais ri et crié de plaisir, mais

Will était terrifié. Il s'était enfui en hurlant, persuadé d'avoir commis un péché affreux, que les papillons étaient venus punir. Will et moi ne fûmes plus jamais vraiment amis après ça ; je sentais qu'il m'avait associé à la terreur, l'épouvante qu'il avait éprouvées ce jour-là, mais nous n'en reparlâmes jamais, et nous partîmes sur des chemins différents. Aux dernières nouvelles, il avait déménagé en Californie, aussi loin que possible de la réserve.

Mes souvenirs furent interrompus par une paire de phares qui apparurent au loin. Quoique faibles, ils se dirigeaient vers nous. Je jetai un coup d'œil par-dessus mon épaule – pas de signe de Marie. Les phares grossirent, et le véhicule commença à ralentir.

Merde, est-ce qu'ils venaient ici ? Était-il possible que ce soit l'équipe de ménage ou un employé, qui voulait terminer un projet ? J'envisageai de me précipiter dans le couloir pour aller chercher Marie, mais j'attendis. Il valait mieux rester à mon poste et la laisser finir. Instinctivement, je tâtai le couteau dans ma poche arrière tout en déroulant plusieurs scénarios dans ma tête.

Puis les phares s'immobilisèrent. Mon cœur se mit à battre plus fort et je me préparai. Pourquoi s'arrêtaient-ils ? Il n'y avait pas de maisons à côté, juste un champ désert. Les phares s'éteignirent, et je vis une petite lueur s'allumer à l'intérieur de la voiture. Une allumette ou un briquet, pour une cigarette ou peut-être du *peji**. Probablement rien que des jeunes, ou quelqu'un qui venait du bar et s'arrêtait pour s'en griller une avant de rentrer chez lui.

Je me détendis un peu et me rendis compte que je fumerais bien, moi aussi. Je contemplai la voiture avec envie. Au

* Herbe.

bout d'un moment, les phares se rallumèrent et la voiture repartit. Quelques minutes plus tard, j'entendis du bruit au bout du couloir. Une porte qu'on referme, des pas. Le faisceau de la lampe-torche de Marie apparut et elle sortit de la pénombre.

— Tu as fini ? dis-je en l'éclairant.

— Allons-nous-en, fit-elle et je vis que son visage était tendu, franchement contrarié.

Nous partîmes aussi vite que possible après avoir vérifié que la porte de Delia était fermée et que l'ordinateur avait été éteint.

— Tu as trouvé ce que tu cherchais ? demandai-je une fois dans la voiture, à quelques kilomètres.

— Ouais. C'est pas bon.

— Dis-moi.

— Comme je le pensais, tous les fonds ont pratiquement disparu. J'ai trouvé les relevés bancaires, les reçus des chèques, les paiements par carte de crédit. Tout l'argent a été versé à une entreprise, rien n'a été consacré au programme de viande de bison. C'est du détournement de fonds, de l'escroquerie. Pas étonnant qu'elle veuille que je débarrasse le plancher.

Je la regardai d'une manière plus insistante. Elle avait l'air abattue, pas triomphante.

— Alors, qu'est-ce qui ne va pas ?

— J'ai trouvé l'entreprise. Celle qu'elle utilise pour les paiements illégaux.

— Ah ouais ?

— Elle s'appelle Indigi-Cultural Cuisine, LLC, dit-elle. C'est celle de Lack. Il travaille avec elle. Pour voler la tribu.

Le matin suivant, elle me montra les photos et copies qu'elle avait faites de tous les reçus et paiements sur le compte de la subvention.

— Tu es sûre que c'est l'entreprise de Lack? demandai-je.

— Absolument certaine. J'ai autorisé le paiement pour le food-truck sur le même compte. Crois-moi, j'ai déjà passé et repassé tout ça dans ma tête un millier de fois. En tant que sous-directrice, j'aurais dû être informée de tous les débour-sements. Elle a gardé les paiements sur un autre compte pour que je ne puisse pas les voir. Je dirais qu'environ cent cinquante mille dollars sont partis.

Elle se versa une tasse de thé et m'apporta du café.

— Mon Dieu, dis-je. C'est complètement dingue. Est-il possible que Lack ne soit pas impliqué, que ce soit quelqu'un d'autre de son restaurant qui travaille avec Delia ?

— Non. Il est le propriétaire exclusif de son entreprise. Il est seul à gérer les comptes. Elle lui envoie des paiements pour des dépenses imaginaires, c'est indiscutable. J'ai même sorti les factures qu'elle a fabriquées. Des fausses factures concernant des services traiteur pour des mariages, des fêtes prénatales, des achats de fruits de mer – tu y crois ? Je sais que rien de tout ça n'a eu lieu, j'en aurais entendu parler au restaurant.

— Tu es certaine ? Ça aurait pu.

— Il n'y a pas tellement de réceptions de mariages à dix mille dollars, par ici.

Son visage était fermé.

— Pas étonnant que Lack soit resté plus longtemps que prévu. Il reçoit tout cet argent pour des factures bidons. J'imagine que Delia partage avec lui.

— Tu as trouvé des preuves de ça ?

Elle hocha la tête.

— Ouais, des dépôts sur son compte personnel, quelques autres reçus. Elle truande la tribu, aucun doute. Je trouverais probablement d'autres escroqueries, si je cherchais un peu.

— Alors, comment comptes-tu procéder ? Tu as enfin de quoi faire tomber Delia, la dénoncer comme voleuse et escroc. Exactement ce que tu dis depuis des années.

— Ouais, elle est ignoble. Voler de l'argent à notre peuple – ça me rend dingue.

— Eh bien, elle va pouvoir moisir en prison, dis-je. Détourner des fonds gouvernementaux, ça intéressera les fédéraux. Elle va probablement prendre dix ans, ou plus.

Elle but une gorgée puis fronça les sourcils.

— Tu ne comprends pas. Si je dénonce Delia, Lack tombe aussi. Tout le travail qu'il fait pour aider notre peuple est terminé. Alors, qu'est-ce que je fais ? Je balance Delia et j'envoie Lack en prison ? Notre *oyate* va beaucoup souffrir. J'envoie deux personnes en prison, je fais du mal à toute la tribu. Il n'y a aucune justice là-dedans.

Je n'arrivais pas à en croire mes oreilles.

— Ces salopards volent plus de cent mille dollars à la tribu, ils méritent d'être condamnés. De vivre dans une cage, de chier dans une cuvette en inox – ce serait ça, la justice.

— Oui, et la révolution de l'alimentation indigène s'arrêterait. Il tombera en disgrâce, ce qui n'est pas grave, mais son mouvement aussi. Sans parler du fait que le gouvernement ne nous accordera plus jamais d'autre subvention.

— Il y a forcément d'autres types qui parlent de nutrition saine, objectai-je. Il doit y en avoir d'autres qui s'intéressent à la cuisine indienne et tout ça.

— Pas vraiment. C'est lui qui fait passer le message dans la presse. S'il se fait arrêter, les médias vont se déchaîner.

— Tu ne peux pas dénoncer Delia et laisser Lack en dehors de l'affaire ?

— J'y ai pensé, mais il y a des indices qui mènent jusqu'à lui. Je ne vois pas comment un procureur les manquerait.

Tout ceci me paraissait incroyable. Elle prévoyait vraiment de laisser ces voleurs soustraire une somme d'argent énorme à la tribu et s'en tirer sans dommages. Ce n'était pas la Marie que je connaissais.

— Bon, je comprends que tu ne veuilles pas impliquer Lack, dis-je. Je ne suis pas d'accord, mais je comprends tes raisons. Mais si tu ne dénonces pas Delia, elle va continuer à voler. Notre peuple. Tu y as pensé ?

Elle soupira.

— Ouais. J'y ai pensé toute la nuit. La meilleure solution que j'aie trouvée est la suivante : peut-être après l'élection, j'irai voir mon père et je lui dirai de n'accorder à Delia aucune autonomie financière. Mais je le connais. Il me posera des questions et il comprendra.

Elle me regarda et je vis l'angoisse sur son visage.

— Je devrais sans doute rester en dehors de ça, partir à la fac de médecine. Ensuite je pourrai au moins aider quelques personnes. Au lieu de tout faire foirer.

Elle posa sa tête sur la table, on ne voyait plus que ses cheveux noirs ; ses épaules tremblaient doucement.

Je ne savais pas comment la consoler, quand elle était dans une telle détresse. Je posai une main sur son bras, les croûtes et les callosités de mes doigts rugueux sur sa peau douce. Au bout d'un moment, elle me prit la main, et nous restâmes ainsi, sans rien dire.

24

LES JOURS SUIVANTS furent durs. Marie était affectée par la fraude qu'elle avait repérée et blessée par la découverte que Lack n'était qu'un escroc de plus. Elle avait cru en sa démarche pour changer la manière de s'alimenter des Indiens, ce qui rendait les choses encore plus douloureuses. Malgré mes arguments, elle maintint sa décision de ne pas révéler le détournement de fonds, parce qu'elle ne voulait pas nuire au travail entrepris par Lack ni déclencher un scandale autour du programme alimentaire de notre réserve. Pour ma part, j'aurais été heureux d'envoyer Delia et Lack en prison, mais Marie devait gérer la situation seule, et elle avait choisi de se focaliser sur le bien commun. Elle était convaincue que Delia et Lack recevraient le sort qu'ils méritaient, que l'univers y pourvoirait. J'étais sceptique mais gardai pour moi mes opinions.

Sans parler du fait que j'avais mes propres problèmes. Même si j'essayais de ne pas y penser, Nathan devait encore effectuer la transaction équipé du micro pour remplir sa part de l'accord avec le procureur. Il avait fait profil bas au lycée, comme on le lui avait ordonné, attendant d'avoir des nouvelles des dealers d'héroïne sans éveiller les soupçons. Il ne me parla plus de harcèlement, mais je ne savais pas si mon intervention après de Ray Sits Poor pouvait l'expliquer ou s'il évitait seulement le sujet.

Un après-midi, Nathan m'annonça qu'il avait quelque chose à me dire.

— *Leksi*, j'ai vu les gars. Tu sais, les types de la drogue. Ils traînaient après les cours, et ils m'ont demandé si je voulais en acheter. J'ai dit oui.

Il me regarda comme s'il avait fait quelque chose de mal, mais je crois qu'il avait seulement peur. Peur de porter le micro, peur que les autres le découvrent, peur que sa vie change. À nouveau.

— J'appelle l'avocat.

Lorsque je réussis enfin à joindre Charley Leader Charge, il m'annonça qu'il allait contacter les enquêteurs immédiatement et que je devais attendre d'avoir de leurs nouvelles. Il ne fallut pas longtemps. Dennis m'appela dans l'heure, me dit qu'il commençait à préparer l'embuscade. Puis il prit Nathan au téléphone; il devait parler aux dealers et voir quand ils pourraient livrer la marchandise. Leur demander à acheter davantage d'héroïne, environ dix fois plus que la dernière fois. S'ils lui demandaient pourquoi il en voulait autant, Nathan répondrait que la moitié était pour un ami. Il devait s'assurer que le deal se fasse au lycée, soit à l'intérieur, soit à côté. Dès que Nathan aurait le jour et l'heure de la transaction, on l'équiperait du micro.

Le lendemain matin, Nathan partit en cours; il allait convenir du rendez-vous. Il m'appellerait dès que l'heure serait fixée, puis il rentrerait à la maison et verrait Dennis.

Il leur faudrait environ une demi-heure pour préparer Nathan. La réalité commença à s'imposer.

— Tu es prêt ? me demanda Marie tandis qu'elle faisait infuser un thé, son mélange Larmes de moineau.

— Je n'ai pas le choix. J'espère simplement que Nathan tiendra le coup aujourd'hui. Cette histoire est dure pour moi, elle doit l'être cent fois plus pour lui.

— Encore une chose, dit-elle en se versant du thé noir auquel elle ajouta un peu de sucre. Même si je ne sais pas si le moment est bien choisi.

— Vas-y. L'affaire de Nathan ne va pas se mettre en route avant ce soir.

Je regardai Marie remuer son thé, qui s'enroula en petits tourbillons dans sa tasse.

— OK, voilà ce qui se passe. (Elle hésita.) J'imagine que tu t'es rendu compte que je suis un peu abattue. C'est cette histoire avec Lack et Delia. Delia a toujours été épouvantable, mais je pensais que Lack était quelqu'un de bien, qu'il était mon ami. Quand j'ai découvert tout ça, ça a été… (Elle secoua la tête.) Maintenant, je n'ai plus de boulot, et je ne me sens pas de continuer à travailler au restaurant. Alors je me dis qu'il est temps d'envisager un nouveau départ.

Elle se versa encore du thé, alors même que sa tasse était presque pleine.

— Le truc, c'est qu'il faut que je donne ma réponse à la fac de médecine dans deux semaines. Celle d'Albuquerque. Tu sais, je ne voulais pas en parler tant que Nathan était dans le coin. Mais il faut que je prenne bientôt ma décision. Que je sois sûre d'être au clair. Avec tous les aspects du problème.

J'avais sorti de ma tête la question des études de médecine de Marie. Mais voilà qu'elle se posait à nouveau.

— Tu as fait ton choix ?

— J'ai travaillé dur pour ça, non ? dit-elle. Je pourrais sans doute faire du bien à notre peuple de cette manière. Tout ce que j'ai accompli auprès des services de la tribu n'aura été d'aucune utilité. Et mes parents sont absolument fous de joie à cette idée. Ils auraient une fille banquière et une fille médecin. C'est leur rêve, de montrer la réussite de leurs enfants – pas du tout le genre de la réserve. Maman dit qu'elle me déshéritera si je n'accepte pas la proposition de la fac de médecine. Elle déteste la vie ici, elle veut que je parte et que je m'installe en ville. Mais chez moi, c'est ici.

— C'est ton rêve, ou celui de tes parents ?

Elle détourna le regard et se mit à ranger la vaisselle propre dans les placards. Elle avait importé chez nous un nouveau système de rangement des bols, tasses et assiettes, une configuration selon elle plus logique que celle, aléatoire, que Nathan et moi appliquions.

— Je ne sais plus. Peut-être que ça n'a jamais été mon idée. Cette fac est tellement loin. Tu viendrais me voir ? Je pourrais rentrer pour les vacances d'hiver et quelques semaines l'été, mais probablement pas plus.

Elle s'interrompit quelques instants et examina longuement sa tasse à thé, comme si elle avait un défaut mineur que personne d'autre qu'elle ne pouvait voir.

— Je m'interroge sur toi et moi. Que va-t-il se passer ? On est bien ensemble. C'est différent de ce que c'était avant – mieux. Tu as changé. Énormément changé. Tu n'essayes plus de fuir ce qui te poursuivait.

Elle posa la tasse.

— Mais qu'est-ce qui se passera si je pars ? Est-ce que tu redeviendras un justicier ? Est-ce que dans un an je recevrai un appel me disant que tu as été tué, et je me retrouverai à pleurer l'homme que j'aime ?

Aimer. Un mot que nous n'avions jamais utilisé. Est-ce que je l'aimais ? Bien sûr. Je l'avais toujours aimée. Et si je l'aimais, alors je devais faire ce qui était le mieux pour elle. Mais je ne savais pas ce que c'était.

Elle me regarda, attendant que je lui réponde.

Il n'y pas de mot pour dire *adieu* en lakota. Voilà ce que ma mère me répétait. Bien sûr, il existe des mots comme *toksa*, "plus tard", que les gens utilisent comme substitut moderne. Elle m'avait dit que les Lakotas n'avaient pas de terme pour l'adieu parce que nous étions connectés pour toujours. Dire adieu signifierait que le cercle était brisé.

Je réfléchis à cela. J'avais le sentiment que nous devions dire adieu à notre ancienne vie, quelle qu'elle soit. Bientôt Nathan franchirait une ligne dont il ne connaissait même pas l'existence et Marie s'engagerait dans une nouvelle vie et une nouvelle carrière au Nouveau-Mexique. Pouvais-je lui dire adieu ?

Et moi ? Je ne savais pas ce que la vie réservait à mon univers. Peut-être était-il temps de cesser d'accepter les contrats de justicier et de me trouver une nouvelle profession. Je n'arrivais même pas à me souvenir de la personne que j'étais avant, quand je ne tabassais pas encore des gens. Partout autour de moi, je voyais des Indiens qui faisaient du bon boulot : Marie à la fac de médecine, Ben au conseil tribal, même Tommy avec sa nouvelle passion pour la cuisine. Peut-être pouvais-je trouver une activité où je ne me servirais pas de mes poings. Je me rappelai qu'avant que mon père meure, je l'aidais à réparer les voitures. Il me donnait un petit truc à faire et me montrait comment le réaliser. Même si je n'avais que sept ou huit ans, je me souvenais de la satisfaction que j'éprouvais quand je l'avais aidé à effectuer une petite réparation. Démonter une pièce dans un moteur, la remonter. L'impression d'avoir remis quelque chose en état, au contraire de casser ou abîmer des choses ou des gens. Peut-être était-il temps de dire au revoir, adieu, à tout ce que nous avions connu et vécu, de briser le cercle, de trancher nos liens.

Pendant l'après-midi, je mis mes pensées de côté en attendant l'appel de Nathan. Les dealers n'étaient pas connus pour leur fiabilité, alors la transaction risquait de ne pas avoir lieu immédiatement. Je regardai un vieux film à la télévision, quelque chose à propos d'un escroc et de sa mère. Puis la porte s'ouvrit et Nathan entra.

— Tout va bien ? Je croyais que tu allais appeler, dis-je.

— Ouais, ça va. J'avais vraiment faim et j'avais pas d'argent pour m'acheter un truc.

— Tu as parlé aux gars ?

Il ouvrit le réfrigérateur et examina son contenu. Marie l'avait débarrassé de la plupart des choses malsaines qu'il aimait manger.

— Ouais, quelques mots. Ils viendront demain après les cours, vers quatre heures. Avec la marchandise.

Je me demandai pourquoi il était si nonchalant. Peut-être était-ce simplement une posture, ou l'orgueil démesuré des débuts de l'adolescence. Mais peut-être cela valait-il mieux. J'appelai Dennis pour l'informer du rendez-vous. Il répondit que Nathan devrait rentrer à la maison tout de suite après l'école le lendemain – tôt, si possible – et rencontrer ses agents. Ils l'équiperaient du micro, lui donneraient de l'argent pour l'achat et un portable prépayé, puis il retournerait au lycée retrouver les dealers. Après l'opération, ils seraient tous arrêtés et tout ce merdier serait terminé. Nathan aurait rempli ses obligations vis-à-vis du procureur et les accusations devant la cour fédérale seraient abandonnées. Nous pourrions remettre de l'ordre dans nos vies. Si possible.

La journée suivante passa en un éclair. Marie resta chez elle, préférant sans doute ne pas être dans nos pattes quand on arriverait au cœur de l'action. Je regardai des émissions de télé ineptes, par exemple sur des gens qui rachetaient aux enchères des box de stockage abandonnés ainsi que leur contenu. Je ne saisissais pas pourquoi quelqu'un qui aurait loué un box de stockage y abandonnerait ses affaires. Pourquoi ne pas simplement vider les lieux si vous ne vouliez plus payer la location ? Cela n'avait aucun sens, sans parler du fait que ces box de stockage étaient un concept délirant inventé par les *Wasicu*. Sur la réserve, les gens jetaient les choses dont ils n'avaient plus besoin sur leur terrain, plutôt que de payer un loyer pour un espace minuscule. Ou ils les donnaient à des gens qui en avaient l'utilité.

Nathan rentra de l'école vers trois heures. Dennis se trouvait déjà chez moi.

— On va t'équiper. Mais commençons par le début, tu as besoin de combien d'argent ?

Nathan eut l'air surpris.

— Qu'est-ce que vous voulez dire ?

— Pour acheter la drogue. Quelle quantité ils ont promis de te vendre ? Dix doses ? Ou est-ce que tu en as demandé davantage ?

— Euh, ouais, ils ont dit qu'ils pouvaient me vendre dix hits.

— Une dose vaut combien par ici ?

— Dix ou quinze dollars.

Dennis tendit des billets à Nathan.

— Tiens, en voilà deux cents. S'ils t'en proposent davantage, vas-y, achète. Il faut que tu signes ce formulaire ; tu reconnais que je t'ai donné l'argent. Le gouvernement nous oblige à rendre compte du moindre cent.

Nathan gribouilla son nom sur un morceau de papier.

— Qu'est-ce que je fais avec la monnaie ? S'il reste de l'argent, après ?

— Tu le gardes et tu me le rends plus tard. Ou pas. Le principal, c'est d'acheter autant de drogue que tu peux. Ensuite, tu as toujours le portable prépayé que je t'avais donné ?

Nathan hocha la tête.

— Voyons ça, dit Dennis. Où en est la batterie ?

— Chargée à bloc.

— Très bien. Appelle-moi, histoire d'être sûr qu'il marche. Il n'y a qu'un seul numéro en mémoire.

Nathan appuya sur des boutons puis nous entendîmes un bourdonnement provenant de la poche de Dennis.

— OK, il est opérationnel. Rappelle-toi, ne l'utilise qu'en cas d'urgence. Si tu nous appelles, on intervient et on te sort de là. Tu te souviens du code d'urgence ?

Nathan secoua la tête.

— Tu dis "J'vais chez un pote." C'est tout ce que tu as à dire ; on entend cette phrase et on débarque en moins d'une minute. Compris ?

Nathan acquiesça avec un petit sourire en coin. Il pensait que Dennis ne lui faisait pas confiance pour se débrouiller tout seul.

— Une dernière chose, dit Dennis. Installons le dispositif d'écoute sur toi.

— Vous voulez dire le micro ?

— Ouais. On l'appelle plus comme ça. Tout est digital.

Il sortit un petit appareil noir qui ressemblait à une télécommande pour ouvrir une voiture.

— Voici le transmetteur. Tu accroches ça à ton porte-clés et tu le gardes dans ta poche.

— Où est le microphone ? demandai-je.

Dennis sourit.

— C'est le téléphone portable. Le prépayé. Il y a une app dessus, Envoy, qui enregistre automatiquement et envoie les données en temps réel à notre équipe. (Il se tourna vers Nathan.) Assure-toi de ne pas éteindre le portable. Quand tu effectues la transaction, pose-le à côté de toi comme d'habitude. La seule chose que tu ne peux pas faire, c'est le ranger dans ta poche. Nous ne pourrons pas t'entendre.

Nathan eut tout à coup l'air inquiet.

— Vous me montrez comment je le tiens ? Comme ça je foire pas.

— Tu n'as pas besoin de le tenir d'une manière particulière. Tu le poses juste sur une chaise ou tu le tiens à la main. Comme j'ai dit, ne le fourre pas dans ta poche de pantalon, et ne l'éteins pas.

Nathan parut dubitatif.

— Euh… OK.

— Autre chose. (Il tira sa chaise pour être plus près de Nathan.) Il faut que tu décrives à haute voix ce qui se passe pendant la transaction, au fur et à mesure, mais sans en faire des tonnes. Dis des choses comme "Combien de doses vous avez amené ?" Nous n'avons que le son, pas l'image, alors nous avons besoin d'un compte rendu oral des événements. Tu comprends ?

Maintenant, c'était moi qui m'inquiétais.

— Ça ne risque pas d'éveiller les soupçons ? S'il dit quelque chose qui paraît bizarre ?

— D'où l'importance capitale de rester naturel. Dis des choses que tu dirais normalement. Parle de ce qui se passe, pose des questions. Tu crois que tu peux y arriver ?

L'expression de Nathan suggérait que nous étions les gens les plus ringards et les plus ridicules de la terre.

— Pas de souci. Je gère.

— D'accord, fit Dennis. Faisons un test, pour vérifier la qualité de la prise de son.

Il prit le portable de Nathan et appuya sur des boutons.

— J'ai mis en route l'application, tu es en mode enregistrement. Tu as le transmetteur ? Cool. Va dans l'autre pièce et dis quelque chose. Virgil et moi, on va dans ma voiture pour tester si on entend bien.

Un petit boîtier se trouvait sur le siège de la voiture banalisée. Dennis actionna un interrupteur et tourna une molette, probablement le volume.

— Très bien, c'est parti pour le test.

Nous attendîmes. Tout ce que j'entendais, c'était un léger bourdonnement électrique et les pépiements des oiseaux. Nous restâmes là environ trente secondes. J'avais l'impression qu'elles se comptaient en heures.

Nous attendîmes encore. Toujours rien.

— Merde, fit Dennis et il ouvrit sa portière.

Puis un son sortit de l'appareil, étonnamment clair.

Ah, test 1, test 1, test 1. Vous m'entendez ? Je ne sais pas quoi dire, je me sens con...

Dennis actionna un bouton.

— C'est tout bon.

Nous retournâmes à l'intérieur. Nathan sortit de la chambre avec un drôle d'air.

— Vous m'entendiez ?

— Tout à fait distinctement, dit Dennis. Quand tu seras avec eux, débrouille-toi pour tenir ton téléphone de la même manière.

Nathan acquiesça.

— OK, on est fin prêts. On sera dans le véhicule technique, en train d'écouter et d'enregistrer ta conversation avec eux. Ton oncle sera avec nous. Il y aura un autre véhicule – la voiture de surveillance – avec un agent qui te gardera en visuel.

Dennis jeta un coup d'œil à son portable puis se tourna vers Nathan.

— Achète la drogue et rentre directement à la maison, ne va nulle part ailleurs. Il faudra que je fasse quelques clichés de la came et que je prenne ta déposition. Nous ne les arrêterons pas sur-le-champ – ce serait un indice flagrant que tu les as piégés. Nous mettrons la main sur eux probablement plus tard dans la journée, ou demain. T'es prêt à rentrer sur le terrain ? Coup d'envoi dans trente minutes.

Nathan leva les yeux au ciel à mon intention quand Dennis lui tourna le dos. Les références footballistiques. Nathan détestait le football, il trouvait que c'était un sport idiot et violent.

— OK, fit Dennis. Retourne au lycée. S'il y a un problème, tu m'appelles et tu me donnes le code. Comme j'ai dit, le gars de la voiture ne te quittera pas des yeux.

Dix minutes après le départ de Nathan, Dennis et moi nous postâmes à quelques pâtés de maisons du lycée.

— Vous êtes sûr que nous ne sommes pas trop loin, que nous l'entendrons ? demandai-je.

Dennis effectuait des réglages sur l'appareil d'enregistrement.

— Ça devrait être bon. La portée est d'environ quatre cents mètres. Si la résolution n'est pas bonne, nous nous rapprocherons.

Le silence s'installa, nous attendions. Au bout d'un moment, le boîtier se mit à crépiter. On aurait dit la transmission d'un atterrissage sur la lune. Je me rendis compte que j'entendais les bruits de ma propre voiture, celle que Nathan conduisait. Il avait mis la radio, réglée sur KOYA, la station de la réserve, qui diffusait la musique d'un powwow. Le morceau de musique se termina et le DJ se mit à parler.

Hey, KOYA Land, une dédicace maintenant, Somewhere Over the Rainbow, *la version à l'ukulélé, pour Robin Two Crow, qui a quatre ans aujourd'hui. Joyeux anniversaire, Robin, de ta* Unci* *Charlene !*

— Je crois que c'est la radio de ma voiture. Est-ce qu'on entend ça via son portable ? demandai-je.

— Ouaip. Il a probablement posé le téléphone sur le siège à côté du haut-parleur de la radio. Ou peut-être pas. Cet appareil est assez sensible.

La musique se poursuivit encore quelques minutes, puis s'arrêta. Nous entendîmes un cliquetis, le bruit d'une portière qu'on claque, puis rien.

— Il a rangé le portable dans sa poche, dit Dennis. Il faut qu'il le tienne en main quand le type se pointera. J'espère qu'il s'en souviendra.

— Ne vous inquiétez pas, il le fera.

— J'espère. Sinon, on va devoir tout recommencer. Je vais appeler Mike. Il est dans la voiture banalisée, à côté du lycée.

* Grand-mère.

Dennis prit son téléphone.

— C'est moi. Tu l'as en visuel ?

Il marqua une pause pour écouter son collègue. Je tendis l'oreille, essayant de comprendre ce qu'il disait.

— Mmm-mmm. D'accord. Appelle si ça bouge.

— Que se passe-t-il ? demandai-je.

— Il a repéré Nathan et un autre homme. Ils se dirigent vers le fond, près des tables de pique-nique.

— Il est avec l'un des dealers ?

— Non, ils les attendent. Probablement un de ses amis qui cherche à acheter de la came. Je ne sais pas lequel du gang apportera la marchandise – j'espère que ce sera Rick Crow, mais ça pourrait être un des jeunes. À mon avis, Loco ne viendra pas, généralement il reste à la planque et envoie les gamins faire les livraisons.

Nous attendîmes environ vingt minutes. Par moments, on entendait des petites émissions sonores dans le boîtier, mais rien que je puisse identifier. J'essayai de rester calme, sans grand succès. Mon agitation envoyait des secousses d'électricité en courant continu sous ma peau. Enfin, le portable de Dennis sonna.

— Ouais ?

Il s'immobilisa et écouta, puis lâcha quelques autres "mmm" et "OK".

— Qu'est-ce qui se passe ? demandai-je.

— Les types de Denver sont arrivés. L'un d'eux s'appelle Manuel, d'après ce qu'on sait, et l'autre, on n'est pas sûrs. Et bonne nouvelle, votre copain Rick Crow est là.

Une décharge d'adrénaline pure me parcourut les veines.

— Mike dit qu'ils se dirigent vers les tables, reprit Dennis. C'est parfait. On est dans l'enceinte de l'établissement scolaire, exactement là où on les voulait. Maintenant, il faut juste que Nathan sorte son portable pour qu'on entende ces connards.

Nous attendîmes encore – j'eus l'impression que ça durait une éternité – que le boîtier commence à transmettre la conversation.

Silence. Bon sang, Nathan, sors ce portable de ta poche ! Maintenant !

Je décidai d'interroger Dennis sur les procédures au cas où nous ne pourrions pas entendre leurs voix.

— Que se passera-t-il si nous ne pouvons pas…

Tout à coup, les haut-parleurs se mirent à cracher :

… venir plus tard ? Je ne sais pas, j'ai des trucs à faire. Mec t'as qu'à venir te poser avec nous on a le nouveau… Regarde la nana, là. Qui ? Qui marche là-bas. Tu sais que tu en veux. Va te faire foutre. Non toi va te faire foutre, putain, elle est bonne tu l'as dit. Va lui parler… Putain ouais tu la connais ? Nan il connaît rien. Hé faut que je rentre bientôt chez mon oncle

Il était difficile de distinguer qui était qui dans le brouhaha de voix, mais je reconnus la manière de parler de Nathan. Je lançai un coup d'œil à Dennis, mais il écoutait très attentivement la conversation, le regard rivé sur l'appareil comme si les types se trouvaient à l'intérieur.

C'est tout bon. T'étais passé où Rick, ça fait un bail. J'me suis baladé, j'avais des trucs à faire. Vous allez tous à la planque après ? P'têt que j'irai grailler à V-town. Tu veux venir N ? Peux pas, faut pas que je rentre trop tard genre pour pas m'faire emmerder à la maison.

Nathan à nouveau. On avait l'impression qu'il connaissait vraiment bien ces gars, je trouvais ça inquiétant.

Je fais mes trucs et tout le monde me fout la paix, tu vois ? Ouais, je vois. On va pouvoir le faire ? J'ai le fric. Ouais c'est cool.

Faut qu'on aille à la voiture pour le faire. C'est bon. On y va. Alors, t'as fait quoi

La conversation prit fin et nous entendîmes un bruit de froissement dans le boîtier.

— Merde, fit Dennis, il a rangé le portable dans sa poche.

Je m'apprêtai à parler, mais Dennis tendit un index, puis passa un appel.

— Qu'est-ce qu'ils font ? demanda-t-il à son interlocuteur. (Une courte pause.) OK, tu me diras. (Il se tourna vers moi.) Ils marchent, peut-être vers leur voiture. Probablement pour effectuer la transaction à l'intérieur où personne ne peut les voir. C'est typique. Aucun problème, tant que Nathan garde son calme.

— Est-ce que votre gars pourra les voir ?

— Ne vous inquiétez pas, c'est un pro. Un de mes meilleurs agents. Il bougera s'il y est obligé, mais sans prendre le risque de se faire repérer. On devrait pouvoir en entendre davantage dans une seconde – on est toujours à portée de l'émetteur.

Nous ne recevions que des froissements. Je me demandai si je devais aller au lycée et surveiller moi-même. Nathan, bon sang ! Sors ton portable pour qu'on puisse savoir ce qui se passe !

Le téléphone de Dennis sonna.

— Ouais ? (Un silence.) D'accord, fais-le mais sois prudent.

— Qu'est-ce qui se passe ?

— Ils sont partis en voiture. Nathan est avec eux. Mais ne vous inquiétez pas. Mike va suivre le véhicule.

Je laissai mon regard errer dans le champ à côté de la voiture. Le crépuscule tombait, l'heure de sortie pour les reptiles. Effectivement, je perçus un mouvement à une centaine de mètres. Un petit serpent à sonnette, les stries brunes et beiges tout juste visibles, se déplaçant lentement entre les pierres et l'herbe.

— Qu'est-ce qu'on fait maintenant ?

— On attend. On attend de savoir où ils vont. Ensuite on prendra position à notre tour, pour être à la portée du micro.

— Une idée de l'endroit où ils vont ?

— Non, je ne sais pas. Peut-être dans leur planque chercher d'autres ballons. C'est pas bon – on voulait que la transaction ait lieu dans l'enceinte du lycée. Ne vous inquiétez pas, Mike les a ; il nous dira où ils se sont arrêtés. (Il posa son téléphone.) Aucune raison de rester ici. Allons à la station-service, Mike nous appellera.

Nous parcourûmes quelques pâtés de maison jusqu'à l'épicerie.

— Il nous contactera dès qu'il aura un visuel. Je vais chercher un soda, vous en voulez un ?

Je déclinai la proposition. C'était probablement la routine pour Dennis, mais je voulais qu'il soit en alerte maximale, pas en train d'acheter des casse-croûtes. Il entra dans le magasin et je regardai mon portable démodé, pour voir si Nathan m'avait appelé, tout en sachant que c'était inutile. C'était Dennis qu'il contacterait s'il y avait le moindre problème.

Dennis ressortit du magasin avec une canette de Dr Pepper dans une main et son portable collé à l'oreille, en train de parler à quelqu'un. Il s'arrêta et, à son expression, il se passait quelque chose. Il revint à la voiture, la mine sombre.

— Tout va bien ? demandai-je.

— Il les a perdus.

— Quoi ? Qui a perdu qui ?

— Mike. Dans la voiture de surveillance. Il a perdu la trace des dealers. Il ne voulait pas se faire repérer, alors il est resté un peu en arrière. Il s'avère qu'il suivait le mauvais véhicule. Il y avait peut-être deux voitures au départ ; il aura suivi la mauvaise. Il cherche un Dodge Charger rouge maintenant.

— Qui se trouvait dans la voiture ? Celle qu'il suivait ?

— Des jeunes du lycée. Les deux voitures se dirigeaient vers le sud. Mike reprend la route pour voir s'il peut les retrouver.

J'essayai de mettre toutes les informations en ordre.

— Est-ce qu'il sait où ils allaient ?

— Aucune idée. Là, tout de suite, on est en mode attente.

Attente ? Cela n'avait aucun sens pour moi.

— Ils ne sont pas juste en train de faire une balade, hein ? Peut-être qu'ils retournent à leur camp de base.

Dennis réfléchit un moment.

— Peut-être. Ça vaut le coup d'aller voir. Au pire des cas, on revient ici. De toute manière, cette transaction est foutue. Je vous ramène chez vous, et ensuite je vais à la planque du gang.

— Me ramener ? Pas question, bordel. J'en suis, et jusqu'au bout.

— Nous ne savons pas ce qui se passe. Je vous ai fait la faveur de vous laisser m'accompagner. Mais maintenant, vous rentrez chez vous. C'est non négociable. Je vous emmène en voiture, ou vous y allez à pied.

On en était donc arrivé là ? Il n'était pas question que j'abandonne Nathan après l'avoir fichu dans cet énorme merdier.

— Eh bien, vous allez devoir me passer les menottes. Si vous vous en croyez capable. Parce que je monte dans cette voiture. (Je me mis en garde, face à lui.) C'est non négociable.

Il me regarda, se demandant si j'allais passer à l'acte.

Je soutins son regard.

— D'accord. Montez.

Nous partîmes pour Valentine, où Loco et les autres habitaient et faisaient leurs affaires. Pendant que nous roulions, Dennis commença à me parler du bungalow des dealers.

— Ouais, je suis au courant, dis-je. Celui qui se trouve au terrain de camping, à l'extérieur de la ville ?

— Vous savez où il est ? C'est Nathan qui vous en a parlé ?

— Non, j'ai fait mes petites recherches et j'ai trouvé. Je suis allé voir.

Il secoua la tête, dégoûté.

— Bon sang, il nous a fallu un paquet d'heures de surveillance pour localiser cet endroit. Vous êtes rentré dedans ?

— Non, je suis resté en planque pendant un moment ; j'ai vu Rick Crow.

— Pas surprenant. Laissez-moi appeler Mike, pour savoir où il en est avec le Charger.

Tandis que nous roulions à bonne vitesse sur la Highway 83 vers le Nebraska, les yeux rivés sur la route scintillant devant nous, j'écoutai ce qu'il disait aussi attentivement que possible.

— Merde, dit-il. Mike n'arrive pas à repérer la voiture.

— Quoi ? Il ne la trouve pas ?

— Non. Il continue à chercher.

J'étais sur le point d'exploser, mais j'essayai de garder mon calme. Il nous fallut près d'une demi-heure pour arriver au camping. Nous prîmes l'entrée du Pay-E-Zee et nous nous arrêtâmes. Même situation que la dernière fois, l'endroit paraissait désert, une ville fantôme. Un camping-car délabré était garé sur le côté, mais je ne voyais aucun véhicule près du bungalow au fond. Près du repaire du gang. Dennis fit le tour lentement jusqu'à se placer à quelques centaines de mètres du bungalow, derrière un bosquet.

— Nous allons le surveiller. Avec un peu de chance, ils viendront et nous pourrons récupérer le son du micro. Mike reprend la route vers la réserve pour voir s'il les localise.

Nous restâmes là en silence pendant un moment. Les seuls mouvements étaient ceux du vent et des oiseaux. Dennis surveillait l'arrivée des SMS sur son portable.

— Et merde, j'y vais, fit Dennis tout à coup. Attendez là, ne bougez pas.

Il sortit sans bruit de la voiture et se dirigea jusqu'au bungalow. D'abord, il examina l'intérieur par la fenêtre, puis il essaya d'ouvrir la porte d'entrée, qui était fermée à clé. Enfin, il fit le tour vers l'arrière. Je l'observai attentivement, attendant de voir s'il avait découvert quelqu'un à l'intérieur. J'ouvris la fenêtre de la voiture pour entendre, au cas où il y aurait lutte, ou des coups de feu.

Rien. Les minutes passèrent sans le moindre signe de Dennis. Quelque chose avait dû arriver. Peut-être qu'ils étaient planqués à l'intérieur et qu'ils l'avaient surpris. Peut-être qu'ils l'avaient descendu et que je n'avais rien entendu.

Il ne me restait plus qu'à y aller. Je fouillai la voiture de Dennis du regard à la recherche d'armes. Rien sous le siège. Rien dans la boîte à gants, seulement le carnet d'entretien et des clés d'écrous antivol pour les roues. Tant pis, j'avais mon Spyder sur moi. Et j'avais mes poings.

Je sortis de la voiture et réfléchis deux secondes à ma stratégie. Je ne savais pas combien de personnes se trouvaient à l'intérieur ni s'ils étaient armés. Mon meilleur atout serait la surprise, alors je décidai d'ouvrir la porte d'un coup de pied et de faire irruption dans la bicoque. Ensuite, j'improviserais. J'avançai à pas lents et restai près de la porte, attendant le bon moment.

Tout à coup elle s'ouvrit et Dennis apparut. Il me vit et me regarda, surpris.

— Qu'est-ce que vous faites ?

— Euh, rien. Je suis venu voir. Vous êtes resté là-dedans un bon moment.

— Ils sont partis, il n'y a personne.

Avant qu'il puisse me l'interdire, j'entrai. Quelques détritus sur le plancher du salon, une salle de bains sale, des emballages de nourriture dans la cuisine, mais aucun signe que quelqu'un vivait encore là. La seule chose qui restait était une légère odeur d'allumettes brûlées et une autre odeur que je n'arrivai pas à identifier. Je fus content de ressortir.

— Où sont-ils allés, d'après vous ? demandai-je.

— Difficile à dire. Ils sont malins, ils bougent. Ils ont peut-être loué une autre planque.

— Qu'est-ce qu'on fait maintenant ?

— Il n'y a pas grand-chose qu'on puisse faire. On retourne là-bas et on attend des nouvelles.

À ce moment-là, le portable de Dennis sonna. Il décrocha et écouta, puis demanda :

— Où es-tu ? Est-ce que tu…

Puis il raccrocha. J'attendis qu'il parle.

— C'était Nathan. Il dit qu'il va chez un pote.

Je restai silencieux pendant quelques secondes.

— Le code d'urgence. Il a des ennuis.

25

DENNIS S'ÉLOIGNA et se mit immédiatement à passer des appels. Je le suivis, essayant d'écouter, mais il me fit signe de rester à distance. Ma première pensée fut que Nathan nous faisait une farce, qu'il nous baladait, mais c'était stupide. Il nous avait informés que ça avait mal tourné ; mais pourquoi avait-il raccroché si vite ? Il n'avait pas dit où il se trouvait, ce qui signifiait que les dealers devaient être près de lui, aux aguets. Quel genre d'ennuis avait-il ? Avaient-ils découvert le système d'écoute ?

Au bout de quelques minutes, Dennis revint, le visage sombre.

— J'ai appelé Mike. Il retourne au QG de campagne du FBI. Il émettra un bulletin d'alerte dans quelques minutes…

— Qu'est-ce que c'est ? Comme un avis de recherche ?

— Même chose, expression différente. Peut-être qu'il émettra une alerte Amber aussi. Toutes les agences de l'État partiront à la recherche d'un Dodge Charger rouge. Il ne devrait pas être difficile à repérer. On va tracer son portable. Ce ne sera pas un problème – on a déjà les informations du prépayé, pas besoin de Stingray, mais le FBI peut s'en servir si besoin.

— Stingray ?

— C'est un mécanisme qui déclenche à distance l'envoi de données de localisation par un portable. Ce ne sera pas nécessaire. L'appareil que j'ai donné à Nathan est à nous, alors nous avons ses identifiants. Ce que j'essaye de dire, c'est qu'on devrait remettre la main sur ces types bientôt. J'ai donné l'ordre qu'on déploie tous les moyens nécessaires. Quand on les trouvera, on enverra plusieurs voitures de patrouille et on récupérera Nathan pronto.

Il rangea son portable dans sa poche.

— Bon, on s'en va. Il faut que j'aille au bureau ; je vous déposerai chez vous en passant.

Inutile de discuter cette fois, je ne connaissais rien à ces trucs de surveillance hi-tech. Dennis me ramena chez moi et je sortis de la voiture. Mais je lui fis signe de baisser sa vitre. J'avais une dernière question à lui poser.

— Quelle est la probabilité pour que vous ne trouviez pas la personne après avoir lancé une recherche comme celle-ci ?

Il me regarda droit dans les yeux.

— Elle est nulle.

— Tant mieux, parce que s'il lui arrive quelque chose, ce sera votre faute. Compris ?

Il partit sans rien dire, soulevant un nuage de poussière qui se dispersa lentement dans l'air.

J'appelai Marie dès que je franchis le seuil. Elle arriva quelques minutes plus tard et apporta des plats qu'elle avait cuisinés. J'étais trop distrait pour manger, alors je bus du café et lui racontai ce qui s'était passé. Je lui parlai de l'appel de Nathan et de la recherche que les fédéraux avaient lancée.

— Qu'est-ce qu'on est censés faire maintenant ? dit-elle en rangeant la nourriture.

— Il a dit d'attendre.

— Est-ce que la police de Rosebud participe aux recherches ? Ils connaissent la zone mieux que les flics de l'État ou le FBI, dit-elle. Toutes les petites routes, les chemins qui n'ont même pas de nom.

— Tu as raison. Je suppose que oui, mais je n'en suis pas sûr.

— Si j'appelais Ty Bad Hand ? Il appartient à la police tribale – ça peut pas faire de mal de vérifier avec lui, si ?

— Bien sûr, appelle-le. Vois ce que tu peux apprendre. Si les fédéraux n'ont rien dit aux flics de Rosebud, je leur ferai un deuxième trou de balle.

Elle passa dans l'autre pièce pour téléphoner. Pendant ce temps-là, je réfléchis à la transaction et à ce que nous savions. Rick Crow était avec eux, ainsi que deux personnes du gang de Denver, mais pas leur chef, celui qui s'appelait Loco. Leur planque était vide ; ils en avaient peut-être trouvé une autre dans le même coin. Pour finir, Nathan s'était senti suffisamment inquiet pour utiliser le code d'urgence. Où allaient-ils donc ? Peut-être stockaient-ils l'héroïne quelque part, et Nathan essayait de nous alerter sur leur localisation. Dans une hypothèse plus pessimiste, peut-être qu'ils soupçonnaient – ou avaient découvert – que Nathan portait un micro. Mais comment ? Ce n'était pas un de ces vieux machins qu'on cachait sous une chemise. Le micro, c'était son portable et son porte-clés.

Je regardai par la fenêtre et laissai mon esprit errer, donnant libre cours à mes pensées dans l'espoir qu'émerge une idée. Puis je crus voir quelque chose, loin dans les champs. Juste à la limite de mon champ de vision, on aurait dit une paire de bisons, trottinant lentement dans l'herbe. Un vieux mâle et un jeune. Impossible. Il y avait des bisons à Pine Ridge, pas ici.

Marie revint dans notre petit salon, le visage sombre.

— J'ai parlé à Ty. Ils ont reçu le bulletin d'alerte – enfin, si c'est comme ça qu'on dit.

— Oui, c'est ça.

— OK. Ils participent aux recherches. C'est la bonne nouvelle. Les fédéraux ont inclus nos forces de l'ordre.

Marie s'assit et se mit à tripoter un trou dans son jean. Le trou avait à peu près la taille d'une pièce de vingt-cinq cents, mais elle commença à l'attaquer sérieusement et il atteignit rapidement la taille d'un demi-dollar. À cette vitesse, toute sa jambe de pantalon aurait disparu quand j'aurais fini mon café.

— Est-ce qu'il a dit autre chose ? demandai-je. Sur la manière dont les recherches avancent ?

— Non, rien… Je suis sûre qu'ils sont près du but.

Maintenant elle tirait des fils à partir du trou et en faisait une petite boule. Un minuscule globe entre ses doigts, qu'elle tournait et entortillait.

— Marie. Il y a autre chose ? Il faut que je sache.

— Eh bien, Ty Bad Hand fait seulement partie de la police locale. Ses compétences restent limitées dans ce domaine.

— Marie. (Je me rapprochai d'elle et m'assis.) Dis-moi.

Elle prit sa petite boule de fil et la posa sur la table entre nous, une minuscule planète qu'elle avait modelée.

— Eh bien, les premières heures sont critiques, quand un informateur se fait prendre. D'après lui, s'ils ne trouvent pas la personne dans les vingt-quatre premières heures, c'est qu'il a probablement été…

— Tué.

Sans un mot, elle se contenta de ramasser son petit monde de fil et de l'écraser entre ses doigts, la sphère désormais en piteux état.

Après avoir entendu ça, il n'était pas question que je reste là à ne rien faire. J'annonçai à Marie que je partais chercher Nathan. Je pris ma vieille voiture et tournai sans but dans les rues de la réserve. Il y avait des enfants qui jouaient, des groupes de chiens errants qui traînaient, et des hommes et des femmes, qui marchaient, qui parlaient, qui étaient assis. Je voulais leur crier à la figure de m'aider à retrouver mon neveu, qu'il avait disparu. Mais je me contentai de parcourir les chemins de traverse de la réserve, à la recherche d'un Dodge rouge. Tout à coup, j'eus une idée. Pourquoi ne pas aller faire un tour au mobile home de Rick Crow ? J'étais sûr que les flics y étaient déjà allés, mais ça ne pouvait pas faire de mal.

Je me garai à côté de la caravane en métal gris. Pas de voiture en vue. La porte que j'avais défoncée la dernière fois était toujours cassée, mais elle avait été calée pour empêcher le vent et les animaux d'entrer. Je la poussai, ne m'inquiétant plus de le faire en silence ou avec précaution. Les mêmes tas de détritus que j'avais vus tant de semaines auparavant étaient toujours là, la même désolation. Je fouinai partout, à la recherche de quelque chose qui puisse me fournir un indice. Je vérifiai les tiroirs, les rangements, les placards. Rien. Je soulevai le matelas et regardai en dessous. La boîte de cartouches qui y était cachée avait disparu. Quelqu'un était donc venu ici, très probablement Rick.

Je mis en pièces la chambre crasseuse et le salon, en prenant garde de ne pas passer à travers le plancher pourri. Puis j'examinai un tas de papiers d'emballages de nourriture et de déchets dans la minuscule cuisine. Des chiffons, des boîtes d'allumettes vides, de vieux cartons à pizzas. Un emballage de Runza. Impossible qu'il vienne de Rick. Runza était une chaîne répandue dans le Midwest, qui produisait des sandwichs fourrés à la viande et au chou, que les gens d'ici appelaient "pousse-crottes". Puis j'aperçus un petit bout de papier sur le comptoir, un reçu, portant les mots CROPPER CABIN.

Qu'est-ce que c'était, Cropper Cabin ? Ce nom m'évoquait vaguement quelque chose. Je n'en étais pas certain, mais il s'agissait peut-être de l'un des motels miteux de Valentine, le genre qui logeait les moins privilégiés dans le nord du Nebraska. J'appelai Marie et lui demandai de regarder sur son portable.

Effectivement, il était enregistré comme un "modeste motel de bord de route", situé à la limite de la ville. Marie voulut en savoir davantage, mais je lui dis que je la rappellerais plus tard avant de raccrocher. Il était peu probable que Nathan y soit, mais ça ne pouvait pas faire de mal d'y passer.

Je me dirigeai vers ma voiture et tout à coup, m'arrêtai. Devais-je contacter Dennis et lui parler de ma découverte ? Ils avaient engagé des gros moyens pour retrouver Nathan et les dealers, alors ce serait logique que je le contacte, que je laisse les professionnels enquêter.

Et puis merde.

Il était temps que je me bouge pour récupérer Nathan. Sans parler du fait que je n'étais pas tenu par les règlements et procédures, tels que motifs suffisants et mandats de perquisition. L'heure était venue de passer à l'action.

Cropper Cabin était à l'évidence un motel décrépit, malpropre, vraiment merdique. Le genre d'endroit qui louait des chambres à la semaine – les prix étaient visiblement gonflés – à des familles en déveine, des travailleurs itinérants et des membres de gang, qui s'entassaient à six par chambre. La peinture s'écaillait, et une grande pancarte annonçait TÉLÉVISION PAR CÂBLE GRATUITE ET TARIFS À LA SEMAINE. En dessous, PROPRIÉTAIRE & GÉRANT AMÉRICAIN. Un assortiment de voitures de modèles anciens était garé devant les chambres. Je parcourus le parking lentement, cherchant un Dodge Charger rouge ou un autre véhicule avec des plaques du Colorado.

Pas de chance. La lumière était allumée à la réception, mais je ne vis personne à l'intérieur.

J'ouvris la porte et marquai un temps d'arrêt. C'était comme si quelqu'un avait vomi des drapeaux américains dans toute la pièce. Il y avait un drapeau encadré, un drapeau fait de panneaux de bois peint, deux plus petits drapeaux sur des mâts miniatures posés sur le comptoir, des coussins avec le drapeau américain et des rideaux rouges, blancs et bleus. Seul le fanion du club de football du Nebraska, sur lequel on pouvait lire HUSKER POWER, ne comportait pas de drapeau. Au Nebraska, le fanatisme footballistique égalait presque le niveau de ferveur religieuse, même à la frontière de l'État.

J'actionnai la sonnette posée sur le comptoir et attendis. Au bout d'une minute, un quadragénaire blanc apparut ; il portait un T-shirt qui proclamait GOD, GUNS AND GLORY. Il me dévisagea, me détailla de haut en bas, et clairement, il n'aimait pas ce qu'il voyait. Ce type détestait probablement les Indiens, il devait penser que nous n'étions qu'une bande d'ivrognes accros aux bons de ravitaillement et vivant d'allocations indûment perçues, qui avions perturbé son droit conféré par Dieu de prendre possession de notre terre. Ça ne me dérangeait pas ; je n'avais aucune intention d'avoir une longue discussion sur les droits de propriété des Indiens avec ce mec.

— J'peux vous aider ?

Pas la moindre trace d'un sourire sur son visage, pas même une façade d'amabilité commerciale.

— Ouais. Je cherche quelques gars qui habitent peut-être ici. L'un d'eux est indien, d'autres sont latinos, peut-être qu'il y a un adolescent avec eux, un Indien. Vous avez des gens qui ressemblent à ça ici ?

— Z'êtes flic ?

Il avait l'accent traînant typique du Kansas et du Nebraska, ce qui révélait qu'il était un cul-terreux du coin.

— Non, je les cherche. Pour une raison importante.

— On ne donne pas d'informations sur nos clients. C'est la politique de la maison.

— Je comprends. Je ne les cherche pas pour leur causer des ennuis, mais le gamin qui est avec eux a besoin d'aide. Je veux seulement savoir s'ils sont ici, ou s'ils étaient ici, et je repartirai aussitôt.

Le gars gonfla la poitrine.

— Peut-être que vous ne m'avez pas entendu. Nous ne divulguons pas d'informations personnelles sur nos clients. Pas d'exceptions. Maintenant, allez donc voir ailleurs si j'y suis.

Je m'avançai d'un pas.

— Je n'ai pas besoin d'informations personnelles. Dites-moi simplement s'ils sont ici. Sinon, je vais devoir ouvrir toutes les portes de ce trou à rats. Pas tellement envie de le faire, alors pourquoi vous ne m'évitez pas cette peine ?

— Vous dérangez quelqu'un ici, vous en répondrez devant moi. Et je suis un vétéran. Des forces armées. Marine marchande. Mais c'est pas comme si vous saviez ce que c'est que de servir son pays – vous autres, vous êtes trop lâches pour vous battre.

Il me tourna le dos et je l'entendis dire :

— Putain de nègre des plaines.

Je me penchai sur le comptoir et enroulai mon bras autour de son cou. Il poussa un cri et toussa en essayant de se libérer à l'aide de ses deux mains. J'accentuai la pression, le privant presque complètement d'air. Je le tins bien serré tandis qu'il agitait les bras comme un oiseau battant des ailes.

Tout à coup, j'entendis un bruit. La porte s'ouvrit, et un homme et une femme un peu âgés en tenue de motards entrèrent. La femme hurla et je fus distrait une seconde. Le salopard se libéra, cherchant à retrouver sa respiration. Le couple Harley Davidson s'empressa de ressortir et je vis mon bonhomme s'approcher d'un tiroir derrière le comptoir et essayer de l'ouvrir.

Alors là, pas question. Il n'allait pas prendre son arme.

Je sautai par-dessus le comptoir et l'écartai violemment. Il trébucha, puis se remit debout et me balança un coup de poing circulaire au visage, qui fit mouche. Il lui restait de la force, constatai-je avec surprise. Je lançai une feinte de mon poing gauche, puis envoyai un crochet du droit qui le toucha à la tempe. Il s'écroula avec un bruit sourd. J'enfonçai mon genou dans ses reins et lui attrapai le bras droit pour le tordre dans son dos.

— Vous avez de la chance que je n'aie pas le temps de vous péter vos putains de rotules. Vous vous retrouveriez dans un fauteuil roulant, et là, vous pourriez vraiment faire semblant d'être un soldat. Marine marchande, mon cul. Mon grand-père a débarqué à Omaha Beach. Vous avez entendu ?

Il ne dit rien alors je tordis encore plus son bras, jusqu'à ce qu'il crie

— Oui !

— Et laisse-moi te dire autre chose, sac à merde. Il y a plus d'Indiens que de représentants de n'importe quelle autre communauté dans l'armée. Pour défendre le pays qui a violé toutes ses promesses. Alors, tu fermes ta grande gueule ou je te fais sauter toutes les dents qui te restent. Compris ?

Pression accrue sur son bras. Il émit un grognement étouffé.

— Très bien, tu me réponds et je te lâche. Est-ce qu'il y a un groupe qui habite ici, des Latinos, peut-être un Indien aux cheveux longs et un gamin indien lui aussi ? Dis-moi.

Il dit quelque chose, mais je ne compris pas, alors je lui retournai encore un peu plus le bras.

— Ils sont partis ! Il y a quelques jours ! Mais pas de gamin ! Lâchez-moi !

Je lâchai son bras et enlevai mon genou. Il se mit sur le dos et bougea son bras d'avant en arrière, essayant de déterminer s'il fonctionnait encore. Je jetai un coup d'œil par la fenêtre. Pas encore de police. Le couple était probablement parti, trop effrayé pour s'en mêler. Malgré tout, il était plus judicieux de me tirer d'ici.

Je baissai les yeux vers le salopard, maintenant couché sur le côté, qui geignait doucement. Je repensai à ce qu'il avait dit – nègre des plaines – et faisant demi-tour, je lui mis un grand coup de pied dans la figure.

— Merci pour tout.

Et je sortis.

Je me dirigeai vers ma voiture, encore plein d'adrénaline ; je peinai à retrouver mon calme. Ma main droite me faisait un mal de chien à cause du coup que j'avais mis au gérant. Je m'empressai de quitter les lieux, aussi vite que ma voiture pourrie me le permettait, les mains tremblantes et le corps parcouru de frissons, cherchant un endroit pour me ranger, le temps de reprendre mes esprits.

Un chemin de terre partait de la rue principale ; je m'y engageai et coupai le moteur qui cliqueta comme une bombe artisanale. Une fois que j'eus fait redescendre la pression, je repensai à ce que l'employé avait dit : le gang avait habité au motel, mais il était parti. Rien de tout cela n'était logique. Pourquoi avaient-ils quitté le Pay-E-Zee, et pourquoi avaient-ils quitté le Cropper Cabin ? Peut-être que Dennis avait raison – le gang se déplaçait beaucoup pour éviter de se faire repérer. Mais pourquoi maintenant ? Et où étaient-ils ?

Mon portable se mit à sonner tandis que je réfléchissais à tout ça. Dennis.

— J'ai des nouvelles, dit-il.

— J'écoute.

— Je crois que vous le savez, nous avons émis un bulletin d'alerte multi-États pour le véhicule. Eh bien, nous l'avons trouvé. Le Dodge Charger.

— Est-ce que Nathan va bien ?

— La voiture était abandonnée. Personne dedans. Elle a été localisée en bordure de l'I-90, près de Murdo.

— Murdo ! Je croyais qu'ils se dirigeaient vers le sud.

— Nous aussi. On dirait qu'ils se sont débarrassés du Charger et qu'ils ont changé de véhicule.

— Mais vous tracez le portable de Nathan, n'est-ce pas ? Vous allez pouvoir les retrouver.

— Ouais, eh ben, ça, c'est la mauvaise nouvelle, dit-il. Parce qu'il y en avait une bonne quelque part ?

— Nous avons retrouvé le portable de Nathan. Il était abondonné par terre, à côté du Charger. Écrasé. Ça sent pas bon.

Mon cerveau était une masse de bruit blanc, et je ne parvenais à me concentrer sur rien d'autre que la route devant moi. Je roulai en pilotage automatique, tout en réfléchissant à ce que Dennis m'avait dit. Le gang avait enlevé Nathan, changé de voiture, et pulvérisé son portable. Cela ne pouvait signifier qu'une chose : ils l'avaient démasqué. Je comprenais ce que cela impliquait, mais je ne voulais même pas y penser, parce que le fait de le formuler donnerait à cette hypothèse un contour et une consistance. Tout le monde connaissait le sort réservé aux balances.

Dennis avait essayé de présenter la situation sous son meilleur jour, mais je n'étais pas idiot. Les fédéraux ne savaient même pas quel genre de voiture chercher, ni dans quelle direction chercher. Ils avaient émis un autre bulletin d'alerte pour quatre hommes suspects, mais sans description de véhicule, les chances qu'on les retrouve étaient presque nulles. Je lui avais parlé du Cropper Cabin et de ce que j'y avais appris, et il m'avait assuré que ses agents allaient creuser la piste immédiatement. Il essaya de me dire qu'ils savaient tout sur le gang et les endroits où il se planquait, mais j'avais conscience que le temps jouait un rôle crucial. Comme l'avait rappelé l'ami de Marie, les vingt-quatre premières heures étaient les plus importantes, et c'était logique. Plus ils retenaient Nathan, plus les chances augmentaient que je ne le revoie jamais. J'usais de manœuvres de diversion pour éviter de penser à ce que Dennis m'avait dit à propos de Loco, le tortionnaire du cartel, et des techniques qu'il utilisait.

Avant de l'avoir réalisé, j'étais au cimetière. Je sortis du chemin de terre et me garai sur le petit parking ; puis je me dirigeai vers la tombe de Sybil. J'essayai de parler, de lui expliquer ce qui était allé de travers, ce que j'avais tenté de faire, mais les mots refusaient de sortir. Je me mis à genoux, la tête dans les mains, le vent soufflant telle une faux glaciale sur mon visage et mon corps.

Je restai là et le vent tomba. Le soleil se coucha, mais je ne voulais pas me lever et me confronter à ce que j'avais presque certainement perdu. Ce que j'avais perdu et que j'avais encore à perdre. Le pays des vivants n'était plus pour moi, et je savais que j'étais entré dans un autre espace, un espace qui n'offrait aucun réconfort, rien que le vent, le froid, le givre. *Winter counts*. Il était venu, l'hiver de mon chagrin, celui que j'avais tenté d'éviter mais qui s'était abattu sur moi avec une cruauté terrible.

26

Il était tôt le matin lorsque je rentrai à la maison, encore abruti et engourdi. Marie vint me retrouver à la porte, les cheveux en bataille et vêtue d'un de mes vieux T-shirts Megadeth, les sourcils froncés en une ligne de colère.

— Je t'ai appelé à peu près trente fois. J'avais peur qu'il se soit passé quelque chose.

— J'étais sur la tombe de ma sœur. Toute la nuit. J'avais laissé mon téléphone dans la voiture, j'ai dû m'endormir. Les nouvelles sont mauvaises. Il s'avère que...

— Je sais, mon père me l'a dit. Je suis vraiment désolée. Mais tu aurais dû me laisser un message. J'ai appelé tout le monde. Tommy, mon père, Jerome. Personne ne savait où tu étais. J'ai même cru que les dealers t'avaient descendu.

— J'avais besoin de temps. Pardon.

Elle se radoucit.

— Tu as faim ? Je vais te préparer un petit déjeuner.

— Est-ce qu'il reste des pains de maïs ?

Je n'avais pas réalisé à quel point j'étais affamé. Je m'assis à table et elle m'apporta à manger. Je sentis mon esprit commencer à s'éclaircir tandis que je humais le parfum du pain, des fruits et du café noir très fort.

— Raconte-moi ce qui se passe. Mon père m'a dit qu'ils avaient trouvé la voiture dans laquelle Nathan avait été emmené, mais qu'il n'y avait personne dedans.

Je finis mon café et me servis une deuxième tasse, puis je lui parlai du véhicule abandonné et du portable pulvérisé. Du fait qu'il n'y avait pratiquement aucune chance de les retrouver sans une description de leur nouveau véhicule.

— Qu'est-ce qu'ils vont faire ? demanda-t-elle. La police, je veux dire.

— Je ne sais pas. Dennis a simplement dit qu'on devait lui faire confiance, qu'ils appelleraient dès qu'ils auraient du nouveau.

Vu son expression, je voyais bien qu'elle faisait autant confiance aux fédéraux que moi. Elle se versa une tasse de café et la mit dans le micro-ondes.

— J'ai une idée, commença-t-elle. Je ne sais pas ce que tu vas en penser, mais la voici. J'essayais de te trouver hier soir, et comme je te l'ai dit, j'ai même appelé Jerome Iron Shell. Au cas où tu serais là-bas en train de boire des sodas. Jerome sait généralement ce qui se passe dans le coin.

Je hochai la tête.

— C'est un type bien.

— Bref, je lui ai parlé de Nathan, du fait qu'il avait peut-être été… enlevé, et que nous ne savions pas où il se trouvait. Jerome a dit qu'il y a une manière de retrouver les gens disparus.

— Ah ouais ?

Je n'avais aucune idée d'où elle voulait en venir.

— Nous devons organiser un *yuwipi*, d'après lui. La plupart des gens croient que c'est une cérémonie de guérison, mais on s'en sert aussi pour d'autres choses, comme retrouver des objets, ou des gens, qui ont disparu.

Je m'apprêtai à parler, mais elle poursuivit :

— Il a expliqué que si tu pries assez fort à la cérémonie, les Esprits accéderont à ta demande, te diront ce que tu dois savoir.

Un *yuwipi*. La cérémonie où on rassemblait des gens dans une maison calfeutrée, avec un homme-médecine attaché par des cordes et enroulé dans une couverture, afin d'interpeller les Esprits pour qu'ils guérissent un malade. Je n'avais jamais entendu dire qu'on pouvait l'utiliser pour récupérer des informations ou retrouver des personnes disparues. Mais je savais une chose : c'était une sacrée perte de temps, et là justement, je n'avais pas de temps.

— C'est vraiment cool de ta part, dis-je. C'est super que tu penses à Nathan. J'apprécie. Mais là, tout de suite, j'ai besoin de…

— Ne sois pas condescendant, fit-elle en remuant son café.

— Quoi ?

Je vis qu'un peu de café avait débordé de sa tasse.

— Je sais ce que tu es en train de faire. Tu essayes de me faire taire. Mais il faut que tu écoutes. Bon, je vais le dire clairement : Nathan n'a pas beaucoup de temps, s'il est toujours vivant. C'est horrible, je sais ! Mais il faut que tu dépasses tes idées de merde concernant nos traditions. Maintenant, on doit utiliser tous les moyens possibles. Je ne sais pas si ce sont les Esprits ou l'effet placebo ou autre chose, mais j'ai vu des choses lors de cérémonies que je ne peux pas expliquer.

D'un mouvement des lèvres, elle désigna les pains de maïs sur la table, me demandant de lui en donner un.

— Marie, je t'entends. Je ne suis pas en désaccord avec toi sur les cérémonies. Mais je ne me vois pas consacrer une journée entière à un *yuwipi* alors que je peux être dehors en train d'écumer les rues.

— Il ne s'agit pas d'une journée entière ! Peut-être deux ou trois heures. Et ça se fait la nuit. Quand tu auras arrêté de chercher. Pourquoi ne veux-tu pas essayer ?

— Je ne sais pas. Laisse-moi y réfléchir. Peut-être dans quelques jours, si Dennis ne trouve rien. Nous en reparlerons à ce moment-là.

Elle regarda par la fenêtre, vers la lumière.

— En fait, j'ai déjà dit à Jerome de commencer à se préparer. La cérémonie aura lieu ce soir. Quand le soleil se couchera.

Je parcourus en voiture les rues de la réserve, cherchant quelque chose qui sorte de l'ordinaire, quelque chose qui me donnerait un indice sur l'endroit où pourrait se trouver Nathan. Je sillonnai les routes secondaires et les chemins de terre, j'allai voir des endroits qui n'apparaissaient sur aucun système GPS. Je couvris rapidement les rues principales, puis progressai vers l'extérieur de la ville, dans les petits hameaux et communautés de la réserve, qui ne sont pas vraiment des agglomérations, seulement des endroits où les gens se rassemblent pour être près les uns des autres et trouver un peu de réconfort dans les grands espaces du territoire, de cette terre qui nous avait été promise mais qui avait été amputée par des milliers de saisies officielles, effectuées sous couvert de lois et de réglementations fédérales.

Au bout d'un long moment, je réalisai que c'était inutile. Je me trouvai idiot d'avoir pensé que je tomberais par hasard sur les gars qui avaient enlevé Nathan. Ils pouvaient être n'importe où entre Rapid City et Denver, voire plus loin encore. J'appelai Dennis, espérant une bonne nouvelle. Il décrocha immédiatement et me dit qu'il n'y avait rien de nouveau, mais que les recherches se poursuivaient. Il me contacterait à la minute où il saurait quelque chose. Son ton était brusque et je me demandai s'il se sentait coupable ou s'il était seulement très occupé. La dernière communication que nous avions reçue de Nathan remontait à exactement vingt-quatre heures. La période de temps cruciale s'était écoulée.

Je me rendis compte que j'étais près de la petite maison de Tommy, alors je décidai de m'arrêter pour lui parler. Je frappai à la porte et il m'ouvrit aussitôt.

— Salut Virg. Comment ça va ? Entre donc.

Il portait une chemise en flanelle qui n'était qu'à moitié boutonnée, et j'aperçus sur sa poitrine les cicatrices laissées par la Danse du Soleil à laquelle il avait participé.

Je jetai un coup d'œil dans son salon et remarquai les affiches accrochées au mur : *Honor the Treaties*, Geronimo tenant une carabine, et plusieurs photos tirées du film *Billy Jack*, toutes avec Tom Laughlin sur le point de flanquer une raclée à des citadins blancs.

— J'ai pas de Shasta, mais si tu veux j'ai du Kool-Aid. Goût punch tropical.

Il me tendit un pot à confiture rempli d'un liquide rouge.

— Des nouvelles de Nathan ? Marie a appelé hier soir, elle m'a mis au parfum.

Je bus une gorgée de Kool-Aid et faillis tout recracher tellement c'était sucré. Je posai le verre sur la table sans en boire davantage.

— Pas de nouvelles. Ils ont émis un avis de recherche alors j'espère qu'un flic les repérera. Mais tu sais, il n'y a qu'une dizaine de flics tribaux sur toute la réserve. La moitié du temps ils ont à gérer des trucs domestiques.

— Ouais, bon, peut-être que quelqu'un les verra. J'envoie de bonnes pensées vers le Grand Esprit.

— Marie t'a dit qu'elle voulait que Jerome Iron Shell organise un *yuwipi* pour trouver Nathan ?

— Elle ne m'a rien dit, mais j'en ai entendu parler. Les nouvelles vont vite par ici. Au fait, j'ai quelque chose pour toi.

Il partit dans l'autre pièce et revint, avant de me tendre un objet.

— C'est pour toi, mon frère. Ça appartenait à mon *ciye*[*], mais maintenant, elle est à toi. Il faut que tu la présentes à Jerome ce soir. Il pourra pas commencer avant que tu lui donnes la pipe sacrée et que tu demandes son aide au Grand Esprit. Ne t'inquiète pas, je te l'ai déjà remplie.

C'était une *cannunpa*, la pipe cérémonielle sacrée qui lui avait été transmise par son frère, décédé des années auparavant. Tommy avait rempli le fourneau avec du tabac, mais le tuyau était démonté, comme le voulait la tradition.

— Je ne peux pas la prendre. Je sais ce qu'elle signifie pour toi. Et je suis contre l'idée de ce *yuwipi*. C'était l'idée de Marie, pas la mienne.

Tommy ne rangea pas la pipe pour autant.

— Mon pote, prends-la. Tu en as sacrément besoin.

La pipe posée sur le siège passager, je parcourus les rues abîmées de la réserve, espérant voir quelque chose, n'importe quoi. Je connaissais si bien ces rues, des couches de souvenirs empilés, denses et compactes ; presque chaque recoin réveillait

* Frère aîné.

une image dans ma mémoire. Sybil essayant de nourrir Nathan bébé au sein, sa frustration grandissant tandis qu'il refusait obstinément de téter, pour finir par renoncer et acheter du lait infantile à l'épicerie. Nathan portant des couches que j'avais rapportées du supermarché, dansant debout sur une chaise sur un morceau de heavy metal que j'avais choisi. La fois où je l'avais déposé à la garderie, sa peur d'être laissé avec des étrangers, son petit visage un masque de surprise et de panique. Les nuits où il s'était levé, complètement somnambule, et où je l'avais ramené doucement dans son lit. Le parking vide sur Main Street, la douleur dans mon bras quand j'avais rattrapé une balle de base-ball qu'il avait lancée avec une force surprenante. Les postures désinvoltes qu'il adoptait au collège. L'expression de son visage quand il était au centre de détention pour mineurs.

Sans même m'être rendu compte de la route que j'avais prise, je me retrouvai dans un endroit familier au sud de la ville et je sortis de ma voiture. Jerome Iron Shell m'accueillit.

— Je t'attendais.

Je lui donnai la pipe. Il la prit et acquiesça.

Sur son porche, il me parla des préparatifs du *yuwipi*. Il avait déjà rassemblé des amis et de la famille, qui priaient et remplissaient quatre cent cinq petites pochettes de tabac. Il avait parlé à Marie, qui apporterait à manger et à boire. Rocky était en train de préparer la maison pour le *yuwipi*, obturant les fenêtres pour qu'aucune lumière ne pénètre.

— Mais l'élément le plus important, c'est toi, dit-il. Tu ne peux pas avoir une attitude négative – les Esprits ne viendront pas. Il faut que tu aies le cœur ouvert. L'idéal serait que tu puisses passer par la hutte de sudation, te purifier vraiment, mais nous n'avons pas le temps. Essaye simplement d'empêcher toutes les pensées négatives d'envahir ton esprit. Tu pourrais aller un peu dans les bois, y nettoyer ton âme.

Je n'étais pas certain d'être capable de tenir les pensées négatives à distance, mais la suggestion de m'isoler quelque part dans la nature me paraissait bonne. Je partis vers un endroit paisible dans un bosquet d'arbres et inclinai mon siège en arrière. Les oiseaux pépiaient et j'entendis un hibou ululer, au loin. Dans mon état de semi-conscience, il résonna comme un appel, une mise en garde. Puis je l'entendis à nouveau, très doucement, étouffé, à peine audible, et le monde fut plongé dans la pénombre.

Ouvrant les yeux aux premiers instants du crépuscule, je regardai autour de moi et essayai de déterminer combien de temps j'étais resté endormi. Quelques heures. Ensuite, tout me revint. Le *yuwipi*. Si je devais en passer par là, il fallait partir. J'allai jusqu'à l'intersection pour retrouver la route qui conduisait à la maison du *yuwipi*, mais m'arrêtai une seconde. Je pouvais m'éclipser et laisser Jerome et les autres en conclure que je ne viendrais pas. Je ne leur devais rien. Je pouvais poursuivre les recherches moi-même, seul, à l'écart de la réserve et de son peuple, ses problèmes, ses complications. Mais Jerome m'avait dit que près de quarante personnes allaient venir à la cérémonie, dont la plupart m'étaient inconnues ; ces gens avaient entendu parler de la disparition de Nathan et voulaient aider. La communauté.

Je tournai vers la maison, comme si la voiture se dirigeait seule sur la route de terre pleine de creux et de bosses. Quelques dizaines de véhicules étaient garés devant, mais pour une fois je ne vis ni chiens ni gamins qui couraient partout. Il régnait un silence et un calme étranges.

J'ouvris la porte et entrai. Quelques lampes étaient allumées. Les fenêtres avaient été recouvertes d'épais papier et de Scotch, et même les interstices entre les portes et les cadres avaient été scellés. Des centaines de petites offrandes de tabac emballées de tissus aux couleurs vives avaient été disposées dans la pièce et sur l'autel de fortune érigé au fond. Des drapeaux de prière, des tresses d'herbes aux bisons, un pichet d'eau et des plats de nourriture étaient placés autour de l'autel. Deux joueurs de tambour et deux chanteurs étaient installés sur le côté, et des douzaines d'autres participants étaient assis par terre contre le mur, me regardant en silence. Certains souriaient, mais la plupart avaient l'air sérieux. Marie était là, assise juste à côté de l'autel – la place d'honneur –, un petit sourire aux lèvres. Tommy était en face, à côté de Velma. Il me salua de la main et sourit.

Marie me fit signe que je devais prendre place à côté d'elle sur une fausse couverture Pendleton qu'elle avait posée par terre. Je m'assis, humant l'odeur réconfortante de l'herbe aux bisons. Environ quinze minutes plus tard, le petit-fils de Jerome, Rocky, et un autre type que je ne connaissais pas entrèrent, suivis de Jerome lui-même. Il enleva un sac en cuir de son épaule, le posa contre l'autel et en sortit délicatement quelques objets. Il les passa dans la fumée d'herbe aux bisons avant de les disposer sur l'autel. Je vis des sifflets en os d'aigle, des plumes, deux grands hochets, une roue-médecine en piquants de porc-épic, une boîte Tupperware pleine de terre et de pierres.

Sur un signe de tête de sa part, les joueurs de tambour commencèrent à frapper, et leurs deux compagnons, à chanter en lakota. Les tambours étaient si puissants qu'ils faisaient vibrer mes dents tandis que je suivais les mélodies plaintives du chant, qui montaient et descendaient avec les variations de rythme. Quand la musique cessa, Jerome prit la pipe que je lui avais donnée, maintenant assemblée, la brandit vers les quatre points cardinaux et la posa également sur l'autel. Puis il se mit à parler en lakota. Je ne comprenais pas la plupart des mots, mais je saisis qu'il s'agissait d'une prière invitant les Esprits à venir. Puis il passa à l'anglais.

— J'ai sept enfants et quatre petits-enfants. Ils m'ont apporté les plus grandes joies, même quand ils m'ont causé des soucis. Beaucoup de soucis. Pour les Lakotas, nos enfants sont sacrés, *wakan**. Notre tâche est d'assurer leur sécurité et de leur enseigner notre mode de vie. Mais des malheurs peuvent arriver. Les enfants peuvent tomber malades. Ils peuvent s'éloigner, se perdre. C'est le moment difficile, celui de faire appel à la communauté et aux Esprits.

Il marqua une pause.

— *Hau***, lui répondit l'assemblée.

— Je me souviens quand mon fils – il n'avait que deux ou trois ans – est tombé malade. Les médecins n'arrivaient pas à identifier le mal. Il souffrait beaucoup, incapable de sortir du lit, refusant de manger et de boire. Il toussait, transpirait, gémissait. Je suis monté au sommet de la montagne et j'ai prié pour lui sans m'arrêter. J'ai demandé au Grand Esprit d'aider mon enfant. Et le peuple a prié aussi. La famille, les amis, les voisins. Les Esprits m'ont entendu. Ils m'ont dit qu'il fallait que j'aie foi en la pipe sacrée. Je devais avoir foi dans ses pouvoirs et mon fils guérirait. Et il a guéri.

— *Hau.*

— Ce soir, nous prions pour le retour de Nathan Wounded Horse. Quelque chose de mauvais est entré dans notre

* Saint, sacré.

** Nous t'écoutons.

communauté, et nous demandons aux Esprits de faire disparaître ce mal, de rendre l'enfant à Virgil Wounded Horse et de chasser les serpents à sonnette. Ces serpents se glissent sur notre terre et tentent nos enfants avec des mensonges. Nous demandons aux Esprits d'aider Virgil, et aussi de guérir notre peuple, en particulier nos jeunes, de leur donner la force de résister à cette cruauté. Merci, *Tunkasila*. (Se tournant vers ses aides, Jerome dit :) *Wana**.

Ils s'approchèrent de lui et lui lièrent les mains dans le dos avec un lacet en cuir. Puis on l'enveloppa dans une grande couverture étoilée et on l'attacha avec des cordes sept fois, du cou jusqu'aux chevilles. Dans chaque nœud, Rocky glissa un petit brin de sauge. Une fois que Jerome fut complètement ligoté, les aides l'allongèrent devant l'autel. Les lampes furent éteintes et nous fûmes plongés dans le noir complet.

Les tambours se remirent à jouer et les chanteurs se joignirent à eux. J'entendais aussi la voix de Jerome, étouffée par la couverture. La plupart des gens chantaient en chœur, et je fus gêné de ne pas connaître les paroles. Les tambours avaient démarré lentement, puis ils passèrent à un tempo plus marqué. On aurait dit un cœur qui battait, martelait, tambourinait, puis ils s'harmonisèrent avec la mélodie des chanteurs. Dans les ténèbres, il était difficile de garder une perception du temps qui s'écoulait. Je me concentrai sur les courbes mélodiques des incantations, les voix, les mots des prières et des lamentations.

Puis un sifflement strident retentit et j'entendis des hochets qu'on agitait au rythme des tambours. On aurait dit que la température dans la pièce était montée de dix degrés,

* Maintenant.

et l'air paraissait chargé d'électricité. Des ions négatifs et positifs, en pleine transformation, attraction et répulsion, gain et perte. Les petits cheveux sur ma nuque se hérissèrent lorsque je vis des étincelles bleutées crépiter près de l'autel. Commençant à ressentir une espèce de vertige causé par la chaleur et les sons, je penchai la tête en arrière pour respirer plus profondément, et à ce moment-là, quelque chose m'effleura, quelque chose de doux. On aurait dit qu'un oiseau tournait autour de moi, tapotant les côtés de ma tête et de mon cou. Puis d'un coup d'aile, il partit.

Les tambours résonnèrent encore plus fort ; la chaleur était presque insoutenable. Étourdi, hébété, j'enfonçai mon menton dans ma poitrine pour retrouver mes repères. Je pris quelques profondes inspirations et me concentrai sur le bruit de ma propre respiration.

Puis j'entendis des voix, des cris et des détonations au loin, mais elles se rapprochaient. J'ouvris les yeux et vis des femmes et des enfants en train de courir, terrorisés, poursuivis par des hommes en uniforme. Des soldats. Ils tiraient sur ceux qui fuyaient, leur tiraient dans le dos. Des centaines d'Indiens couraient en tous sens, et j'étais entouré de cadavres dans un pré couvert d'herbe. Le bruit du tonnerre déchira le ciel, explosa dans ma tête avec un rugissement assourdissant. Sur une butte au-dessus du champ, les soldats avaient installé un canon géant qui tirait sur les Indiens affolés tandis que d'autres soldats descendaient dans la plaine à leur poursuite. Je vis un soldat abattre une femme qui portait un bébé. Lorsqu'elle s'écroula, l'enfant hurla de terreur, puis cessa de pleurer un instant et me regarda droit dans les yeux. Je voulais lui tendre la main, aider la petite fille, mais le soldat arriva en courant et la tua d'une balle dans la tête.

Je regardai, pétrifié d'horreur, les soldats tirer à feux nourris sur les gens désarmés. Certains d'entre eux changeaient brusquement de direction pour surprendre l'ennemi, mais c'était inutile ; les armes qui les traquaient étaient trop nombreuses. Les cris et les hurlements décuplèrent tandis que les balles pleuvaient. Puis, comme s'ils répondaient à un appel, ils se mirent à courir dans la même direction. Il y avait une petite colline à l'autre bout du pré avec un bâtiment au sommet qui me paraissait familier, mais je ne parvenais pas à l'identifier. Puis cela me revint. Le musée abandonné, la fosse commune.

Je me trouvai à Wounded Knee, le massacre se déroulait sous mes yeux.

Les derniers Indiens couraient de toutes leurs forces, montaient la colline et se précipitaient dans le bâtiment pour s'y abriter. Je fus renversé par la foule et je protégeai ma tête avec mes bras. Puis je levai les yeux et aperçus un tireur au loin en train de me viser. J'essayai de me remettre debout et de m'enfuir, mais mes jambes ne fonctionnaient plus, et je restai là, vulnérable, sur le coteau, impuissant. J'attendis la détonation.

Soudain quelqu'un m'attrapa et me tira pour que je me remette debout. Encore vacillant, je regardai qui était la personne qui m'avait aidé.

C'était Nathan.

— Viens ! cria-t-il et il me conduisit vers le sommet.

Nathan entra dans le bâtiment au pas de course et je réussis à atteindre la porte. Je l'ouvris et fouillai les ténèbres du regard, puis refermai la porte derrière moi.

Tout à coup une faible lueur apparut et je vis des gens assemblés autour d'un homme allongé, essayant de l'aider. Je regardai par-dessus une épaule : il s'agissait de Jerome ;

il était sur le dos, libéré des cordes, mais son visage était d'une pâleur extrême. Son petit-fils Rocky était penché sur lui et lui disait quelque chose que je n'entendais pas.

— Les soldats l'ont abattu ? demandai-je à la femme qui se trouvait à côté de moi.

— Quoi ? dit Marie. Quels soldats ?

Mes pensées tourbillonnaient dans ma tête tandis que je luttais, désorienté. Je regardai les offrandes de tabac, l'autel et les fenêtres obturées ; je sentis les odeurs d'herbe aux bisons et de sauge. En fixant mon regard sur le visage de Marie, je réussis à revenir dans la maison du *yuwipi*.

— Il s'est écroulé pendant la cérémonie, me dit-elle. J'espère qu'il a seulement perdu connaissance, mais je crains que ce soit une crise cardiaque. Il n'a vraiment pas l'air bien.

J'essayai de me concentrer sur Jerome, mais je ne parvenais pas à me détacher de ce que je venais de vivre à Wounded Knee. La terreur des gens, la cruauté indicible des soldats.

Puis je sus ce que je devais faire.

— Viens, dis-je à Marie. Il faut qu'on parte tout de suite. Je sais où est Nathan.

27

— QU'EST-CE QUE TU RACONTES ? fit-elle alors que nous nous dirigions vers la voiture. Est-ce que Dennis t'a appelé ?

— Je t'expliquerai plus tard. Mais je dois y aller. Nathan est en danger.

Elle s'arrêta et se tourna vers moi.

— Non, tu ne peux pas me laisser comme ça, dans l'ignorance. Dis-moi ce qui se passe. Où est-il ?

— Il est à Pine Ridge. Dans le musée abandonné de Wounded Knee. Celui qui se trouve en haut de la colline.

Elle en resta bouche bée.

— Tu es sûr ?

— Oui. Mais il faut que j'y aille maintenant. Je t'en dirai davantage plus tard.

— Attends, je viens avec toi. Je connais bien cet endroit.

Il n'était pas question que je laisse Marie m'accompagner, après l'expérience que je venais de vivre.

— Tu restes ici. Je ne sais pas ce que je vais trouver.

Elle planta ses deux pieds dans le sol comme un joueur de ligne offensive.

— C'est absolument exclu. Je suis là depuis le début, et il n'est pas question que ça change. Je viens avec toi.

Mieux valait ne pas discuter.

— Très bien. Mais tu restes dans la voiture pendant que je vais voir ce qui se passe. Ce sera mon dernier mot.

Elle hocha la tête à contrecœur.

— Attends, dis-je. J'ai besoin de vérifier un truc.

J'ouvris la boîte à gants dans ma voiture, pris le Glock et inspectai le chargeur. Plein. Mais je n'avais pas de cartouches supplémentaires, alors j'attrapai mon arme de secours dans le coffre, le petit revolver Smith & Wesson avec cinq balles seulement. Je le fourrai dans la poche intérieure de mon blouson en jean. J'entendis un craquement, et je réalisai que les objets autrefois contenus dans mon sac-médecine s'y trouvaient encore – la sauge, la plume et les petits cailloux. Les objets que je promenais avec moi quand j'étais enfant.

Marie écarquilla les yeux.

— Pourquoi as-tu besoin de deux armes ?

— Peut-être que je n'en aurai pas besoin du tout, mais il faut être prêt.

— On devrait peut-être contacter Dennis ?

Je réfléchis.

— OK. Mais je ne l'attendrai pas. J'ai comme l'impression que je dois faire ça tout seul.

J'appelai Dennis, mais il ne répondit pas. Je laissai un message lui disant où j'allais. Pendant que nous roulions, je racontai à Marie ce que j'avais vu pendant le *yuwipi*. Je craignais qu'elle ait des doutes sur ma vision ou qu'elle me taquine, mais elle se contenta de me poser des questions. Je lui dis que ce n'était pas un rêve ; c'était réel.

J'écrasai l'accélérateur jusqu'à Pine Ridge et nous arrivâmes à Wounded Knee en un temps record. Cela faisait des années que je n'étais pas venu sur le site. Lors de mes précédentes visites, j'avais toujours présenté mes respects aux Lakotas enterrés dans la fosse commune. Après le massacre, en 1890, l'armée avait simplement creusé un grand trou dans le sol et y avait jeté les corps – des hommes, des femmes, des enfants, des bébés. C'est un endroit triste, non seulement à cause des victimes innocentes, mais aussi parce qu'il représente la fin de l'ère indienne, celle où les Indiens vivaient en liberté sur leurs terres séculaires. Après la prétendue bataille, les soldats rassemblèrent les derniers clans hostiles et les envoyèrent dans des réserves. La fin du rêve, et comme l'avait dit Black Elk, c'était un beau rêve.

Mais ce soir je n'avais pas le temps de présenter mes hommages. Nous nous approchâmes du musée improvisé jouxtant le site de la fosse commune. Pas vraiment un musée ; le bâtiment rond ne comportait que deux ou trois salles et quelques tableaux grossiers représentant des chefs lakotas – Red Cloud, Sitting Bull – accrochés aux murs avec un peu d'histoire indienne gribouillée en dessous. Il n'y avait pas d'électricité et pas beaucoup de meubles à l'intérieur ; ce n'était rien de plus qu'une structure décrépite qui avait été récupérée par les gens du coin. Après des plaintes de touristes qui s'étaient aventurés à l'intérieur et avaient été effrayés par des mendiants, le bâtiment avait été fermé et les portes étaient généralement maintenues par une chaîne.

Je me garai au pied de la colline, à environ cinq cents mètres. Je rangeai le Glock dans ma poche et tendis à Marie le petit Smith & Wesson.

— Tu sais te servir de ça ? demandai-je.

— Bien sûr. Tu veux que j'entre la première ?

— Non. Je vais y aller, tu restes dans la voiture et tu fais le guet. Si tu vois une voiture arriver, tu tires un coup pour que je sache que quelqu'un vient. Mais ne les suis pas ! Démarre et fiche le camp. Compris ?

Elle acquiesça, pas très contente mais résignée. Avant de partir, je pris quelques colliers de serrage en plastique au cas où j'aurais besoin d'entraver quelqu'un. Pas vraiment efficaces sur la durée, mais ils permettaient d'immobiliser les mains d'un suspect pendant quelques heures.

Je montai la colline, aux aguets. Je n'avais aucune idée de ce que je trouverais à l'intérieur – le gang tout entier, ou peut-être Nathan tout seul, comme dans ma vision. Le bâtiment n'avait pas de fenêtres ; impossible de jeter un œil pour me préparer à la suite. Mais la porte n'était pas verrouillée. Il y avait quelqu'un à l'intérieur. Combien étaient-ils ? Il ne me restait qu'une chose à faire : entrer d'un coup, me déplacer sur le côté et espérer avoir ainsi l'avantage sur la personne qui se trouverait en face.

Je restai devant la porte, attendant un signe qui m'indiquerait le moment propice. J'entendis le vent dans les arbres, puis un hibou qui ulula. Ça me suffit.

Je levai mon arme et lentement, tournai la poignée. Puis j'ouvris la porte d'un coup de pied et fonçai, tout en plongeant sur le côté au cas où quelqu'un me tirerait dessus. Il faisait sombre, mais deux petites lanternes au kérosène brûlaient dans le fond. Un homme était assis à côté de la lampe la plus proche ; je ne voyais pas de qui il s'agissait.

— On ne bouge plus ! criai-je, en le tenant en joue. Les mains en l'air !

Je crois qu'il leva les bras, même s'il était difficile de le distinguer dans la pénombre. Je le maintins en joue avec mon Glock tout en avançant, puis je l'identifiai.

Rick Crow.

Il avait bien les mains en l'air et je pointai mon Glock sur sa poitrine, dans le mille. Je m'approchai.

— Où est-il ? dis-je.
— Qui ?
— Nathan, espèce de salaud. Mon neveu. Je sais qu'il est ici, cherche pas à m'embrouiller, connard.
— Il est pas là, alors casse-toi. Fous-moi la paix.
Je regardai tout autour de moi pour voir si Rick disait bien la vérité. Il n'y avait personne d'autre.
— Je te donne encore une chance. Où est-il ?
— Je te l'ai dit. Pas ici, casse-toi, bordel.
— T'as perdu.
Je pris mon élan et lui défonçai la joue gauche avec le canon du Glock. Il grogna et baissa la tête, essayant de retrouver ses esprits. Pendant qu'il était sonné, je passai derrière lui, lui tirai les bras dans le dos et le menottai avec un collier de serrage. Maintenant, je pouvais me détendre un peu. Je levai les yeux et remarquai un des tableaux grossiers accrochés au mur. Il était sous-titré LES GUERRES INDIENNES NE SONT PAS TERMINÉES. Je me remis devant lui.
— C'était cadeau, dis-je.
Il ne répondit pas ; le regard dans le vague, il secouait la tête, vacillant. Je m'inquiétai une seconde de l'avoir frappé trop fort et d'avoir déconnecté son cerveau. Puis je le vis essayer de parler et je compris qu'il était juste sonné.
Pendant quelques secondes, il batailla pour articuler, et finit par assembler deux mots.
— Va chier, marmonna-t-il.
Forcément, il fallait qu'il joue les durs. Bon sang, je voulais seulement savoir où se trouvait Nathan, mais je voyais bien qu'il allait me compliquer la tâche. En y réfléchissant, cela ne me dérangeait pas tant que ça. Il était temps de lui rendre la monnaie de sa pièce. Pour les années où il m'avait maltraité, où il avait dealé, pour l'enlèvement de Nathan.

Je n'allais pas le tuer. Enfin, pas tout de suite. J'allais lui soutirer des informations, puis je déciderais de ce qu'il méritait.

Je le dévisageai quelques instants. Longs cheveux gras, un T-shirt sale sur lequel était écrit SCARFACE et les derniers vestiges d'un œil au beurre noir. Apparemment, il s'était fait tabasser récemment. Et il allait se faire tabasser à nouveau ce soir.

— Voilà ce qu'on va faire. Tu vas me dire où se trouve Nathan, et pourquoi tes potes dealers l'ont emmené. Si tu ne le fais pas, je te casse un pouce. Puis l'autre. Ensuite, je te tirerai dans les rotules. Et la dernière balle ira dans ta tête.

La lampe vacilla, créant d'étranges ombres sur le portrait de Chief Red Cloud, le seul chef de la tribu qui avait vaincu l'armée américaine sur le terrain qu'ils avaient volé quelques années auparavant. Red Cloud, qui était mort seul, oublié de tous dans son grand âge, à quelques kilomètres d'ici. Rick allait le rejoindre s'il refusait de coopérer.

— On est d'accord ? Je n'ai pas de temps à perdre, où est Nathan ?

Rick resta silencieux, me regardant d'un air de défi.

— Je ne vais pas jouer avec toi, espèce d'ordure. Tu sais ce que je fais pour gagner ma vie, hein ? Je vais te défoncer la gueule.

Il me lança un petit sourire méprisant.

— Ouais, je sais ce que tu fais. Tu tabasses les gens pour de l'argent. Tu crois que ça fait de toi un héros. Mais t'es toujours rien qu'un sale bâtard.

Je lui mis un coup de pied dans la tête, mais ma chaussure ripa sur son menton gras sans faire de dégâts.

— Pourquoi tu m'enlèves pas ces trucs en plastique, et on réglera ça d'homme à homme, dit-il. À moins que tu sois toujours la chochotte que t'étais à l'école.

— J'adorerais. Tu me dis ce que je veux savoir, et tu repars d'ici vivant. Et on se fait ça une autre fois, promis. Maintenant, où est Nathan ?

— Je t'emmerde.

Fini de jouer. Je passai derrière Rick et gardai le Glock pointé sur lui.

— Tu es droitier ?

Pas de réponse. Je posai mon arme par terre, puis attrapai son pouce droit et commençai à le retourner. Le pouce est moins souple que les autres doigts, et c'est le plus facile à casser. J'augmentai la pression sans discontinuer jusqu'à arriver au point de rupture.

— Alors, salopard, où est Nathan ? C'est ta dernière chance de sauver ton doigt.

Il émettait des sons, mais pas un seul mot ne sortait de sa bouche.

— Je t'avais prévenu.

Je tirai sur le pouce jusqu'à ce que le ligament cède avec le bruit d'un os de poulet qu'on brise.

Il hurla, ses cris rebondissant en échos sur les murs du musée. Je reculai d'un pas et le laissai endurer la douleur une minute. Il se mit à pleurer, ses larmes formant des traînées luisantes sur ses joues.

— Tu n'écriras plus jamais avec cette main-là, mais si tu parles, tu garderas ton autre pouce. Tu pourras peut-être apprendre à être gaucher.

Je passai derrière lui, attrapai son pouce, et le retournai rapidement. Je sentis la tension dans sa main en appuyant encore un peu.

— Arrête ! Arrête ! Ils l'ont emmené !

Je lâchai sa main et revins devant lui. Il tremblait tant il souffrait.

— Qui l'a emmené ?

— Loco ! Et les autres ! Il était ici, mais ils l'ont emmené. Putain de merde, qu'est-ce que j'ai mal !

Il frissonnait comme un chien blessé, mais ce n'était rien en comparaison de la souffrance et du malheur qu'il avait introduits dans la réserve.

— Où est-ce qu'ils l'ont emmené ? Tu mens et je te casse le pouce avant de le trancher.

— Je ne peux pas le dire ! Sinon ils vont me tuer.

— Je vais te tuer si tu ne le dis pas.

— Ils vont le torturer. En faire un exemple.

— Un exemple de quoi ?

— C'est une balance ! Ils vont le tuer pour qu'il ne puisse pas témoigner devant le tribunal.

— Qui a dit que c'était une balance ?

— Comment je saurais ! Ils ne sont pas idiots, ils ont compris que c'était un vendu quand ils ont vu qu'il s'était fait piéger.

— Comment ça, piéger ?

— Putain, mais qu'est-ce que t'es con ! C'est la guerre. Le gang des cachets contre le gang de l'héro. C'est le gang des cachets qui l'a piégé.

Je ne comprenais pas ce que tout ceci avait à voir avec Nathan. Je lui lançai un regard noir.

— Tu ferais bien d'expliquer.

— Ils font circuler des antidouleurs sur la réserve. Oxycodone, Vicodin, Dilaudid. Ils ne veulent pas de la concurrence de l'héroïne. Ça signifierait une grosse baisse de ventes. Alors ils ont planqué des cachets dans le casier de Nathan. Ils savaient qu'il allait signer avec les flics, qu'il balancerait le gang de l'héro. Et ils te détestent, ils voulaient aussi t'atteindre. Ils piègent le gamin, il va en taule ou il balance les types de l'héro. Gagnant sur tous les tableaux.

Il gémit de douleur, le visage tordu en une grimace.

— Qui me déteste ? demandai-je.

— À ton avis, crétin ? Guv Yellowhawk. Il te hait depuis que tu lui as mis une trempe. Et c'est lui qui s'occupe des casiers au lycée.

J'essayai de suivre cette histoire délirante, mais j'avais l'impression que Rick ne cherchait qu'à reporter la responsabilité sur quelqu'un d'autre pour sauver son pauvre petit cul.

— Tu es en train de dire que Guv contrôle le trafic de pilules sur la réserve ? N'importe quoi, il est trop con pour ça. Et trop paresseux.

Rick ricana.

— Bien sûr. Tu ne sais pas qui est à la tête de tout ça ?

Je ne dis rien.

— Ben. Ben Short Bear. Ça fait des années qu'il fait circuler des cachets, qu'il se fait un max de fric et qu'il achète des connards comme Guv. Il a toutes sortes d'escroqueries en cours. Mais une fois que l'héroïne arrive, c'est fini, y a plus rien qui rentre. Il te fait marcher depuis le début, il se sert de toi et de Nathan pour chasser ces Mexicains de la réserve. Mais les Latinos ont compris et ils ont pris ton neveu. (Il laissa échapper un rire sans joie.) C'est carrément drôle, tu baises sa fille et tu ne savais même pas.

Ben Short Bear, membre du conseil tribal, et dealer ? Ouais, Rick me racontait des conneries pour que je cesse de lui faire mal. Comment pouvait-il être au courant de tout ça, en supposant qu'il ne s'agissait pas d'un mensonge ?

— Tu racontes n'importe quoi, lui dis-je. Les Aztec Kingz et toi, vous bossez ensemble. Je t'ai vu dans leur bungalow. Comment tu saurais quoi que ce soit sur Ben ?

Il pense que t'es une ordure, il ne te dirait jamais rien. Bon sang, c'est lui qui m'a envoyé te liquider. Je crois que c'est toi qui as piégé Nathan. (J'avançai vers lui.) J'en ai assez, de tes salades. Maintenant, je vais te péter l'autre pouce et te l'arracher.

Je passai derrière lui, et essayai d'attraper son bras.

— C'est Guv qui me l'a dit ! cria-t-il. Un soir où il était bourré ! Il m'a tout dit ! C'est Ben qui a piégé ton neveu, pas moi !

Je lui attrapai la main.

— Désolé, je ne te crois pas, salopard. Adieu le pouce.

Il se mit à crier, je l'ignorai. Il s'agitait, se débattait en tous sens, mais je l'immobilisai, saisis le pouce gauche et le retournai. Lorsqu'il se brisa, Rick hurla à nouveau. Je n'en avais pas terminé. Je le tordis, essayant de l'arracher à mains nues, je le pliai d'avant en arrière, jusqu'à ce que je sente les tendons et la peau commencer à se déchirer.

— Il est à l'abattoir ! Arrêêêête !

Je lâchai sa main.

— Quel abattoir ? Où ?

— Celui de Porcupine ! Putain de sauvage !

Je me rappelai vaguement avoir entendu parler d'un ancien abattoir à Pine Ridge, mais je n'y étais jamais allé. Impossible de savoir s'il s'agissait d'autres conneries, mais j'avais idée que la douleur lui faisait cracher quelque chose d'un peu plus proche de la vérité.

— Qui l'a emmené là-bas ? demandai-je.

— Loco, Manuel, et un autre type. J'étais censé les retrouver après qu'ils en auront fini.

— C'était il y a combien de temps ?

— Je ne sais pas, trois heures. OK, je t'ai tout dit, alors maintenant, sors-moi d'ici. Il me faut un hôpital, bordel !

Un hôpital ? Est-ce que ce salopard pensait vraiment que j'allais l'emmener voir un médecin pour qu'on lui donne des antidouleurs ? L'ironie était franchement cocasse, même si je n'avais pas le temps de la savourer. Cette pourriture humaine avait aidé à enlever mon neveu, après avoir semé la souffrance et le malheur pendant des dizaines d'années. Il m'avait maltraité, ainsi que d'innombrables autres élèves, puis s'était mis à vendre de l'alcool et de la drogue partout sur la réserve. Il avait trempé dans presque toutes les escroqueries et arnaques, tous les plans dégueulasses pour gagner un dollar, et aux dépens de ses chers Indiens de souche, en plus.

Tout cela allait prendre fin aujourd'hui. Il était temps, enfin, que Rick paye.

J'appuyai mon canon contre sa tempe. Il se mit à gémir, à pleurer, et je vis qu'il s'était pissé dessus. Pas grave, il pouvait crever dans son urine. Depuis des années j'aidais les gens à obtenir un peu de justice sur la réserve, j'étais leur seul recours à cause d'un système judiciaire qui n'avait fait que les trahir. Rick Crow méritait de mourir pour ce qu'il m'avait infligé, ce qu'il avait infligé à Nathan, à tout notre peuple. L'heure du bilan, son heure, était venue.

Je m'apprêtai à tirer, puis arrêtai, momentanément désorienté. Je vis ma sœur, Sybil, debout derrière Rick, et je me demandai si j'étais toujours sous l'effet du *yuwipi* et si c'était un flashback. Elle avait l'air triste, désespérée, et c'était comme si elle me parlait sans émettre le moindre son. Je comprenais ce qu'elle disait, même si ses lèvres ne bougeaient pas. J'étais lié à Rick, que ça me plaise ou non, nous étions connectés. Il fallait que je me sacrifie, que je prenne le chemin plus difficile en accordant le pardon à Rick afin de pouvoir me pardonner moi-même.

Et qu'était la justice ? La version *wasicu* consistait à imposer une punition – la vengeance – pour les torts et les souffrances qu'on infligeait, mais le principe lakota était de réparer le tort qui avait été fait. Avec *kiciyuska pi*, la cérémonie de la libération, les parents d'un enfant assassiné et les parents de l'assassin fumaient la pipe, se faisaient pardonner et pardonnaient, et se libéraient réciproquement du châtiment. Mais comment pouvait-on réparer les innombrables torts que Rick avait causés ?

Il ne cessait de regarder mon arme, se demandant ce que j'allais faire, recroquevillé, pathétique, un tableau lamentable du désespoir. *Mitakuye oyasin*, nous sommes tous reliés.

Je baissai mon Glock et reculai de quelques pas.

— C'est ton jour de chance, loser. Tu as le droit de vivre, du moins pour le moment.

Le soulagement se lut sur son visage, et il se mit à trembler. La tache sur son pantalon s'était agrandie.

J'entendis un bruit provenant de la porte de derrière du musée et regardai autour de moi.

— Pose cette arme, Virgil.

Je me tournai et vis Ben Short Bear, pointant un colt 1911 dans ma direction. À cette distance, mon corps serait percé d'un trou de la taille d'un pamplemousse. Que faisait-il ici ?

— Ben, fis-je. Tout est sous contrôle. Ce connard dit n'importe quoi. Je gère.

— Virgil, pose ton pistolet par terre et envoie-le vers moi. Ne tente rien ou je tire. Obéis. Maintenant.

Je le dévisageai pour voir s'il était sérieux. Il ne fléchit pas, garda son arme pointée sur moi. J'obtempérai et expédiai mon Glock dans sa direction ; en glissant sur le sol en béton piqueté, l'acier cliqueta. Ben le ramassa et le posa sur une vieille chaise à sa droite.

— Maintenant, assieds-toi à côté de Rick et mets tes mains derrière ta tête. Elles bougent, tu prends une balle.

Je m'assis, en tailleur, et croisai mes mains derrière ma tête. L'odeur de Rick me remplit les narines, l'odeur de la pisse et de la peur.

— Je te l'avais dit, chuchota-t-il.

— Ben, qu'est-ce qui se passe ? dis-je. Tu as entendu les mensonges de ce salopard ? Il essaye de dire que tu vends de la drogue sur la réserve. Je sais que c'est n'importe quoi, alors…

— Oui, c'est un salopard. J'ai bâti un négoce prospère, et ce connard et ses potes de Denver sont en train de le saborder. J'espérais que tu te débarrasserais de lui, mais on dirait que tu n'es pas le gros dur que tout le monde pense. C'est donc à moi de faire le boulot.

Il se pencha vers Rick, colla son colt au milieu de son front et appuya sur la détente ; la détonation résonna comme une bombe dans l'espace clos du musée. Rick tomba en arrière, la plus grande partie de sa tête arrachée.

28

— POURQUOI vous avez fait ça ? hurlai-je à Ben.

Il recula d'un pas, braquant son arme à nouveau sur moi.

— Il en savait trop. J'espérais que le témoignage de ton neveu les chasserait, mais une fois que quelqu'un leur a dit qu'il était de mèche avec les flics, Nathan ne risquait plus d'avoir l'occasion de témoigner. Dommage. (Il gesticula avec le pistolet.) Les Mexicains ont un code d'honneur, tu sais. Une justice assez sommaire. Toute personne qui coopère avec la police se fait tuer. Mais la mort n'est jamais rapide. Ils font un exemple avec les indics, généralement ils les pendent ou ils les brûlent après leur avoir tranché certaines parties du corps.

D'un bond, je fus debout.

— On y va ! Je vais me les faire, ces salopards !

— Assieds-toi, Virgil.

Il s'avança vers moi, il n'était plus qu'à deux ou trois mètres, le colt scintillant dans la lueur tremblotante de la lampe à kérosène.

Maintenant.

Je me rassis à côté du cadavre de Rick ; l'odeur de la merde et de la mort commençait à remplir la pièce.

— Ben, vous voulez vous débarrasser de ces gars, je m'en occupe. Laissez-moi seulement sauver Nathan. Il faut que j'y aille maintenant.

— Tu ne vas nulle part, dit-il. Nathan et toi, vous ne m'êtes plus d'aucune utilité. Rick et toi, vous avez été tués par le cartel de l'héroïne, c'est bien triste, ensuite ces voyous ont incendié ce bâtiment. Et le FBI apprendra bientôt que nos amis mexicains ont torturé et assassiné un adolescent, ce qui rendra les fédéraux dingues. Et je pourrai retourner à mes petites affaires, sans interférence extérieure. Désolé pour ton neveu – il avait l'air sympa.

L'idée que Nathan puisse être torturé suffit à me rendre fou. Mais je ne pouvais pas penser à ça. Il fallait que je trouve le moyen de sortir de ce bâtiment puant et des griffes de Ben. Si je continuais à le faire parler, il baisserait peut-être sa garde et je pourrais essayer de m'emparer de son colt.

— Il y a une chose que je ne comprends pas, dis-je en surveillant son revolver. Pourquoi avez-vous dit au gang que Nathan était un informateur ? Pourquoi ne pas laisser la transaction se faire et les fédéraux les arrêter ? Du coup, ils disparaissent et vous êtes tranquille.

— Ce n'est pas moi. Pourquoi leur aurais-je dit ? Sans parler du fait que je n'ai aucun contact avec cette racaille. Je suppose qu'ils l'ont découvert tout seuls, ou peut-être que cet idiot a vendu la mèche.

Il agita son arme en direction du corps de Rick.

— Mais vous avez dû travailler avec Rick. Sinon, comment sauriez-vous qu'il se trouvait ici ?

— C'est toi qui me l'as dit. (Il eut un sourire arrogant.) J'ai mis un tracker GPS dans ta voiture il y a déjà plusieurs mois. Il fallait que je te surveille, que je m'assure que tu ne t'approches pas trop de ce que tu n'étais pas censé savoir.

Un tracker, merde. Pas étonnant que Ben ait été au courant chaque fois que j'allais voir l'avocat à Rapid City.

— Ben, s'il vous plaît. Nathan est innocent. Je m'en fous que vous vendiez des cachets. Je n'en parlerai pas et je n'en dirai pas un mot à Marie, je vous le promets.

— C'est trop tard pour ça, dit-il. Il est temps de faire le ménage à la réserve. Ça vaut mieux, j'espère que tu t'en rends compte.

Il marqua une pause et contempla ce qui restait de Rick Crow.

— Celui-ci ne sera pas une perte. Cet idiot essayait même de monter une plantation de marijuana avec ses potes. Mais peut-être que nous pouvons en sauver d'autres du poison qu'il vendait. (Il focalisa son attention sur moi et avança d'un pas.) Et tu ne croyais quand même pas que je laisserais ma fille s'installer avec toi ? Elle dit n'importe quoi, cette idée de rester ici. Ça n'arrivera pas. J'ai fait en sorte que Delia Kills in Water la mette à la porte. Elle ira en fac de médecine.

Il s'avança encore, l'arme presque sur ma tête.

— Adieu Virgil, j'espère…

— Papa, arrête !

Je regardai vers la porte de derrière. Marie était sur le seuil, et pointait mon Smith & Wesson sur son père.

— Marie, qu'est-ce que tu fais ? demanda Ben.

Sa main armée ne tremblait pas. Il baissa un peu son colt mais le garda braqué sur moi. Je la vis jeter un coup d'œil vers le corps mort de Rick, mais elle maintint le revolver pointé sur son père.

— Je t'ai vu monter jusqu'ici et je t'ai suivi. J'ai reconnu ta voiture.

— Qu'est-ce que tu as entendu de notre conversation ? demanda Ben.

— Assez. Est-ce vrai ?

— Qu'est-ce qui est vrai ?

— Que tu vends de la drogue sur la réserve. À notre peuple. Et que tu m'as fait virer !

Il fronça les sourcils. Je ne quittai pas son arme des yeux.

— Pas de la drogue, corrigea-t-il. Des antidouleurs. Des médicaments. Maintenant, pose ce revolver.

La voix de Marie tremblait.

— Comment as-tu pu ? Vendre ces saloperies !

— Marie, écoute. Tout ce que j'ai fait, c'était pour notre famille. Comment crois-tu que nous avons payé les frais de scolarité de Dartmouth pour ta sœur ? Sans parler de tes vêtements, tes vacances, tout. Je n'ai fait que fournir un service. Ce sont ces dealers d'héroïne les salauds, ils vendent à des gamins. Nous, on ne s'est jamais approchés des enfants. Pas une fois. Maintenant, ça suffit.

— Non, papa. Il faut que ça s'arrête. Tu vas aller à la police. Te rendre.

Il rit.

— À la police ? Ils sont à ma solde. Ils ne lèveront pas le petit doigt contre moi. (Il changea de ton.) Chérie, tout ce que j'ai fait, c'était pour que ta sœur et toi, vous puissiez avoir une vie meilleure. C'est comme ça que fonctionne le monde. Il faut prendre de force ce que tu veux, c'est la manière *wasicu*. Tout le monde détourne des subventions fédérales, c'est comme ça que…

— L'argent de la viande ! s'écria-t-elle. Tu as volé ça aussi ?

— Marie, ça n'a plus d'importance maintenant. Il servira à financer tes études de médecine. C'est une bonne cause, bien meilleure qu'un congélateur plein de viande qui pourrit. C'était pour toi, tu ne le vois donc pas ?

Pendant que Ben et Marie étaient absorbés dans leur drame familial, j'étudiai la situation. Ben était à environ trois mètres et demi de moi, à côté de Marie. Je pouvais essayer de m'emparer de l'arme de Ben, mais un corps à corps était trop risqué. La meilleure solution était d'attraper mon Glock, posé sur la chaise. C'était même la seule option. J'attendis le bon moment.

— Ta sœur et toi, vous n'êtes pas comme les gens d'ici, poursuivit Ben. Nous vous avons élevées pour que vous soyez différentes, que vous fassiez des choses…

Voyant l'occasion se présenter, je bondis et fonçai vers la chaise pour attraper mon Glock.

Trop tard! Ben comprit et donna un coup de pied dans la chaise; le Glock s'envola hors de ma portée. Il leva son arme et la pointa sur moi.

BANG! Une détonation résonna, assourdissante.

Je levai les yeux et regardai Ben trébucher et tomber. Marie avait le bras encore tendu, le revolver dans la main.

Je m'empressai de récupérer le colt de Ben, mais à ce stade, cela n'avait plus d'importance. Elle lui avait mis une balle dans le cœur.

Elle était visiblement en état de choc. Ses pupilles étaient dilatées et son visage, livide. Je lui pris le revolver et le rangeai dans mon blouson. Elle ne réagit pas. Au lieu de regarder son père, elle gardait les yeux rivés sur les ténèbres de la nuit, par la porte ouverte. Les étoiles, l'espace. Je ne pus imaginer ce qu'elle pensait à ce moment-là.

Je l'emmenai dehors et l'assis par terre, loin des corps et du sang et de l'odeur nauséabonde de la mort.

— Tu crois que ma mère savait? Pour les cachets?

— Je l'ignore.

— Je… Je n'arrive pas à y croire… Je ne…

Puis les larmes commencèrent à couler, des larmes silencieuses qui paraissaient lui brûler la peau. Je touchai son visage. Il était froid, comme si elle avait traversé une plaine glacée.

— Il faut que tu appelles Dennis, OK ? dis-je. S'il ne répond pas, appelle la police tribale. Dis-leur ce qui s'est passé ici et que Nathan se trouve à l'ancien abattoir à Porcupine. Il a été enlevé et ils doivent aller là-bas tout de suite. Tu peux le faire ?

Elle acquiesça et je me demandai si elle finirait par m'en vouloir pour tout ceci. Si elle accepterait jamais de me revoir, ou si je ne serais plus qu'un rappel vivant de la souffrance qu'elle avait endurée, et de la souffrance que son père avait créée. De la souffrance de notre peuple. Peut-être serais-je obligé de devenir un fantôme, invisible mais qui la hanterait à jamais.

Mais là, je devais sauver Nathan. Je ramassai le Glock et le rangeai dans ma poche.

29

Il n'y avait qu'un seul bâtiment à Porcupine qui aurait pu être un abattoir un jour. La plupart des maisons en ville étaient des préfabriqués, avec des paraboles vissées sur les cadres des fenêtres et des jouets d'enfants éparpillés tout autour. Mais au nord de la ville se trouvait une grande construction qui ressemblait à un ancien bâtiment militaire, avec des murs gris de mauvais augure, des échelles rouillées sur les côtés et dans les murs, d'immenses ouvertures circulaires où avaient été insérés des ventilateurs géants. L'extérieur ne portait aucun signe distinctif à l'exception de quelques graffiti rose vif qui disaient KUKA et ZINTKALA. Même si l'endroit avait l'air désert, une faible lueur était visible à l'une des fenêtres.

Je gardai le Glock à la main – il était chargé à bloc, je n'avais pas tiré une seule balle –, et je rangeai le Smith & Wesson dans ma poche arrière. La porte était ouverte, alors j'entrai, prenant soin d'être aussi silencieux que possible. Je pouvais à peine distinguer des voix étouffées provenant de l'intérieur. En revanche, le clair de lune brillait suffisamment pour me permettre de contourner les tas d'ordures et les vieux morceaux de bois qui jonchaient le sol.

La lumière intérieure était plus vive d'un côté ; je suivis la direction indiquée par les voix et l'éclairage et remontai un couloir central jusqu'à un escalier. Je compris qu'ils étaient en bas, mais je n'avais aucune idée de la disposition des lieux. L'escalier était en bois, pourri et branlant.

Je le descendis comme si j'étais pieds nus, essayant de toutes mes forces de ne provoquer ni grincement, ni frottement. Arrivé à la dernière marche, je m'arrêtai, l'oreille tendue. J'entendais les hommes dans la pièce voisine. Leurs voix me revenaient en échos, il s'agissait donc d'un grand espace. Ils paraissaient joyeux, même s'ils parlaient espagnol et que je ne comprenais pas un mot de ce qu'ils disaient.

Je n'entendais pas la voix de Nathan.

J'attendis le bon moment pour jeter un coup d'œil dans la pièce. Tout à coup la conversation s'anima, et je m'aplatis au sol pour rester hors de leur vue.

Ils avaient installé des lanternes de camping pour s'éclairer, et la salle baignait dans une lueur surnaturelle. Même dans la semi-pénombre, je voyais que ce vaste espace était l'endroit où on abattait les bêtes. Il y avait de larges caniveaux, des câbles avec des crochets attachés au plafond, et plusieurs piliers en béton au centre, tachetés de ce qui ressemblait à du sang.

Nathan était ligoté sur une chaise au milieu de la pièce, torse nu et la tête baissée, son sac-médecine par terre à côté de lui. On lui avait attaché les mains dans le dos et passé une corde autour de la poitrine. Ses jambes n'étaient pas entravées et ils ne s'étaient pas donné la peine de le bâillonner. Dans la semi-pénombre, on aurait dit qu'il dormait. Mon cœur saignait de le voir comme ça.

Je repérai les kidnappeurs sur le côté. Ils étaient trois, et malgré la mauvaise lumière, je reconnus la cicatrice en forme d'éclair sur le visage de Loco. Rick avait dit que l'un des autres types s'appelait Manuel, mais peu importait. Ils étaient assis sur un banc et fumaient des cigarettes. Je ne vis pas d'armes dans leurs mains, mais elles n'étaient sûrement pas loin. Je parcourus la pièce des yeux pour tâcher d'évaluer leur arsenal.

D'autres objets parsemaient le sol autour des lanternes – une scie à métaux, du bois de construction, un grand chalumeau du genre qu'utilisaient les joailliers ou les ferronniers. Je remarquai aussi la présence d'un appareil étrange, une longue canne jaune avec une poignée et un bout pointu. J'en avais vu un des années auparavant, dans un ranch sur la réserve. C'était un aiguillon électrique, que le rancher avait appelé un hotshot.

Un aiguillon électrique.

Il régnait une drôle d'odeur dans l'air, proche de celle du pop-corn brûlé. J'essayai de mieux voir Nathan sans révéler ma présence. Son visage paraissait enflé et je vis des marques rouges sur sa poitrine et ses bras. Des marques de brûlures. Causées par l'aiguillon ? Le chalumeau ? Les deux ?

Les hommes cessèrent de parler. Lun d'eux se leva et jeta son mégot. Puis Loco et l'autre l'imitèrent et tous les trois se dirigèrent vers Nathan. Loco dit quelque chose aux deux autres, ramassa le chalumeau et l'alluma ; la flamme brûlait d'un bleu aussi vif qu'un beau ciel d'été. Il s'approcha de Nathan, qui remua et commença à lever la tête, marmonnant des mots que je ne compris pas. Puis Loco s'accroupit pour régler la flamme et celle-ci grandit jusqu'à former une langue de feu menaçante de plus de trente centimètres, dont la supernova blanche à la base crépitait tout près de Nathan.

Oh, non, pas ça.

Christophe Colomb et les conquistadors espagnols avaient brûlé vifs des Indiens dans leur entreprise de soumettre le continent, et j'allais m'assurer que ces salopards n'infligeraient pas pareil traitement à mon neveu.

Je n'avais pas le temps de concevoir un plan. Je bondis de derrière le mur avec le Glock dans la main. Les trois hommes m'entendirent et se détournèrent de Nathan. Je braquai le Glock sur la poitrine de Loco et fis feu, mais il bougea et je le manquai, la détonation fracassante résonnant dans l'immense salle. Il lâcha le chalumeau, bondit derrière Nathan, et je visai le deuxième homme à sa droite, qui cherchait son arme. Je l'eus en pleine poitrine ; la cartouche s'envola par-dessus mon épaule, et il s'écroula à côté d'une vieille table en bois.

Où était le troisième salopard ? Je l'avais perdu de vue dans le chaos.

Un coup de feu éclata, la balle siffla à côté de ma tête et alla se ficher dans le mur derrière moi. Je plongeai derrière un énorme pilier en béton. Impossible de voir où le troisième tireur se cachait.

— Nathan ! criai-je. Couche-toi ! Fais tomber la chaise !

— *Leksi* ? lança-t-il. C'est toi ?

— Renverse la chaise ! criai-je. À terre !

Je sortis la tête et une autre balle siffla. Comme mon stock de munitions était limité, il fallait que j'attende d'avoir une visée parfaite. Lorsque Loco commença à s'écarter de Nathan, je me mis debout et tirai.

Manqué à nouveau, bordel. Loco replongea derrière mon neveu, toujours très exposé sur sa chaise.

Il restait trois balles dans mon Glock. J'avais le petit revolver, mais mieux valait s'en servir à très courte portée.

— Lâche ton arme ou je crame la gueule de ce salopard de balance ! cria Loco.

Je m'écartai du pilier. Loco avait maintenant le chalumeau à pleine puissance à quelques centimètres du visage de Nathan. À la lumière de la torche, je voyais qu'il était terrifié. Il avait reculé sa tête aussi loin que possible, encore trop près de la flamme.

— Tu as une seconde, *vato**, ou je le crame !

Que faire ? Je n'allais pas réussir à descendre Loco, et l'autre connard me tirerait dessus à la seconde où je ne serais plus à couvert.

— Hé ! criai-je. Laissez partir le gamin, et je vous envoie mon arme. Vous pouvez m'avoir, moi. Mais laissez-le partir.

Ils ne dirent rien pendant quelques secondes.

— Lance le flingue d'abord, et ensuite, on le détache, lança Loco.

Tout à coup, Nathan s'écria :

— Va-t-en, *Leksi* ! Sauve-toi ! Fiche le camp !

Il me disait de sauver ma peau, avec un chalumeau à quelques centimètres du visage.

Putain.

— D'accord, lançai-je à Loco. Je vous donne mon arme si vous me promettez de le laisser partir. OK ?

Pas de réponse.

— Je vous lance mon pistolet maintenant ! Le voici !

Je fis glisser mon Glock sur le sol en direction de Loco, mais le deuxième tireur bondit pour l'attraper. Il était planqué près d'une bouche de ventilation dans le coin. Je m'empressai de dégainer le Smith & Wesson de ma poche et sortis de mon abri. Le type était penché, prêt à saisir mon Glock. S'il y parvenait, c'était la fin. Sans même réfléchir, je criai :

— Regarde !

* Mec.

Cela suffit. Il s'interrompit un instant et leva les yeux, me donnant le temps de m'approcher. Je tirai à quelques mètres, en plein dans la tête, puis je recommençai. Sa cervelle alla éclabousser le mur et Nathan, toujours attaché sur la chaise.

— Ça va ? lançai-je à Nathan.

— Oui, ça va !

Sa voix était aiguë et tremblait de peur.

Mais… où était Loco ? Pas le moindre mouvement perceptible. Il était juste derrière Nathan quand j'avais descendu son deuxième acolyte, mais il avait disparu et c'était dangereux. J'entendais le bruit du vent qui entrait par un carreau cassé très haut au-dessus de moi, et ma respiration, bruyante et saccadée.

Un coup de feu retentit et je m'aplatis au sol. Merde ! Loco avait dégainé, et je n'avais pas la moindre idée de sa position actuelle.

Combien de balles restait-il dans le revolver ? Marie avait tiré une fois, et j'avais tiré deux fois, alors il devait en rester deux. J'entendis un bruissement provenant du fond de la salle, et cela me donna assez de temps pour me préparer à tirer à deux mains. Je ne savais pas s'il foncerait droit sur moi ou s'il tenterait autre chose, mais je devais être prêt.

Loco apparut soudain et accourut vers moi, me tenant déjà en joue. Il avait un petit bouc, et les poils n'avaient pas repoussé sur la cicatrice de son visage. Il portait un polo à rayures bleues, le genre que ma mère m'achetait à Kmart quand j'étais gosse. Son regard était féroce, et je sentis l'intensité de sa haine. C'était lui ou moi – l'un de nous deux allait mourir. J'espérai que ce serait lui, mais il y avait de bonnes chances que ce soit moi.

Je stabilisai le petit revolver et pris mon temps. Il me visa, les yeux plissés dans la lumière brumeuse. Je braquai mon arme sur sa poitrine et tirai.

Manqué ! J'appuyai à nouveau sur la détente. Le revolver émit un petit cliquetis inoffensif, m'informant que je n'avais plus de munitions, et plus la moindre chance. Il aurait dû y avoir encore une balle, et je compris qu'il n'était pas complètement chargé au départ. Bon sang, comment avais-je pu commettre l'erreur de débutant de ne pas vérifier le barillet ?

Même avant d'entendre la détonation, je sentis la douleur me transpercer l'épaule. J'avais été touché. J'attendis le second coup, mais il ne vint pas. Je regardai en direction de Loco – il était penché sur son arme, qui devait être vide ou enrayée.

Quoi qu'il en soit, j'avais donc encore une chance. Minuscule. Je jetai le revolver par terre et cherchai des yeux quelque chose qui pourrait me servir d'arme. Je courus vers l'aiguillon électrique. J'étais en train de le ramasser lorsque Nathan cria :

— Attention !

Loco fonçait sur moi à nouveau, l'arme à la main, après avoir visiblement résolu son problème. Je jetai un coup d'œil à l'aiguillon, tâtonnant à la recherche du bouton de mise en marche. Il y avait généralement une sécurité, et je n'avais plus qu'à espérer qu'elle avait déjà été enlevée.

Loco s'immobilisa et me visa, s'attendant à ce que je coure me mettre à couvert. Mais à sa grande surprise, je fonçai droit sur lui. Je lui enfonçai l'aiguillon dans la poitrine, en plein sur son polo bleu, et j'appuyai sur la détente. Le courant électrique lui parcourut le corps et il tomba, secoué de spasmes.

Je me penchai et posai le hotshot directement sur son cou, espérant que le courant soit suffisamment puissant pour le mettre définitivement hors d'état de nuire. J'appuyai à nouveau sur le bouton marche, et regardai les cinquante mille volts se décharger dans son système nerveux. J'appuyai jusqu'à ce qu'il cesse de bouger.

La douleur dans mon épaule empirait, beaucoup. J'avais l'impression que quelqu'un avait déposé une pierre chaude d'une hutte de sudation directement à l'intérieur de mon corps. Et si la balle avait touché une artère, j'étais vraiment dans la merde. Mon T-shirt était trempé de sang, ce qui était mauvais signe. Je cherchai des yeux quelque chose qui puisse me servir de bandage pour arrêter l'hémorragie.

Tout à coup, le monde partit en tourbillonnant tandis que j'étais tiré en arrière sur le sol, mon regard fixé sur les éclairages du plafond. Il me fallut une seconde pour me rendre compte qu'il y avait un bras autour de mon cou qui m'étouffait. Loco était derrière moi et m'écrasait la trachée, après avoir survécu à une décharge électrique qui aurait terrassé un bison.

Je luttai pour écarter son bras, mais il me maintenait dans une prise d'étranglement. Elle était terriblement efficace ; je l'avais utilisée de nombreuses fois. Son bras droit était enroulé autour de ma gorge, et le gauche appuyait sur ma nuque, pour couper les flux d'air et de sang. Il augmenta la pression sur mon larynx et je commençai à étouffer ; j'avais environ dix secondes avant de perdre connaissance.

J'essayai de tourner la tête pour dégager mes voies aériennes, sans succès. Il fallait que je trouve le moyen de l'obliger à enlever ses bras de mon cou, c'était ma seule chance. Je le griffai, mais j'avais tellement perdu de sang que je n'avais plus de force. Ma vision commença à se brouiller sur les côtés.

J'entendis Nathan me crier quelque chose comme "attention". Je ne voyais pas bien pourquoi il me mettait en garde, j'étais déjà en bien mauvaise posture. Ma vie allait se terminer dans ce bâtiment pourri, tout ce que j'avais vécu n'avait servi qu'à m'amener ici.

— L'aiguillon ! L'aiguillon !

Soudain je compris que, tout en étant encore attaché à sa chaise, Nathan avait réussi à envoyer le hotshot vers moi d'un coup de pied. Je l'attrapai de ma main droite et poignardai Loco à l'aveuglette. Surpris, il relâcha sa pression pendant une seconde, ce qui me donna l'opportunité dont j'avais besoin. Je me libérai et inspirai profondément, l'oxygène affluant dans mes cellules lorsque je me redressai.

Loco était à genoux et je lui mis un coup de pied de toutes mes forces. Sonné, il partit en arrière.

— Fils de pute ! siffla-t-il.

— Non, c'est toi le fils de pute, *wanagi*.

Fantôme. Loco était un esprit malin, et il était temps de le bannir de ce monde et de l'envoyer dans le suivant.

Je pris l'aiguillon et le plantai dans son orbite droite. Il hurla et j'appuyai de tout mon poids, enfonçant la pique aussi loin que possible dans sa tête. Je poussai jusqu'à sentir une résistance, l'arrière de son crâne. Il se mit à trembler, son corps agité de spasmes et de convulsions, puis à bafouiller et baver, tentant d'exprimer d'ultimes pensées.

Cette fois-ci, je ne prendrais pas de risque. J'actionnai le bouton marche de l'aiguillon et envoyai le courant électrique directement dans sa cervelle pour cramer le peu qui y restait. Sa tête tressauta, mais je maintins la pression jusqu'à ce qu'il ne bouge plus du tout.

Lorsque je fus convaincu que c'en était bien fini, je décidai de m'asseoir. Je voulais libérer Nathan de ses liens, mais la douleur de la blessure par balle revenait avec la plus grande intensité et je me sentais fatigué. Épuisé, en fait. Je m'allongeai sur le sol et regardai autour de moi, cherchant Nathan. Le chalumeau brûlait toujours, posé par terre, au milieu d'une gerbe d'étincelles bleues. J'essayai de dire à Nathan d'éteindre ce truc, mais je n'arrivais pas à le voir ; il ne devait pas m'entendre. Je crus qu'il parlait, qu'il me disait quelque chose, mais impossible de comprendre. Cela n'avait plus d'importance, de toute manière.

Je ne parvins pas à me remettre debout. Le temps semblait s'étirer et se contracter, et je me sentais divaguer. Je me demandai quel genre de balles Loco avait tirées, et s'il s'était servi d'une balle à pointe creuse qui s'était fragmentée dans mon corps. Je m'arrêtai un instant sur ce qui se passait quand une balle explosait à l'intérieur du corps, sur les douzaines de petits éclats qui ricochaient partout, tailladant veines et artères.

Je commençai à trouver douloureux d'être allongé sur le dos, alors je me recroquevillai sur le côté. C'était bon de se reposer après la journée que j'avais passée. Je crus voir un aigle voler au-dessus de moi dans la salle, ce qui n'avait aucun sens. J'entendis des bruits, mais ce n'étaient que des voix spectrales dans mon rêve, fugaces, évanescentes.

Même si Nathan criait vraiment fort maintenant, je n'écoutais pas. Je repensais à la vision que j'avais eue pendant le *yuwipi*, et au petit enfant – l'oiseau perdu – qui avait été tué par le soldat à Wounded Knee. La fillette m'avait regardé au dernier moment, et c'était là que j'avais vu tout ce que j'aurais jamais besoin de savoir. Son visage était plein de compassion, elle acceptait son sort et elle voulait que je comprenne cela. Elle voulait que je sache que j'étais pardonné, et que le monde était bienveillant envers moi, envers tous les gens meurtris, tous les gens perdus. Je me concentrai sur le bébé, son petit visage plein d'amour et je fermai les yeux.

ÉPILOGUE

Neuf mois plus tard

JE ME GARAI sur le parking aménagé pour le pow-wow. Nathan sortit de mon pick-up, un vieux Ford F-150, et courut rejoindre sa petite amie, Shawna, qui était déjà là. Il avait commencé à faire du cross dans son nouveau lycée et découvert qu'il était doué. Il parlait de pratiquer la course à pied à l'université, et Shawna et lui passaient toutes leurs soirées à discuter des différentes universités où ils pourraient aller ensemble.

Toutes les accusations contre Nathan avaient été abandonnées une fois qu'il apparut clairement qu'il avait été piégé. Mais il lui avait fallu du temps pour récupérer de l'épisode à l'abattoir. Pendant un long moment, il avait eu du mal à dormir et il était resté très déprimé. Il refusait de retourner en cours – prétendait qu'il avait trop de mauvais souvenirs là-bas. Mais après quelques mois, il avait commencé à retrouver le sourire, en grande partie grâce à Shawna, qui venait le voir. Il avait changé d'établissement pour être avec elle, et ce changement avait fait toute la différence. Il n'était plus la même personne qu'un an auparavant, mais peut-être était-ce notre cas à tous.

Guv Yellowhawk avait avoué et purgeait une peine de quinze ans pour de multiples délits. La veuve de Ben, Ann, avait quitté la réserve dans la honte et la colère, niant le fait que Ben ait vendu de la drogue malgré les preuves accablantes du contraire. Les fédéraux arrêtèrent les autres membres du gang de Denver et travaillaient à capturer les chefs du cartel. Pour le moment, il n'y avait plus d'antidouleurs ni d'héroïne sur la réserve, mais je savais qu'il serait impossible de tenir la came loin de chez nous durablement.

Delia Kills in Water fut arrêtée pour détournement de fonds après qu'une enquête démontra qu'elle avait œuvré avec Ben, et non Lack, à escroquer le gouvernement en détournant la subvention pour la viande de bison. Le chef Lack avait totalement coopéré avec les autorités et fut blanchi. Delia était parvenue à payer une caution énorme pour sortir de prison en attendant son procès, et avait engagé Charley Leader Charge pour la représenter. Selon la rumeur, elle prévoyait, lors de son procès, de faire porter toute la responsabilité à Ben Short Bear. Presque tout le monde pensait que Delia serait condamnée, mais je n'en étais pas si sûr. Elle n'avait jamais payé pour ses crimes et elle pourrait très bien échapper à nouveau à la justice.

En ce qui me concernait, j'avais passé quelques semaines à l'hôpital de l'IHS pour me remettre de mes blessures, et je n'avais pas beaucoup de souvenirs de cette période. Nathan était là-bas aussi, soigné pour les brûlures sur ses bras et sa poitrine. J'avais, paraît-il, failli mourir sur le sol de l'abattoir, mais ils avaient réussi à me réanimer. Sans doute mon temps n'était-il pas encore venu. Ils avaient été obligés de laisser des éclats de balle dans ma clavicule, et je ne pourrais plus jamais lever mon bras au-dessus de ma tête sans souffrir, mais je ne me plaignais pas. Je regrettais seulement d'avoir si mal tiré.

Je récupérai les deux couvertures étoilées à l'arrière du pick-up, ainsi que les paniers pour les offrandes. Le petit stade était déjà noir de monde, et les danseurs feraient leur entrée dans deux heures. Un homme âgé me tint la porte, le sourire aux lèvres, tandis que j'arrivai, les bras chargés. Je posai les paniers et les couvertures sur le devant de la scène et aperçus le groupe de tambours sur le côté. J'allai les saluer et leur donnai une cartouche de cigarettes.

— Tu es prêt ? dit Jerome, qui m'avait rejoint.

Il s'était remis de son malaise au *yuwipi* ; il refusait de dire à qui que ce soit ce qui lui était arrivé. Seulement qu'il avait vu des "trucs mauvais". Je crois qu'il avait eu la même vision que moi, mais qu'il avait, d'une certaine manière, pris la pleine force de la douleur dans son propre corps afin que je puisse partir sauver mon neveu.

— Oui, dis-je. Nathan et moi, on est allés à la hutte de sudation hier soir. Ça nous a fait du bien.

— Parfait. On commence d'ici une vingtaine de minutes.

Je me penchai sur mes paniers, pour vérifier que nous avions assez de cadeaux pour tout le monde. Au dollar store à Rapid City, Nathan et moi avions acheté des centaines de petites savonnettes, de gants de toilette, ustensiles de cuisine, jouets pour enfants, et un grand sac d'élastiques, puis toute la soirée nous avions emballé les objets individuellement, avec l'aide de Jimmy, l'ami de Nathan, qui était resté quelques heures avec nous.

— Yo mon pote !

Je levai les yeux et vis Tommy, encore en uniforme de cuisinier. Nous nous étreignîmes. Je sentis l'odeur des oignons sauvages qu'il avait dû émincer avant de venir au pow-wow. Il travaillait comme cuistot au nouveau restaurant du casino, Rations. Lack lançait sa propre chaîne de restaurants dans les casinos indiens à travers tout le pays, et le nôtre était le premier. Aux dires de tous, Tommy était un employé modèle et il parlait de devenir chef cuisinier lui aussi.

— Où est Nathan ? demanda-t-il. Ne me dis pas qu'il s'est enfui avec sa petite amie !

— Non, ils sont là tous les deux. Il est très excité. Velma vient ?

À la surprise générale, Tommy et Velma passaient le plus clair de leur temps libre ensemble, prenant des verres au Depot, partageant des dîners au restaurant et se disputant presque constamment à propos de musique.

— Ouais, elle est là ! Elle fume une clope derrière. T'as besoin que je t'aide avec les cadeaux ?

— Ouaip. On devrait commencer bientôt. Je vais chercher Nathan.

J'explorai les alentours et trouvai Nathan et Shawna dans un coin, absorbés dans une grande discussion.

— Nathan, il est l'heure. Shawna, tu nous aide à distribuer les cadeaux ?

— Avec plaisir ! dit-elle avec un grand sourire.

Nous retournâmes jusqu'à la scène, où Jerome était en train de régler le micro. Je lui avais donné du tabac, ainsi qu'à son petit-fils Rocky, qui nous aidait. Les cinq grands paniers de cadeaux et les deux couvertures étoilées se trouvaient sur l'estrade. Il ne manquait presque plus rien.

— J'espère que je ne suis pas en retard.

Marie m'embrassa et je sentis son parfum, ainsi que ceux des plats qu'elle avait préparés au restaurant.

— Je reviens tout de suite, dit-elle, et elle alla aider ses assistants à transporter de grandes marmites de ragoût de bison et des paniers de pains de maïs pour que les spectateurs mangent après la fin de la cérémonie.

Peu après la mort de son père, elle était partie – seule – dans les Black Hills pendant une semaine pour le pleurer et faire la paix avec ce qu'elle avait fait. Quand elle était revenue, j'avais essayé de lui en parler, mais elle avait répondu qu'elle n'était pas prête. Elle m'expliqua qu'elle avait compris que la fac de médecine n'était pas pour elle, qu'elle l'avait toujours su, et qu'elle honorerait sa famille en suivant son véritable chemin, qui était de travailler comme chef cuisinier et changer les habitudes alimentaires des habitants de la réserve. Elle adorait inventer de nouvelles recettes, basées sur les principes de la cuisine indigène, et Lack l'avait nommée responsable du restaurant. La route serait longue pour remplacer la culture du *frybread*, mais Lack et elle lançaient le mouvement. Lack était même venu en avion cette semaine apporter son aide à Marie pour les préparatifs du festin.

Jerome fit signe aux tambours, et ils jouèrent un chant d'honneur devant tous les spectateurs debout. Quand ils eurent terminé, Nathan, Shawna, Tommy, Velma, Marie et moi passâmes dans la foule pour distribuer les cadeaux. Les savons, les shampoings et les ustensiles de cuisine aux adultes, et les jouets aux enfants. Une fois que nous eûmes fini, Nathan et moi nous assîmes sur des chaises sur le devant de la scène et Rocky posa les deux couvertures sur nos épaules. Jerome retourna au microphone, le prit et se mit à parler.

— Aujourd'hui, nous sommes réunis pour donner à ces deux hommes leur nom lakota. Nathan Wounded Horse et

Virgil Wounded Horse sont des membres importants de cette communauté, et il est grand temps qu'ils reçoivent leur nom. Quand ils iront rejoindre les Esprits, ils clameront ces noms et les Esprits sauront qui ils sont.

Il apporta une plume d'aigle à Nathan et la lui attacha dans les cheveux.

— Nathan Wounded Horse, ton nom est Tatanka Ohitika, ce qui signifie "Bison Brave". Tu as conquis ce nom grâce à ton courage – ta bravoure – face au mal et à la mort. Tu as regardé ton ennemi dans les yeux et tu es resté debout. Tu es un vrai guerrier lakota, de la septième génération. Tatanka Ohitika, nous te saluons.

Nathan baissa les yeux, gêné par les paroles de Jerome.

Jerome s'approcha de moi avec une autre plume d'aigle dans la main.

— Virgil Wounded Horse, ton nom est Tatanka Ta Oyate, "La Nation Bison". Ce nom signifie que tu es un défenseur et un gardien de la communauté. Tu es notre Inyan Hoksila, notre homme de la pierre, le protecteur qui est fait de roche et ne peut être atteint. Notre légende dit qu'Inyan Hoksila s'est un jour trouvé face à un redoutable ennemi, beaucoup plus grand et plus puissant que lui. Mais Inyan Hoksila a refusé de capituler et il a regardé l'ennemi droit dans les yeux, qui s'est brisé en mille morceaux. Toi aussi, tu as regardé le mal sans ciller et tu n'as pas détourné les yeux. Tatanka Ta Oyate, nous te saluons.

Tandis qu'il finissait d'attacher la plume dans mes cheveux, je vis que les gens criaient. Je me dis que le repas devait être arrivé, mais en fait c'était moi qu'ils acclamaient. Je vis Marie avec des larmes dans les yeux, Nathan qui applaudissait, Tommy à côté de Velma, tous deux poussant des cris enthousiastes, et même Lack, debout, en train d'applaudir.

Avant de me lancer dans le rituel des poignées de main, je pensai quelques instants à ma sœur, ma mère et mon père, à ce qu'ils avaient perdu et ce qu'ils avaient sacrifié. Rien ne pouvait remplacer ces pertes, mais peut-être ce soir, le cercle pourrait-il se refermer. Après l'hiver, le retour du printemps. J'ajustai ma plume et me tournai vers notre peuple.

Nathan et moi fîmes le tour du stade dans le sens des aiguilles d'une montre, serrant la main à tout le monde, acceptant leurs félicitations et remerciements. Mon neveu souriait, heureux de se connecter à notre communauté, aux jeunes, aux anciens, même aux élèves de son lycée. Je lui laissai prendre les devants tandis que nous traversions la foule. Alors que nous avions presque fini, une femme âgée chuchota à mon oreille et me demanda si elle pourrait me parler lorsque nous aurions terminé. Je lui fis signe de venir me retrouver à l'entrée.

— Je m'appelle Charlene. Charlene Two Crow. Je sais que vous êtes celui qui aide les gens quand la police veut rien faire. J'ai entendu dire que vous faites plus ça, mais je vais quand même vous parler, vous demander quelque chose.

J'aurais voulu être avec Marie et Nathan, mais son regard suppliant m'empêcha de bouger.

— Voilà ce qui se passe. Ma fille Crystal vivait avec un type, un vrai connard, et elle a eu un bébé avec lui. La petite s'appelle Robin, elle est vraiment mignonne, elle a quatre ans maintenant, presque cinq. Il y a quelques mois, le type a tabassé Crystal et il est parti avec Robin. On ne sait pas où il l'a emmenée, peut-être dans un autre État ; on n'arrive pas à la trouver, personne ne sait où ils sont. Crystal a appelé la police tribale, ils ont renvoyé l'affaire aux fédéraux, qui veulent pas bouger, ils disent qu'ils n'ont pas assez d'indices. Crystal pleure tous les soirs. On ne sait pas quoi faire.

Elle baissa les yeux, évitant mon regard.

— Mais regardez, j'ai quelques centaines de dollars que j'ai mis de côté, là.

Elle montra son vieux sac en tissu violet avec un dessin indien. Il me rappela celui que ma sœur portait.

— Vous pouvez nous aider ? Récupérer notre petite fille ?

Que pouvais-je répondre ?

NOTE DE L'AUTEUR

Ce texte est une œuvre de fiction mais elle est alimentée par des événements historiques et contemporains. Pour servir la trame narrative, j'ai librement inventé des lieux, des événements, des cadres et des incidents, ainsi que des personnages qui n'ont aucune ressemblance avec des personnes réelles. J'ai essayé de demeurer fidèle, dans l'ensemble, à ma perception de la vie sur la réserve de Rosebud, mais j'encourage les lecteurs intéressés par ces questions à explorer certains des nombreux essais et livres d'histoire sur ces sujets.

On me pose souvent deux questions quand on me parle de ce livre : est-ce que les justiciers autoproclamés existent vraiment sur les réserves ? Et est-ce que les crimes commis sur des terres indiennes sont souvent laissés de côté par les autorités fédérales ? La réponse à ces deux questions est oui. Les justiciers autoproclamés (ou "hommes de main", comme Ann Short Bear définit Virgil) font partie de la vie des Indiens sur de nombreuses réserves, même si à ma connaissance il n'existe aucune étude concrète sur cette profession.

En revanche, le problème des autorités fédérales qui refusent d'instruire des affaires de crimes sur les réserves est abondamment décrit. À cause du Major Crimes Act voté par le Congrès américain en 1885, les enquêteurs fédéraux ont généralement une compétence exclusive sur ces affaires dans les réserves, mais ils n'engagent souvent pas de poursuites, même lorsque le coupable a été appréhendé. Bien que les pourcentages varient d'une année à l'autre, les affaires de meurtres, agressions et crimes sexuels qui leur sont transmises par les services de police tribale restent sans suite. Les récents chiffres du gouvernement indiquent que pour plus de trente-cinq pour cent des délits les poursuites sont abandonnées, alors que plus d'un quart de ceux-ci sont des agressions sexuelles, commises notamment contre des enfants. La réticence des agences fédérales à instruire certaines affaires sur les réserves est bien connue en pays indien, et les productions universitaires et journalistiques sur ce sujet abondent. Un bon point de départ est le livre de Stephanie Woodard, *American Apartheid: The Native American Struggle for Self-Determination and Inclusion.* D'autres ressources utiles sont *American Indians, American Justice* par Vine Deloria Jr et Clifford M. Lytle, ainsi que *Braid of Feathers: American Indian Law and Contemporary Tribal Life*, par Frank Pommersheim. Concernant les systèmes de distribution des opioïdes et de l'héroïne, je suis très redevable à Sam Quinones et son magnifique livre intitulé *Dreamland: The True Tale of America's Opiate Epidemic.*

Le fait d'écrire sur la spiritualité indienne d'une manière positive et respectueuse pose un ensemble de défis différents. J'ai participé à un certain nombre de cérémonies lakotas, mais certains aspects de ces cérémonies sont confidentiels. Mon approche dans ce livre a consisté à utiliser d'autres écrivains lakotas comme guides et à ne mentionner que des détails qui avaient été dévoilés précédemment par eux, et à écrire sur ces sujets avec le plus grand respect, à la manière de nombreux auteurs que j'admire, comme Susan Power et Joseph Marshall III. En premier lieu, je me suis appuyé sur l'intellectuel indien si vénéré Vine Deloria Jr et son livre *The World We Used to Live in*. J'ai également utilisé *Native American Healing : A Lakota Ritual*, par Howard P. Bad Hand, et *Sacred Fireplace : Life and Teachings of a Lakota Medicine Man*, par Pete Catches. Ces écrivains dépeignent certaines cérémonies lakotas et je n'ai pas été au-delà de leurs textes. Aux lecteurs qui s'intéressent à la spiritualité lakota, je recommande chaudement *Life's Journey – Zuya : Oral Teachings from Rosebud*, par Albert White Hat Sr, un éducateur sicangu, et l'un de nos vénérables anciens, aujourd'hui décédé.

L'écriture de ce livre a été une grande joie, et j'espère qu'il distraira et inspirera des discussions sur certains des problèmes auxquels est confrontée la nation lakota sicangu. Les Sicangu sont parmi les peuples les plus résilients, les plus joyeux et libres d'esprit du monde, et ce livre leur est dédié.

REMERCIEMENTS

J'AI EU la chance de bénéficier de l'aide d'un grand nombre de personnes pour écrire ce livre, et je suis honoré de les remercier. D'abord, mon exceptionnelle agent, Michelle Brower, qui mérite plus de gratitude que ce que je peux exprimer ici. Michelle a cru en ce projet dès le départ, et travailler avec elle a été une expérience fabuleuse, tout comme avec l'ensemble de l'équipe d'Aevitas Creative Management. Je les remercie tous.

Chez Ecco, mon merveilleux éditeur, Zachary Wagman a rendu ce roman tellement meilleur à de multiples égards, grâce à ses idées et son expertise. Mes remerciements également à Dan Halpern et toute l'équipe d'Ecco, y compris Sara Wood, Miriam Parker, Meghan Deans, Sonya Cheuse et d'autres qui ont apporté leur aide dans ce projet. Ma gratitude va aussi à Miranda Ottewell, dont les talents de préparatrice de copie ont incroyablement embelli mes phrases. Je suis conscient de la chance que j'ai d'être entré dans une maison comme Ecco, et mes mots ne pourront rendre justice à leurs efforts indéfectibles pour soutenir ce livre.

Mon voyage dans l'écriture a commencé au programme MFA du Vermont College of Fine Arts, et Virgil Wounded

Horse a fait sa première apparition là-bas dans une nouvelle, au début des années 2010. Le temps que j'ai passé à VCFA s'est révélé inestimable et je remercie mes professeurs et mes camarades pour leurs retours et leur soutien.

J'ai ensuite suivi le programme MFA à l'Institute of American Indian Arts, où j'ai eu le privilège de travailler avec d'innombrables étudiants et professeurs merveilleux, et je les remercie tous. Ce livre n'aurait indubitablement jamais vu le jour sans le soutien indéfectible de Ramona Ausubel, avec qui j'ai travaillé deux semestres consécutifs. Ramona a été un modèle de professionnalisme, d'excellence pédagogique et de générosité de cœur. Merci encore, Ramona.

J'ai eu la chance extraordinaire de pouvoir assister à un certain nombre d'ateliers d'écriture remarquables, où de brillants animateurs d'ateliers et camarades m'ont aidé à mettre en forme les premières versions de ces chapitres. Mes plus chaleureux remerciements à l'atelier d'écriture de fiction de VONA/Voices of Our Nations Arts Foundation en 2017. Les retours que j'y ai reçus m'ont donné la confiance dont j'avais besoin pour passer les deux années suivantes à me lever à l'aube pour écrire ce livre.

Au Tin House Summer Workshop de 2018, j'ai eu la chance de travailler avec le merveilleux Benjamin Percy, un des plus grands écrivains et enseignants, et d'une grande générosité. Notre atelier comportait des écrivains exceptionnellement talentueux, qui tous ont contribué à améliorer ce livre. J'espère que nous pourrons nous retrouver dans l'Oregon bientôt. Chez Tin House, l'estimé Gary Fisketjon a choisi d'être mon tuteur, et il a lu mon manuscrit du début à la fin, pour me fournir ses commentaires sur l'intrigue et des conseils généraux remarquablement efficaces.

Je suis heureux de rendre hommage au soutien de la MacDowell Colony; j'ai passé un mois extraordinaire dans cet endroit magique pour terminer ce livre et communier avec un groupe fabuleux d'artistes très doués. C'était un cadeau rare que de se réveiller tous les matins à Garland Studio et d'écrire au milieu de la nature du New Hampshire. La Ragdale Foundation, tout aussi extraordinaire, m'a donné l'espace pour effectuer les ultimes révisions sur le roman et je les remercie également pour leur soutien.

Tant d'autres personnes ont contribué à ce projet. Carter Meland a offert un foyer à Virgil dans le numéro du printemps 2014 de *Yellow Medicine Review*, où j'ai publié une nouvelle qui a constitué le projet préliminaire de ce livre ; Benjamin Whitmer a lu les premiers chapitres et me soutient depuis de nombreuses années. Merci, mon ami. La merveilleuse écrivaine Danya Kukafka a lu une version du manuscrit et m'a donné des conseils formidablement perspicaces. Merci, Danya. Bill Henderson du Lighthouse Writers Workshop m'a aidé à peaufiner mes réflexions sur le livre dans les premiers stades. Je remercie aussi tous mes amis à Denver et dans le pays qui ont été si généreux et gentils pendant que je me consacrais à ce projet.

À Sinte Gleska University sur la réserve indienne de Rosebud, Jim Green et Victor Douville m'ont fourni une aide précieuse sur la langue lakota, même si je demeure naturellement responsable de toute erreur qui aurait subsisté. Également sur la réserve de Rosebud, mon cousin James Cordry, qui a répondu à toutes mes questions avec une patience et une gentillesse indéfectibles. Et je présente mes humbles remerciements aux vénérables et aux membres de la nation lakota sicangu, à qui j'ai dédié ce roman.

J'honore et je reconnais mes ancêtres, qui ont enduré d'invraisemblables épreuves, surtout ma grand-mère, qui a passé l'essentiel de sa vie sur la réserve de Rosebud, à l'exception des années passées à l'infâme Carlisle Indian Industrial School en Pennsylvanie. Ma mère et mon père sont aujourd'hui dans le monde des Esprits, mais j'espère que j'ai rendu justice à leur mémoire avec ce livre.

Pour finir, Erika Wurth a lu ce roman en entier et a écouté patiemment tandis que j'élucidais divers rebondissements et changements chez les personnages. Merci Erika, pour tout ça.

Et bien entendu, je remercie mes deux fils bien-aimés, David et Sasha, qui n'ont pas lu ce livre mais sont les joies de ma vie depuis le jour de leur naissance.

Merci à vous tous. *Wopila.*

CATALOGUE TOTEM

213 Giulia Caminito, *Un jour viendra*
212 Julia Glass, *Refaire le monde*
211 David Heska Wanbli Weiden, *Justice indienne*
210 Alex Taylor, *Le Sang ne suffit pas*
209 Ross Macdonald, *Le Frisson*
208 Tiffany McDaniel, *Betty*
207 John D. Voelker, *Itinéraire d'un pêcheur à la mouche*
206 Thomas Berger, *Little Big Man*
205 Peter Swanson, *Huit crimes parfaits*
204 Andy Davidson, *Dans la vallée du soleil*
203 Walter Tevis, *L'Homme tombé du ciel*
202 James Crumley, *Le Canard siffleur mexicain*
201 Robert Olmstead, *Le Voyage de Robey Childs*
200 Pete Fromm, *Chinook*
199 Keith McCafferty, *La Vénus de Botticelli Creek*
198 Tom Robbins, *Jambes fluettes, etc.*
197 Nathaniel Hawthorne, *La Lettre écarlate*
196 Jennifer Haigh, *Le Grand Silence*
195 Kent Wascom, *Les Nouveaux Héritiers*
194 Benjamin Whitmer, *Les Dynamiteurs*
193 Barry Lopez, *Rêves arctiques*
192 William Boyle, *L'Amitié est un cadeau à se faire*
191 Julia Glass, *Jours de juin*
190 Mark Haskell Smith, *Coup de vent*
189 Trevanian, *L'Été de Katya*
188 Chris Offutt, *Sortis des bois*
187 Todd Robinson, *Une affaire d'hommes*
186 Joe Wilkins, *Ces montagnes à jamais*
185 James Oliver Curwood, *Grizzly*
184 Peter Farris, *Les Mangeurs d'argile*
183 David Vann, *Un poisson sur la Lune*

CET OUVRAGE A ÉTÉ COMPOSÉ PAR
ATLANT'COMMUNICATION
AU BERNARD (VENDÉE).

ACHEVÉ D'IMPRIMER EN FÉVRIER 2022 SUR LES PRESSES
DE NORMANDIE ROTO IMPRESSION S.A.S., 61250 LONRAI
POUR LE COMPTE DES ÉDITIONS GALLMEISTER
13, RUE DE NESLE, 75006 PARIS

IMPRIMÉ EN FRANCE

DÉPÔT LÉGAL : AVRIL 2022
N° D'IMPRESSION : 2200691